William Shakespeare

朱莎合璧

苏福忠——著

Zhu Shenghao

图书在版编目（CIP）数据

朱莎合璧 / 苏福忠著. —— 北京：新星出版社，2022.7
ISBN 978-7-5133-4819-5

Ⅰ.①朱… Ⅱ.①苏… Ⅲ.①莎士比亚（Shakespeare，William 1564-1616）－戏剧文学－文学翻译－研究 Ⅳ.①I046

中国版本图书馆CIP数据核字（2022）第031515号

朱莎合璧

苏福忠 著

责任编辑：汪　欣
责任校对：刘　义
责任印制：李珊珊
封面设计：冷暖儿

出版发行：新星出版社
出 版 人：马汝军
社　　址：北京市西城区车公庄大街丙3号楼　　100044
网　　址：www.newstarpress.com
电　　话：010-88310888
传　　真：010-65270449

读者服务：010-88310811　　service@newstarpress.com
邮购地址：北京市西城区车公庄大街丙3号楼　　100044

印　　刷：北京汇瑞嘉合文化发展有限公司
开　　本：710mm×1000mm　1/16
印　　张：24
字　　数：341千字
版　　次：2022年7月第一版　　2022年7月第一次印刷
书　　号：ISBN 978-7-5133-4819-5
定　　价：58.00元

版权专有，侵权必究；如有质量问题，请与印刷厂联系调换。

目录

前言 1

第一部
朱生豪的剧名都出彩 15

第二部
朱生豪的喜剧细胞 87

第三部
莎士比亚的历史观 157

第四部
朱生豪具有悲剧性格 213

第五部
朱生豪和莎士比亚珠联璧合 287

第六部
结束语——把 leek 译作 leek 369

前 言

1

这件事儿是我编辑生涯的延续。

二十世纪九十年代中我接手《莎士比亚全集》的编辑工作时，做了两件事儿：第一是把人文版的十一卷改为六卷，每卷前面都加了一个目录，以便读者任选一册都可以从中查到其他各卷里的剧目。这是十一卷版的最大缺点之一，是你想知道每卷里收了哪些剧目，只能在第一卷的目录里寻找。十一卷改为六卷，目的也只是为了方便读者查找以及往书架和书柜里摆放。本想把书做得古朴大方一点，美编室设计了古朴的图案，颜色却大红大紫。我去向美编讨教，他说：红色多喜兴，放在书柜里醒目，辟邪，再说了，让莎士比亚大红大紫，多好。他的话让我笑出了眼泪，心想人和人想的真是不一样。美编对了：平装印数两万，精装五千，很快脱销，好像一直加印到四万多才打住，在当时发行渠道不畅的情况下，真有点大红大紫的意思。当时编辑室的结论是：社会效益和经济效益双丰收。

但是，我非常想做的第三件事儿却不了了之。在编辑六卷版之前，正好南京师范学院外语系的桂扬清老师写来一封长信，说他因为教学需要，从头至尾看了一遍人文版的《莎士比亚全集》，发现了几十处错误，开列了一份清单，希望我们再版时改正。之前我看过商务印书馆出版的《爱尔兰史》，译者署名是南京师范学院外文系，译文很好，干净利落，文通字顺，我猜想也许有桂扬清老师的手笔呢。我借这个机会，建议找四五个能胜任的译者，每人五六个剧本，一个剧本校订费一千，重赏之下必有勇夫，不出半年就能把人文版再校订一次。如同我在出版社几乎所有的建议和选题一样，我的提议如草棒撞钟——没音。

然而，编辑是一种职业，接手《莎士比亚全集》时我已经从事编辑工作二十年了，敏感点积累了不少，比如人名、地名和剧名，随手一翻就能发现很多需要统一之处，比如佛罗伦萨还是弗罗棱萨，维罗纳还是维洛纳，考文垂还是科文特里，沃里克还是华列克，等等；丘比特还是丘必德，赫米奥妮还是赫米温妮，珀迪塔还是潘迪塔，布里斯特尔还是勃列斯托尔，伯克利还是勃克雷，等等；《哈姆雷特》还是《哈姆莱特》，等等。再说，古今中外，任何一种书的版本都需要不断完善和改进是常识，凭什么你的一个版本都出版二十年了，明摆着需要修订一下，却仗着皇帝的女儿不愁嫁的垄断优势，一直我行我素岿然不动呢？

更要紧的是，经过二十年的出版业蓬勃发展之后，商务印书馆已经出版了配套的人名地名词典；中国大百科全书出版社出版了《简明不列颠百科全书》和《中国大百科全书》的外国文学卷，利用工具书完善版本是外文编辑工作的责任和常态；更何况老牌出版社跟上时代的步伐也是当务之急。

2

当然，人文版的《莎士比亚全集》，目前为止仍然是一个好版本，因为别的版本都是袭用它而成，不仅没有改进，参与补译和校订的人，根本就没有资格和人文版的补译者和校订者相提并论，有的甚至连一个合格的译者都算不上；所以令人费解的是，连一篇短篇小说都翻译不出来的人，却能翻译莎士比亚的剧本，而且一旦出版了，就可以大言不惭地声称：我译过莎士比亚！有的甚至自谓莎学专家，浮名浮利滚滚而来！

人文版的最大贡献是把莎士比亚所有剧本和诗歌的译名统一了一次，而且基本上遵循了时代发展的趋势，那就是原则上按照原文的发音决定译名，例如朱生豪的《哈姆莱脱》改为《哈姆莱特》，《该撒遇弑记》改为

《裘力斯·恺撒》，《麦克佩斯》改为《麦克白》，《维罗纳二士》改为《维洛纳二绅士》，《女王殉爱记》改为《安东尼与克丽奥佩特拉》，《黄金梦》改为《雅典的泰门》，《量罪记》改为《一报还一报》，《特洛埃围城记》改为《特洛伊罗斯与克瑞西达》，《血海歼仇记》改为《泰特斯·安德洛尼克斯》，《英雄叛国记》改为《克利奥兰纳斯》，《沉珠记》改为《泰尔亲王配力克里斯》，《还璧记》改为《辛白林》，其中，如果"裘力斯"改为"尤里乌斯"，"配力克里斯"改为"佩里克利斯"，这个全集的剧名就基本上到位了。

至于最要紧的校订工作，虽然吴兴华、方重和方平都是一方专家，都有上乘译作，经过校订之后，译文中的舛误和漏译现象确实有了改善；然而，校订工作是一门学问，针对不同的校对内容，首先要确定校订的尺度；这项工作由一个人来完成，如果称职的话，还可能达到一定效果，而由三个学者来完成，就很难取得一致的效果了。我在这次校补过程中发现，吴兴华是能放过就放过，尽量尊重朱译，只有《爱的徒劳》这出喜剧校改得细致，其中一两首译诗也改动了。我估计这是他开始校订的第一出戏，事后发现校改过的效果未必真好，所以就渐渐放松了尺度，补译基本是一些很明显的漏译。

如同我在小书《译事余墨》和《编译曲直》里都强调过的：如果一个编辑大言不惭地声称哪部作品翻译得很差，是他或她认真地对照原文编辑之后，书才成了精品，这种话千万别相信。一本书译文好坏，只能取决于译者。编辑的纠错只能是挂一漏万。校订一套全集的情况也基本如此，单靠校订提高质量是很有限的。至于校订朱生豪的译文，难度不仅仅是纠错，仅是校订者确定哪里算错哪里算对，就是一个很大的问题。我的体会是，朱译基本上没有黑白错一说，只是他翻译的路子哪里可以放过，哪里不能放过的问题。我以为，朱生豪漏译的现象远比他故意略去或者精简的地方多。那么，谁能保证校订者就没有漏校的问题呢？

3

　　译家翻译东西，漏译其实是一个普遍现象；越年轻越容易出现漏译，越是对话越容易漏译。除了词或短语的小漏译现象，看错行就是大漏译了；还有看漏段落的呢。西文扁平，行距又小，习惯方块字行距的译者，看错行在一段时间内是时有发生的。因此，我大学毕业到国家版本图书馆编译室做翻译，老同志们最热心的是送我们硬纸签，让我们用来界行；有的硬纸签做得还很讲究，中间划两道缝，可以卡在书页上，译完一行，往下挪一行，保证硬纸签不滑动。后来，我翻译东西，都用这种硬纸签来界行，保证我不会看串行。在我编辑过的翻译稿子中，都有漏译现象，只是多少问题。小说译稿都会有漏译问题，何况剧本中的台词？因此，对照看完朱生豪的每部译作做小结时，只要是小的漏译，我的结论基本上是译者看错行或看漏词造成的。也正因如此，我特别强调说：我做的工作是校补，没有资格称作校订，因为朱译的特点很明显，很多地方不能按现行的翻译标准衡量是否需要校订。补译是完全可以放开手做的，对照原文比较容易发现是否漏译了；尽管如此，为谨慎起见，凡是我补译的地方，下面都加了黑圆点。这样对朱生豪负责，对读者和专家学者负责，而我的责任如板上钉钉，是想逃脱也逃脱不了的。这事儿做来需要三步走：

　　第一步是把朱译编辑一遍，打印出来，作为译稿。

　　第二步是把留学英国时就备下的迈克尔·奥马拉丛书有限公司（Michael O'Mara Books Limited）的莎士比亚全集平装本大卸八块，撕成一千零二十二页，备用。

　　第三步工作就是左边放原文，右边放译稿，两边的硬纸签像两把篦梳一样，一行一行地往下挪，看了左边看右边，或者看了右边看左边；不算早几年的零碎时间，二〇一三年以来，我就是干这样一件事，至今年八月中旬，这个技术活儿总算是初步完工了。这个活儿在别人看来很枯燥，可我做起来却津津有味；原文的难度是尽人皆知的，而朱译的难度在于相当多的译文，我不好判定是朱生豪漏译了，还是他展、转、腾、挪的结果。

4

"展转腾挪"这个说法,是我这次校补过程中大致总结出来的,是朱生豪翻译莎士比亚的剧本必须使用的一种方法。展,就是把一句话或者一段话,先铺展开,译者把其中的意思吃透;转,就是把上下左右的位置重新调整;腾,就是把某句话或者某个词儿腾空;挪,就是把该挪动的东西,挪进腾空的位置。还有,宾语变成了主语,被动式变成了主动式,一句话的主语由多个简化为一个或两个,等等,大致的一种总结吧。

我在拙著《译事余墨》里,使用了四个英语单词谈英译汉:meaning, information, message and image. 前两个单词标志一个翻译阶段,即严格按照字面意思做翻译,依靠查英汉词典解决疑难,译文比较准确但不通达,甚至显得生硬和拘谨,因此主张"三分原文七分中文",这是目前翻译界的普遍写照。后两个单词标志着更高级的翻译阶段,译者依靠自己中外文的高水准,依靠自己对原文的理解,构成自己理想的汉语表达,创造出不仅准确而且传神的译文,因此主张"七分外文三分中文",这样的译文越来越难得了。

朱生豪就属于这样的译文,以下列举一些例子:

比如A,Sweet remembrancer! 当今的译家会译成"温婉的提醒者",可这样的译文放在对话里,算什么意思呢?朱生豪根据上下文把这句话的含义展开,理解透,该显露的显露,把暗中的东西转进来,因此他翻译成了:亲爱的,不是你提起,我几乎忘了!"我几乎忘了"全部是根据语境腾挪进来的。一个短语,译作三句话,现在审稿标准恐怕肯定通不过。

比如B,Spotted, detested, and abominable,朱生豪展开并理解之后,译作"污秽可憎"四个汉字,腾空的地方太大,挪进来的体积太小,按照现在的译法,也是不行的。可是,朱生豪觉得需要简练,便没有往里面再转什么东西。

比如C，It shall advantage more than do us wrong，译成"这样不但对我们没有妨害，而且更可以博得奥论对我们的同情"。和上面一句话相比，腾出去的东西不多，挪进来的东西不少。

比如D，Lesser than Macbeth, and greater，译作"比麦克白低微，可是你的地位在他之上"，朱生豪根据本剧里所发生的事实，把greater一个词，翻译成"可是你的地位在他之上"这样一个短句子；这样的腾挪就不容易了，不仅需要充分理解原文，还需要坚实的汉语功底。

比如E，Women are not In their best fortunes strong: but want will perjure The ne'er-touch'd vestal，译为"女人在最幸福的环境里，也往往抵抗不了外界的诱惑；一到了困穷无告的时候，一尘不染的贞女也会失足堕落"，显然腾出去的东西没有转进来的东西多，可你不能说莎士比亚不是这个意思。

比如F，And not a man, for being simply man, Hath any honour, but honour for those honours That are without him, as place, riches, favour, Prizes of accident as oft as merit: Which when they fall, as being slippery standers, The love that lean'd on them as slippery too, Do one pluck down another and together Die in the fall，译成"在他们的俗眼中，只有富贵尊荣这一些不一定用才能去博得的身外浮华，才是值得敬重的；当这些不足恃的浮华化为乌有的时候，人们的敬意也就会烟消云散"，朱生豪的译文几乎是脱离原文，编写了一段文字，好像和原意搭界，但搭界的东西太少了。原文的意思是：人，只单单的人，是不会有什么荣誉的，所谓荣誉只是那些不包括人的种种荣誉，诸如地位、富贵、名誉、偶得的奖赏以及功绩，一旦下落，如同容易滑倒的站立者一样，就会一个接一个跌落，全部倾覆，化为乌有。朱译略去如此之多，译文算展转腾挪还是属于漏译呢？

除了A、B和F三种，其他我都视为朱生豪成功的展转腾挪；并不是朱生豪非要这样做不可，而是莎士比亚的诗剧英文要求这样做。小说里不需要这样做，诗歌里不需要这样做，现代戏剧也不需要这样做，只有莎士比亚时代的戏剧写作的语言要求这样做。除了朱生豪，目前为止，所有别的译文都疙疙瘩瘩或者不伦不类或者拖泥带水或者瀚、溏、饧都占了，原因就在于他们都没有学会展转腾挪这个手段。这里需要特别强调的是，遇到长的、比较长的和很长的台词，朱生豪基本上不用展转腾挪，而是亦步亦趋地跟着原文翻译的，这是他的主要贡献、重大贡献。他的这些手段，只能在散文体里施展，这恐怕是朱生豪最终选择散文体翻译莎士比亚戏剧的主要原因。

5

英语写作中，莎士比亚的词汇量是最大的，早期估计在三万左右，近期精确统计在两万五左右，这要超出一般作家用词的三四倍之多，真是了不得。这么大的词汇量，都不是死的，是莎士比亚随时会生动地写进台词里的。朱生豪的译文用词量，是所有译本中最大的，在校补过程中，我对不常见的、陌生的和全生的词，只是随手一记，就积攒了很多；一些随手记下的不知去向，一些还保留在手头，不妨先照录两个字的词儿：

刿刃、谣诼、受鞠、钤记、嫫母、雅篆、尾闾、湔雪、倚畀、蠲除、赏赍、诏敕、囊橐、謦欬、苑囿、颠踬、砻糠、奄逝、孺慕、渴叙、契阔、令媛、疵议、靳惜、息女、整饬、嬖宠、勖勉、茵荐、膏沐、征骖、臂韝、尊阃、甄陶、金箍、諠恕、襫夺、道妹、辅弼、前愆、犀头、秽亵、灵榇、军爷、拔擢、宽贷、明旌、枢辅、躁进、朝暾、荏弱、滞钝、机诈、啼枭、啸集、钤闱、絮渎、饱糗、歉忱、斧斤、倚畀、骈戮、畛域、旌表、士族、天稍、败岨、俯念、古罂、两造、宣老、矜夸、瞿然、羁縻、硗瘠、女妗、辽邈、睽隔、歆享……

因为校补时间比较长，中间也有别的事情打断，保留住的纸片大概有三分之二；记下之前，按照习惯，一定查词典和字典，弄懂它们的意思并记住发音，然而，如今录入之际，狗熊掰棒子，没有记住多少，更别说活学活用了。

再看四个字一组的词儿：

并世无俦、国运凌夷、良会匪遥、责望过奢、克绍家声、克绍箕裘、天潢贵胄、青蝇斩玉、拱卫主曜、谗口铄金、共襄大举、秦镜高悬、罪无可逭、平等相垺、攫取狮心、翕然从风、自怨命蹇、仰体宸衷、恭呈御览、谰言崩狙、精通博谙、矜功伐能、阔面广颐、彼此参商、视若弁髦、擢发难数、霄壤违梗、蝇营蚁附、饰词强辩、返旆国门、踟蹰却顾、矜怜宽谅、生张熟魏、任劳任苦、髀肉复生、唾面自干……

总和文字打交道，四个字的词或说成语，似乎比较容易记住，但实际情况和两个字的词的记忆状况没有多少区别，加之成语背后总有一个典故或者掌故，囫囵吞枣的情况是可想而知的。

因此，这次把朱译全部对照原文梳篦一遍之后，我深切地感到我们当今译者遣词造句的苍白。仅此一项，朱生豪翻译用词和莎士比亚创作用词的吻合程度，就超出了多少译家和译本，说鹤立鸡群一点也不过分，真可谓"朱莎合璧"；因此，我要理直气壮地再说一次：朱译既出，译莎可止。

6

前一次说"朱译既出，译莎可止"，是在近二十年前。

一九九二年从英国留学回来，因为两次拜访莎士比亚的故乡，我把莎士比亚认作"能工巧匠"那种乡下能人，颇有相通之感。关于能工巧匠的故事，我听说过的最好的一则说：师徒两个石匠，徒弟后来居上，闻名遐迩，有好事者给师徒二人举办了一次比赛。徒弟精雕细作，雕琢了一挂算盘，真的一般，珠子能在算盘樘子上打得噼里啪啦响，令观众目瞪口呆。且说师傅打造了一尊石狮，栩栩如生，观者都说好是好，但毕竟都是些表面功夫，不像算盘子儿，得一个一个雕刻，是细工。师傅听了，说：既然大家都说不好，不如砸了算了。话音未落，只见他手起锤落，一尊石狮砸开了花，却见一尊小石狮活灵活现地待在那里，吓得徒弟扑通一下跪在师傅跟前喊道：徒弟甘拜下风！

莎士比亚就是那种修炼出内功的人，我决意为莎士比亚做点事情。二十世纪九十年代中花了三年时间，给时代文艺出版社做了一个两卷本《莎士比亚全集》，因此在社里挨了一次整，继续完善全集的事情只好搁浅，转而打算做一小册莎士比亚语录。为了检验莎剧译文的质量，图捷径，打算只从中文译本里选录，不对照原文，也不寻找原文语录之类的书做参考。我们知道，朱生豪英年早逝，只翻译出了三十一个莎剧。如果能从梁实秋的译本里选录，那是再好不过的，因为梁译当时是最全的。谁知梁译的两卷书看过，我只看中了十几条，而我的设想是莎士比亚的每一种剧本都应该能选录至少二十来条语录。没办法，我只好从头再看朱生豪的译本。这样的阅读，因为我心有所图，不是平常的阅读，带有审视和欣赏性质，让我得到了一次名副其实的"悦读"；那种享受，很是特别。结果，我本来准备选录八九万字，却选出来十六七万字，整整多出一倍。

这当然令我迷惑：两个译本真的有这么大差距吗？为此，每逢遇到特别精彩的朱译，我就忍不住找出相对的梁译，真的是不比不知道，一比吓一跳！出于对梁译的由衷而迷惑的尊重，我第一次发出感叹：朱译既出，译莎可止。

7

的确，我对梁实秋的译本，始终怀有敬意和尊重。

首先，这项事业，他举一人之力，断断续续坚持了三十多年，这需要毅力和恒心。

其次，他利用了朱生豪所不具备的条件，每篇都有序和注释，简练而到位，不啰唆，不自以为是，给文人学者和外国文学爱好者提供了方便。

其三，他翻译的态度比较严谨，给自己立下了如下规矩：

1.译文根据的是牛津本，M.J.Craig编，牛津大学出版部印行。

2.原文大部分是"无韵诗",小部分是散文,更小部分是"押韵的排偶体"。译文一以白话散文为主,但原文中之押韵处以及插曲等则悉译为韵语,以示区别。

3.原文常有版本困难之处,晦涩难解之处亦所在多有,译者酌采一家之说,必要时加以注释。

4.原文多"双关语",以及各种典故,无法移译时则加注说明。

5.原文多猥亵语,悉照译,以存其真。

6.译者力求保存原作之标点符号。

其四,他以英国大学者、莎评第一人塞缪尔·约翰生为楷模,主编了一本厚重的《远东英汉大词典》。

其五,也是最重要一个原因,二十世纪八十年代中,他翻译的《莎士比亚全集》投交人民文学出版社,不计稿费,但求出版,但是编辑室通过严格审查,最后退稿了。我当时是小字辈,没有资格参与意见,但是老编辑审查的全过程,我都目睹了。若果我有发言权,我会说:仅仅出于参考,梁译应该考虑出版。至今,我还是这个态度。

其六,他根据牛津版译出,和朱生豪的选择是一样的,这对汉语译本有益。

其七,他选择了散文体翻译莎剧,在这点上与朱生豪可谓英雄所见略同。

所见略同的还有德国著名诗人海因里希·海涅,在他的名著《莎士比亚的少女和妇女》中,他郑重声明:

> 是的,就是在这些章节中,莎士比亚也在语言上表现出一定的特色,可是这种特色,以韵脚跛随思想的韵体译者永远也不能忠实反映出来。韵体译者在舞台语言的平凡辙道上,丢失了这些非凡的章节,连施莱格尔先生也摆不脱这个命运。如果诗人的精华因之丧失,仅有糟粕得以保存,韵体译者又何苦乃尔呢?一种散文翻译比较容易复现某些章节的质朴、率真、近似自然的纯洁性,因此无怪

比韵体翻译更为人所取了。

8

关于梁实秋此公，我们这代人都是在学习鲁迅的作品中熟悉起来的。鲁迅太厉害，梁先生根本不是对手，又觉得自己在英美文学和文化里得到了真经，因此不知深浅地跟鲁迅较劲，但一交手就溃败，借白色压红色，说鲁迅领取了苏联人的卢布。在白色恐怖时期，这是要命的狠招，鲁迅一怒，把他批成了"丧家的"和"资本家的乏走狗"。

但是，遇到老舍这样的憨厚人，梁先生就占上风了。且说他们都是北京人，又都在青岛教书，老舍在课堂上讲：文学作品里的坏人都脑满肠肥。梁先生听说了，可能因为自己有些富态而老舍瘦弱，就在课堂上讲：文学作品里的坏人都尖嘴猴腮。老舍听说了，说：无聊！

这两件事，我以为，只能说明一个问题：梁先生生性老实，想借力发力，却往往弄巧成拙。因此，在翻译莎士比亚的戏剧时，他的译文难免捉襟见肘，或文或白，或虚或实，有时还会把英文学者的注释放进译文里！这样的译文确实不能和朱生豪的译文相提并论，但确实算得上绝好的对照参考译本。

因此，在这本小书里，我重点引用了梁译，来谈朱译的优势，但绝非说梁译一无可取，而是说有相当的参考价值。

9

选择朱译的例子，原则是：首先看莎士比亚的表达是否高超，是否精妙，是否有思想，是否深刻。实际情况是，莎士比亚的台词精彩了，朱生豪的译文也就精彩了。一边选择，一边就自然而然地产生了"朱莎合璧"这个概念。这为我的点评提供了空间，放开我的思绪发挥就是了。为了这本小书的字数适中，我计划每一个剧本选取十五个例子，整本书选用五百个例子。但是经过不胜痛苦的筛选再筛选，还是多留下来一百多个例子。

10

凡是能和莎士比亚的写作联系上的，都在我的点评之内。喜剧部分关于朱译的话题多一些，历史剧和悲剧关于莎士比亚写作的话题占了优势，但是涉及翻译的话题，基本都是比较长的内容，有些甚至是结论性的内容。我相信，这部分是这本小书的核心之一，我尽量点评得有趣，耐读，引发思考。

11

比较的范围，除了梁实秋的译文，少量地涉及了方平先生的译文，完全是巧合，因为在二〇一四年之前，我从来没有见过他主编的译本。如在《奥赛罗》一剧里的点评提及的，我注意到方平先生的译文，是因为在一次莎翁研讨会上一位年轻老师引用了他的译文，她论说得很不妥，才引起了我的警觉。

我知道，二十世纪八十年代中，方平先生翻译的《呼啸山庄》投稿人民文学出版社外编室，严格的审稿之后，被退掉了。这成了我的一个谜：既然《莎士比亚全集》有他校订的部分，有他翻译的一个剧本，怎么他翻译的一本小说通不过呢？《呼啸山庄》再怎么难译，也难不过莎士比亚的剧本吧？更何况，我在上海译文出版社出版的第一本译作《索恩医生》是方平先生审查的，还给我来过鼓励信，我对方先生心怀感激。

然而，事实就是这样无情：尽管我每一处对照方平先生的译文，都是出于不得已，但是没有一次对照的结果是他的译文令人信服。

嗯，这个世界，是谜，还是一直让它是谜好啊！

12

十二年前，我在二〇〇四年第五期《读书》上发了《说说朱生豪的翻译》一文，肯定了朱生豪翻译莎士比亚作品的三点优势。其一，他少年成才，天分极高，中英文修养太好了。其二，他二十三岁开始翻译莎剧，三十二岁去世，这十年是他生命的精华所在，他全部用来咀嚼、消化和再现莎士比亚的戏剧，他就是为翻译莎士比亚而生，是几千年汉语文化练就的精髓来对接西方文化精髓的连接点，是世界文坛的文学事件。其三，因为他年轻，血气方刚，没有束缚，在翻译过程中敢作敢为。

十二年过去，再来看这一重大的文学事件，还有三点需要补充。其一，目前有论调说朱生豪翻译莎士比亚的戏剧，是受爱国主义精神鼓舞，这聊备一说吧。不过我更愿意相信，朱生豪有他自己的倔强隐忍。众所周知，胡适主持的莎士比亚戏剧翻译，敲定了梁实秋、徐志摩、闻一多等人，英语和汉语修养均可俯视众人的小字辈朱生豪一定心有不甘，这是一种不可阻挡的更强大的力量。其二，世界书局和詹文浒营造的良好氛围，是一股主流带来的，是独有的，是朱生豪的机遇。其三，一八四零年鸦片战争之后，西风东渐，愈演愈烈，从林纾与魏易用文言文合译的《莎氏乐府本事》始，莎士比亚翻译之风融进了近代中国翻译西方文化的大潮，一直没有中断，到了朱生豪这代人，白话文渐趋成熟，涌起了翻译热潮，译者的地位空前提高，一直持续到二十世纪五十年代初才戛然而止。朱生豪是这股潮流里的翘楚，他的白话文修养远远高出同时代人，他的贡献是独一无二的，算上其他语种的佼佼者，也无人能出其右，无论数量还是质量，都称得上近代翻译史上第一人。他对丰富汉语文化的贡献，是无人可以取代的。

二〇一二年是朱生豪的百年诞辰，十月末我到他的家乡参加纪念活动。那年夏天，一股阴风让我的脖子到肩部一带，如同坠了铅块，脖子扭动和两臂活动都严重受阻，贴膏药、拔火罐、艾灸、热敷以及最后医生屡出怪招，都没有治愈。到达嘉兴的当天晚上，我在饭店泡了一个阔绰的热水澡，从热水里出来，脖颈一带轻松如初，折磨我一个夏天多半个秋天的病患不见了！

  人和人的关系就是这般神秘吗？

2016年8月9日完稿
2021年5月修订
于太玉园

第一部
朱生豪的剧名都出彩

校补者按：本单元包括七个剧本，都是喜剧，属于莎士比亚早期的创作，《温莎的风流娘儿们》稍晚一点，而《暴风雨》差不多算他创作的最后一个剧本。

按绝大多数版本的排列顺序，它们分别是：《暴风雨》《维洛纳二绅士》《温莎的风流娘儿们》《一报还一报》《错误的喜剧》《无事生非》和《爱的徒劳》。

就我这半路出家的英文水平，说实话，最后一个喜剧剧本的英语和早期的多个喜剧剧本的英语，我看不出有什么明显的差别。

剧本写作的情况，有的评论家说：莎士比亚的喜剧写作属于初创和逐步走向成熟的阶段，我过去阅读看不出明显的差别，这次通过逐篇校补，还是看不出什么明显的差别，所以我纳闷儿这只是批评家们的想当然之说。

且住，不妨先来读一段德国著名作家海因里希·海涅说的话：

> 莎士比亚的语言并非他本人所特有的，而是他的前辈和同时代人传授给他的，这就是传统的舞台语言，剧作家当时都必须采用它，无论他是否认为它适合他的才能。只需浏览一下多茨雷的《古剧选集》，就可以注意到，在当时所有的悲剧和喜剧中，正盛行着这样一种文体，这种浮华辞藻，这种夸饰的风雅，造作的用字，这种奇思妙想，这种机智和绮丽；我们在莎士比亚的作品中同样会遇

到这一些，它们为少见世面的头脑盲目地激赏，而明达的读者对于它们，即使不加以酷评的话，必定仅作为一种外观，一种不得不尔的时代限制而加以谅解。

由此可以说，莎士比亚写作的基础，应该是在他动笔之前就打下了。一种文学体裁的形成，靠的一定是大环境，使之蔚然成风，各路精英纷纷涌入，各显才能。意大利文艺复兴时期的绘画，德国始于十八世纪的音乐，都是这样的状况。比如米开朗琪罗毕四年之功绘制梵蒂冈西斯廷教堂的穹顶，或从选材到雕成大卫像花了二十年时间；又比如巴赫这位音乐天才，可以徒步二百五十英里，到卢贝克聆听由丹麦出生的管风琴师兼作曲家布克斯特胡德（Dietrich Buxtehude）指挥的"晚间音乐"。现代人急功近利，对名利个个急不可待，却又总想做一言九鼎的人，缘此结论往往牛头不对马嘴，就见怪不怪了。

不过，这里只是从莎士比亚七出喜剧里选出来的近百个翻译例子：有的是作者的造句出手不凡，有的是译者的翻译出手不凡，有的是句子的含义不凡，我从这三个"不凡"解读，希望读者能管中窥豹，看出三个"不凡"的所在。

在进入正本前，先了解一下朱生豪用过的一些剧本名：《哈姆莱脱》《该撒遇弑记》《麦克佩斯》《维罗纳二士》《女王殉爱记》《黄金梦》《量罪记》《特洛埃围城记》《还璧记》《血海歼仇记》《英雄叛国记》《沉珠记》。在人文版的《莎士比亚全集》里，这十二个译名都被改动了，顺应了时代的发展，是贡献；不过，回头品味一下朱生豪的译名，我们便感觉得到他翻译莎剧的用功程度。

第一出 《暴风雨》

　　《暴风雨》的题材是关于意大利的：米兰公爵普洛斯佩罗被其弟安东尼奥逐下王位，带着孩子米兰达在海上漂流多日，来到一孤岛。这岛上是精灵的囚禁地，普洛斯佩罗因深谙魔法，把精灵都释放出来，为他和米兰达服务。普洛斯佩罗和米兰达在孤岛生活了十二年后，篡位者安东尼奥和王子费迪南德乘船出海，普洛斯佩罗施展魔法，使船遇难。船上的人都得救了，唯有费迪南德失踪；大家以为费迪南德被淹死，而费迪南德则以为别人都葬身大海。费迪南德和米兰达相遇后，一下子便陷入爱河，山盟海誓。普洛斯佩罗命精灵们对安东尼奥搞一些小小不言的恶作剧，结果把他吓得赶紧和普洛斯佩罗捐弃前嫌，重修旧好。

　　国王剧团在一六一一年十一月一日为庇护人詹姆斯一世上演了《暴风雨》。这个剧本的主要背景是突尼斯和那不勒斯之间的一座荒凉的孤岛。至于其他细节，莎士比亚似乎是从阅读旅游文学作品中获得了不少灵感。比如，一六〇九年六月二十九日，一艘名为"海上历险"的旗舰在百慕大海岸触礁。人们以为它沉没了，然而转年五月二十三日，船上的乘客安全到达弗吉尼亚的詹姆斯敦，因他们在百慕大岛上找到了栖息地，通力制造出多艘小船，终于完成他们的航程。毫无疑问，莎士比亚从这一事件获得了灵感，并于一六一一年或一六一二年，写出了《暴风雨》；正式印刷出版，是一六二三年的对开本。

　　《暴风雨》还得益于莎士比亚的古典文学阅读，如亚瑟·戈尔丁的翻译作品、奥维德的《变形记》，还有维吉尔的《埃涅阿斯纪》。剧本的主要情节是莎士比亚自己创作的，剧中的细节和内容是他对类似文学多年来运用和钻研的结果；这时他对在喜剧中制造浪漫气氛、酿造情节冲突、利用超自然的力量等手法，已经到了信手拈来运用自如的地步。因此，《暴风雨》成为莎士比亚所有剧本中创作成分最多、借用成分少的一个。

《暴风雨》是莎士比亚自己独力完成的最后一个剧本。此后他还和别人合写过一些剧本，但因没有更突出的成就，所以人们一般把《暴风雨》认定为他的最后一个剧本。有趣的是，《暴风雨》里的暴风雨场面并不是很有名，至少比起《李尔王》里的那场著名的暴风雨，要逊色得多。另外值得一提的是，《暴风雨》虽被后人算作莎士比亚的最后一个剧本，却因在一六二三年的对开本中被排在第一个，故后来的绝大多数版本也沿袭了这一排序。究其根源，这恐怕与《暴风雨》从内容到形式都相对独立有关系。

本剧选出例句十二个。

01 Thy groans Did make wolves howl and penetrate the breasts Of ever angry bears. / 你的呻吟使得豺狼长噪，哀鸣刺彻了怒熊的心胸。

点评：普洛斯佩罗在剧中是一个智者，他的魔法以及魔法驱使下的精灵，都是他的智慧的延续和发扬。除了他的行为之外，他的话是他智慧的主要表现。

朱译注意到了普洛斯佩罗的身份特殊性，因此把普洛斯佩罗的台词翻译得格外用心，遣词造句都是精挑细选过的。同一个groan，用在豺狼身上是"呻吟"，针对怒熊时便是"哀鸣"了。一个英文句子译作两个汉语句子，每个句子各用了十个汉字，有些字显然是为了这样的平衡才使用的，比如"豺狼"二字的"豺"，译者不能不知道英语wolves只指狼，也知道豺和狼是两种不同的动物，之所以坚持这样遣词造句，无疑是为了译文的节奏、平衡和对称。这就是好中文的具体表现，都是朱译的特色所在，是需要我们认真对待和学习的。

02 Go make thyself like a nymph o'the sea; be subject to no sight but thine and mine, invisible to every eyeball else. / 去把你自己变成一个海中的仙女，除了我之外，不要让别人的眼睛看见你。

点评：还是普洛斯佩罗的话。如同前边提及的，普洛斯佩罗支配仙子，应该是指他运用自己智慧的一种形式。这句话就是一个很好的例子。变成海中仙子已经很难了，还要让自己在特定的目标前才能现身，魔法之功可谓深也。

朱译严格遵循了原文，几乎字字句句都能对得上，除了thine漏译了；也许译者认为一个物体在自己跟前现不现身都是一样的？这个译句要特别注意的是，invisible to ever eyeball else的意思大体上是"在每个眼珠前都要隐形"，朱译把to这个介词后面的宾语，颠倒了一下，变成了主语，即"别人的眼睛看见你"。其实，这是朱译的主要特点之一，那就是为了汉译句子的通达流畅，经常转换原句中的语法关系。这不是乱译，而是一种原则，值得当今刻板的译风借鉴。

03 As wicked dew as e'er my mother brush'd With raven's feather from unwholesome fen Drop on you both! / 但愿我那老娘用乌鸦毛从不洁的沼泽上刮下来的毒露一齐倒在你们两个人身上！

点评：这是凯列班的话，浸满了毒素，怨恨的内心令人肝颤。凯列班是一个任人驱使的奴隶，面目丑陋，因为不愿意受人控制而心生怨恨。有趣的是，在二十世纪五六十年代，老一代学者紧跟形势，接受阶级斗争理论，受苏联人民性和批判现实主义影响，把凯列班说成是劳动人民，批评莎士比亚丑化奴隶，是莎士比亚的局限性。这样的说法现在听来幼稚之极，但在改造知识分子的大环境下，这却是先进性的表现呢。其实，莎士比亚是不需要我们跟风的，他只是在刻画和揭示他所认识的人和人的属性。凯列班在他的笔下，只是一种扭曲的人在特定环境里的特殊表现而已。

朱译字字句句都有出处，不惜使用一个三十四个汉字的长句子。其实，在朱译二百多万字的译文中，如此努力再现原创的句子的结构和表达，占有相当大的比例，是别的译本望尘莫及的。我们常说的欧化句子，就是指这样的译句。但朱译的长句子都很通顺，尽量减少"的"的重复，很难得。这得益于朱生豪的汉语修养，例如这个句子中，wicked dew译作"毒露"，unwholesome fen译为"不洁的沼泽"，都是难能可

19

贵的。

特别要提醒的是，朱生豪翻译的时代，绝大多数译家的译文都欧化得不堪卒读，"的"字满篇飞。朱生豪改造欧化句子的译文，对丰富现代汉语的表达，是很有贡献的。

04　Fetch us in fuel; and be quick, thou'rt best, To answer other business. / 识相的话，赶快些，因为还有别的事要做。

点评：这还是普洛斯佩罗的话。普洛斯佩罗曾经做过公爵，尽管被赶出了米兰王国，但是君王的口吻是不容易改变的，更何况他会施展魔法。

朱译怕是漏译了fetch us in fuel；那么，thou'rt best就应该与"识相的话"相对，这就不是我这样业余的译者能说三道四的了。我只能说，这样的译文很有个性，很有想法，至于是否得当，留给严谨的读者来评判吧。

05　The fringed curtains of thine eye advance And say what thou seest yond. / 抬起你的被睫毛深掩的眼睛来，看一看那边有什么东西。

点评：仍是普洛斯佩罗的话。我们知道，普洛斯佩罗曾经是公爵，文化修养一定不一般，但是文学修养如此新鲜，真使我们大开眼界。The fringed curtains of thine eye，多么罕见的形象比喻，相当于汉语说"你眼睛那些带穗儿的帘子"，把睫毛夸张形容到这等程度，真是别开生面，令人大开眼界。当然，说到底，这些话都是莎士比亚写出来的。

朱译在处理这种不容易为中国读者理解和接受的英文表达时，往往采取变通的译法。这个句子里，朱译把fringed curtains直接译作"睫毛"，但知道距离原文还有差距，便恰如其分地增加了"被"和"深掩"，译文因此通顺而达意了。

需要强调的是，类似变通，在朱译里是常态。我们通过这个一目了然的句子，可以看出朱译的变通，是很有原则的，是紧扣原文的。

06 At the first sight They have changed eyes. / 才第一次见面，而他们便已在眉目传情了。

点评：这又是普洛斯佩罗的话。到底是公爵出身，想必年轻的时候也曾风流倜傥，招蜂引蝶的。这是他观察女儿见到费迪南德的情景，被老到的他一眼看穿。

这句英文很好，很现代的，一点不像莎士比亚时代的英文。Have changed eyes，就是"交换眼色"的意思。问题是一对年轻男女在交换眼色时，往往就有来电的瞬间。朱译把这个短语在这里翻作"眉目传情"，让人无话可说。

不过，如果做汉译英，用这句地道的英语翻译"他们一见钟情"如何？

07 I am more serious than my custom. / 我在一本正经地说话，你不要以为我跟平常一样。

点评：又是普洛斯佩罗的话。公爵本色的再现：该拿架子就得拿，别忘了咱是公爵。不管公爵说话的背景有多少，这个英文句子是很地道的，当然主要是莎士比亚写作诗剧的言语的特点。My custom看似简单，其实很难迻译成像样的汉语。说不清是因为莎士比亚出于音步的需要，还是当时流行的语言就有这样的特点，莎士比亚的言语中看似简单其实内容很丰富的词句，可以说很普遍。

遇到这样的句子，朱译从来不偷懒耍赖，偷工减料，而是想方设法翻译成大众读者能看懂的句子。按照如今生硬的译法，这个句子可以译为"我比我的习惯更严肃啊"。这成什么话？如果你就这么点能耐，还振振有词地说这种翻译是紧扣了原文，那么，读者也只好接受。如今的译文质量江河日下，大体上就是这样形成的。仅从字面上讲，"不要以为我跟平常一样"和than my custom似乎相距很远，其实，在这里，朱译的方法才是绝对要得的。

08 Well, I am standing water. / 哦，你知道我是心如止水。

点评：不管这话出自谁口，绝对应该流传千古。你要是能记住这句话，在任何场合拿出来一说，一准让人刮目相看，哪怕对方并未清楚你到底什么意思。

不过，真的，这句话到底是什么意思呢？

"嗯，我像水一样站着"或者"我站立如水"吗？

朱译知道这样翻译都是一些似是而非的话，所以增加了"你知道"相对well，把行为动作变成内心动作，译作"我是心如止水"，不管是否百分之百得当，都让人无话可说。

或许英国被大海包围着，人们对水别有一种感情。济慈的墓志铭里也把水用到了妙处：Here lies one whose name was writ in water.（这里躺着一个名字写在水上的人）。

09 He's in his fit now and does not talk after the wisest. / 他现在寒热发作，乱话三千。

点评：不管这话由谁来说，都称得上是言简意赅的好英语，只是越是好英语越不好翻译哦。之所以不好翻译，首先是弄懂它真正的含义就颇令人头疼。照如今翻译的路子，大体上可以译作：他现在正来劲，说话毫无章法。

朱译总是让人啧啧称赞。"乱话三千"之于does not talk after the wisest，真可谓艺高人胆大。全句读来，节奏性还很强，而且"寒热"和"乱话"是对仗式的遣词造句呢。

10 Enter Miranda; and Prospero at a distance, unseen. / 米兰达上；普洛斯佩罗潜随其后。

点评：明眼人一看，便知道这是舞台交代语。英文简单明了：有人上场，有人远远跟在后面，不让看见。舞台导演，就是如此这般交代的吧。

朱译不愿意啰唆，用"潜随其后"，这下真让人傻眼，尤其"潜"字出彩，别有洞天。

11 I am your wife, if you will marry me; If not, I'll die your maid: to be your fellow You may deny me; but I'll be your servant, Whether you will or no. / 要是你肯娶我，我愿意做你的妻子，不然的话，我将到死都是你的婢女，你可以拒绝我做你的伴侣，但不论你愿意不愿意，我将是你的奴仆。

点评：米兰达的话，在现代社会基本绝迹，原因自然是米兰达的世界有爱情，而现代社会更多的是物欲流动下的喧嚣和骚动。至于莎士比亚的时代是否有纯真的爱情，倒是也值得怀疑，因为米兰达的这段台词说得简直像不食人间烟火的仙女。反正从莎士比亚的人生经历看，他的爱情是大有问题的。仅凭他和妻子两地分居的状况看，自从婚姻的起始阶段接连生养了三个孩子，包括一对双生，后来再也没有子女出生，不仅他们夫妻的爱情值得怀疑，连他们的两性生活都值得加一个大大的问号。我一直相信，莎士比亚写爱情高出一般，是他的爱情饥渴症所致。

当然，从他的时代环境看，自从文艺复兴成为主流，人成了议论和肯定的中心，除了探讨生老病死，爱情确实是文人学士赞美和歌颂的重要题材。现代研究表明，人生的爱情是存在的，但是爱情激素充其量只能维持三个月，恒久的爱情是不存在的。也许正因为此，人们对爱情的渴望就成了一种被无限放大的现象。不难想象，从这个角度来看，莎士比亚时代的爱情和现代人的爱情，其差别恐怕也大不到哪里去。

从文学题材上看，文艺复兴以来，爱情是不断翻新的，常写常新的。诗歌、戏剧、小说、散文，哪种文学体裁都不敢忘掉爱情这个题材。所以人们说：爱情是文学描写的永恒的主题。

要让爱情成为不断翻新的题材，营造爱情的氛围是至关重要的。米兰达之所以对爱情这般执着，主要是因为她从出生以来，只见过两个男人，一个是老父亲普洛斯佩罗，一个是奴才凯列班。英俊潇洒的费迪南德一现身，她作为成熟少女的一切生命冲动一下子爆发，爱情成为主宰，其他都不在话下，这番话说得就再合理不过，尽管他们的爱情从现代观念上看属近亲结婚，她仍无所顾忌。当然，也许在莎士比亚描写的那个遥远的时代，近亲婚姻还是留住财产的流行套路。

米兰达的这番话,现代男子听了一定无限感慨;而现代女子听了,尤其女权主义者,一定感到气愤,耿耿于怀。莎士比亚的伟大就在于此。

米兰达为了表示自己对爱情的决心,把自己的身份界定为三种:妻子、婢女和奴仆。真可谓嫁鸡随鸡嫁狗随狗的翻版。朱译充分理解原文,字字句句都在汉译里有交代;to be your fellow You may deny me,"你可以拒绝我做你的伴侣"这句话尤其感人,替情人着想到如此弹性十足的地步,怕是信誓旦旦的爱情宣言都相形见绌的。

12 O, wonder! How many goodly creatures are there here! How beauteous mankind is! O brave new world, That has such people in't! / 神奇啊!这里有多少好看的人!人类是多么美丽! 啊,新奇的世界,有这么多出色的人物!

点评: 又是可爱的米兰达的话,正常人听来像怪味豆,但在少见多怪的米兰达看来,这些话发自肺腑。但是,这何尝不是莎士比亚的肺腑之言,而且这样的观点和赞赏口气,在《哈姆雷特》一剧中有过更精彩的阐述。How beauteous mankind is! 听来多么耳熟,基本是the beauty of the world的另一种说法。前一句这里译作"人类是多么美丽",而在《哈姆雷特》中译为"宇宙之精华",从此看出朱生豪对beauty这个词的理解和阐述。文艺复兴以来,美被界定为万物的最高级别,也就是精华。That has such people in't,这里译为"有这么多出色的人物",和《哈姆雷特》里的"万物之灵长",基本是一种意思。换句话说,写作在后的《暴风雨》里重新阐述这番话,可以说是莎士比亚对人类评价的盖棺论定,哪怕他在很多剧本里拐弯抹角地咬牙切齿地批判过人类的垃圾行为。

这里要着重讲几句的是"O, brave new world",朱译为"新奇的世界";另有一种译法是"美妙的新世界",不过这一译法很可能来自奥尔德斯·赫胥黎的著名小说《美妙的新世界》。说到赫胥黎,应该用小赫胥黎和大赫胥黎来界定,因为这个小赫胥黎的祖父托马斯·亨利·赫胥黎,是更有名气的大作《天演论》的作者。别的不好多说,有了这层关系,至少可以说小赫胥黎出身书香门第,他的思考是有传统的。他思考的传统如果上溯到莎士比亚，这难道不是很有意义的事情吗？

小结：《暴风雨》的译文稳定，平衡，对照起来都和原文相得益彰，有发挥但距离原文很近，有直译但译文绝少欧化。漏译现象不多，全剧大大小小都算上，总共也就二十来处，只有一处是两个人的对话，四句没有译出；其余漏译都可能是译者看漏了眼所致。总之，《暴风雨》属于朱生豪三十一个莎剧译本中质量恒定又准确的一部。

这出戏的看点是brave new world，很别致的表达，每个英文词儿都耳熟能详，合在一起却不能贸然翻译。我见过有人译为"勇敢的新世界"，似乎也没有什么不妥的，但是想一想世界不管多么新，要表现得勇敢起来却也不容易，因为"勇敢"这个中文词儿一般说来是形容人的，或者高级生命的。

一些词典索性把brave new world解释为"未来世界"或"未来的新事物"。不过我谨希望这个表达是莎士比亚首创的。

第二出 《维洛纳二绅士》

"二绅士"——瓦伦丁和普罗托斯——本是一对好朋友，但因他们双双爱上了西尔维亚，两个人的友谊马上发生了危机。普罗托斯撇下昔日的情人朱丽娅，尾随瓦伦丁从维洛纳来到米兰，而朱丽娅又扮成一个男孩，尾随普罗托斯而来。剧中的高潮是瓦伦丁为了发自心底的友谊，把西尔维亚让给了普罗托斯。普罗托斯始终扮演着一个不忠不义的角色：他先是不忠于他的恋人朱丽娅，接着逢场作戏，向瓦伦丁的恋人西尔维亚求爱，然后背叛友谊，在西尔维亚的父亲跟前说瓦伦丁的坏话，最后他总算背叛了他的恶劣行为，悬崖勒马，悔过自新，和朱丽娅和好如初。

在莎士比亚的时代，爱情和友谊的冲突，是一个很时兴的文学题材，其中最有代表性的作品是约翰·利利(Jhon Lyly 1533—1606)的《尤弗厄斯》。事实上，约翰·利利在当时是一个写喜剧的代表作家，他的作品在社会上很有影响，如他的《坎帕斯皮》和《恩底弥翁》，对莎士比亚的早期喜剧写作产生过一些影响。人间究竟是友谊重还是爱情重，这个问题怕是到今天都没有一定答案；也许正因为此，许多喜剧效果便容易写出来。作为莎士比亚的早期喜剧，剧中的题材和气氛都是成功的。

这个剧本除了在莎士比亚的时代上演，其最早的上演记录是一七六〇年，再往后，有案可稽的演出再难考证。后来，有人把这个剧本进行了改编，在音乐和布景上下了功夫，这个剧本的演出才取得最理想的成功。这个剧本虽有不足之处，但是其中的许多表现手法，莎士比亚在他后来的浪漫喜剧中发挥自如，成为他独特的创造。

这个剧本的名字，一共六个字，前三个字是意大利的一个地名，朱生豪把Verona译作"维洛纳"，一些版本便沿用了这个译法。朱生豪的时代还没有完善配套的地名手册，他按原文发音翻译为"维洛纳"三个汉字，算是很客观的。

本剧选出例句十个。

01　Home-keeping youth have ever homely wits. / 年轻人株守家园，见闻总是限于一隅。

　　点评：这是瓦伦丁的话，可算莎士比亚的一句箴言。瓦伦丁在剧中一直是个仁至义尽的好青年，这话出自他的口，很适合他的角色。当然，这是莎士比亚的经验之谈。如果他没有到伦敦闯荡，一直守在艾汶河畔的斯特拉福特小镇，即便做了小镇的能人，也不会超过他的父亲，因为他父亲是做了斯特拉福特镇的镇长的。环境决定见识，井底之蛙只能看见巴掌大的天空，那是因为它一直待在井底；倘若它有一天被打水的水桶打捞上来，它至少可以把井绳丈量一下。

　　朱译在处理这类箴言式的句子时，格外注意让译文也有格言的特点和内容。一般说来，能把home-keeping youth译作"守家在地的青年"，就很靠谱了，朱译用了"株守"，让"守"这个单字成为一个偏正词组式的双字，意思基本相同却得到了大大的加强。还有，"株守"这词还能让我们想到"守株待兔"的成语，意思就更丰富了。另外，"见闻"之于wits，灵活而达意；不过，如果把wits译作"见识"，是否更吻合一点？

02　That's on some shallow story of deep love: How young Leander cross'd the Hellespont. / 那一定是勒安得耳游泳过赫勒斯滂海峡去会他的情人一类深情密爱的浅薄故事。

　　点评：还是瓦伦丁的话。这句话不高深，却是见多识广的表现，还是塑造瓦伦丁这个正面形象的重要一笔。这里涉及一个传说：勒安得耳为了去见情人，不惜冒着生命危险游过赫勒斯滂海峡，结果淹死在海里。莎士比亚可能不喜欢这个传说，或者想到为了去见一个女子冒生命之险不值得，所以让正直厚道的瓦伦丁来讲，说明这个年轻人知道轻重。

朱译把两个英文句子合在一起，用了一个大长定语，试图用一句话交代清楚一个传说，基本上按照字面意思译出。这类句子，在朱译里占有相当比例，是朱译翻译能力的体现。也就是说，当朱生豪发现原文无法用灵活多变而又紧贴原意的汉语词句表达时，他有足够的能力来做直译性质的翻译。现在看来，朱生豪应该在这方面发挥更大的优势，让这样的译文超过百分之五十；那样的话，凭借他深厚的中英文功底，可能会给英汉翻译留下更加丰厚的遗产，以备后人学习。

这个句子可能还是分成两个句子翻译为好，给句子里涉及的传说，加一个注释，译文就更清晰了。

03　Your reason? 何以见得？

点评： 这句问话，可以翻译成"你的理由"或者"说出理由"或者"道理何在"。朱译"何以见得"，对强调朱丽娅这个有见识的女子，口气更好。

04　Now, by my modesty, a goodly broker! / 嘿，好一个红娘！

点评： 好英文，好表达。尤其by my modesty这样的谦辞，英文里很多，实际意思不大，却让译者颇为头疼。当然，你要按字面意思翻译，比如译作"恕我少见多怪"或者"恕我眼拙"，没有什么不可以，但是会让整个句子表达的内容不平衡，缺乏强调。朱译用一个"好"字代替它，可谓艺高人胆大之译法。虽然把两个形容词简洁得过了一点，但把后面的内容强调得十分醒目，效果令人叫好。

"好一个红娘！"确是好译文。朱生豪在翻译戏剧，借用中国戏剧的一个人物的形象，让台词更传神，更抓人。然而，这样的翻译，用一派文人学者的观点看，是过分汉语化了，这样的翻译不够严谨。他们的理论是：英国有没有一个红娘？对啦，这个剧本是写意大利古时候的事情，那么，意大利有没有一个红娘？以此论推，汉语成语中涉及历史人物的，不管虚构的还是实有其人，例如"江郎才尽"啦，"破镜重圆"

啦，等等，都不应该出现在翻译外国作品的文字中。在我做三十多年的外国文学编辑的岁月，这个问题一直是争论不休的。我发现，不主张这种过分汉语化的翻译的人，多数都是上年纪的人或者汉语文化一般的人。主张汉语化能做多好做多好的人，基本上都是注重译文文采的人。第三种人，则主张视语境来决定译法，上下文是关键，只要能让译文融会贯通，不存在什么过分汉语化或者相反。

我是第三种人，因此是赞成朱生豪这个出彩的译句的。我的理由是，戏中的朱丽娅是在两个女子中间说这句话，类似《西厢记》里红娘和崔莺莺两个女人的关系，只是并非主仆的关系。从语境上看，这样的译法是没有问题的。

05 While other men of slender reputation, Put forth sons to seek preferment out; Some to the wars, to try their fortune there; Some to discover islands far away; Some to the studious universities. / 人家名望不及我们的，都把他们的儿子送到外面去找机会：有的投身军旅，博得一官半职；有的到远远的海岛上去探险发财，有的到大学校里去寻求高深的学问。

点评： 潘西诺是剧中一个有想法的父亲，已经有一把经历了。这番话一听，就知道不是年轻人说的。这就是莎士比亚的手笔；什么人登场说话，一开口就要像这个人物的身份、地位、职业、学问、人品及心胸。这些和人类实际活动紧密相连的描写，莎士比亚基本上是写实的手法。他的作品能够经受四百年的检验而名声不衰，像一面镜子一样折射人类和人类活动，贴住人性写作是其主要支撑点。

朱译在翻译这类英语句子时，字面意思和字面意思后面的内容，尤其discover译作"探险发财"，算得上无缝对接。这当然是朱生豪的本领所在，但同时也说明，人类自从称之为人类以来，基本属性是没有多大改变的，因此人类组成的社会，尽管从社会发展阶段上可以分为奴隶社会、封建社会以及资本主义社会等，但是人类的基本活动，其实没有变化多少，至少没有发生性质方面的变化。比如这段话，如果出现在当今的一部小说里，或者一幕话剧里，或者一部电影、电视剧里，谁能说这番话不是在讲我们的现实生活？

"人家名望不及我们的"之于While other men of slender reputation, slender的灵活运用，当令我们当今的译者汗颜。

06 Ay, my good lord; a son that well deserves The honour and regard of such a father. / 是，殿下，他有一个克绍箕裘的贤嗣。

点评：朱译把a son that well deserves The honour and regard of such a father译为"一个克绍箕裘的贤嗣"，令人大开眼界。把儿子的主语身份，调换成父亲来做主语，这是朱译的常用手法之一，全看上下文的需求以及句子如何摆放更通顺。这里要强调的是"克绍箕裘"这个成语，如今的译者别说使用它，就是一看就懂的人，怕是也不多了；更有甚者，有的人连词典都懒得查，索性红口白牙地抱怨道：显摆什么啊？弄这些别人不懂的词儿摆这里，你吓唬谁呀？我亲耳听到过类似抱怨！

07 Dumb jewels often in their silent kind More than quick words do move a woman's mind. / 无言的珠宝比流利的言辞，往往更能打动女人的心肠。

点评：瓦伦丁的话。这话一出口，瓦伦丁这青年不同凡响之处，再无须多说什么了。这话要是出自一个老者，那是经验之谈；如果出自一个智者，那是诲人不倦；如果出自一个严格的父亲，那是教育儿子别娶来一个败家的娘儿们。这话偏偏由一个仁义厚道的青年说出来，这个青年的见识就一定高于同龄人了。

这样的话，无疑是莎士比亚的思考，当作警句让演员说给世人听的。

朱译对这样的表达心领神会，决意翻译成警句，一句英语分成两个汉语句子，两个句子都用了十一个汉字，言简意赅，朗朗上口，前后平衡。当然，"无言"之于dumb和in their kind，如果能有更兼顾的词或短语，也许更严谨。

08 My thoughts do harbour with my Silvia nightly,

30

  And slaves they are to me that send them flying:
O, could their master come and go as lightly,
  Himself would lodge where senseless they are lying!
My herald thoughts in thy pure bosom rest them;
  While I, their king, that hither them importune,
Do curse the grace that with such grace hath bless'd them,
  Because myself do want my servants' fortune:

相思夜夜飞，　飞绕情人侧；
身无彩凤翼，　无由见颜色。
灵犀虽可通，　宝迹人常退，
空有梦魂驰，　漫漫怨长夜！

  点评：把英语翻译成中国诗歌的固有形式，比如"五言"和"七言"，甚至长短句形式的词或令，基本上都只能意译，而且是望文生义性质的，丢三落四式的，传达原意百分之五六十就算很不错了。在朱生豪翻译莎士比亚的二百多万字的译文里，用中国格律诗的形式翻译的诗歌，比例很可观，但不是率性而为，一般来说都是按照元杂剧的形式，他认为必要的时候，才决心一试身手的。仔细阅读他的这部分呕心沥血的译文，你会感觉到他对中国古典戏剧的研究很深入，因此在翻译莎士比亚的剧本时，都竭尽全力翻译出元杂剧一类的味道。这是极其难能可贵的，是他在中国翻译史上留下的重要遗产，尽管对照原文出入比较大。只要是朱译，这部分译文应该保留，不应该借什么校订之名，随意改动。

09 Who should be trusted, when one's own right hand Is perjured to the bosom? / 要是一个人的心腹股肱都会背叛他，那么还有谁可以信赖？

  点评：瓦伦丁的话，同样充满辩证和见识。他在剧中一直充当一个成他人之美的厚道人，但是到头来却发现人和人就是不一样，人是很难改变的物种。阅读莎士比亚的喜剧，就是阅读瓦伦丁这样的正面人物；

这样的人物看懂了，莎士比亚要表达的东西也就看懂了。

朱译一如既往地把这样的话照警句翻译，译文确实就是警句的样子。"一个人的心腹股肱都会背叛他"之于 one's own right hand Is perjured to the bosom，是一种打乱重组的翻译，但是重组得铁桶一般结实，就让人无缝可钻了。这样的遣词造句，是朱生豪的专利，怕是今人望尘莫及了。

10 'Mongst all foes that a friend should be the worst! / 自己的朋友竟会变成最坏的敌人，世间没有比这更可痛心的事了！

点评：还是瓦伦丁的话，对朋友的蜕变和堕落，没有咒骂和怨恨，只有痛心和可惜，这是凡人一点点走向智者甚至圣贤的过程。有这样的感叹，年轻的瓦伦丁自然还嫩一点，说到底是莎士比亚的认识。莎士比亚的经历足够产生这样的感受，伦敦那时至少也有二十万人，从这样拥挤的人丛里往上挤，从一个牵马坠镫的打工仔干起，超常的心胸和见识，是必需的。

朱译这句话，基本上抓住原句的核心，根据上下文，用汉语的形式重新遣词造句。'Mongst all foes that a friend should be the worst 这句英语，照字面意思可以翻译成"所有的敌人中间朋友才是最坏的"，这话令人晕菜吧？如果翻译成"所有的敌人中间只数曾是朋友的那个最坏"，这样翻译貌似字字句句在照应，实际上还是加减了东西的。翻译就是这样一种进退有度的活儿，朱生豪掌握这个度，是最好的，尤其考虑到他是在翻译莎士比亚的作品。

小结：《维洛纳二绅士》系莎士比亚剧本中篇幅比较短的，因此，尽管故事跌宕起伏，但是线索比较单一：普罗托斯一直干坏事，瓦伦丁一直做好事。人物也比较单一：坏人普罗托斯只做坏事不做好事，好人瓦伦丁只做好事不做坏事。剧本怎么收场，成了观众的盼望。

整本戏，朱生豪的翻译都很到位，人物对话的喜剧效果都很好，属于译文平均水平很稳定的。较之《暴风雨》，漏译多出四五处，也是二十多处，但是人物对话漏译的四五处，都是两个人物的台词同时漏掉。以我的翻译和编辑经历看，译者不是故意漏掉的，仍属疏忽。这在戏剧对话的形式里，似乎比较容易漏掉，因为只要两个人物的对话都漏掉了，没有影响情节发展，译者无论怎么复查，都不容易发现漏掉了什么。

这出戏的看点是"嘿，好一个红娘！"，相对应的英语是Now, by my modesty, a goodly broker! 主要是翻译观念引发的是非曲直。

第三出 《温莎的风流娘儿们》

《温莎的风流娘儿们》约写于一五九八年，在莎士比亚所有的剧本中，这是唯一写到英国小镇风土人情和家庭生活的剧本，据说，原因就是伊丽莎白女王看过《亨利四世》后，对其中的喜剧人物福斯塔夫喜欢至极，下旨莎士比亚再写福斯塔夫，让他谈一场恋爱。莎士比亚因此点灯熬蜡，夜以继日，两个星期之内便赶写出了这部喜剧。一六○二年的初版中，错误多多，直到一六二三年的对开本，质量才得到了根本改进。

有趣的是，伊丽莎白女王终生未嫁，面对好几个德才兼备的爵爷的追求毫不动心，豪言说她这一生"嫁给了英格兰"，却对莎士比亚虚构的福斯塔夫如此偏爱，莫非她心仪的就是这样的人物，如果现实中存在的话？

《亨利四世》一剧中福斯塔夫是个怎样的人物呢？身段臃肿得如同大酒桶，五十啷当，穷困潦倒，混迹市井，寻开心，找乐子，是他人生的追求；在猪头酒店喝酒作乐，狎妓胡闹；平日里吹牛撒谎，战场上贪功倨傲。别看他是酒囊饭袋，却思路敏捷，出口成章，自我解嘲，转不利为有利，把对方设置的陷阱和圈套一一化解，不仅自己乐观开心，也让周围的人感到可乐。

怎样为这样一个人物量身打造一出喜剧呢？

一条线索写安妮·佩奇小姐从她爷爷那里继承了七百镑钱，又年轻貌美，引得医生凯厄斯、沙洛法官的侄儿斯兰德和青年芬顿都在追逐；法官让牧师埃文斯替侄儿保媒，岂料凯厄斯医生也在暗中活动，他们都托快嘴桂嫂出面说媒，结果身份高一等的法官大怒，要求和医生凯厄斯通过决斗解决问题。决斗场上，双方大呼小叫，实际上个个临阵胆怯，不是扑向对方，而是节节后退，最后双方握手言和了。佩奇小姐为这样的婚事而苦恼，不顾佩奇大娘的各种安排，打算与意中人芬顿私奔。另一条线索写福斯塔夫欲望和贪心并起，既垂涎佩奇大娘和福德大娘的俏丽，又瞄准了她们的财产，于是给两位大娘都写情信。两位大娘便串通一气，狠狠地捉弄他。先是让他躲进一个洗衣筐里，两个仆人连人带筐扔进了泰晤士河边的烂泥沟里。二次是逼着福斯塔夫穿戴成一个又胖又丑的巫婆逃脱，最后是把福斯塔夫交给一群装扮起来的精灵进行肉体折磨，搞得他狼狈不堪，当众出丑。临近尾声，一切看似乱了套，一切却自有规则，大家只是以福斯塔夫为中心演出一场闹剧，开开心心地欢笑一场。

落伍人物的丑态、市井人物的庸俗、青年男女的恋爱自由，《温莎的风流娘儿们》一剧充分表现了莎士比亚早期喜剧的乐观向上的人文精神。情节迭出，人物饱满，可惜因为剧本是赶写的，多有破绽点，不知伊丽莎白女王看出没有？

本剧虽为伊丽莎白女王、詹姆斯一世以及查理一世先后演出过，但是一开始很多莎学专家却不怎么喜欢。例如著名散文作家查尔斯·兰姆姐弟在编写《莎士比亚戏剧故事》时，索性把此剧略去了。时至一七二〇年后，观众和专家学者才一致地喜欢上了它，各路画家为它插图，各路作曲家为它谱曲，温莎的风流娘儿们才在世界各地风风光光地"风流"起来。

梁实秋此剧的译名为《温莎的风流妇人》。妇人，即已婚的女人也。娘儿们的含义要多一些，指成年妇女，也指妻子。如今戏说马云的成功背后是数以万计的败家娘儿们，因此娘儿们这个词儿就别有风趣了。

本剧选取了十七个例子。

01 I will answer it straight; I have done all this. / 明人不做暗事，这一切都是我干的，现在我回答你啦。

点评：这是福斯塔夫登台表演的第三句台词，面对人家的指控，他毫不退缩，满不在乎，颇有市井英雄的样子，和《亨利四世》里的草莽英雄如出一辙。两个句子用词平实，没有生词，结构规矩，主谓宾清楚，读来毫不费劲，意思一目了然。不过细读之下，还是感觉到莎士比亚造句颇费心机，answer it不只是"回应这事"一层意思，还有"这事找我算找对人了"这层意思。因此，把这句话翻译成"我来直接回答这件事"总有不尽如人意之处。

朱译把两句英语分成三句简短的汉语，先用"明人不做暗事"意译第一句，"这一切都是我干的"逐字逐句直译，"现在我回答你啦"既照应了一下anwser这个英文词儿，又和对话人直接交锋，不仅台词饱满，福斯塔夫这个人物也凸显出来了。这种译法也是构成朱译的主要章法之一，很可取；尤其"明人不做暗事"这种地道而十分口语化的汉语，是当今译文中十分缺乏的。

02 Mistress Ford, by my troth, you are very well met: by your leave, good mistress. / 福特大娘，我今天能够碰到你，真是三生有幸；恕我冒昧，好嫂子。

点评：福斯塔夫这时候还是一副牛哄哄的样子，说话底气很足，做事更是不拘小节。这话说过，他凑上前去，不管不顾地吻了福特大娘。鲁莽和轻浮都有了。

英语很地道，前一句主谓宾齐全，但是被动式的，这点往往被人忽略。插入语by my troth，或许现代英语不多用了，但是莎士比亚的时代想必是流行的，否则莎士比亚不会用在台词里讲给文盲居多的观众听。后一个句子省略很多成分，但是主语you是清楚的，因为有your响应了。

朱译把被动语态里隐藏的by me拉出来，确立为主语，一个以"我"为主的汉译句子就成立了。译者这样做可不是率性而为，而是by my troth里的my就有"我"，因此把by my troth译作"真是三生有幸"是指"我"的艳福，译句立时便闪亮起来。By your leave本来是"请允许我"或者"对不起"之意，表示冒昧行动或者不受欢迎的动作的谦辞，但"我"一出面就凑上去吻人，"恕我冒昧"的意思并非真有冒昧，而是得意，敢做："老子就这样子"。

03 Wife, bid these gentlemen welcome. Come, we have a hot venison pasty to dinner; come, gentlemen. I hope we shall drink down all unkindness. / 娘子，请你招待招待各位客人。来，我们今天烧好一盘滚热的鹿肉馒头，请各位尝尝新。来，各位朋友，我希望大家一杯在手，旧怨全忘。

点评：佩奇是剧中一个比较大大咧咧的男人，对自己的老婆是否出轨，不大在乎，至少在嘴上是很硬气的。实际生活中，确实存在这种男人，只要明白老婆心里有自己，老婆平日的形容举止，基本上听之任之。一个剧本要写出戏剧性来，写出情节来，写出热闹来，首先要写出人物性格来，而人物的台词是凸显人物性格的重要一环。这番话讲得很潇洒，很有男人的范儿。整句英语基本上没有什么生僻的词儿，可能venison和pasty不好确定与汉语相对的名字，因venison可以理解为"野味"，而pasty基本指软面团做成的食物，面条、馅饼和发糕都在其内。

"娘子"之于wife，应当是对中国传统文化熟知的人用得出来的词儿，现代汉语这样的称呼基本上绝迹了。佩奇一声"娘子"便让人对他在家庭里的地位心里有数了，而"请你"又听得出他对妻子的尊重。"馒头"之于pasty，新鲜，放得开，符合众人分食的场面，因为馒头在中国总是一笼可以蒸出一大堆的。"请各位尝尝新"似乎只有dinner可算相应的英语，为突出佩奇的好客多出来一些内容。I hope we shall drink down all unkindness的汉语意思，大概等于"我愿大伙儿借酒消融一切恩怨"，而朱译为"我希望大家一杯在手，旧怨全忘"，不仅译出了句子的意思，更让佩奇这个人物一下子潇洒起来了。一句到位的传神的译文，在戏剧中，可以让一个人物当场闪亮。

04 But can you affection the 'oman? Let us command to know that of your mouth or of your lips; for divers philosophers hold that the lips is parcel of the mouth. Therefore, precisely, can you carry your good will to the maid? / 可是您能不能欢喜这位姑娘呢？我们必须从您自己嘴里——或者从您的嘴唇里——钻牛角尖的哲学家认为嘴唇就是嘴的一部分——知

道您的意思,所以请您明明白白回答我们,您能不能对这位姑娘发生好感呢?

点评: 埃文斯牧师的话。原文是用散文写的,很口语,还有点转文,像小说里的人物对话。埃文斯是剧中的牧师,文化人,卖弄点哲学,很自然。

朱译完全随着原文的调调和口气走,字字句句都交代得清楚。为了强调说话人的中心意思,译者把for引起的一个转文的句子,用插入语译出,这是当今译者特别喜欢的一种处理句子的办法。可见,朱生豪如果能有时间翻译几部英语小说,一定会是不可多得的翻译遗产的。

05 Nay, Got's lords and his ladies! You must speak possitable, if you can carry her your desires towards her? / 天上的爷爷奶奶们!您一定要讲得明白点儿,您想不想要她?

点评: 还是牧师埃文斯的话,基本上是接着上句台词写下来的,最令人吃惊的是他喊出来Got's lords and his ladies!这句话,不禁让我们纳闷儿英文也有这样的感叹语呢,还是莎士比亚的独创?或者,惊叹莎士比亚对世俗语言是如此了如指掌。不过,这段台词还是怪怪的,比如possitable这个英文词儿,好像是个别词儿,说不清是转文转得大发了,还是情急之下生造了一个词儿。另,if you can carry her your desires towards her这个条件句,正常句序应该是if you can carry your desires towards her,果真如此,那么显然多了一个her,表明这个埃文斯牧师是个银样蜡枪头,驴粪蛋表面光。如果是这样,说明莎士比亚对牧师这种人很有看法。

朱译"天上的爷爷奶奶们"之于Got's lords and his ladies,天衣无缝。

06 Why, look where he comes; and my good man too: he's as far from jealousy as I am from giving him cause; and that I hope is an unmeasurable distance. / 哎哟,你瞧,他来啦,我的那个也来啦;他是从来不吃醋的,我也从来不给他一点可以使他吃醋的理由。我希

望他永远不沾吃醋的边儿。

点评：佩奇太太的话，一听就像"佩奇大娘"的身份，入世，快活，有点想风流，可是丈夫不给她机会，所以呢，她把话反过来说：我不给他吃醋的理由。问题是，自己的长相和举止能不能吸引男子的眼球，能不能赢得一些回头率。英文里有as… as…这个句型，又把far from这个词组加进去，强调又强调，可见莎士比亚遣词造句一贯自如。

He's as far from jealousy as I am from giving him cause这句英语如今一般译作"如同他一点不吃醋一样，我也不给他吃醋的理由"，而朱译把一个句子分作两段，用两个"从来"强调两次，一个为自己挣面子的女人形象便清晰了许多。这个译句紧扣原文，但一点也不刻板，关键是"我的那个也来啦"译得活泛而传神，表明佩奇大娘是一个很会讲话的人。当然，这还是莎士比亚在给人物分配台词时胸有成竹，非同一般。

07 I have seen the time with my long sword I would have made you four tall fellows skip like rats. / 不瞒您说，我从前凭着一把长剑，就可以叫四个高大的汉子抱头鼠窜哩。

点评：沙洛是剧中的乡村法官，但在剧中颇有几分仗势压人的样子。莎士比亚对乡下这种人想必比一般作家更了解，因为莎士比亚的时代人们受教育的程度很低，法律观念也在起始阶段，这种人差不多只空顶了头衔。因此，莎士比亚给的名字是shallow，此词儿的含义是"肤浅和浅薄"。然而，越是这样的人物越喜欢虚张声势，他的这番台词便是再好不过的证据了。

朱译的"叫四个高大的汉子抱头鼠窜哩"之于英语made you four tall fellows skip like rats，完全算得上定译，译家有如此相配的汉语成语，用在莎士比亚生动的表达里，可谓朱莎合璧的范例了。

08 But what says she to me? Be brief, my good she-Mercury. / 可是她对我说些什么话？简单一点，我的好红娘儿。

点评：福斯塔夫说话不靠谱，可知识面儿却小觑不得。这不，墨丘利这个古罗马神话的人物，他都能脱口而出；令人刮目相看的是，他还有本领把为罗马众神传递信件、掌管商业、监控道路的男神变成女儿身。当然，这还是莎士比亚的智慧在外溢，只在前面加了一个she。莎士比亚这是一箭双雕：既利用这位古罗马邮差传送信件，又利用英语造词的灵便。

如同越是地道的英语表达越难翻译一样，英语这种灵活性很多时候给英译汉带来很大困难，有的情况简直不可逾越，只好加注释出来。朱译索性把"女墨丘利"翻译成了中国戏剧传统人物——红娘，译法值得注意。合理之处是莎士比亚起用了一个罗马神话人物，朱生豪起用了中国文化中的一个艺术形象，都有传奇性质。如同我在别的地方提及的，一派专家学者和译家反对这样的译法，我在莎士比亚的《二绅士》一剧里简单讨论过使用"红娘"这个词儿的利弊得失，基本上持赞成态度，主要理由是《二绅士》里代指的是一个成人之好的女子，这出戏里也指这样一个女子——媒婆子快嘴桂嫂。

09 This punk is one of Cupid's carriers: Clap on more sails; pursue; up with your fights: Give fire: she is my prize, or ocean whelm them all! / 这雌儿是爱神手下的传书鸽，待我追上前去，拉满弓弦，把她一箭射下，岂不有趣！

点评： 比斯托尔是福斯塔夫的跟班，有些兵痞的气息，说话有趣，脾气火暴，莎士比亚因此给他取了"比斯托尔"这个名字，用汉语说就是"火枪"之意；说他生来就是个扛枪的料也好，说他脾气一点就着也罢，总之，他在行伍行列里还是一个有些见识的人，所以说出来的话有些文化背景。他这里在讥诮快嘴桂嫂，把实际中的媒婆和爱情天使丘比特相提并论，让介于天神和凡人之间的丘八抖出威风来，使得这戏份不多的人物给观众和读者留下印象。

《温莎的风流娘儿们》百分之八十的台词都是散文写成，这段台词却是用诗句写就，说不清莎士比亚为什么这样做。英语写得比较碎，却有节奏，动词多便动作多，标点符号也多，冒号分号逗号感叹号，一共用了七个。说实话，这种现象比较容易引人注意，但为什么使用这么多形式的标点符号，却比较费解。也许是为了说话人的口气、习惯与停顿，也许是当时写作剧本的一种语言习惯。

朱译没有特别注意这么多语言现象，顺着爱神这个形象一路译出，通顺，意思明白。但是和原文有不小距离，基本上是意译的，像up with your fights和or ocean whelm them all这两句，译文基本上就没有反映，说不清是漏译还是大而化之。像这样的译文，在朱译里并不多见，百分之五的比例。

10 Money is a good soldier, sir, and will on. / 不错，金钱是个好兵士，有了它就可以使人勇气百倍。

点评：这与其说是福斯塔夫的人生观，不如说是莎士比亚对钱的看法。这话完全可以当作口头禅来说。

朱译的"有了它就可以使人勇气百倍"之于and will on，译文的外延内容可能多了一点，但是与前面的译文连接紧密，可算好译文。

11 To see thee fight, to see thee foin, to see thee traverse; to see thee here, to see thee there; to see thee pass thy punto, thy stock, thy reverse, thy distance, thy montant. Is he dead, my Ethiopian? Is he dead, my Francisco? Ha, bully! What says my Aesculapius? My Galen? My heart of elder? Ha! Is he dead, bully stale? Is he dead? / 瞧你斗剑，瞧你招架，瞧你回来，瞧你这边一跳，瞧你那边一闪；瞧你仰冲府刺，旁敲侧击，进攻退守。他死了吗，我的黑金刚？他死了吗，我的法国人？哈，好家伙！怎么样；我点的罗马郎中？我的希腊神医？我的老朋友？死了吗，我的老冤家？他死了吗？

点评：如同我在很多处提及的，莎士比亚喜欢在一段台词里使用重复的词，吸引听众的注意力，强调剧中人物的性格和形象。店主在剧中是个闲人，喜欢挑点事儿但很有分寸，耍点架子但适可而止。这段话他一开始就用了六个to see，把两个人决斗说得绘声绘色，活灵活现。

莎士比亚在他不同的剧本里，多次利用Ethiopian这个词代表黑人，难免让人感到奇怪，其实不应该感到意外，因为在古埃及的时候，那里的人们把他们以南的地方都称之为Ethiopian，不是指现代埃塞俄比亚这个国家。Aesculapius，汉译"埃斯科拉庇俄斯"，古罗马神话中的医神。Galen，汉译"盖仑"，则是古希腊的著名医生。在台词里恰如其分地使用各种外来因素，充分说明莎士比亚的知识渊博，眼界开阔。另一方面，台词里有这些外来因素，要给台下的观众传达什么且不论，当时的英国观众喜欢听就很了不得了。

朱译把Ethiopian译作"黑金刚"，极其传神，极其准确，又很口语化，值得学习。至于Aesculapius和Galen，当今翻译这些外国人名，都是译出相应的汉语名字，然后加一个注释。朱生豪把Aesculapius译作"罗马郎中"，而Galen译为"希腊神医"，基本上是他消化这些外国人物的原则之一，那就是译者把生僻的内容消化透彻，用汉语化很高的表达翻译出来，这自然有利于译文流畅，有利于观众听明白，是一种可取的翻译态度，无可厚非。至于这两处译文，一个罗马郎中，一个希腊神医，节奏和对仗都照顾到了，很了不起的。这样一来，整段台词绘声绘色，一次决斗的场面便如见其人如闻其声了。

12 Got's will, and his passion of my heart! I had as lief you would tell me of a mess of porridge. / 哎哟，气死我也！你们向我提起他的名字，还不如向我提起一块烂糨糊。

点评：埃文斯牧师说话总有些拿捏的劲头，不仅喜欢感叹，还喜欢拿上帝做证。为了拔高自己，最好的办法是贬低别人。英文tell me of a mess of porridge，在汉语里大概等于"一盆糊糊"，估计是莎士比亚时代老百姓爱说的话，用来形容人，相当于中国民间那句歇后语：马尾拴豆腐——提不起来。可见莎士比亚多么看重民间的流行语言。他的写作在四百年后还活力十足，与他写作时十分注重使用活的语言很有关系。

朱译把his passion of my heart译为"气死我也"，说明朱生豪对原文和上下文吃得多么透。A mess porridge译为"一块烂糨糊"，极传神。

13 Nay, keep your way, little gallant; you were wont to be a follower, but now you are a leader. Whether had you rather lead mine eyes, or eye your master's heels? / 走慢点儿，小滑头，你一向都是跟在人家屁股后面跑的，现在倒要抢在人家前头啦。我问你，你愿意我跟着你走呢，还是愿意你跟着主人走？

点评： 佩奇大娘是一个很有些智慧的主妇，开口说话很有自己的色彩。这样的小镇居民，当然是莎士比亚信手拈来的人物，为她们写台词，一定是件乐事。

朱译很有特色，little gallant译作"小滑头"，follower译作"跟在人家屁股后面"，而leader译作"倒要抢在人家前头"，可谓进得去出得来，英语和汉语都是他拿手的武器；尤其后面两句，都是从一个英文词里化出来的，可谓真正的翻译高手。

14 Good Mistress Page, for that I love your daughter In such a righteous fashion as I do, Perforce, against all checks, rebukes and manners, I must advance the colours of my love And not retire: let me have your good will. / 佩奇大娘，我对令爱的一片至诚，天日可表，一切的阻碍谴责和世俗的礼法，都不能使我灰心后退；我希望能够得到您的好意。

点评： 芬顿是剧中的英俊少年，和佩奇小姐很般配。但是家境平平，除了佩奇小姐看重他的人品和相貌，佩奇大爷和佩奇大娘都持保留态度。但是佩奇大娘的态度有可塑性，机灵的芬顿好不容易逮住一个机会，就发表了他的爱情声明，字字句句都能打动人心。还是我说过很多次的话：莎士比亚一遇到写爱情，就特别来精神。这段台词是用诗句写成的，而且遣词造句行云流水，一气呵成。

朱译的"天日可表"之于in such a righteous fashion，都有强调的口气，而汉语的表达似乎略高一筹，可见良好的译文是可以为原文增色的。I must advance the colours of my love的意思是"我要利用爱情的勇气"，译者为了与后面的not retire保持一致，用否定之否定，让译句十分通畅，可读。

15 　A kind heart he hath: a woman would run through fire and water for such a kind heart. / 他的心肠真好，一个女人碰见这样好心肠的人，就是为他到火里去水里去也甘心。

点评：快嘴桂嫂在剧中是一个靠传话挣几个小钱的女人，做媒和拉皮条都拿手，嘴皮是她的武器。莎士比亚送她Quickly，相当于汉语的"快捷、迅速、脚下抹油"等意思。随便一提的是，《温莎的风流娘儿们》的剧中角色，是莎士比亚取名字最用心的，几乎每个人名都有一些含义。

朱译在翻译这些人名时，可能受《快嘴李桂莲》话本小说影响；"快嘴桂嫂"是一种很地道的汉化翻译，既照顾到了"快捷"之意，又顾及了她是一个类似媒婆的女人，嘴快，嘴甜，因此加了"桂嫂"，这下又照顾到了quick这英文词儿的发音，还因她是女人的性别，面面俱到，"快嘴桂嫂"是本剧中最令人难忘的译名之一。

英文run through fire and water可以和汉语的"赴汤蹈火"平等交换，但是朱生豪可能觉得桂嫂这样的市井小民不懂"赴汤蹈火"这样文绉绉的词儿，所以译为"到火里去水里去"，既符合这样小市民的文化程度，也别有一番生动。我们不禁会惊叹莎士比亚对英语中这样的用语十分熟悉，运用自如，而朱生豪翻译这番话字字句句照应了英文原文，十分忠实而又十分传神。

16 　Why, Sir John, do you think, though we would have thrust virtue out of our hearts by the head and shoulders and have given ourselves without scruple to hell, that ever the devil could have made you our delight? / 爵爷，我们虽然愿意把那些三从四德的道理一脚踢得远远的，为了寻欢作乐，甘心死后落地狱，可是什么鬼附在您身上，叫您相信我们会喜欢您呢？

点评：又是佩奇大娘说的话，不仅会说话，还会使用一些成语，by the head and shoulders就是一个，话说得很带劲，恐怕内心活动也不少，因为福斯塔夫始终对她不怎么上心，却像一只苍蝇一样，一直盯着福特大娘，她心里难免失衡。世上的女人都喜欢奉承，都喜欢被人爱，而福斯塔夫偏偏始终没有向她表示爱意，最后佩奇大娘难免心一横，把话尽量往狠处说，很典型的女人心态。

朱译把virtue译作"三从四德"，很汉语化的译文，因为是描写女人，可以把中国的文化嫁接给英国主妇的。By the head and shoulders相当于汉语的"大大超出、远远抛出"等意，但译者没有按照现成的成语翻译，用了"一脚踢得远远的"，足见译者对原文的理解之准，之深，之活。另外，"鬼附在你身上"这样的译文，也是很地道的表达。

17 Stand not amazed; here is no remedy: In love the heavens themselves do guide the state; Money buys lands, and wives are sold by fate. / 木已成舟，佩奇大爷您也不必发呆啦。在恋爱的事情上，都是上天亲自安排好的；金钱可以买田地，娶妻只能靠运气。

点评： 福特大爷是本剧中的主要人物之一，是个爱吃醋的老爷们儿，偏偏他的娘子福特大娘有几分姿色，因此他在剧中始终是一个醋缸子，把福斯塔夫浸泡得很难受。他这番话讲得很潇洒，其实是说给别人听的，遇到他家娘子卖弄风流，不管真假，他还是一个大醋缸。莎士比亚总是能抓住剧中人物的性格，让他们说出话来不仅符合身份，还符合性格。

朱译的"木已成舟"之于here is no remedy很敢译，很地道，值得学习。Money buys lands, and wives are sold by fate，应该是一句非常地道的英语，把妻室和田地放在一起衡量，是农业社会经济和文化的反映，与中国"二亩田地一头牛老婆孩子热炕头"的农业文化颇有相通之处。莎士比亚之所以伟大，就是他的人生观、社会观和世界观，都高出一般作家。英语说得轻松、诙谐，但内容却是有背景、有来头的。朱生豪能贴住莎士比亚的见识翻译，也是朱生豪的人生观、社会观和世界观高出一般译者的结果。"金钱可以买田地，娶妻只能靠运气"，像诗句，像对联，看来顺眼，读来押韵。所以，朱生豪的散文翻译，诗意十足，是那些所谓诗译莎士比亚译本远远比不上的。

小结： 很难想象，这是莎士比亚两个星期赶写出来的喜剧。各路莎学专家，一贯声称《暴风雨》是莎士比亚独立创作的剧本，为什么不把《温莎的风流娘儿们》算上？我倒认为它是一出很平民化很有喜剧色彩的喜剧。这个剧本百分之八九十使用了散文体，台词更活泛，台词内容也更有层次，例如描述决斗的台词，令人叫绝。

朱生豪翻译得比较轻松，口语化程度也高，可能是因为散文句子居多之故；传神的台词也很多，也可能得益于戏文散文多。估计译者翻译这个剧本速度比较快，漏译的地方大小有四十多处，而且是小的遗漏占多数。

本出戏的Ethiopian是一个看点，因为剧中没有黑人，而剧中人物仍使用这词儿，可见英国人对人类的肤色很敏感。种族主义虽然是一个世界性的观念，其实，我以为，多与黑与白两种肤色有关系。

第四出 《一报还一报》

一个面容姣好的女人为搭救一个男性亲戚，千方百计找途径。但是遇上一个大权在握、思想龌龊的男人，对她垂涎欲滴，邪念顿生。在十六世纪，这样的故事已成为一个比较时髦的文学题材，许多诗人和作家都写过类似故事。莎士比亚写《一报还一报》，灵感和素材都受惠于这样的环境。

莎士比亚生前有幸读到了英文《圣经》，这对他的道德喜剧是有影响的。《圣经》中"以牙还牙"的话就很可能对他为这出戏取名字产生了影响。

剧中的故事是这样的：女主人公伊莎贝拉的弟弟克劳迪奥和恋人朱丽叶未婚先孕，触犯了法规。安吉洛作为维也纳公爵假期中的代理摄政，对克劳迪奥的行为表现得特别苛刻，坚持按法律治克劳迪奥死罪。伊莎贝拉为了救回弟弟的生命，去向安吉洛求情。安吉洛于是乘人之危，提出一个苛刻的条件，那就是只有伊莎贝拉答应和他通婚，他才会高抬贵手，饶她弟弟一条性命。道德问题于是就摆在了观众面前。克劳迪奥真心爱着恋人朱丽叶，爱到炽情处朱丽叶怀了孕，他难道因为爱恋真的要被处死吗？安吉洛凭着手中的权力，胁迫伊莎贝拉嫁给他，以此为条件赦放克劳迪奥，就不是犯罪吗？如果是犯罪，谁来治他的罪？治他什么罪？如果不是犯罪，天下还有没有公道？伊莎贝拉为了救下弟弟，虚应故事，一方面答应了安吉洛的要求，一方面又向维也纳公爵告状。公爵主持公道，对安吉洛还以"一报还一报"的惩罚。关键时候安吉洛的原配恋人玛丽安娜顶替伊莎贝拉完成了"床上的把戏"，使伊莎贝拉保持了贞洁，原谅了安吉洛。

过去的学者和评论家认为《一报还一报》，如同《威尼斯商人》一样，其道德主题是公正和怜悯。当代的学者们则认为它很微妙地涉及性和死亡的问题，因而称之为"问题戏剧"。另有学者把它归入探讨性的道德的戏剧；其中关于权力的滥使和善使的探索，即使在二十世纪的今天，也是一个很有意义的话题。

这些各执一端的见解，只能说明一点：莎士比亚的作品是一大富矿，任由你去挖掘，从来不会让你失望。

梁实秋把剧名译为《恶有恶报》，简练是特色，但汉语的意思似乎有些过，因为安杰洛最后没有得到"恶报"，剧终是一个圆满结局，是一出喜剧。

本剧选出范例十五个。

01　Always obedient to your grace's will, I come to know your pleasure. / 听见殿下的召唤，小臣特来恭听谕命。

点评：这是安吉洛见公爵时的话，说得很有修养的样子，很谦恭，仿佛真的是一个唯命是从的下属。人的两面性，莎士比亚什么时候写来都得心应手。

朱译把Always obedient to your grace's will译作"听见殿下的召唤"，不是字面的意思，可以说是意译，又不是一般意义上的意译，而是在上下文所允许的范围里选择汉语表达的结果，所以下半句的 I（我）才可以顺理成章地翻译成"小臣"。这种称谓很陈腐，很封建，等级森严，不过这些正是《一报还一报》这出戏的时代背景。因为有了前文的"召唤"，下句的"恭听谕命"，就顺理成章了。这不是乱译，而是原文your grace's will与your pleasure就有内在的联系。安吉洛对上阿谀奉承，对下滥施淫威，这句话是很好的铺垫。

这样的译文的现实意义，就是当今的译者因为汉语文化修养不够，再没有人能翻译出来这样的文字了。

02　I'll wait upon your honour. / 谨遵台命。

点评：这句英语虽然没有生词，却也不是两个人对话的一般表达。谦恭的含义是明显的。这样的造句，在现代戏剧里是不会用了。

朱译一旦对哪个剧本的格调确定下来，译文就要做得前后一致。这句译文和上句是一种风格，一种译法，说明译者是很用心的。对于这样的译文，我们应该当作教科书来学习，从而保证自己的翻译不显呆板。

03 As surfeit is the father of much fast, So every scope by the immoderate use Turns to restraint. / 过度的饱食有伤胃口，毫无节制的放纵，结果会使人失去了自由。

点评： 这是克劳迪奥的后悔药。他和情人朱丽叶烈火干柴，为图一时快活而犯下了通奸罪。年轻人做事顾前不顾后，对鲁莽的后果往往看不清楚；惹祸了才知道后果严重。这话说得如此有深度，当然也有莎士比亚的生活经验。克劳迪奥和朱丽叶只是没有结婚就上了床，而莎士比亚则是地地道道的未婚先孕了。英语表达极好，用词准确，形象生动。

朱译扣住原文的含义，轻视一些英文用词的习惯，使得这个句子具有了格言的特质。The father of much fast是一句很有特色的英语表达，father在这里是转意的表达，朱译"过度"，灵活而不损原文，可赞。Turns to restraint汉译意思是"变成了束缚"，朱译取其反义，译为"失去了自由"，自有原则和道理，很可以学习的。这是朱译里使用最多的翻译方法，全看作者的写作意图、原文的含义、人物的需求以及句子的通顺而定，一些专家学者把此法当作朱译的不严谨，肯定是错误的看法。不过，能这样做翻译的，从我接触的范围来看，也只有朱生豪有这样的资质，而且似乎也只能在翻译莎士比亚的作品时运用自如。也许，这也是莎士比亚的愿望。

这句话，无论原文还是译文，都可以算作警句。

04 Our doubts are traitors And make us lose the good we oft might win By fearing to attempt. / 疑惑足以败事，一个人往往因为遇事畏缩的缘故，失去了成功的机会。

点评： 卢西奥的话。卢西奥在剧中算不上一个重要人物，但是同样能说出这样参悟人生的话。莎士比亚所以成功，无论作为剧作家还是

49

剧团股东，应该是他很少会犯这样的错误。英语表达很特别，尤其our doubts are traitors，字面意思是"我们的疑虑是背叛者"，很抓人的。

朱译把out doubts are traitors译作"疑惑足以败事"，令人啧啧称赞；有这样的话打头，下面的话就很容易为人所接受了。

05 Some rise by sin, and some by virtue fall; Some run from brakes of ice, and answer none; And some condemned for a fault alone. / 也有犯罪的人飞黄腾达，也有正直的人负冤含屈；十恶不赦的也许逍遥法外，一时失足的反而铁案难逃。

点评： 埃斯卡勒斯在剧中也算不上主要人物，是一老臣，因此针砭社会时弊同样一针见血。人类社会从来都不是世外桃源，不是天堂，不公平是常态，所以我们才要不断改变这个社会，希冀一个公平公道的社会。《一报还一报》所以是一出好戏，不仅在于它揭露社会问题，批评人性的弱点，还在于其中的台词都很有思考性。

朱译的"飞黄腾达"之于rise by sin，"负冤含屈"之于by virtue fall，"逍遥法外"之于from brakes of ice and answer none，"铁案难逃"之于condemned for a fault alone，都是四个汉字，有的是成语，有的类似成语，让译文念起来朗朗上口，铿锵有力。我说朱生豪理解莎士比亚高出一般人，而他的国粹修养同样不同凡响，道理就在这里。如果把这句话作为一种试题，明确告诉你要尽量用类似成语的句式或语汇，把这段台词翻译出来，能胜任的有几个？

当然，如果能紧扣字面意思，把原文译出，而且文从字顺，甚至不乏文采，应该是首选，因为成语尽管简练，汉语化程度高，但是丢失原意的现象在所难免。

06 Alas, He hath but as offended in a dream! All sects, all ages smack of this vice; and he To die for't! / 唉，他不过在睡梦之中犯下了过失，三教九流，年老的年少的，哪一个人没有这个毛病，偏偏他因此送掉了性命！

点评： 狱吏在剧中是个小人物，旁观者，但是对生命的毁灭还是蛮有感慨的。这番话的哲理在于个体的不幸就是个概率问题，即便所有的人都犯一样的错误，但是你偏偏成了倒霉的那个，那就只能承受命运的不公。不过这番话，还有为性事辩解的成分，因为性是一种本能，生命繁衍的必要行为，为了生命延续而丢掉性命，令人感叹。

当然，这些思想都是莎士比亚的。

朱译理解了这些意思，在紧扣原文的基础上，把all sects用"三教九流"概括，准确而精当，接下来对all ages smack of this vice大加发挥，译作"年老的年少的，哪一个人没有这个毛病"，显示了译者驾驭译文的高超本领。不过，如果对this vice琢磨一下，能感觉到莎士比亚的时代对性事是鄙视的，当作一种罪过看待，不知是宗教所致，还是风气所致。译者把这个词儿译作"毛病"，而不是罪孽，可见译者对两性的开放态度。

07　You're welcome; what's your will? / 有劳芳踪莅止，请问贵干？

点评： 安吉洛的话。还是文绉绉的，对女性貌似尊重，但是也许这时他的贼心早已在蠢蠢欲动了。

朱译按照人物在剧中的表现，翻译出人物的口气，很了不起。这是译文成熟的标志，当然就是译者成熟的标志了。一般译者能把莎士比亚翻译出蹩脚的译文就要当专家了，哪里还顾得了这么多？

所以，认识朱生豪翻译莎士比亚的戏剧对汉语做出的贡献，是一个不小的任务呢。

08　Bound by my charity and my blest order, I come to visit the afflicted spirits Here in the prison. / 贫道存心救世，兼奉教中之命，特地来此访问苦难颠倒的众生。

点评： 公爵的话。剧中的公爵是个智者，如果算不上圣贤的话。莎士比亚对君主、国王和皇帝这类左右臣民生活和生命的人，要求很高，至少道德要高，这很像中国圣贤对君王的要求，比如孟子就主张"民为贵，社稷次之，君为轻"。莎士比亚通过写作剧本，提出他的主张，履行了一个作家的社会职责和使命。这也是他能成为文学史上"千年第一人"的原因所在。

朱译这句登场亮相的话，翻译得很响亮，对原文吃得透彻，对汉语运用自如，几乎所有的字句都是原文的精髓，而不是死抠每个词句的字面意思，只能出自朱生豪这样的才俊之手；像the afflicted spirits here in the prison，译作"苦难颠倒的众生"，可谓艺高人胆大；如果按照当今的翻译取向，译作"在大牢里饱受折磨的灵魂"，那种差别是怎样的呢？

09 Admit no other way to save his life, —As I subscribe not that, nor any other, But in the loss of question, —that you, his sister, Finding yourself desired of such a person, Whose credit with the judge, or own great place, Could fetch your brother from the manacles Of the all-building law; and that there were No earthly mean to save him, but that either Your must lay down the treasures of your body To this supposed, or else to let him suffer; What would you do? / 我现在要这样问你，你的兄弟已经难逃一死，可是假如你，他的姊姊，给一个人所爱上了，他可以授意法官，或者运用自己的权力，把你的兄弟从森严的法网中解救出来，唯一的条件是你必须把你肉体上最宝贵的一部分献给此人，那么你预备怎样？

点评： 安吉洛的话。想说的话很多，却是隐藏了龌龊念头的表白，再要讲得文绉绉的，看来是不行了。这个伪君子只好讲大白话，但又要说得貌似有理，也得一番心机；尤其开头一句话，用了四个逗号，好像很难启齿，却又不得不说，莎士比亚把几句英语调动到了让人发晕的水准，目的当然是强调安吉洛的邪念了。

朱译在翻译每段台词的开头，一定颇费周章，最后选择了简化和合并，只用"我现在要这样问你"来照应as I subscribe not that, nor any other, but in the loss of question，应该说是过于简练了，应该利用自己的智慧，再译出一些东西才好。再有，or else to let him suffer，似乎漏译了。

10 We are all frail. / 我们人都是脆弱的。

点评： 安吉洛的话。他一直装模作样，貌似高深，但是强迫一个弱女子与自己上床睡觉，自己的身份不放下来，总是难成好事的。人要是说实话了，往往能说出警句。

朱生豪翻译这类简短而又高深的句子，从来都更用心。这句译文多了一个"人"字，句子立马饱满了许多，完全算得上一个警句了。

11 Reason thus with life: If I do lose thee, I do lose a thing That none but fools would keep; a breath thou art, Servile to all the skyey influences, That dost this habitation, where thou keep'st, Hourly afflict; merely, thou art death's fool; For him thou labour'st by thy flight to shun And yet runn'st toward him still. / 对于生命应当做这样的譬解：要是我失去了你，我所失去的，只是一件愚人才会加以爱惜的东西，你不过是一口气，寄托在一个多灾多难的躯壳里受着一切天时变化的支配，你不过是被死人戏弄的愚人，逃避着死，结果却奔进他的怀里。

点评： 公爵再次亮相讲话，对象是即将受刑的克劳迪奥，夸夸其谈要不得，实打实的话又太残酷，那就讲些玄而又玄的哲理吧。这段台词好好看几遍，仔细琢磨一番，真的很值得玩味。人活一口气，这是事实，却也是一种生活观念。人生苦难多多却也是常态。人一出生就是奔着死亡去的，却人人都避讳说起死亡。读着这样曲里拐弯富有哲理的言辞，我总是禁不住会想到莎士比亚究竟长了一个什么脑袋，什么话都能从那里掏出来。

朱译的第一句话，就使足了力气，把reason thus with life译作"对于生命应当做这样的譬解"，reason这个词儿灵活运用到令人意想不到的程度。这句译文开好了头，下面循序渐进，把话一步步往玄虚的方面说，字字句句都和原文踩在一个点儿上，而原文里没有的"怀里"二字，却恰恰与那个点儿合了辙。

12 Why, what a ruthless thing is this in him, for the rebellion of a codpiece to take away the life of a man! / 嘿，人家的鸡巴不安分，他就要人家的命，这还成什么话儿！

点评：只说了这句话，卢西奥这个浪荡子的形象就遮也遮不住了。事实确实是这么个事实，情况确实是这么个情况，这是公开的秘密，可是人类社会不论什么时候，对这个事实的说法都是很有讲究的。说得赤裸裸的，什么时候都会受到谴责，遭人白眼。莎士比亚给人物写台词，一贯是看人下菜碟儿，遇上卢西奥这样的公子哥儿，说出的话一定不能和常人一样。不清楚莎士比亚的时代codpiece这个英文词有多么令人脸红，不过这句英语真是地地道道地富于表达，尤其后半句的结构令人称道。

朱译好像好不容易逮住了这样一句可以痛痛快快过瘾的英文，吃准意思，把最能让人提神的话放在句首，把英文句子里第一个句子放在了最后，而且把a ruthless thing，译成了"这还成什么话儿"，口语化不用说，俏皮劲儿更没的说。唯一会引起闲话的，恐怕是"人家的鸡巴不安分"这样的译文是不是太露骨，有碍风化？如同我在不少场合强调的，朱生豪的中文修养非同一般：如果有人向他挑刺儿责问，他一准会回答道："嗯，是吗？敢问诸位读过《红楼梦》吗？曹雪芹给薛蟠准备了怎样的诗句来着？'女儿乐一根鸡巴往里戳'，可是这样讲的？"

一辈子跟文学打交道，我以为，莎士比亚写戏剧是"皇帝"，而曹雪芹写小说是"国王"，在这两个领域，其余的人都应该称臣跪拜。

13 A deflower'd maid! And by an eminent body that enforced The law against it! But that her tender shame Will not proclaim against her maiden loss, How might she tongue me! Yet reason dares her no; For my authority bears of a credent bulk, That no particular scandal once can touch But it confounds the breather. / 一个失去贞操的女子，奸污她的却是禁止他人奸污的堂堂执法大吏！倘不是因为她不好意思当众承认她的失身，她将会怎样到处宣扬我的罪恶！可是她知道这样做是不聪明的，因为我的地位权威得人信仰，不是任何诽谤所能动摇：攻击我

的人，不过自取其辱罢了。

点评：安吉洛在剧中是一个受批判的人物，但是这个人的智商是很高的。为了他见不得人的心机得逞，他动用了脑子里的每一条纹路，把一番流氓话讲得句句在理，恃强凌弱，以权谋私，让受害一方感到只有绝望一条路可走了。

这段英语写得言简意赅，几乎找不到一个多余的词，有些表达，像that enforced the law against it, tender shame, tongue me, credent bulk, 等等，都简明而富有表达力，看得出莎士比亚运用词汇得心应手，他在整个英语写作中使用词汇量最大，就是理所当然了。

朱译严格按照字面意思翻译，又不断把字面意思下面的内容挖掘出来，把一番流氓性质严重的话，翻译得头头是道，听来读来都很带劲儿。

14 O, give me pardon, That I, your vassal, have employ'd and pain'd Your unknown sovereignty! / 草野陋质，冒昧无知，多多劳动殿下，还望殿下恕罪！

点评：又是安吉洛的话。刚刚分析了他一番咄咄逼人的话，这段话听来读来都觉得陌生，滑稽，不能不为人的两面性感到无限的悲哀。他又拿起那种我们已经熟悉的文绉绉的语调，对上司曲意奉承的同时还在忏悔般地显示自己的谦卑。

朱译逢到这样的句子，翻译起来想必是很带劲的，因为满肚子词儿终于可以拿出来转一转了。按照当今翻译的风气，这样的译法是很不合宜的，因为从字面意思上看，几乎没有一处是能明显对得上的。然而，设想一下，一个道貌岸然的伪君子，心下空虚，这下让顶头上司逮了个正着，如何表现得唯唯诺诺，恐怕是唯一的招数了。"草野陋质"之于your vassal，在这样的场合，用得十分到位，令人叫绝，不禁怀疑汉译是不是超过了英语的表达。

15 They say, best men are moulded out of faults; And, for the most, become

much more the better For being a little bad. / 人家说，最好的好人，都是犯过错误的过来人；一个人往往因为有一点小小的缺点，更显出他的可爱。

点评：玛丽安娜是真心爱恋安吉洛的纯情女子，但是安吉洛死活瞧不上她，说好的婚事他非要赖掉，鬼迷心窍般地强逼伊莎贝拉成全他的一时之快。按理说，安吉洛事败之后，其人品和道德的缺陷是很明显了。但是，玛丽安娜是个痴心女、痴情女，似乎非安吉洛不嫁，对安吉洛这个人，做了这样一番评论。这番评论一出口，玛丽安娜这女子就不容让观众和读者忘记了。安吉洛分明是有重大道德缺陷的人，但是玛丽安娜对此视而不见听而不闻，认定安吉洛只有"一点小小的缺点"，因为他有"一点小小的缺点"，所以"更显出他的可爱"。不管莎士比亚遇到过这样的贤惠女子没有，他能写出这样的疼爱男人的女子，说明他是很渴望这样一个女子终生为伴的。至于现代男子，遇上这样的女子的话，他就幸福得不知天高地厚了。

朱译字字句句都靠着原文走，译文通顺流畅，传达清楚，上好的遣词造句，是我们学习的榜样。"犯过错误的过来人"之于moulded out of faults，大有青出于蓝而胜于蓝的亮点。

小结：在莎士比亚的写作中，《一报还一报》的地位属于一般靠上吧，但它在中国却是影响很大的，至少在二十世纪八十年代北京人民剧院演出时，是广受欢迎的。因为演出需要，著名演员英若诚翻译过这个剧本，译文颇受相关人士肯定。我有幸看过那次演出，记得演员生涯正当年的于是之扮演安吉洛，说台词时有卡壳儿现象，我以为是中国演员不习惯莎士比亚的大段台词所致，后来看电视上纪念于是之，才知道他的帕金森病已经在折磨他了。

从题材上看，《一报还一报》的内容好像根在中国：从古至今，中国掌握大小权力的人，乘人之危逼婚、抢婚甚至图一时之快的贱人，多不胜数。

我感觉，这本戏是朱生豪喜欢的，译文比别的剧本译文更用了功夫，是他的好译本之一。奇怪的是，剧本漏译多达四十处，多是比较大的漏译，不知道是不是他用力用心过猛，忽略了一些逻辑和上下文的严密。

第五出 《错误的喜剧》

　　一五九四年十二月二十八日的夜里，伦敦城发生了一件不常见的事：伦敦最有名的一家法律书院"格雷协会"，本来要举行圣诞联欢会，届时因故取消，引起来客的倒彩。最后，主办者决定举行舞会，让女宾尽兴。舞会后，由表演者们上演一出流行的错中错喜剧。这个夜晚就这样开始了，但随着宾客的兴致不断发泄，大家乱作一团，可谓错误百出。由此，那一个夜晚被人戏称为"错误的夜晚"。

　　莎士比亚的《错误的喜剧》，约写作于一五九三或一五九四年，初版于一六二三年的对开本。这个名字叫得比较新颖，因为按其内容，这剧名应该是"错误构成的喜剧"才贴切。莎士比亚取剧名时是否受了"错误的夜晚"这一谑称的启发，好像有一定可能性。有一点是肯定的：《错误的喜剧》的基本素材取自古罗马喜剧作家普劳图斯的《孪生兄弟》。普劳图斯的《孪生兄弟》写一对孪生兄弟幼年失散，被他们的父亲辨认时，惹出一连串的错误。莎士比亚在原有的基础上，又增加了一对孪生兄弟，使他的剧本戏中有戏，喜剧气氛更浓。剧中被寻找的孪生兄弟大安蒂福勒斯和小安蒂福勒斯是一对主子，大德罗米奥和小德罗米奥是他们的一对仆人。这样四个人物在舞台上要从他们固有的相同之处演绎出不同来，会闹出多少笑话和谬误，是可以想见的。仅此一点也足见莎士比亚驾驭喜剧的高明之处。剧中一开场给观众留下的悬念，是寻找大小安蒂福勒斯的艾吉昂，也就是他们的生身父亲，还负着一项重罪：他要是不能及时找到赎他的人，他就会被判死刑！这一悬念使《错误的喜剧》一剧显得整体性强，紧凑，引人。

　　莎士比亚对古典戏剧的清规戒律，比如三一律，一向不以为意，但在这一出戏里，他却让他的先辈们和英国的摹仿者们刮目相看了：剧中所有的情节都发生于一个地方和几个小时之内。道具上也使经院派惯用的连拱廊为他所用，通过几道门和几个招牌，扩大了舞台的空间，显示出作者的才气和灵气。

梁实秋把本剧名译为《错中错》，应该是根据剧中的内容取的，因为本剧名的英语是The Comedy of Errors，"错中错"三个字里没有"喜剧"这个意思。有学者认为梁实秋的译文最紧扣原文，这个剧名证明：不是的。

本剧选取了十个例子，似不多，却精当。

01 Yet this my comfort: when your words are done, My woes end likewise with the evening sun. / 等你一声令下，我就含笑上刑场，从此恨散愁消，随着西逝的残阳！

点评： 艾吉昂身负重罪，因为找不到赎他的人，随时会被判死刑。等待判死刑的命令，这是一种比一死了之好不到哪里去的煎熬。不过，人往往会表现出一种无所畏惧的样子，来对待厄运。其实，害怕死亡是人的正常表现，如果做出相反的样子，一般说来都难免虚张声势。这种虚张声势用文学语言来描写，这番话可以作为范文。

英文写得是有层次的，首先把安慰心情提出来，然后解释为什么安慰。这种英文形式在莎士比亚的剧本里十分常见，不知道是诗句音步要求的，还是莎士比亚时代的英语就是这个样子。这句英语的正常语序是：我聊以自慰的是：你一放话，我的种种悲哀随之结束，如同夕阳西下。

朱译显然打乱了这样的语序，从译文的内容看，第一句变成了第二句，yet this my comfort变通成了"我就含笑上刑场"，调整的幅度过大，和原文很难对应了。这样的译文在朱译里比较常见，但是变通的幅度不一定都这样大。这个译句是他把英文迻译为中文不够严谨的一种，在全部朱译剧本里，这种现象大概能占到百分之十左右；但是中心意思放在第一位，句子的内在关系可以打乱，为的却是保证译文的通顺畅达。还是我多次强调过的，这种译法只有朱生豪做得来，而且是在翻译莎士比亚的时候。译文读来诗意十足，更像词或令，难得。

02 Small cheer and great welcome makes a merry feast. / 酒肴即使稀少，只要主人好客，也一样可以尽欢。

点评：巴尔萨泽在剧中的戏份不多，因此他要利用珍贵的机会，把话说得让人喜欢听。这话是讨主人喜欢的，把英语句子里隐蔽的主人找出来，是很必要的。Great welcome 本意是：隆重地欢迎（或接待）。谁来隆重欢迎客人呢？当然是主人了。这样把主人，也就是句子的主语扯出来了。

如同上一个句子的分析朱译打乱原句秩序的情况，这个句子的翻译方式是一样的。一个简明的英文句子，用三个简短的汉语句子来照应，主要是为了译文更能表达原文的意思，译句更加通顺畅达，念来上口，又获得深刻的印象。Small cheer 译作"酒肴即使稀少"，A merry feast 翻译成"也一样可以尽欢"，灵活性值得学习，问题是一般人学不来哦。

03 Swart, like my shoe, but her face nothing like so clean kept: for why, she sweats; a man may go over shoes in the grime of it. / 黑得像我的鞋子一样，可是还没有我的鞋子那样擦得干净；她身上的汗垢，一脚踏上去可以连人的鞋子都给没下去。

点评：德罗米奥是个仆人，却不小看自己，地位低下而不潦倒，看人很有自己的观点，而且品评人怎么解恨怎么说，夸张得没有边儿。这是莎士比亚喜剧里人物讲话的一种喜剧效果，说给台下的观众听，博取捧腹大笑。这样的台词放在书里一样有喜剧效果，这是莎士比亚高人一筹的地方。他的时代靠写戏剧为生的人很多，有的比他的名气还大，但是流传下来的作品并不多，差距就在这里。

这个句子翻译得有些仓促，遗漏了一些东西。比如 but her face，是个主语，应该翻译出来为好。又如 for why, she sweets，是进一步讽刺人的，应该翻译出来。再如 a man may go，这个主语也应当翻译出来的。三个主语弃掉不译，这个译句就算不上准确了。另一方面，朱译有自己的强调，那就是围绕着"我的鞋子"连贯三个英文句子，原文里讽刺取笑的口气还是很好地传达出来了。

如果说朱译有译文不准确的地方，这个译句可以算作一例，但是这在朱译里是少而又少的，丝毫不影响整体质量。

04 That's a fault that water will need. / 那只要多用水洗洗就行了。

点评： 安蒂福勒斯是德罗米奥的主子，开口就有喜剧效果，不愧为一对儿主仆。这个英文句子非常俏皮，是那种"拉不出屎来怨茅坑"式的表达，应该熟记于心，在适当场合脱口而出，给人喜悦，改善聚会的氛围。按照字面意思，这句英语可以翻译为"那是水的过错"，朱译的"那只要多用水洗洗就行了"，极为口语化，变通得令人服气，值得学习。

05 No, sir, 'tis in grain; Noah's flood could not do it. / 不，她的龌龊是在她的皮肤里面的，挪亚时代的洪水都不能把她冲干净。

点评： 又是德罗米奥的话。这三句话是主仆二人的一组对话，像相声里的抖包袱，一个比一个精彩，才能让观众听得过瘾，从而注意戏中角色的表演。这句英文用词平和，所有的单词都是日常用语里常见的。但是，在这里组成的句子，夸张的成分出人意料，令人忍俊不禁。

莎士比亚遣词造句，寓不平凡于平凡之中，这组对话台词，可见一斑。喜剧里的夸张，是很重要的手段，可是这种夸张又必须合乎情理，这就是高手的作为了。

莎士比亚的文字耐读，禁得住反复咀嚼。朱译传达出了莎士比亚耐琢磨的特点，尽管有瑕疵，仍是上等译文。

06 Justice, most sacred duke, against the abbess! / 青天大老爷伸冤！这庵里的姑子不是好人！

点评： 阿德丽安娜是一女子，女子碰上了公爵，要诉说冤情，要言简意赅，要引起公爵的注意。英文是一个感叹句，没有主语，没有谓语，只有一个名词带出介词，接上宾语。但内容比一个完整的句子能表达的意思一点不差。莎士比亚表达丰富，这类句子是少不得的。

"青天大老爷"之于most sacred duke，汉语化到了无可挑剔，让中国读者禁不住会发问：外国也有"青天"一说吗？Justice against the abbess是这个句子的主要内容，字面意思可以译为"这尼姑庵里没有正义"，这话过于正经，不够口语化，更不生动。朱译把"伸冤"划给公爵，即青天大老爷，把尼姑庵的不公正具体化到人，把"青天大老爷"点明，交代清楚明了，上好译文。

07 Sirrah, what say you? / 小厮，你怎么说？

点评： 公爵的话，称呼下人的。英文简单，二十六个字母学会了，这句话就懂。只有一个词，Sirrah，可能是个生词，大约等于汉语的"小子、老兄、伙计"等，说这个词儿的口气都带有情绪，一般说来是轻蔑的。

朱译"小厮"，符合长者和大人物的口气，但是"小厮"这个汉语称呼，不是一般译者敢想敢用的，甚至用起来心里忐忑。

08 One of these men is Genius to the other; And so of these. Which is the natural man, And which the spirit? Who deciphers them? / 这两个人中间有一个是另外一个的魂灵；那两个也是一样。究竟哪一个是本人，哪一个是魂灵呢？谁能够把他们分别出来？

点评： 这是公爵面对两对双生说的话。四个人，两个一对，长得像两个人又复制了一下。这让人犯晕，难免惊呼：这都谁是谁呀？如果这样说话，那就不是大权在握的公爵了：话说得既没有身份，也没有深度，更没有层次。这五句英语只有第一句里的genius需要斟酌；按照一般理解，这句话应该是：这两个人中有一个是另一个的天才。自然，"天才"用在这里不通，应该"翻版"才可以对付。面对一个场景，针对一个剧中人物，莎士比亚总有别人想不出来的台词。

朱译紧扣原文，字字句句都不含糊，只把genius翻译成"魂灵"，显然是联系到了第四个句子里的spirit，很地道。其实，这是翻译这活儿的基本功，是译者的翻译智商所在。不少译者，死抠一个字眼，不顾前后左右，还振振有词地辩解怎么忠实原文，那就是很不可取的态度了。

09 There is a fat friend at your master's house, That kitchen'd me for you to-day at dinner; She now shall be my sister, not my wife. / 你主人家里有一个胖胖的女人，她今天吃饭的时候，把我当作是你，不让我离开厨房；现在她可是我的嫂子，不是我的老婆了。

点评： 小德罗米奥，仆人，但智商情商都相当高。这番话是说双生的妻子对待双生容易犯的错误，但是角度是由一个双生子说出来。利用双生子在这出戏里制造喜剧色彩，是莎士比亚选择的角度。角度很好，但是剧中每个角色的台词写起来，是需要苦心经营的。这番话，看似平常，其实写得很见角度，时间、地点和人物身份都利用得很好。

朱译面对简明的英语，从来不敢大意，既要抓住原文的意思，又要把译文调理得文从字顺。比如第一句里的fat friend，因为后文提及的是she，而且sister和wife都是女性，因此不抠fat friend的字面意思，译作了"胖胖的女人"，极好。

10 Methinks you are my glass, and not my brother; I see by you I am a sweet-fac'd youth. Will you walk in to see their grossing? / 我看你是我的哥哥，简直是我的镜子，看见了你，我才知道我自己是个风流俊俏的小白脸。你不进去看他们庆贺吗？

点评： 小德罗米奥的话，讲给哥哥听，用上了"镜子"这个道具，把双生的相像程度写到了极点；因为是在照"镜子"，就看见了自己的样子："我才知道我自己是个风流俊俏的小白脸"，这话一出口，兄弟情义，喜悦的心情，弟弟的幽默，都有了。"风流俊俏的小白脸"之于 a sweet-fac'd youth，可算朱生豪的神来之笔，"风流俊俏"初看有些过分，好像无中生有，但是 a sweet-fac'd youth这个英文词组是蛮可以抵挡一阵子的，因为"风流俊俏"是年轻人的专利，老年人甚至中年人都是没有份儿的。

朱译的精确，镜子一般映出莎士比亚的喜剧天分。

小结：《错误的喜剧》是莎士比亚所有剧本中最短的一个，只有长剧本——如《哈姆雷特》和《特洛伊罗斯与克瑞西达》等——的一半。这个篇幅一般适合在暮夜上演；虽没有证据表明莎士比亚是专为这种场合而写，但这个剧本却因为往往在夜里较晚的时候上演而格外受剧院的垂青；可见这个剧本是名副其实的短小精悍。

朱生豪有喜剧细胞，译文传达莎士比亚的喜剧气氛是很到位的。我感到迷惑的是，剧本简短了，译者会感到轻松，翻译的节奏会放缓一些。但是，译者好像是在赶译这个剧本，短短一个剧本，漏译之处多达四十多小五十，而且漏译之处都比较大，有的多达几十个字。另外，有些地方合并内容过头，导致省略不当，比如第二幕第一场阿德里安娜说的一段台词，原文十个诗句，译者合并为六个，准确和严谨程度就大打折扣了。

关于朱生豪译文的校订，如我在前言里已经提及的，有人认为译者翻译喜剧的态度欠火候，故意省略的内容不少。我对这样的说法不认可，尤其"故意"二字不厚道。但是，如果拿《错误的喜剧》说事，漏译多，确实令人感到意外。

第六出 《无事生非》

  阿拉贡亲王唐·彼德罗在一次交战中打败了其庶弟唐·约翰。他们兄弟俩和解后一起返回墨西拿，成为墨西拿总督里奥那托的客人。唐·彼德罗的部队里有一个佛罗伦萨少年贵族，名叫克劳狄奥，在墨西拿驻扎期间，克劳狄奥爱上了里奥那托的女儿希罗，唐·彼德罗于是代克劳狄奥向里奥那托求婚。唐·约翰却节外生枝，极力破坏这桩婚事。他欺骗克劳狄奥，说希罗在接受克劳狄奥的求婚前，曾有过一个情人。克劳狄奥年轻气盛，偏听偏信，在圣坛前当众拒绝了希罗。

  这是一个古老的意大利故事，经过长久口传，已有多种说法。后来意大利著名诗人阿利奥斯托把它用诗文写了出来。约翰·哈灵顿爵士于一五九一年把它翻译成了英文。其后，英国诗人爱德蒙·斯宾塞用它写过诗，一些剧作家，例如安东尼·曼戴，也把它写进过戏剧里。莎士比亚在《无事生非》一剧中所写的情节更接近传统的故事，他很可能直接阅读到了阿利奥斯托诗中的故事。

  唐·约翰弄虚作假，无事生非，这在传统的故事里是主要情节。莎士比亚在发挥这一情节的同时，也写了希罗的堂妹贝特丽丝和帕多瓦少年贵族培尼狄克的爱情故事。这一部分是莎士比亚的创作，大大丰富了《无事生非》的内涵，使这出喜剧既有浪漫的情调，又有人情世故的现实。

  《无事生非》的英文为Much Ado about Nothing，已成为一句成语。不管它是先存在而被莎士比亚使用，还是它被莎士比亚使用而更为流传，反正当今之日的英文字典里都要收入这句成语。人们在使用或提及它时，还往往会说："莎士比亚有一出喜剧就叫这个名字。"

  梁实秋译本的这出戏译名是《无事自扰》，"自扰"二字不合原文，也和内容不符，因为唐·约翰不是自扰，是给人添乱、捣乱，人品有问题。

本剧选用了十七个例句。

01 Is't possible? / 有这等事吗？

点评：信使的问话。原文的意思是："可能吗？"

朱译为"有这等事吗？"似乎更符合一个路人的身份。朱译对简单的对话，总能找到这样细微的差别，让对话个性化。

02 I noted her not; but I looked on her. / 看是看见的，可是我没有对她多留心。

点评：培尼狄克在剧中是一个拿得起放得下的少年，这句话符合他的性格。

这句英语很短，却还使用了一个分号，但是好像不是我们理解的那样，把一个意思分开讲或者交代，更像一个逗号的作用。Note 一般理解为"注意"，而 look 是"看见"之意，这种先后次序是莎士比亚写作诗句的需要，还是表达的需要？

朱译没有在意原文的分号，当作一个完整句子翻译，两个动词调换了次序，读来很顺当，而原文的实际次序是：我没有多在意她；但是确实看见她了。原文和译文的差别好像不大，但对人物性格来说，译文似乎更有逻辑性。"看是看见的"之于 noted her not，可谓把句子译活了。

03 How sweetly you do minister to love, That know love's grief by his complexion! But lest my liking might too sudden seem, I would have salved it with a longer treatise. / 您这样鉴貌辨色，真是医治相思的妙手！可是人家也许以为我一见钟情，未免过于孟浪，所以我想还是慢慢儿再说吧。

点评：克劳狄奥的话，出身贵族，青年人的傲气自然是少不了的。不过能说出这样的话，还是有些修养的。这句英语的次序，似乎有两种可能。That 这个先导代词，莎士比亚很喜欢使用，说不清是写诗句的需要，还是当时的舞台语言习惯所致；不管怎样，阅读莎士比亚的剧本，这个that一定不能掉以轻心。

朱译的"鉴貌辨色""医治相思的妙手""过于孟浪"使得青年人谈情说爱活泼而传神，又多了不少风雅。这是汉语的魅力，更是朱生豪的文学修养了得。

04　I must be sad when I have cause and smile at no man's jests, eat when I have stomach and wait for no man's leisure, sleep when I am drowsy and tend on no man's business, laugh when I am merry and claw no man in his humour. / 心里不快活的时候，我就沉下脸来，决不会听了人家的嘲谑而赔着笑脸；肚子饿了我就吃，决不理会人家是否方便；精神疲倦了我就睡，决不管人家的闲事；心里高兴我就笑，决不去窥探人家的颜色。

点评：唐·约翰是剧中无事生非的肇事者，这样的人有一种什么心态，莎士比亚的这段台词揭示得再清楚不过，文学语言的力量运用自如，这都是莎士比亚的高妙之处。这样的人在生活中是一溜鼻涕，黏在人身上，让人恶心，而莎士比亚只是让当事人讲几句台词就让人物变活了。

朱译的节奏在这个句子里很明显，四个when只用了一个"时候"，其余一概省去，却还分明有时间的交代，让译句的层次在节奏中体现，真是好译文。

05　The flat transgression of a school-boy, who, being overjoyed with finding a birds' nest, shows it his companion, and he steals it. / 他犯了一个小学生的过失，因为发现了一窝小鸟，高兴非常，指点给他的同伴看见，让他的同伴把它偷去了。

点评：培尼狄克能讲出这番话，其生性可见一斑。莎士比亚能写出这样的台词，是他儿时的经历。人的经历固然重要，但是脑子要是不好使，有经历也白搭。阅读莎士比亚的作品是需要用些脑子的。

同样，翻译莎士比亚的作品更需要用脑子。朱生豪儿时就爱静，书呆子气很重，对掏鸟窝之类的事情不一定在行。但是他能理解莎士比亚在讲什么，所以翻译起来如同有过类似经历，交代得既有层次又有逻辑。

06 Wilt thou make a trust a transgression? The transgression is in the stealer. / 你把信任当作一种过失吗？偷的人才是有罪的。

点评：唐·彼德罗是一位亲王，说话要高出一般人才是。这句话是对上句话的对答：是信任还是偷窃？究竟什么是偷窃？两个人各有见解。莎士比亚让两个人物进行对话，让听众和读者别有洞天：好像是在说笑，但是生活道理分明在里面，听众和读者需要的是对莎士比亚的文字的细嚼慢咽。

朱译用了交代性的叙述口气，顺着原文先是反问，接着是结论，让听众和读者获得了两种见解，可取。

07 Good Lord, for alliance! Thus goes every one to the world but I, and I am sunburnt; I may sit in a corner and cry heigh-ho for a husband! / 天哪，真好亲热！人家一个个嫁了出去，只剩我一个人年老珠黄；我还是躲在壁角里，哭哭自己的没有丈夫吧。

点评：贝特丽丝的话，她是墨西拿总督的侄女，有个性，说话自然不一般：一段台词，一种女人的心思，历历在目。莎士比亚的sunburnt用得好。

朱译的"年老珠黄"用得也好，紧贴人物，男女有别。

08 O, my lord, wisdom and blood combating in so tender a body, we have ten proofs to one that blood hath the victory. / 啊，殿下！智慧和感情在这么一个娇嫩的身体里交战，十之八九感情会得到胜利的。

点评：里奥那托是总督，说话要有总督的样子。莎士比亚让他把blood这个英文词儿，短短一句话说了两次，让我们读得出他所指的东西比较复杂。

朱译没有把blood译作血气之类，而译作"感情"，对原文的理解不同一般。

09 If I do not take pity of her, I am a villiain; if I do no love her, I am a Jew. / 要是我不可怜她，我就是个混蛋；要是我不爱她，我就是个犹太人。

点评：培尼狄克说话率直，拿犹太人做比喻，说明莎士比亚的时代，犹太人还是普遍令人讨厌的，这里又是一个证明。在《威尼斯商人》里，莎士比亚写了一个令人讨厌的犹太人，但是为犹太人写下的辩词也早为人称道。这里还是在写一种社会偏见，与莎士比亚的种族观念没有关系。

朱译把四个I，我，一一译出，一个也没有省略，强调的作用体现在译文中。

10 Where honeysuckles, ripen'd by the sun, Forbid the sun to enter, like favourites, Made proud by princes, that advance their pride Against that power that bred it. / 在那儿，繁茂的藤萝受着太阳的煦养，成长以后，却不许日光进来，正像一般凭借主子的势力作威作福的宠臣，一朝羽翼既成，却看不起那栽培他的恩人。

点评：希罗的话，却是莎士比亚的社会经历，让一个女孩子说出来，好像城府很深，其实希罗在剧中基本上是听天由命的角色，对爱情采取了被动的态度。但是，这段台词富有哲理，由自然界的植物转向人类，而且直指官场，批评性很强，而且是针对人性的弱点的。话虽然精彩，但是出自一个姑娘之口，好像过分男子化了。

朱生豪翻译这类句子，尽量让文字有内涵，像"煦养"和"羽翼既成"这样的用词，是当今的译者不会用也想不到用的。

11 Gallants, I am not as I have been. / 哥儿们，我已经不再是从前的我啦。

点评：培尼狄克决意搞对象了，就自豪地对自己的哥们儿宣言了。

69

人要换样儿了，在英语里只用时态就表示出来了，这体现着一个英语作家对英语的熟练程度。像这样的时态运用，对莎士比亚来说得心应手。

朱生豪的英语掌握得一流，他的译文因为语法出错的情况，少而又少。"我已经不再是从前的我啦"，英语时态翻译得让人刮目相看，而"哥儿们"这个词儿让整个句子生辉。

12　When rich villains have need of poor ones, poor ones may make what price they will. / 有钱的坏人需要没钱的坏人帮忙的时候，没钱的坏人当然可以漫天要价。

点评：波拉奇奥是唐·约翰的侍从，从唐·约翰身上没有沾染坏东西，倒是对主子观察得入木三分。莎士比亚让他说出这句箴言，可见莎士比亚文以载道也要挑选对象的。坏人坏起来没有底线，这句话就是很好的诠释。

朱译也是箴言，"漫天要价"尤其可赞。

13　Two men ride of a horse, one must ride behind. / 两个人骑一匹马，总有一个人在后面。

点评：道格培里是一个警吏，职业让他见多识广，说话轻松却要有哲理。不知莎士比亚想出这句话暗自发笑没有，但观众和读者肯定会发笑的。

朱译也是哲言，"总有"照应must，尤其可取。

14　That what we have we prize not to the worth Whiles we enjoy it, but being lack'd and lost, Why, then we rack the value, then we find The virtue that possession would not show us Whiles it was ours. / 我们往往在享有某一件东西的时候，一点不看重它的好处，等到失掉它以后，却会格外夸张它的价值，发现当它还在我们手里的时候看不出来的优点。

点评：教堂司事算是一个小社会的公众人物吧。莎士比亚很熟悉这种人，让他说句哲言，是抬举他。整句英语没有生词僻词，组成的内容自然是世人熟悉的。

朱译的译文也是莎士比亚式的哲言,利用逗号点断,把内容交代得更清晰;像prize not to the worth译作"不看重它的好处"可不是谁都能做到的;另,像"一点"和"格外"这样看似不起眼实际上很有作用的小词儿,朱生豪一贯运用自如。

15 O noble sir, Your over-kindness doth wring tears from me! I do embrace your offer; and dispose For hence forth of poor Claudio. / 啊,可敬的老人家,您的大恩大德,真使我感激涕零!我岂敢不接受您的好意;从此以后,不才克劳狄奥愿意永远听从您的驱使。

点评:在坏人的捣乱下,克劳狄奥拒绝过希罗的爱情,希罗的父亲不计前嫌,给他找了希罗堂妹,实际上是藏匿起来的希罗,克劳狄奥因此说了这番话,合情合理,发自内心。莎士比亚的人情世故让我们折服。

朱译把wring tears from me 译作"感激涕零",堪称定译,也让我们看到语言相通之处着实令人惊讶;poor Claudio翻译成"不才克劳狄奥",既与对话的上下文吻合,也是译者灵光闪现的结果。

16 God save the foundation! / 上帝保佑,救苦救难!

点评:莎士比亚为什么用foundation? 不参考原文注释版本,我们很难彻底理解。皇家莎士比亚剧团版的《莎士比亚全集》里说:这是因接受了某基金会的资助,常用这样的话作答。那么,这句话应该是:上帝保佑贵基金会。

朱译怎么敢翻译成"救苦救难"呢?也许因为基金会做善事是救苦救难吗?总之,朱生豪能挖出深层汉语涵义,这应该是不折不扣的翻译行为。

17 Done to death by slanderous tongues
    Was the Hero that here lies:

71

Death, in guerdon of her wrong,

  Gives her fame which never dies.

So the life that died with shame

 Lives in death with glorious fame.

青蝇玷玉，逸口铄金，

嗟吾希罗，月落星沉！

生蒙不虞之毁，

死播百世之馨；

惟令德之昭昭，

斯虽死而犹生。

    Song

Pardon, goddess of the night,

Those that slew thy virgin knight;

For the which, with songs of woe,

Round about her tomb they go.

  Midnight, assist our moan;

  Help us to sigh and groan,

   Heavily, heavily:

Graves, yawn and yield your dead,

Till death be uttered,

    Heavily, heavily.

    歌

惟兰蕙之幽姿兮，

遽一朝而摧焚；

风云怫郁其变色兮，

月姊掩脸而似嗔：

语月姊兮毋嗔，

听长歌兮当哭；

绕墓门而逡巡兮，

岂百身之可赎！
风瑟瑟兮云漫漫，
纷助予之悲叹；
安得起重泉之白骨兮，
及长夜之未旦。

点评：克劳狄奥在念一首悼文，然后吟唱一首歌。这里主要录用了两首诗。莎士比亚通过克劳狄奥展示自己写诗的本领，英文很口语化，但诗歌的形式很到位，音步和韵脚都齐整。克劳狄奥的肃穆在诗句里，心疼和后悔也在诗句里。

说朱生豪才气横溢，名副其实。他一定背诵了曹雪芹《红楼梦》中贾宝玉作的《芙蓉诔》，恨不得找个机会亲自写一首。写的机会难觅，但翻译的机会来了，同样难得，于是编译了这首诔。第一阕还可以算作编译范围，第二阕却无论如何不能算编译，应该算作重写了。英语里有墓志铭，没有诔，尽管从翻译的角度讲不严谨，但是从观众听戏和读者阅读文章的角度看，这样的译文还是保留着好。我们当今的译者，就是大着胆子试一试，也只能尝试出如下译文：

诽谤的舌头带来死亡，
希罗因此这里静躺，
死神为弥补她的委屈，
赠给她不死的名誉。
这条命是含羞而死的，
死后的英名常在人世。

　　歌
原谅吧，黑夜的女神。
杀死你纯洁侍者的人；
为这，唱着悲哀的歌
他们绕着她的墓寻觅。
午夜，帮助我们呻吟；

帮助我们叹息呜咽

　　痛悼吧，痛悼吧：

　　坟墓，给死去的人自由，

　　直到我们把死亡说出口，

　　痛悼吧，痛悼吧。

　　不比不知道，一比吓一跳。朱生豪译出来的像诔，而当今的译者基本上翻译成所谓白话诗。我不止一次说过，朱生豪的译文在不少情况下都会让原文相形见绌，比如这两首英文诗歌的译文。其实这是有根据的，那就是中国的诗词独步世界文坛，两千年来的历史在那里客观地摆着呢。世界上只有汉文化延续数千年没有中断，沉淀下来的东西一定不同凡响。在诗词歌赋方面，我们大可不必妄自菲薄。朱生豪能在英语的框架里把汉语优势发扬光大，我们特别需要一个爱护有加的态度。任何挑剔只能说明自己汉语修养不够，企图给别人脸上抹黑，遮掩自己的羞赧。

　　小结： 相对而言，《无事生非》的故事算不上曲折，主要写作点是有人使坏，就有人上当；有人上当，就有人拆穿。剧本的故事情节和长度，都是译者喜欢的那种。朱生豪应该也持这样的翻译态度，因此整个剧本的译文都很一致，无论发挥性质的还是紧跟原文性质的，都掌握得不瘟不火，只有最后两首诗歌，译者兴致陡升，翻译成了汉语化程度极高的诔，丰富了汉语的表达。

　　漏译二十多处，重大的漏译没有，可算漏译现象的平均概率。

第七出 《爱的徒劳》

故事写那瓦尔国王要求自己的三个侍臣比伦、朗格维和杜曼发誓在三年之内弃绝人世间的世俗享受，特别要远离女色，清心寡欲，专心研究学问。开始时，比伦表示不同意见，但是少数服从多数，也只好发誓苦修三年。但是，刻苦的学习还没有开始，法国公主和三位侍女来到了那瓦尔国，名字分别是罗莎琳、玛丽娅和凯瑟琳，高贵的身份和亮丽的名字一下子扰乱了他们四个单身男子的心，于是国王和三个侍臣纷纷背弃了自己的誓言，暗中追求公主和侍女。为了追求心爱的人，他们化装成俄罗斯人，纠缠和取悦姑娘们，把各自的心曲向她们倾诉，而姑娘们不甘接受不明不白的爱情，于是公主和侍女互换身份，与三个痴心情郎兜圈子，取笑他们，捉弄他们。三个情郎相继暴露了身份后，索性联合起来，向对方求爱。正当他们渐入角色时，公主得知父王薨讯，声言作为孝女，首先要为父亲服丧。国王没有别的可说，只好再等一年，而三个侍臣也只好服从主命，苦等下去，在无奈和叹息中接受爱情的考验。

不像莎士比亚别的喜剧，剧终男女青年没有终成眷属，四个情郎需要接受一年的严峻考验，这招很巧妙地嘲笑了当时上流社会拿调情当爱情的不良习惯。

《爱的徒劳》被认为是莎士比亚最"精巧的戏剧"，是专门歌颂爱情的喜剧之一，四个发誓一心苦学、不近女色的男青年，见到了心目中的情人，誓言成了空头戏言，陷入情网而不能自拔，用比伦的话说：

亲爱的朋友们，亲爱的情人们，啊，让我们拥抱吧。我们都是有血有肉的凡人；大海潮升潮落，青天终古长新，陈腐的戒条不能约束少年的热情。我们不能反抗生命的意志，我们必须推翻不合理的盟誓。

很难想象，这样精彩的爱情表达是三百多年前写出来的，而且那个社会的观众能够欣赏和领会这样的词句；更让人惊叹莎士比亚头脑里蕴藏了如此丰富的情感。莎士比亚反对禁欲，肯定人的情欲，主张享受现世的幸福，在本剧中表现得比较充分，看似游戏人生，实质上题材严肃。四个男青年的自我囚禁，映射中世纪落后的禁欲主义，是违反人性的，迂腐可笑，一旦遭遇爱情，这样的防线不堪一击。他们从信誓旦旦的禁欲状态到争先恐后地背约毁誓，成为爱情俘虏，浓厚的喜剧色彩后面是严肃的爱情至上。

梁实秋的译名是《空爱一场》，属于从内容出发的译名，因为Love's Labour's Lost这个英文名字，字面意思实在没有"空爱一场"的意思。

反观朱生豪的"徒劳"二字就讲究得多，因为labour这个英文词儿的本意就是"劳动、辛劳、苦作"等意。

本剧选用了二十二个例子。

01 Fat paunches have lean pates, and dainty bits Make rich the ribs, but bankrupt quite the wits. / 饱了肚皮，饿了头脑；美食珍馐可以充实饥腹，却会闭塞心窍。

点评： 一个决心闭门读书的国王，摆出经纶满腹的样子，简单的几句台词便勾勒出来了。英语的构成看似简单，其实需要细读才领悟更深。莎士比亚很善于给国王写台词，文有文，武有武，不一概而论。

朱译像箴言，利用了标点符号把句子点断，让观众容易读容易记住。Dainty bits make rich the ribs译为"美食珍馐可以充实肌腹"，好像比英语组成的句子更容易记住。多读几遍，你会发现译文是押韵的，接近汉语里的词或令，还更口语化一点。

02 To love, to wealth, to pomp, I pine and die; With all these living in philosophy. / 恋爱、财富和荣华把人暗中催老；我要在哲学中间找寻生命的奥妙。

点评： 英语看起来用词简单，句子简短，调制成意义，却需要大手笔。针对文化程度很低的观众，台词必须传达一定的道理。类似句子，都有点像箴言、警句和名言。

朱译感觉会出力不讨好，没有死抠原文，用意译解决却又紧靠原文；例如把人暗中催老之于I pine and die，基本上是意译的，妙在"老"这个汉字，含有"死"之意，也就把原文的意思照顾上了。这样的翻译在朱生豪的译文里占很大比例，属于上好的译文。也只有这样的腾挪，译文才更传达原意，听来押韵，读来上口。

03　I do affect the very ground, which is base, where her shoe, which is baser, guided by her foot, which is basest, doth tread. / 我爱上了那被她穿在她的卑贱的鞋子里的更卑贱的脚所践踏的最卑贱的地面。

点评： 阿马多，全名唐·阿德里安诺·德·阿马多，是一个怪诞的西班牙人。莎士比亚很善于给这些人写台词，往往会让英语俏皮起来，把句子点断，造成节奏感、跳跃感、活泼感，看得出运用英语得心应手的程度。好演员加上一副好嗓子，在台上说给观众听，一定效果极佳。

因为非限定定语句子出现三个，又分别形容三个名词，译文不宜断碎，朱生豪翻译出来一个大整句，中间一个标点也没有，显示了他处理定语的能力，可惜还是没有翻译干净，一些东西漏译了，这恐怕与朱生豪时代的白话文发展状态有关系。尽管如此，朱生豪类似的译句，在他的时代是很了不起的，很顺畅的，对丰富汉语表达是大有好处的。

现如今，因为白话文的广泛使用以及受众对白话文的习惯，这个句子可以按照原句的形态进行翻译：我爱上了这地面，很卑贱的地面，她那更卑贱的鞋子穿在再卑贱不过的脚上，踩在了地面上了。

04　I Costard, running out, that was safely within, Fell over the threshold and broke my shin. / 脑壳我不甘心枯坐囚牢，跑出来摔一跤跌断腿脚。

点评： 科斯塔德的英文是costard，大苹果树之意，古英语里有"脑袋瓜"的意思；科斯塔德在剧中是一个乡下人，接近剧中的小丑式人物，带给观众快乐，是莎士比亚剧本中常见的要素。

译文是十个字的诗词形式，押韵，属于编译性质。如果用汉语诗词形式翻译英语或者西语的东西，基本上都是编译的，很难严格地按照字面意思进行翻译，这一点是翻译西方诗歌的大问题，如今远没有引起重视的大问题。如果不能用汉语诗词的形式翻译西文，译文就很难说是传统的诗歌，所以我们就有了"白话文诗歌"一说。白话文的翻译诗歌，其实就是分行的散文。我们现在已经习惯这样一种文体，叫作"白话文诗歌"也未尝不可，但是最好不要声称这样的文体翻译出来的东西，就是什么莎士比亚诗译本！朱生豪做不到的，他后来的中国译家，无人再能做出来。

例如这句译文："枯坐囚牢"是意译，"跌断腿脚"多了"脚"，显然是为了上下句押韵。Fell over the threshold 没有译出来。按照原来形式和字面意思，这两句话的意思是：我科斯塔德，跑出来了，不愿意死守在家里，不料在门槛就绊了一跤，把小腿摔坏了。译文简洁一些可以是：我这人不老实在家里待着往外跑，结果刚出门就绊跤把小腿摔了。显然，朱生豪用诗词形式翻译英语的诗句，是超级高手，但还必须有舍弃有增添，一般译者用所谓诗歌形式翻译莎士比亚的剧本或者诗歌，那就是自以为是、自欺欺人了。

这里要特别提出的是，莎士比亚的十四行诗，有相当多的译本都是用十个汉字来翻译莎士比亚诗句的十个音步，有些还被说成是好的译本，谨以此例为证，那些说法都是自说自话，站不住脚的。

05 Moth, follow. / 莫思，跟我来。

06 I like the sequel, I. Signior Costard, adieu. / 人家说狗尾续貂，我就像狗尾之貂。科斯塔德先生，再会！

点评：阿马多和莫思的对话，莫思是阿马多的侍童，主仆对话便有点斗嘴的意思了。这两句对话，有的好懂，有的却不大好懂；like the sequel，莎士比亚为什么要用这个单词呢？这些对话都是散文，无须照顾诗句音步，理由只有一个，那就是观众听得懂这个词儿，而且有喜剧效果。照汉英字典的解释，基本上都是：继续，继之而来；续集，续编；后果，结局，余波，等。那么，这句回答的话可以是：我喜欢跟人走，我就来。

朱生豪当然不甘心这样温吞水的译句，对话中起不到任何喜剧效果。他于是添了"人家说狗尾续貂"做铺垫，然后把like the sequel译成了"我就像狗尾之貂"，这下，对话效果当然就大不一样了。按照现在的标准，严谨是不够的，但是我却经常想，朱生豪一定比我们更懂莎士比亚；如果莎士比亚还在世，我们要去问一问这句朱译是否可行，莎士比亚也许会大吃一惊：哦，你们中国出高人！他怎么知道我就是这个意思呢？

07 Hereby, upon the edge of yonder coppice; A stand where you may make the fairest shoot. / 您只要站在附近那一簇小树林的边上，准可以百发百中。

梁译：就在附近，那边那个树林的边沿上；那是你可以射击得最为漂亮的地方。

08 I thank my beauty, I am fair that shoot, And thereupon thou speak'st the fairest shoot. / 人家说，美人有沉鱼落雁之容；我只要用美目的利箭射了出去，无论什么飞禽走兽都会应弦而倒。

梁译：我要多谢我的美貌，我射击起来都会漂亮，所以你说起最漂亮的射击。

点评： 管林人和公主的两句对话。莎士比亚因人而异写台词，是他最厉害的招数。这两句话的中心点是，公主这个美人来到林中打猎，准备射击。管林人自然要恭维一番，这可以想到，而我们想不到的是公主当仁不让，要把表扬和自我表扬充分利用。管林人的话可以是：就这一带，那边小树丛边上；一个你可以张弓射中的好位置。公主的搭话可以是：我要感谢我天生丽质，我就是射击美人，所以你才说可以张弓射中了。"张弓射中"是从the fairest shoot来的，最漂亮的射击之意，公主的

79

戏谑就是从这个英文词儿引申出来的。

英文利用词句写出喜剧效果，用汉语翻译自然有了难度。朱生豪知道这难点，管林人的话译得中规中矩，"百发百中"相对the fairest shoot，很好，但是忽略了下面公主要拿fair这个英文词戏谑，因此公主拿自己的美貌大肆自我表扬，说自己"美人有沉鱼落雁之容"，"沉鱼落雁"好像是打猎的结果，好是真好，但终归有"美貌绝伦"之意，难免显得突兀。

梁译照字面意思译出，基本上是中规中矩的，只是上句最后说到了"最为漂亮的地方"，而后句落实在了"最漂亮的射击"，没有集中在fair这词儿上，让译文读来总差着些什么东西。

09　Glory grows guilty of detested crimes, When, for fame's sake, for praise, an outward part, We bend to that the working of the heart; / 人世间的煊赫光荣，往往产生在罪恶之中，为了身外的浮名，牺牲自己的良心；

点评：莎士比亚的箴言，由美丽的公主说出来，点拨糊涂的世人，更有效果。

朱译算得上箴言，把一些原文重新组装得紧凑严密，更符合汉语习惯。The working of the heart译为"良心"，是整个一句的亮点。

10　Very reverend sport, truly; and done in the testimony of a good conscience. / 真是一种敬畏神明的游戏，而且是很合人道的。

11　The deer was, as you know, sanguis, in blood; ripe as the pomewater, who now hangeth like a jewel in the ear of caelo, the sky, the welkin, the heaven; and anon falleth like a crab on the face of terra, the soil, the land, the earth. / 那头鹿，您知道，沐浴于血泊之中；像一颗烂熟的苹果，刚才还是明珠般悬在太虚、穹苍、天空的耳边，一下子就落到平陆、原壤、土地的面上。

点评：纳撒尼尔是教区牧师，霍洛分斯是塾师，两个文人对话，转文是少不了的。好在他们都在谈自然，还都是天人合一崇尚自然的表达。据统计，莎士比亚在整个写作中，nature是使用最多的一个词儿，因此一些莎学专家把nature这个词儿提到了哲学高度来研究，国内一些专家学者拾人牙慧，说翻译莎士比亚的剧本，应该把nature怎么怎么翻译，这显然是事后诸葛亮的说法。译者翻译东西，主要是根据原文的意思翻译，研究者的说东道西，是他们挖地三尺发掘出来的，就算译者有火眼金睛，翻译出来给观众和读者观赏，他们能受用得起吗？

朱译一向只认准莎士比亚要说什么，把一段很散的抒发，翻译得如诗如画而又为之悲叹，难得。

12　Beauty doth varnish age, as if new-born, And gives the crutch the cradle's infancy: O, 'tis the sun that maketh all things shine. / 美貌是一服换骨的仙丹，它会使扶杖的衰龄返老还童。啊，美貌就是太阳，万物都被她照耀得灿烂生光。

点评：比伦是才子，说话有诗人的口气。莎士比亚写作的一个主要主题就是真善美，因此只要写到这三者，他就会格外卖劲，写出不一样的词句；而不一样的词句，让比伦来说，也算发挥他的所长。

朱译用"换骨的仙丹"代替varnish age, as if new-born，不简单；"返老还童"之于gives the crutch the cradle's infancy，敢译，神来之笔，是这句译文的闪光点。

13　And Ethiopes of their sweet complexion crack. / 非洲的黑人夸耀他们美丽的肤色。

点评：国王的话，有点见识。我有点奇怪的是，Ethiopes即Ethiopia，很落后的一个非洲角落，很难发音的一个单词，英国人却特别喜欢它，用它来泛指黑人，泛指非洲，当然也指这个具体的国家。我二十世纪九十年代在英格兰中部的班布里小镇进修英语，和一个Ethiopian同班学习，他是大学教授，讲一口好英语，只有个别词儿发音不到位，那显然是受土语的影响。他每天中午约我去逛大超市，只买一个三明治，回来以后把三明治吃了，小心翼翼地把塑料袋折叠起来，装进书包。我见多了，便问他为什么这样爱惜和保存塑料袋，他正色答道：嗯，好东西，不怕雨水，能装东西，我已经收集了二三十个了，为了我回国后送给亲戚朋友的。可见搞好制造是国家大事。

朱生豪把这个英文词儿翻译成"非洲的黑人"，了不起。今人十之八九会译作埃塞俄比亚人的。

14　Consider what you first did swear unto, To fast, to study, and to see no woman Flat reason a gainst the kingly state of youth. / 想一想你们当初发下的誓，禁食，读书，不近女色，全然是对于绚烂的青春的重大的谋反！

点评： 比伦在剧中是一个很会说话的人，满嘴生花。剧中说国王和三个侍臣都发誓排除一切人世间的欲望，发奋读书，但在比伦说来，别有一方天地让他们忽略了。

朱译十分到位，flat reason against……译为"重大的谋反"，强调的作用给人印象很深。

15　O, an the heavens were so pleased that thou wert but my bastard, what a joyful father wouldst thou make me! / 啊！要是上天愿意让你做我的私生子，你将要使我成为一个多么快乐的爸爸！

点评： 还是才子比伦的话，但是我们可以窥见莎士比亚的心曲和见识。私生子可以让一个做父亲的快乐吗？莎士比亚答道：当然，当然。

朱译显然也很欣赏这样的表达，翻译得文采飞扬，令人心动。

16　Rosaline The blood of youth burns not with such excess As gravity's revolt to wantonnerss. / 中年人动了春心，比年轻的更要一发难禁。

17　Maria Folly in fools bears not so strong a note As foolery in the wise, when wit doth dote; Since all the power thereof it doth apply To prove, by wit, worth in simplicity. / 愚人的蠢事算不得稀奇，聪明人的愚蠢才叫人笑得痛肚皮；因为他用全副的本领，证明他自己的愚笨。

点评：罗莎琳和玛丽娅的对话。她们是公主三个侍女中的两个，还有一个是凯瑟琳；她们是来扰乱国王的三个才子的心的，自然个个八面玲珑。两个机灵的女子的对话，说明年轻女子在两性问题上十分老到，对人世的观察很有经历。当然，说到底，这是莎士比亚的说法。中年人甚至老年人容易耍流氓，原因不过如此；聪明人的愚蠢更蠢，原因也不过如此。

朱译有所发挥，但译文堪称哲言警句，记在心里遇到适当场合说给人听，别人一准刮目相看。

18　There's no such sport as sport by sport o'erthrown, To make theirs ours and ours none but our own: So shall we stay, mocking intended game And they, well mock'd, depart away with shame. / 最有意味的戏谑是以谑攻谑，让那存心侮弄的自取其辱，且看他们撞了一鼻子的烟灰，乘兴而来，败兴而归。

点评：利用单词的重复，把很小的单词所包含的意思整合成很有诙谐味道的表达，从中我们看得出莎士比亚对英文的运用有多么深厚的功夫。漂亮的公主说出这番话，公主内心的蕴含就让我们窥见了。莎士比亚描述年轻女子的聪明伶俐，一向不遗余力。

朱生豪这段台词，与其说是翻译，不如说是创作。如今译者的译文大概是这样的：这样的打趣莫过于以取乐制胜取乐，让他们的取乐全然成为我们自己取乐的笑料；我们将在此取笑这一场游戏，让他们饱受一番戏谑，羞报而去。这样的译文也许贴近了一点原文，可是味道呢？汉语之美呢？

19　This fellow pecks up wit as pigeons pease, And utters it again when God doth please; / 这家伙惯爱拾人牙慧，就像鸽子啄食青豆，一碰到天赐

的机会，就要卖弄他的伶牙利口。

点评：又是比伦的话，形容一种学舌之人，十分到位。莎士比亚站在高点，对这样的人不仅熟悉，而且宽容。

朱译的"拾人牙慧"之于peck up wit，找到了两种语言的吻合点，了不得。如果有人把拾人牙慧这个成语翻译成英语，peck up wit是也。

20　Greater than great, great, great, great Pompey! Pompey the Huge! / 比伟大更伟大，伟大的，伟大的，伟大的庞贝！庞贝绝伦的庞贝！

点评：还是比伦的话。莎士比亚爱重复使用单词取得舞台效果的又一个绝好的例子。

朱译：亦步亦趋的翻译，"庞贝绝伦的庞贝"之于Pompey the Huge，让人无语，只有顶礼膜拜。

21　The extreme parts of time extremely forms All causes to the purpose of his speed, And often at his very loose decides That which long process could no arbitrate: / 人生的种种鹄的，往往在最后关头达到了完成的境界；长期的艰苦所不能取得结果的，却会在无意之中得到决定。

点评：国王的感叹，比臣民的抱怨到底高出三千。深刻的经验之谈，不是一国之君才有，普通人的经验有不普通的，却因为我们的普通而不以为意了。莎士比亚通过戏中的国王说出来了，我们除了感谢莎士比亚，还有什么可说的？

朱译是箴言，列入汉语文化的积累之中，当之无愧。

22　Honest plain words best pierce the ear of grief; / 坦白直率的言语，最容易打动悲哀的耳朵；

点评：比伦到底是才子中的翘楚，出口不凡哦。警言还是箴言？抑或二者都是。我们只能扪心自问：莎士比亚哦，你怎么想出这些句子的？内容不凡，用词却平凡，造句更平凡，主语、谓语和宾语，各就其位，表述的内容一目了然。很多人学了一辈子英语甚至多种西语，都不明白英语的厉害之处，就是主谓宾结构组成的叙述体，让西方文艺复兴以来的各路思想者和文学家，表达自己层层深入，从社会万象到人性复杂，再从人性复杂到意识、潜意识和无意识，都能呈现出来。客观再客观，直接再直接，是这种呈现的特点。

朱生豪的翻译，因为汉语化程度高，往往富有诗意。原文是毫无诗意的，但是经过译者的文字转换，却有了诗意，翻译的奥妙就在这里。这句译文，相对原文，可算定译，足见译者的展转腾挪是必需的。

小结：这是一出才子佳人的戏，才子有才，佳人有貌，这让莎士比亚如鱼得水，神采飞扬。这出戏的台词亮点多多，听来读来都心旷神怡。才子佳人相遇，理应谈情说爱，卿卿我我，这是观众和读者常有的期望。但是，莎士比亚欲擒故纵，偏偏不让才子和佳人眉目传情或者一见钟情，利用男女的爱情探讨爱情是什么，爱情在人生中应该占有什么位置；年轻人的大好年华，应该埋头攻读而后去博取功名，还是顺其自然？最后的结果是佳人纷纷离去，才子们决定追求爱情，莎士比亚的主张也就在其中了。

在喜剧中，这出戏是朱生豪最出彩的译本，看得出译者始终处于翻译的亢奋之中，每有精彩的原文，译者必有精彩的译文，除了忠实原文，还有把原文诗化的举措。如果阅读原文磕磕绊绊，那么不如阅读朱生豪的译文更有收获。

然而，美中不足的是，本出戏的漏译现象比较多，有四十多处，而且有十多处属于几十个字以上的漏译；如果说小的漏译是译者无意中的疏忽和麻痹，大的漏译就应该属于一些批评者说的故意漏译了。

第二部

朱生豪的喜剧细胞

校补者按：这部分包括七个剧本，根据绝大多数版本的排列顺序，分别是：《仲夏夜之梦》《威尼斯商人》《皆大欢喜》《驯悍记》《终成眷属》《第十二夜》和《冬天的故事》。

从历来剧团演出和选本选收的情况看，这部分应该是莎士比亚喜剧的代表性写作；像《仲夏夜之梦》《威尼斯商人》和《皆大欢喜》三个剧本，几乎所有的选本都会收入的。我以为，之所以这样，有三个原因：其一，这些剧本的故事情节更复杂，更有吸引力。其二，几乎每个剧本都有一个看点，如《仲夏夜之梦》里的墙，《威尼斯商人》里的一磅肉，《终成眷属》里的一枚戒指，《驯悍记》里的泼劲儿，等。其三，观众看戏的水平提高了。

按照一六二三年的对开本的剧目，莎士比亚一共写了十四个喜剧，占他的三十七个剧本的小一半；即使按照目前为止，共有四十一个剧本归在莎士比亚的名下，那么，喜剧数量也足足地占了三分之一。截至易卜生的现代戏剧出现，西方喜剧实际上是以莎士比亚的喜剧为模板的。喜剧效果更强烈的喜剧还有，比如法国的喜剧大师莫里哀，每一种喜剧人物，如《悭吝人》，都能把人的性格写到极致。但是他们都严格遵守了古典戏剧的三一律原则，虽然盛行一时，甚至伏尔泰根据三一律，对莎士比亚戏剧的批判似乎理直气壮，但无奈任何一种文学体裁都是不断突破、不断发展的。莎士比亚根据自己对戏剧的理解写作，按照观众的喜好和取舍写戏，结果站到了西方戏剧之巅。

根据亚里士多德的界定，西方喜剧是从低级表演的临时口占发展出来的。这话是什么意思？巫师们的念念有词？天桥撂地摊说相声的耍贫嘴逗乐？关键是，念念有词也好，耍贫嘴逗乐也罢，你不但得继续下去，还得高人一筹，否则就会被淘汰。

那么，莎士比亚摸准了喜剧的命脉，登顶成功，也该是情理之中的。

第一出 《仲夏夜之梦》

剧中的主要活动是雅典公爵特修斯准备婚娶阿玛宗女王希波莱特以及婚礼庆祝。主要情节是莱山德和赫米娅的恋爱过程。这些素材得益于乔叟的《夜间的故事》。不同的是,在乔叟的《夜间的故事》里,莱山德和狄米特律斯同恋着赫米娅,是一个古典式三角恋爱故事。莎士比亚则在剧中又让另一女主角海丽娜苦恋着狄米特律斯,构成了四角恋爱,增添了浓厚的喜剧气氛。

剧中有一部分"戏中戏"——为雅典公爵的婚礼而演出——的内容,是一伙手艺人,如织工波顿、木工昆斯、补锅匠斯诺特和裁缝斯特佛林等。

剧中有关神仙们的戏,莎士比亚汲取了民间文学的丰富内容,写得富有生活气息,比如仙王奥布朗和仙后蒂泰妮娅经常吵架,奥布朗的侍从"好人儿罗宾",这个流行于民间的家喻户晓的人物,却喜欢在恋人们中间和工匠们的排演中搞恶作剧,等等。

西方诸多评论认为,《仲夏夜之梦》是莎士比亚充分发挥人类想象力的杰作,将喜剧特点发挥到很高的水平,体现出了莎士比亚非凡的才智、创造力和继承精神,一直是莎士比亚最受观众,尤其青年观众欢迎的喜剧之一。

然而,实事求是地讲,即便是莎士比亚最好的喜剧,中国读者对莎士比亚的喜剧历来不乏保留态度,比如它在中国舞台的上演率远远低于他的悲剧,而且即便演出了也很难获得高上座率。追究原因,是中国传统戏里没有真正意义上的喜剧,中国的所谓喜剧除了大团圆的结局,其实主要依靠丑角来插科打诨,一张脸谱很关键,至于有思想的有哲理的语言,是从来不会有的;而西方的喜剧是依靠全体演员来营造,小丑与主角和配角一样,上场都是振振有词的。莎士比亚的《仲夏夜之梦》很完好地体现了西方喜剧的特点，剧中人物的台词都很讲究，不仅俏皮、诙谐和幽默，而且富有哲理。

　　这出戏梁实秋的译名是《仲夏夜梦》，较之朱生豪的《仲夏夜之梦》，少了一个"之"字。原名是the Mid-Sumer night's Dream，本来就有"之"的，梁译"仲夏夜梦"省去"之"字，似无必要。

　　此剧选用了二十七个例子，算短小精悍的。

01　stranger companies / 和陌生人做伴。

　　点评：按照目前的翻译习惯，一般都会翻译为"更陌生的陪伴""更生分地就伴儿"；灵活一点的译法，也就是"相处得别提多别扭了"；绝少有人会翻译成"和陌生人做伴"。这样的译文或许过于灵活，却是一种试图充分表达原意的翻译，很有想法。

02　be advised fair maid / 当心一点吧，美貌的姑娘。

　　点评：按照目前的翻译习惯，一般都会翻译为"受到指点的漂亮姑娘"或者"受到关照的俏妞"，而把一个单词译作"当心一点吧"，成为一句话，是当代译者绝对做不来的。

03　a sweet-faced man / 一个讨人喜欢的小白脸。

　　点评：当今翻译成"一个有颜值的男子"就是高手了，而把原意打乱重组为"一个讨人喜欢的小白脸"，是一般译者不敢轻举妄为的，尤其"小白脸"这个词组的使用，不仅准确，而且传神。

04　in human modesty / 在人间法礼上。

　　点评：这种译文很难点评，我们不知道译者面对这样的英语词组时进行了怎样的思考。

05　a manly enterprise / 真是大丈夫的行为。

　　点评：译作"敢作敢为"或"勇于担当"已经不易，但都远远不如

"真是大丈夫的行为"到位，更为口语化。

06 hasity-footed time / 疾足的时间，a double cherry / 并蒂的樱桃，fancy-sick / 为爱情而憔悴。

点评：这三种译文，乍看起来似乎我们都能做出来，其实在翻译过程中能做到的人，少而又少。它们都是在朱译中大量存在而又往往为人忽略或者为人误解的好译文。遗憾的是，不少专家学者不知道构成朱译之精髓，恰恰也就在这里。这是一种血气方刚催促下才能产生的天分和勤奋，是一个年轻有为的译者和千年难得的作者，在灵魂之间沟通的结果。

07 You may speak as small as you will. / 你可以细着声音讲话。

点评：现在的译文也许会是"你愿意说多小声说多小声好了"，或者"你尽量小声说话吧"，而"细着声讲话"是现代译者们不会使用的表达；尤其要指出的是"着"字，在朱译中很常见，用得很到位，而读者一定要想到朱生豪翻译莎士比亚的作品，发生在二十世纪三十到四十年代，那时候的译文十之有九都是疙疙瘩瘩的欧化句子，由此足见朱生豪对白话文口语的使用，是远远地走在同时代的人的前面的。

08 If that you should fright the ladies out of their wits, they would have no more discretion but to hang us. / 要是你把太太们吓昏了，她们一定会不顾三七二十一把咱们给吊死。

点评："不顾三七二十一"是这句译文的亮点，与前面"把太太们吓昏"联系起来，喜剧气氛就产生了。

09 Then slip I from her burn, down topples she. / 我便从她的屁股下滑走，把她翻了一个大元宝。

点评："翻了一个大元宝"是一种现代译者即便想得出来也不敢使用的表达。

10 I am invisible. / 凡人看不见我。

点评：这句英语是"我隐身了"或者"我无影无形"之意，剧中讲这话的是仙王，朱译加了"凡人"，主语和宾语的颠倒，不只是译文灵活，更是译者紧扣了语境。

11 I beseech your worship's name. / 请教大号是——

点评：现在一般能翻译成"请问大名——"就够文气的了，像"大号"这样的用词，近乎绝迹。

12 Some sleeves, some hats, from yielders all things catch. / 有的失去了袖子，有的落掉了帽子，败军之将，无论什么都是予取予求的。

点评："败军之将"之于yielders，"都是予取予求的"之于"all things catch"，灵活中见准确，完全跟着剧中的喜剧氛围用词。

13 This is the same Athenian. / 这就是那个雅典人。

点评："那个"之于same，大好。

14 You spend your passion on a misprised mood. / 你脾气发得好没来由。

点评："发得好没来由"之于on a misprised mood，不仅灵活，而且很险。

15 I am not guilty of Lysander's blood. / 我并没有杀死莱山德。

点评：guilty和blood，是两个常见词儿，这里闻得见血腥气，朱译用了"杀死"，口语化，把两个词的含义整合到了一种极致。

16 You speak not as you think. / 你说的不是真话。

点评："你说的不是你想的"与"你说的不是真话"，多念几遍，就能感觉到哪种译文更为高级。

17 Lo, she is one of this confederacy! / 瞧，她也是他们的一党。

点评："一党"让译文闪光。

18 You minimus, of hindering knot-grass made. / 你这发育不全的三寸丁。

点评：初读译文感觉发挥过头，细品之下才能体会到译者的才气和胆略。

19 I will not trust you. / 我怕你。

点评：这类翻译与"翻译"这个词儿特别吻合，是朱译的主要特色之一。

20 We'll try no manhood here. / 这里不是适宜我们好斗的地方。

点评："好斗"之于manhood，超出一般翻译的理念。

21 I have an exposition of sleep come upon me. / 咱们想要睡他妈的一觉。

点评：英文有点绕口，是作者有意强调某些内容的结果，但是究竟怎样翻译才能体现出强调呢？译者以为可用"他妈的"加强一下，读者认为如何？

22 Never did I hear such gallant chiding. / 那种雄壮的吠声我真是第一次听到。

23 I never heard so musical a discord, such sweet thunder. / 我从来不曾听见过那样谐美的喧声，那种悦耳的雷鸣。

点评：一定注意never在两个句子中的作用，是如此的不同，足见译者两种译法的良苦用心。

24 Fair Helena in fancy follow me. / 海丽娜因为痴心的缘故也追踪着我。

点评："痴心"之于in fancy，很险，所以极其传神。

93

25 It is not enough to speak, but to speak true. / 单是会讲话不能算数，要讲话总该讲得像个路数。

点评：这类译文，是攻击朱译不准确的人喜欢拿来说事的例子，其实是搬起石头砸自己的脚，因为这是批评者们英文和汉语都疲软的表现。

26 No remedy, my lord, when walls are so willful to hear without warning. / 殿下，墙头要是都像这样随随便便偷听人家讲话的话，可真没法好想。

点评：这个句子差不多可以算作这个剧本的眼，是本剧富有喜剧效果的表达，因为walls是剧中的演员在代替，不是真墙而是人墙，因而有了"偷听"的可能性，前边加了"随随便便"，相照应的是without warning，译者力求译文准确的同时，还没有忘记诙谐是喜剧的要素。在英美的校园演出中，这个段落是保留项目。

27 She hath spied him already with those sweet eyes. / 她那秋波已经看见他了。

点评：用"秋波"代替眼睛，spied him就可以放松一点表达的准确度了，这里彰显了汉语的表达力度。

小结：只要你能读懂莎士比亚的原文，你就能在朱译中发现大量的类似译文，感慨译者驾驭两种文字的能力。《仲夏夜之梦》的译文闪光点多不胜数，都带有浓厚的喜剧效果。这里一共点评了二十七条，自然是捡了最有代表性的例子，当然也只是笔者自以为是的一种表现，难免偏颇，因为一边校订一边选出的例子，原本有五十六条，不得已略去了一半多，首先是为了保证篇幅合适，其次是避免重复，其三是例子过多，读者读来难免疲沓。

《仲夏夜之梦》是漏译现象最少的剧本之一，这里不妨就漏译问题说得具体一点。第二幕第二场接近尾声，剧中人物波顿和昆斯的对话中，波顿说演出时如何装扮胡须，昆斯答道"你还是光着脸蛋吧"，前边有一句"你扮演的一些法国王上根本就没长须毛",朱译中没有这句话,可能使用版本不一样,也可能是漏译,也可能一些校订者认为这是在写神话,神话中不会有法国,不应该有这句话,因此删掉了。我以为,这话可能是为了紧跟时代,作者确实写了这句话。因为当时英国和法国积怨甚深,两国交战号称"百年战争",历史背景深远,用这样的台词给戏剧增添氛围,抑或鼓动一种爱国热情也未可知,忽略了法国与神话的关系,是否合适反倒在其次了。

这句漏译的话之前,译者把roar翻译成"嚷嚷",反正都是一种扯起嗓子弄出来的噪音,只是与后面出现的"吼"不一致,都改为"吼"更有一致性了。再者,这原本是表示狮子的叫声,用"吼"字更传神。翻译中出现这样的小小忽略,是译者的麻痹,却也说明译者翻译的投入。

第二幕第一场漏了"你武士般的爱人";接下来的bed joy and prosperity翻译成了"道贺道贺",省略多,应该抠细一点,因此改为"床笫之欢,良缘之喜"。

第五幕第一场中间,特修斯和狄米特律斯对话,狄米特律斯说:"他因为怕烛火要恼火,所以不敢进去。"后面还有"因为,瞧瞧,烛火早亮了"没有翻译出来。

另有一些漏译,都是小词,应算作容易看漏或者故意避开的东西。这在戏剧对话的形式中,是比较普遍的,不为过。比起小说翻译,这就不算什么错了,因为小说段落比较整,对话的环境是作家根据上下文渲染出来的,不应该出错却往往出错。朱译的零星漏译,我以为,都在正常范围,不应该小题大做。

第二出 《威尼斯商人》

毫无疑问,这是全地球人都喜欢的一部喜剧,故事归纳起来,可以这样简单地交代:

巴萨尼奥是一个出身高贵的威尼斯商人,因要向富有的鲍西娅求婚,去向朋友安东尼奥借三千金币。安东尼奥因把钱投资国外,只好向高利贷者夏洛克借了这笔钱,来成全朋友。夏洛克同意借钱,但到期必须归还;如果到期不还,安东尼奥就要用自己的一磅胸肉抵上。巴萨尼奥求婚成功,但消息传来,安东尼奥的船在海上出事,三千金币无法如期归还。夏洛克逼债,官司打到了公爵那里。鲍西娅扮成辩护律师走上法庭,没有让丈夫知道。鲍西娅请求夏洛克给予通融,遭到拒绝;她答应按夏洛克的条件执行条约,但是夏洛克只能割安东尼奥一磅肉,不能带一滴血。夏洛克无法做到割肉而不流血,鲍西娅得理不让人,反告夏洛克威胁他人生命,应以命低偿。公爵判夏洛克活命,但必须以财产赎回一条活命。

剧终时消息传来,安东尼奥的船安全归来。

据记载,梁实秋先生早在二十世纪三十年代就翻译了《威尼斯商人》,并在重庆上演,受到欢迎。梁先生在二十世纪六七十年代翻译莎士比亚的全部写作,不知道对旧译修改多少,总之是算作新译的。

我发觉翻译例句选择多寡,不完全取决于我,说到底是莎士比亚与朱生豪合力造成的。一般说来,他投入精力多的剧本,精彩的句子就多;朱生豪下笔有如神助,译出了原文的精彩,于是,"朱莎合璧"就产生了。

本剧选出二十七个例子。

01　We leave you now with better company. / 您现在有了更好的同伴,我们

可以少陪了。

梁译：你有更好的朋友做伴了。

点评：英文句子十分地道，而越地道的英文越不好翻译。按照字面意思，几乎翻译不出通顺的汉语句子，我们总不至于这样翻译吧：我们现在把你留给更好的陪伴吧。只有尝试过这样的译文，才能更心悦诚服地欣赏朱译是多么灵活而到位了。

梁译乍看像那么回事，细审便会发现we leave没有交代，原文里也根本没有"朋友"，这当然不能算作良好的翻译。好的译文，应该从原文中挖掘更加贴切的意思，而非乱添乱加一些东西，求得译文通顺。

02　Sometimes from her eyes I did receive fair speechless messages. / 从她的眼睛里，我有时候接到她的脉脉含情的流盼。

点评：fair speechless messages，地道的英文词组，写一种眼神，写到家了。现代译文十之有九会是：温馨的无言的音信；朱译把fair speechless整合为"脉脉含情"，"流盼"二字就衔接得天衣无缝了，而"流盼"之于message，妙极。

03　Yet, for aught I see, they are as sick that surfeit with too much as they that starve with nothing. It is no mean happiness therefore, to be seated in the mean: superfluity comes sooner by white hairs, but competency lives longer. / 可是照我的愚见看来，吃得太饱的人，跟挨着饿不吃东西的人，一样是会害病的，所以中庸之道才是最大的幸福：富贵催人生白发，布衣蔬食易长年。

梁译：不过据我看，供养太足的人是和因不足而挨饿的人同样的受病。所以合乎中道即是幸福不浅了：太富庶的人容易早生白发，足衣足食的反倒可以延年。

点评：这样明白易懂的译文，不只是看上去文从字顺，而且一听就能知道话出自谁口。戏剧是要演出的，让演员说出好台词，更为重要。"富贵催人生白发，布衣蔬食易长年"这样的译文，看似有发挥，实际

97

上饱含了中国古代戏剧的特点和韵味。

梁译好像更贴近原文，其实和原文保持了相当的距离，好像每个句子都是一种离心力，几个句子合起来好像脱离了原文似的，读起来很没有感觉，尤其最后两句，逻辑上不通。

04　Your father was ever virtuous; and holy men at their death have good inspiration. / 老太爷生前道高德重，大凡有道君子，临终之时，必有神悟。

点评：your father可以翻译成"老太爷"否？字面意思显然不妥，但两个人对话，环境和语境都明摆着，那就是再好不过的翻译了；后半句英汉两种文字对照起来似乎字字句句都有出入，细究起来却忠实得无可挑剔。

05　Whiles we shut the gates upon one wooer, another knocks at the door. / 吹翅狂蜂方出户，寻芳浪蝶又登门。

梁译：才把一个送走，又来一个敲门的。

点评：照字面意思，朱译好像恣意发挥，但是这个句子的关键词是wooer，求婚者，getes和door都在译文里，明白了这点，朱译就不知道高明了多少，是现代译者望尘莫及的。

梁译从字面上看，好像字字都是从原文抠出来的，但是wooer这个关键词没有出现在译文里，译文就只能似是而非了。

06　But ships but boards, sailors but men. / 可是船不过是几块木板钉起来的东西，水手也不过是些血肉之躯。

点评：这类朱译往往是不懂翻译的人或者是懂得皮毛翻译的人攻击的靶子，因为译文里"几块板子钉起来的东西"和"血肉之躯"，都是原文字面里所没有的，其实这是我们对英文but的理解和运用知之甚少的缘故。所以首先读懂莎士比亚，是非常重要的。当然，men翻译成"平常汉子"，也许更好些？

98

07 I like not fair terms and a villain's mind. / 我不喜欢口蜜腹剑的人。

梁译：我不喜欢满口好话，而心里藏着奸诈。

点评： fair terms and a villain's mind能否译作"口蜜腹剑"可以质疑，但梁译"满口好话"与"心里藏着奸诈"是"口蜜腹剑"的解释，却是确定无疑的。

08 Good fortune then! To make me blest or cursed'st among men. / 好，成功失败，在此一举！正是：不挟美人归，壮士无颜色。

梁译：但愿有好运来帮忙！我最幸福，或是最遭殃！

点评： 从字面上看，朱译绝对是对照不上的，字字句句都有巨大出入，倒是梁译更能看出原文的一些内容，只是梁译没有把原文中一些东西交代清楚，译文漏洞很大。然而，在剧中，这句话是摩洛哥亲王准备向鲍西娅求婚前说的话，摩洛哥亲王需要一些豪言壮语给自己壮胆，朱译的优势不仅显现，还让读者想到就是莎士比亚要说的话。这样的译文需要厚实的古人的文化，现代人已经做不到这步了。

09 All the world desires her; From the four corners of the earth they come, to kiss this shrine, this mortal breathing saint. / 整个儿的世界都希求着她，从地球的四角他们迢迢而来，顶礼这位尘世的仙姬。

梁译：从四面八方都有来人，来吻这神圣的塑像，这人间的仙子。

点评： 这是《威尼斯商人》第二幕第七场里的一句话，我第一次看见，是在莎士比亚的故乡斯特拉福特镇的莎士比亚故居里的：一个硕大的镂空的地球仪缓缓转动，上面镶嵌着From the four corners of the earth they come,/ To kiss this shrine.当时我看得真的有点傻眼，因为这话放在博物馆一进门的大厅，拜谒莎士比亚的游客熙熙攘攘，英国人选来用在莎翁的故居里，我不禁深为英国人智慧、实用其实也很严谨的态度所折服。

从翻译的角度看，梁译的第一句话绵软无力；从汉语表达上看，索性就是一个大病句。英语 the four corners of the earth显然不只是"四面八方"的含义，起码the earth这个短语漏译了；而后文的"神圣的塑像"和"这人间的仙子"，汉语表达不是多就是少，例如"神圣的"从哪里译出的？"塑像"是死物，"仙子"是活人，不对等，不同位；更有"吻"和"塑像"，一活一死，动宾搭配很不协调，因为面对一尊塑像，你实在不知道吻它哪里不会沾染一嘴灰尘。"吻"之于kiss，看似忠实，其实不然。

再看朱译。两句译文，第一句的"迢迢而来"看似多了，实际上正是From和the four corners of the earth构成的空间，是come这个动词所应该发挥出来的东西。学习英语，无论写作还是翻译活动，from这类副词是最难掌握的。朱生豪把握这类副词是高手，值得我们好好学习。第二句对照原文，好像少了一句译文，实质上是把两个同位句子合起来翻译，真正合并的只有shrine和saint这两个词儿。这在朱生豪的时代是很常见的一种翻译，因为我们知道莎士比亚是用五步音诗句写作的，有时候有的同义词和同位句，完全是为了凑够五个音步。如果现在的翻译要求死抠字眼，那是我们这个时代的标准所致，与朱译的质量没有关系。"顶礼"取代"吻"，和"仙姬"达成动宾关系，是再传神不过的。如果一些人认为这样的合并是朱译不精确的地方，而要校订这些译句，那就需要有相当的翻译智商，外加上百万字的翻译实践。比如"仙姬"这个词，方平先生校订时改成了"仙真"，显然不如"仙姬"更符合表达女性。再者，"仙真"这个词哪里借来的？指女性合适吗？在《威尼斯商人》剧本中，saint是指美丽而智慧的鲍西娅，女性，用"仙姬"贴切，而用"仙真"就中性化了，模糊化了。类似"仙姬"的遣词造句，是朱译莎剧的核心价值，改动需要真本事。

再往深究，莎翁用了the four corners of the earth这样的英语表达，是他对时代的"观"所致。莎士比亚的时代之前，地心说是意识形态的主流，宗教的上帝、耶稣升天以及文学作品里的天堂、凡间和地狱之说才能成立。日心说导致了宗教概念的崩溃，人类开始在地球的各个角落探索。之前，地球在人的视界是平面的，有中心，有天涯海角；之后，地球成了圆的，科学家绘制的地球仪，有了南北极，有了赤道。这种变化是颠覆性的,因此可以推测,the four corners of the earth这样的英语说法,在莎翁时代是新潮的,时尚的。我们知道,莎翁的写作不仅探索远古与未来,也评说当代和历史,还是紧跟时代的,因为他的观众是社会的人,是紧跟社会潮流的,他需要抓住观众。所以,在翻译这样的表达时,最好的方法就是严格遵循原文,越准确越接近莎翁写作的表达。梁译的"四面八方"显然丢掉了原文的核心价值,而且如上所说,从四面八方都有来人这句译文没有主语,是一个病句,连主、谓、宾都模糊不清了。

二〇一二年我才得到了一套方平先生主编的《莎士比亚全集》,方先生翻译的《威尼斯商人》中,这句译文为:东西南北,各路都有远客赶来,/ 来朝拜这座圣像,这人间的仙女。原文有"东西南北"吗?有"各路都有远客"吗?根本没有。而shrine这个英文词,相当于汉语的神龛、圣坛、圣祠之意,没有"圣像"之意。这句话是从梁实秋的译句化来的,而"朝拜"这词,则是从朱生豪的"顶礼"变来的。参考旧译本是常态,但是要翻译出精彩,高人一筹才好。再有,……远客赶来,/ 来朝拜……一句,两个"来"中间一个逗号,啰唆,不是好译文。

然而,我绝对不反对新版本问世,因为这对普及莎士比亚有益无害,对我们阅读莎士比亚,至少是一个难得的参考。我以为,我们目前缺少的还是认真、严谨、扎实地阅读原著,因此多多出版莎士比亚的剧本,还是利大于弊的。译本多了,我们面临的唯一的问题是能够辨别出译本的高下。

10 She is damned for it. / 她干出这种不要脸的事来,死了一定要下地狱。

点评: 这是夏洛克诅咒女儿私奔的话,朱译把for it充分利用,把damned也充分利用,译句精彩,一个刻薄父亲的形象便跃然纸上。

11 My own flesh and blood to rebel! / 我自己的血肉向我造反!

点评: "向我"看似多添加的,其实是与own照应,很可取。

12 There is more difference between thy flesh and hers than between jet and ivory. / 你的肉跟她的肉比起来，比黑炭和象牙还差得远。

点评：用两个译句表达一个原文句子，倒更显得紧凑。

13 So will I never be. / 那是断断不可的。

点评："断断不可"之于never，不多见，极到位。

14 What demi-god hath comes so near creation? / 这是谁的神来之笔，描画出这样一位绝世的美人？

梁译：是哪个画家竟能这样的巧夺天工，画得如真人一般？

点评：朱译似乎远离了字面意思，梁译更甚，但"这是谁"这种泛指要比"哪个画家"指向更具体，更可取。其实，原文里没有"画"这个行为动词，而梁译用了两个，恐怕是受了朱译的"神来之笔"的影响，自己想发挥一下，反而不伦不类了。

15 My lord and lady, it is now our time, that have stood by and seen our wishes prosper, to cry, good joy: good joy, my lord and lady！/ 姑爷，小姐，我们站在旁边，眼看我们的愿望成为事实，现在该让我们来道喜了。恭喜姑爷！恭喜小姐！

点评：朱译字字句句都能照顾原文，却比原文更清晰，更生动。

16 Some dear friend dead; else nothing in the world could turn so much the constitution of any constant man. / 多半是一个什么好朋友死了，否则不会有别的事情会把一个堂堂男子汉激动到这个样子的。

点评：so much the constitution of any constant man是很地道的英语表达，字面意思很难翻译，朱译"一个堂堂男子汉"译得很有心得，很值得学习。

17 For never shall you lie by Portia's side with an unquiet soul. / 鲍西娅决

不让你抱着一颗不安宁的良心睡在她的身旁。

点评：译文把原文中的主语 I 换成了鲍西娅，注意到效果很不一样吧？

18　Sweet Bassanio, my ships have all miscarried, my creditors grow cruel, my estate is very low, my bond to the Jew is forfeit; and since in paying it, it is impossible I should live, all debts are cleared between you and I, if I might but see you at my death. Notwithstanding, use your pleasure: if your love do not persuade you to come, let not my letter. / 巴萨尼奥挚友如握：弟船只悉数遇难，债主煎迫，家业荡然。犹太人之约，业已愆期；履行罚则，殆无生望。足下前此欠弟债项，一切勾销，唯盼及弟未死之前，来相临视。或足下燕婉情浓，不忍遽别，则亦不复相强，此信置之可也。

点评：一封信难免转一转，朱译要比原文还转。这样深厚的汉语表达，怕是一去不复返了，很是珍贵，我们只有感叹和点头。

19　No bed shall e'er be guilty of my stay, no rest be interposer 'twixt us twain. / 此去经宵应少睡，长留鬼魂系相思。
梁译：决不误时贪睡，决不偷闲延误。

点评：朱译基本脱离字面意思，却未必脱离了作者想要表达的；梁译部分地照顾到了字面意思，反而脱离了作者想要表达的内容。

20　Thou call'dst me dog before thou hadst a cause; but, since I am a dog, beware my fangs: / 你曾经无缘无故骂我狗，既然我是狗，那么你可留心着我的狗牙齿吧。

点评：原文通过重复 dog 这个词，强调表达。译文亦步亦趋，还多了"狗牙齿"，强调的作用更突出。

21　I, shall grow jealous of you shortly, Launcelot, if you thus get my wife into corners. / 朗斯洛特，你要是再拉着我的妻子在壁角里说话，我真的要吃起醋来了。

点评： get在英语里几乎是一个万能的词儿，朱译用一个"拉"字，传神得让人击节叫好。

22 If every ducat in six thousand ducats were in six parts and every part a ducat, I would not draw them; I would have my bond. / 即使这六千块钱中间的每一块钱都可以分做六份，每一份都可以变成一块钱，我也不要它们；我只要照约处罚。

点评： 这是悲剧人物夏洛克的话。英文里every, ducat, six, part都重复使用，译文几乎一样地重复，效果极佳。这类句子最能说明朱译是最忠实莎士比亚原作和原意的。夏洛克对整个世界的不满，正是通过这样的重复，留给观众和读者深刻印象的。

23 He is well paid that is well satisfied. / 一个人做了心安理得的事，就是得到了最大的酬报。

点评： that is well satisfied是被动形式，照字面意思或许可以译为"被满意得可以了"，这样的话就无法和前面的内容发生任何关系了。原文是很讲究的两个well，一前一后念起来像一个警句。要是有人译为"心满意足别无他求"，也很难说到底把原文翻译干净了没有。朱译不走这样的捷径，而是根据自己的理解，根据上下文和剧中角色的身份，把译文整理得令人无话可说。

24 Nothing is good, I see, without respect. / 没有比较，就显不出长处。

梁译：没有陪衬，什么东西也做不到好处。

点评： 关键是respect，比较抽象，需要很明确的上下文，而这个句子恰恰是上下文不明确。朱译吃透了这些难点，译文自成格局。梁译则是葫芦僧判葫芦案，恐怕他自己也不知道他的译文在传达什么。都是按照自己的理解翻译，朱译是一个有含义的句子，而梁译只是把汉字连在了一起。

25 Would he were gelt that had it, for my part, / Since you do take it, love, so much at heart. / 好人，你既然把这件事情看得这么重，那么我但愿拿了去的是个割掉了鸡巴的。

梁译：你既然如此的心痛，爱人，我真愿拿去的那个人变成阉。

点评：一辈子做外文编辑，geld这个词儿遇到过，但把它翻译成"割掉了鸡巴的"，这是第一次，恐怕也是唯一一次。字面就是这个意思，不过译者有责任把一些过分赤裸的词冲淡一下。想到《红楼梦》里出现过这个词，同是文学作品，译者有权利这样翻译，只要符合剧中角色身份，我们就不去苛求了。朱译抓住了这点，难得！

梁译翻译得很干净，但是前句意思不到位，后句中"变成阉"这个表达不通，连累得整个句子都不通了。仅此不难看出，翻译确实有高下之分的。

26 Love me, and leave me not. / 爱我毋离。

点评：把英文警句翻译成汉语警句，很难得；翻译得凝练就更难得，因为这需要译者深厚的古文底子。

27 You shall not know by what strange accident / I chanced on this letter. / 您再也想不出这封信怎么会巧巧儿地到了我的手里。

点评："巧巧儿"三个字，把原文里的strange accident与chanced，干净利落地表达出来了，高手所为，值得学习。

小结：《威尼斯商人》是朱生豪很喜欢的剧本，因为喜欢，翻译的心劲儿就不一样，译文中闪光点到处都是，我在校补过程中，轻而易举地选出来成百个例子，压缩了三分之一多，才敲定了二十七例。因为例子十分精彩，点评起来也有话说，而且基本上是有话则长无话则短；其中第九个例子，是本书中点评最长篇幅之一，其用意是用实际例子告诉读者译本的优劣。

漏译现象可能是所有朱生豪译本中最少的,仅有不足十个,而且都只有七八个字到十几个字的漏译,完全可以当作译者误看或者漏看而导致的结果,可以忽略不计。

《威尼斯商人》是朱生豪最好的译本之一。

第三出 《皆大欢喜》

《皆大欢喜》的剧情是这样的：在美丽的亚登林地里，居住着一位被流放的公爵，好像英格兰的侠客罗宾汉。一些受到社会不公正待遇的人，都躲到这个自由王国来了。奥兰多被兄长奥利弗剥夺了应有的继承权。流放的公爵的女儿罗莎琳被篡夺她父亲爵位的叔叔弗雷德里克公爵所虐待。奥兰多和罗莎琳是一对恋人。罗莎琳女扮男装，化名盖尼米德，来到此地，决心鼓励奥兰多找回他昔日的情人罗莎琳。另一对恋人西莉娅和奥利弗同样在剧中扮演着重要的角色，对衬托纯真的爱情和化解古老家族的恩恩怨怨，增加剧本的内涵和力度，具有同等的价值。最能体现莎士比亚喜剧风格的是贾克斯和试金石两个角色。

一九九二年夏天，笔者到莎士比亚的故乡斯特拉特福镇游览观光，有幸观看了《皆大欢喜》的演出，感到惭愧的是打了一大阵瞌睡。莎士比亚时代那种简陋的剧场和布景一去不复返，因为布景技术，现代人演出的《皆大欢喜》更具田园气氛。演员准确流畅的台词经常博得欢笑和掌声。观看莎剧演出已经成为一种文化熏陶。据英国朋友说，每年夏天，从四月份起到九月中旬，斯特拉特福镇游人如织，皇家剧院每晚都上演莎士比亚的戏剧，场场爆满。由此你不由得感叹莎士比亚戏剧的生命力有多么强大。

《皆大欢喜》第二幕第七场有一段著名的台词："全世界是一个舞台，所有的男男女女不过是一些演员；他们都有下场的时候，也都有上场的时候。一个人的一生中扮演着好几个角色……"一个名叫迈可的青年教师给我讲这段英文时说，仅凭这段富有人生哲理的台词，《皆大欢喜》一剧便可永垂世界文学史册。这话透着民族的自豪，也道出了部分实情。

梁实秋的译名是《如愿》，原文是As You Like It，大约等于"如同你喜欢的那样"，剧本的结局是皆大欢喜，看起来这个译名是可以的，是所有剧本中译名最短的。我更喜欢朱生豪的译名，更和剧情吻合，与原名中like这个词也吻合。

本剧选用了二十三个例句。

01　*Oliver*　Now, sir! what make you here? / 嘿，少爷，你来做什么？

Orlando　Nothing: I am not taught to make anything. / 不做什么；我不曾学习过做什么。

Oliver　What mar you then, sir? / 那么你在作践些什么呢，少爷？

Orlando　Mrry, sir, I am helping you to mar that which God made, a poor unworthy brother of yours, with idleness. / 哼，大爷，我在帮您的忙，把一个上帝造下来的、你的可怜的没有用处的兄弟用游惰来作践着呢。

点评：奥利弗和奥兰多的对话。奥利弗剥夺了奥兰多应有的继承权，一方强势，一方不甘弱势，不甘弱势的说话就需要机智一些。像I am not taught to make anything这类句子，是莎士比亚喜剧中的主体，很有味道，但往往不为中国读者所接受，更别说喜欢了；其中的原因，如我在别处说过的，是中国传统戏剧中没有真正意义上的喜剧，只有一些喜剧因素，主要由丑角来完成，老百姓说是"逗闷子"。西方的喜剧是要阐明人生的一些东西的，需要大量带有喜剧色彩的语言，语言还需要思想。所以，熟悉并习惯这类语言，是丰富汉语的一个很好的办法。

从这段对话可以看出译者多么用力地贴近原创：把I am not taught to make anything译作"我不曾学习过做什么"，可谓一点一滴都抠出来了，而把idleness译作"游惰"，便是最好的例子。我没有见过谁把idleness译作"游惰"的，实际上我对"游惰"这个词儿都很陌生。但是感觉得出来，这个词儿有了，四句斗嘴般的对话，陡然有了沉甸甸的内容。

02　The more pity that fools may not speak wisely what wise men do foolishly. / 这就可发一叹了，聪明人可以做傻事，傻子却不准说聪明话。

点评：英文可谓十分地道的遣词造句，尤其what引出来的内容；重复用词表达的内容，却一点不觉重复。一个句子紧凑得似乎无法断开，好像一断开就再也组织不起来了。译文却一分为三，环环相套，更显紧凑。Wisely和foolishly都是状语，译者都当名词使用，让译句更加简明扼要。

03 With bills on their necks, 'Be it known unto all men by these presents'. / 头颈里挂着招贴，"特此布告，俾众周知。"

梁译：颈上挂着一张布告，"特此布告，俾众周知。"

点评：招贴词近似标语口号，朱译便当作标语来翻译，很地道。另一种翻译是梁实秋先生的，基本上把朱译放进了自家的译文里，但是还是别扭，因为bills on their necks分明是复数的，却翻译成了"颈上挂着一张布告"，这些看似小的不妥，给译文带来的伤害却不小。

04 Beauty provoketh thieves sooner than gold. / 美貌比金银更容易引起盗心呢。 / 美貌比金钱更容易引起贼人来。

点评：原文算得上警世名言，朱译也算得上警世名言。Gold这里是泛指贵重的东西，译作"金银"没问题。Thieves译作"盗心"，看似有出入，但却更贴近原文，因为"美貌"是最容易诱发觊觎之心的。

梁译借用了朱译不少东西，gold译作"金钱"，thieves译作"贼人"，字面上对得上，一些文人学者因此认定梁译更忠实原文，其实传达原文的含义差了不少，至少"贼人"是偷不到美貌的，也是没法偷窃的。这是翻译的细微之处，是更高阶段的推敲，更高智商的取舍。

05 Hisperia, the princess' gentlewoman, Confesses that she secretly o'yeheard Your daughter and her cousin much commend The parts and graces of the wrestler That did but lately foil the sinewy Charles. / 郡主的女侍希丝佩里娅供认她曾经偷听到郡主跟她的妹妹常常称赞最近在摔跤赛中打败了强有力的查尔斯的那个汉子的技术和人品。

梁译：公主的贴身丫环希斯皮利亚供说她曾私下听到您的小姐和她的姊姊很称赞那个最近摔跤打败强大的查尔斯的那人的技艺和人品。

点评：在整个校订过程中，这句译文可能是我见到的朱译中最长的句子，五十七个汉字；原文中有两个逗号，插入一个同位语内容，译文并不为此顾忌什么，一口气用了五十多个汉字，来传达五行诗句，谁说朱译不忠实原文？到了万不得已，只能使用欧化句子时，朱生豪也会露一手，比起别人的欧化句子，还是高出一截。当然，这也说明现代汉语的表达力非同一般，全看译者如何开发和利用了。

梁译用了五十五个汉字，比朱译少用了两个字，是我在比较朱译和梁译过程中极少见的。不过，secretly o'veyheard翻译成"私下听到"、much commend译作"很称赞"、foil译作"摔跤打败"，都有些拖泥带水，尤其前文有了"那个"，后文又出现"那人"，不够精当。

06 Jane Smile / 琴四妹儿。

点评：朱译中不少谐音而达意的人名的译法，相当精彩。"琴四妹儿"，谐音而译，却汉语化到家了，一听就让人感到想笑，吻合了英语smile。

在本剧中还有"试金石"；其他剧本中巧妙的译名也不少，如"快嘴桂嫂"等等。

07 Here lie I down, and measure out my grave. / 让我在这儿躺下挺尸吧。

梁译：我躺在这里挺尸吧。

点评：measure out my grave，经典的莎士比亚语言，字面意思是"我丈量一下我的坟墓"，根据上下文翻译成"挺尸"，可谓精彩绝伦。

或许因为朱译太出彩了，梁译几乎全部参考了朱译。

08 Your gentleness shall force More than your force move us to gentleness. / 假如你不用暴力，客客气气地向我们说，我们一定会更客客气气地对待你。

梁译：你的和气的态度比你的强暴更能引起我们对你的和气。

点评：莎士比亚重复用词，意在加强语气的同时营造喜剧氛围。朱译把这点照顾得很好，口气算得上地地道道的戏剧对话。

梁译更接近当代译风，是眼下多数译者采用的路子，只是"更能引起我们对你的和气"，读者越读会越觉得意思含糊，因为"引起……和气"实际上是不够搭配的动宾关系。梁译也用了一个超长的译句，是受朱译严重影响的结果。

09 All the world's a stage, And all the men and women merely players: They have their exits and their entrances; And one man in his time plays many parts, His acts being seven ages…. / 全世界是一个舞台，所有的男男女女不过是一些演员；他们都有下场的时候，也都有上场的时候。一个人的一生中扮演着好几个角色，他们的表演可以分为七个时期。

点评：莎士比亚的写作，人生观摆得超好，给人广阔的视野和引导。也许是为了营造喜剧氛围，却因字里行间有了思想，便成了富有哲理因而流传不衰的语录。这些都是历来经常被人引用的话，而紧接下来的关于人生"七个时期"之论，更是了得，几乎是诊断人生阶段的成药。

10 That he that hath learned no wit by nature nor art may complain of good breeding or comes of a very dull kindred. / 生来愚笨怪祖父，学而不慧师之惰。

梁译：从先天禀赋或后天修养都没有一点聪明的人，可以说是没有得到好的教养，或是来自一个很愚笨的血缘。

点评：字面意思，译文对不上；原文所含的意思，却准准地翻译出来了。当代译文排斥这种翻译，首先是因为我们没有运用汉语这个能力了。

梁译从原文里抠，字面意思有了，有值得提倡的一面，但译文不简练、不清晰，也不会让读者感到多么有收获。

11 Those that are good manners at the court are as ridiculous in the country as the behaviour of the country is most mockable at the court. / 在官廷里算作好礼貌的，在乡野就会变成可笑，正像乡下人的行为一到了官廷里就显得寒伧一样。

点评：地道的英语，句式是汉语里所没有的，按字面意思译出，如今已经为汉语里习以为常的句式，这就是语言的共性。这个句子是莎士比亚的体会，因为他来自乡下，又到官廷演出过。不过并非具备两种生活经历的人都能说出这样非常有见地的话。自从人类有了高低贵贱之分，就有了高贵和低贱两种生活，于是世俗的眼光和偏见就产生了。莎士比亚一直在纠正这样的眼光。

类似句子，朱译移植得非常到位，可见译者对作者要表达的东西看得很清楚。

12 O Lord, Lord! It is a hard matter for friends to meet; but mountains may be removed with earthquakes and so encounter. / 主啊！主啊！朋友们见面真不容易：可是两座山也许会给地震搬了家而碰起头来。

点评：这是富有莎士比亚色彩的写作，真实的内容在先，紧接着是形容真实的内容，很夸张，但夸张得让人服气，这就是大本事了。这实际上也是英语，甚至整个西语，和汉语的区别之一。朋友见面显然不会像两座山碰头那么难，但地震会让山河发生变化。这是见虚见实的写作。

朱译根据人物口气，把文字调动起来，"两座山"照顾了前句的"朋友们见面"，连接了后面的"碰起头来"，很传神。

13 O wonderful, wonderful, and most wonderful! and yet again wonderful, and after that out of all hooping! / 奇怪啊！奇怪啊，奇怪到无可再奇怪的奇怪！奇怪而又奇怪！说不出来的奇怪！

梁译：啊奇怪奇怪真奇怪！真真奇怪！此外只好说是奇怪到无法形容。

点评： 这是莎士比亚时代的戏剧语言特点，重复到无以复加来加强语气，加强喜剧效果，加强人物在舞台上的存在感，加强舞台人物和台下观众的互动，然而如果作者不注意提炼语言，精简语言，言语就会啰唆。莎士比亚是他的时代的语言改革家，他的时代语言是经过他的改革才更加丰富起来的，才更加富有思想的。不过这句话，莎士比亚似乎没有多用心改造，却是利用了他创作戏剧一贯喜欢的一个词或多个词重复达到某种戏剧效果。

朱译显然抓住了这一特色，原文句子里一共有四个wonderful，译文里出现了八个"奇怪"，正好多了一倍，但是没有一个是多余的、毫无道理的。前一句用了五个"奇怪"，前两个是原文的移植，后三个是most这个英文词发挥出来的，形容词的最高级，三级跳。Again用"奇怪而又奇怪"照应，真是兵来将挡。最后一句里的wonderful是隐性的，因为hoop这个词是用嘴说的，感情波动性质的，一定会有宾语的，译文增加了一个"奇怪"是很有道理的，也是整句话需要的。翻译首先是逐字逐句的移植，随后也一定要营造整句话的氛围。另一点是，这里让我们看到了朱生豪运用白话文多么得心应手，口语化程度即便今天看来也是相当了得的。

梁译用了五个"奇怪"，比原文多了一个；"真真"相对most，如果硬要和汉语里哪个词套，也许与"更"比较接近，无论如何没有达到形容词最高级，不算到位。"此外"之于after that，不够准确，而"无法形容"在这里和hoop不搭界。最主要的是，梁译的整个句子读下来，句子与句子之间不接气，尤其"此外"一用，让译文有拦腰斩断之感。

14　God be wi'you: let's meet as little as we can. / 上帝和您同在！让我们越少见面越好。

点评： 据考证，goodbye这个词儿，是从God be with you演变出来的；God be wi'you应是简略形式，因此这里也可以译作"再见"。朱译这里用了"您"，显然有尊敬和客气的内涵，所以照字面意思译出，很有想法，照顾了剧中人物关系和性格。Little这个词基本上是否定性质的，所以这句话亦能译作"我们不见面也罢"。朱译有客气的味道，显然是和"您"字接气的。

15 fancy-monger / 卖弄风情的家伙。

点评：a war monger可以译为"战争贩子"，以此论推，a fancy-monger可以译作"爱情贩子"。什么是"爱情贩子"？卖弄风情的家伙也。如果莎士比亚精通汉语，他会对这样传神的汉语表达瞪起双眼的。

16 an unquestionable spirit / 一副懒得跟人交谈的神气。

点评：unquestionable译作"懒得跟人交谈"，让人无语。

17 I swear to thee, youth, by the white hand of Rosalind, I am that he, that unfortunate he. / 少年，我凭着罗莎琳的玉手向你起誓，我就是他，那个不幸的他。

点评：the white hand，写女性的手，褒义多多，汉译"玉手"可算一种定译。而"我就是他，那个不幸的他"，在朱生豪的时代，这样的译法是很超前的，是对汉语的贡献。

18 Love is merely a madness, and, I tell you, deserves as well a dark house and a whip as madmen do: and the reason why they are not so punished and cured is, that the lunacy is so ordinary that the whippers are in love too. / 爱情不过是一种疯狂；我对你说，有了爱情的人，是应该像对待一个疯子一样，把他关在黑屋子里用鞭子抽一顿的。那么为什么他们不用这种处罚的方法来医治爱情呢？因为疯病是极其平常的，就是拿鞭子的人也在恋爱哩。

点评：爱情是莎士比亚笔下最常见的题目，而一谈起来就妙笔生花，总能说出一番道理来。

翻译这样的文字，最好亦步亦趋地移植，朱生豪给了我们很好的一例。

19 As the ox hath his bow, sir, the horse his curb and the falcon her bells, so man hath his desires: and as pigeons bill, so wedlock would be nibbling. / 先生，牛有轭，马有勒，猎鹰腿上挂金铃，人非木石岂无情？鸽子也要亲个嘴儿；女大当嫁，男大当婚。

点评： 仅按字面意思，这段译文一些地方似乎有出入，例如"腿上挂金铃"之于her bells，"人非木石岂无情"之于so man hath his desires，"鸽子也要亲个嘴儿"之于as pigeons bill；wedlock would be nibbling，从字面意思看，似乎与"女大当嫁，男大当婚"相距很远，然而，如果没有这些精辟的汉译点缀在这段译文之中，莎士比亚的写作之精彩，从何谈起呢？译文翻译到作者的心坎儿上，那是最高级的翻译，无论理解还是实践。

20 And his kissing is as full of sanctity as the touch of holy bread. / 他的接吻神圣得就像圣餐面包触到唇边一样。

点评： 是逐字逐句的翻译，还是理解原文后的一挥而就？

21 *Rosalind* You have heard him swear downright he was. / 你不是听见他发誓说他的的确确在恋爱吗？

Celia 'Was' is not 'is'. / 从前说是，现在却不一定是。

点评： 很难想象莎士比亚时代的观众听到这样的台词是什么反应：发蒙？琢磨？爆笑？尖叫？抑或就是听到了一句再平常不过的话？

不管怎样，翻译这样的英语，是需要停下来琢磨一番，才能下笔的。"从前说是，现在却不一定是"之于'Was' is not 'is'，是费了不少心血的。

22 Wherever sorrow is, relief would be: If you do sorrow at my grief in love, By giving love your sorrow and my grief Were both extermined. 同情之后，必有安慰；要是您见我因为爱情而伤心而同情我，那么只要把您的爱给我，您就可以不用同情，我也无须再伤心了。

点评：原文应该是莎士比亚时代的英语常态，用在舞台上，让不识字的观众听，如今看来怎么都过于精练，过于节俭了。翻译这样的英文，增减内容是必要的，否则汉译会呈现似是而非或者不知所云的状态。在理解原文的基础上，准确而传神地翻译莎士比亚的文字，是关键所在。这个例子很能说明朱译的难能可贵之处。

23 Patience herself would startle at this letter And play the swaggerer; bear this, bear all; / 最有耐性的人见了这封信也要暴跳如雷；是可忍，孰不可忍；

梁译：最耐性的人看了这封信也要惊诧，也要发作：是可忍，孰不可忍。

点评：play the swaggerer，字面意思大约是"做出不可一世的样子"，朱译把这句话分别化入了"暴跳如雷"和后面的"是可忍孰不可忍"之中，因为前面的startle只有"吓一跳"之意，而后面的bear this, bear all，大意是"忍了这个就都忍了"，前后内容都比较平常，温和。为了译文一气呵成，patience herself译为"最有耐性的人"，受惊后有一番异常表现，就顺理成章了。这是翻译的高级形式，一般人腾挪不了。

梁译显然参考了朱译，因为梁译的行文一贯显得啰唆，很少讲究简练，更何况"是可忍，孰不可忍"是原文里不容易发挥出来的。由此可见，好的译文是公认的。

小结：剧中的人物虽然也有过节和心结，但是总的气氛是欢喜的，嬉闹的。朱生豪显然喜欢这样的氛围，句子翻译得都很顺畅，展转腾挪的不多，发挥性质的不多，省略合并的也不多，总体说来是朱生豪的精当译本之一。

闪光点多，校补过程中不经意间就录下来几十个，最后不得不忍痛割爱，挑选又挑选，落得二十三个。

漏译约十五处，只有两处比较大，但从语境看，好像都是译者看串了行所致，抑或停下译笔喝杯水或者吃顿饭，接着干活儿，没有接好茬。

　　这本戏中，朱译和梁译比较的例子不多，但是列举出来的几个，都明显地有梁译借用朱译的精彩词句的痕迹。一如我反复声明的，这没有什么可忌讳的，前提是要有自己的精当之处，有自己的特色。

第四出 《驯悍记》

一六二三年首次印刷出版的对开本《驯悍记》，剧中的悍妇是有所指的，英文里的悍妇前面理当加上定冠词。但早在一五九四年，一个名为《驯一悍妇》的剧本就出现了。因为中文不像英语那么精确，原文虽然在悍妇前使用了不定冠词，但译名仍可以译为《驯悍记》。这两个剧本究竟有什么关系，说法历来是不一致的。有人认为《驯一悍妇》是《驯悍记》的材料来源。持这一观点的大概因为《驯一悍妇》篇幅短小，情节简单，而莎士比亚一向是点铁成金的好手。有些学者则认为两个"驯悍记"都取自一个更早一些、现在无法找到的剧本。更有人甚至说两个剧本都是莎士比亚所写。牛津大学出版社一九八七年版的《莎士比亚全集》主编斯坦利·威尔斯和加利·泰勒则认为，莎士比亚的剧本是最先写出来的，他无须以任何更早的版本为依据。《驯一悍妇》是一匿名作者的模仿之作，希望借着莎士比亚的成功捞点好处而已。因此，可以肯定的是，莎士比亚的《驯悍记》写于一五九四年左右。

《驯悍记》的故事情节虽然曲曲折折、波澜不断，但主要情节相对简单，始终围绕着驯服一个强悍的女人为中心而展开。地点是意大利的维罗纳。维罗纳有个名叫皮特鲁乔的绅士，生性精明，脾气冷静，很有自信心。本地富户巴普蒂斯塔有一女，名叫凯瑟琳娜，自幼个性十足，长大后以凶悍出名。皮特鲁乔认准驯服的烈马是好马这个道理，决心娶凯瑟琳娜为妻。于是，一场以求婚为目的的驯悍活动就开始了。皮特鲁乔为了杀杀凯瑟琳娜的气势，首先让她在婚娶吉日眼巴巴地等待，他自己打扮得像稻草人似的出现；他故意扇牧师的耳光，拒绝参加新婚宴席，逼着妻子骑劣马回家；到家后又借口饭食不好，寝卧不便，不让悍妻休息，千方百计为难妻子，而这一切行为都打着为爱妻着想的旗号，让凯瑟琳娜有苦难言。最后，等他把妻子送回娘家时，妻子已经变得服服帖帖了。

俗话说，百人百性。女人虽然天性温顺，但一旦有一个女人被周围的人称为悍妇，那种悍劲便是男人们望尘莫及了。以驯悍为题材写作，这也是个很古老的选择。但在过去的关于悍妇的作品中，悍妇往往是不可战胜的。在莎士比亚笔下，《驯悍记》是真的把悍妇驯服了，这从哪方面说来也是莎士比亚的独具匠心了。虽然当代的一些女权主义者说莎士比亚是男权主义者，但《驯悍记》从来没有因此而受到观众的冷落。无论过去还是现在，《驯悍记》始终是世界舞台的保留节目。这除了因《驯悍记》极有娱乐性的因素外，它所包含的关于人性的内涵和人对人由表及里的改造力量，是更重要的因素。

凯瑟琳娜最后那一大段关于如何做一个温柔贤良的妻子的台词，至今都可以算变身主妇的宣言。人是很难改变的，但人活一世必须改变。怎么改变，向什么方向改变，这才是要紧的问题，古今中外概莫能外。林黛玉清高得尖刻，聪明得透亮，文弱得如风中弱柳，感伤时花下葬花，从来没有过家庭生活经验，却道出了家庭生活的真谛：不是东风压倒西风，就是西风压倒东风。

莎士比亚的《驯悍记》提供了这一阐释：人是复杂的。

梁实秋的译名是《驯悍妇》，和原文的字面意思比较相符，尽管这本戏就是在驯服一个悍女人。也许我先入为主，我以为《驯悍妇》较之《驯悍记》这个剧名，汉语文化就少了一点，因为像"什么什么记"这类书名，在汉语文化里太多了。

本剧选收了十六个例句。

01 *Sly* I'll pheeze you, in faith. / 操你妈的！
Hostess A pair of stocks, you rogue! / 把你上了枷带了铐，你才知道厉害，你这流氓！
Sly You're a baggage, the Slys are no rogues. Look in the chronicles; we came in with Richard Conqueror. Therefore paucas pallabris. Let the world slide. Sessa! / 你是个烂污货！你去打听打听，俺姓斯莱的人家

从来不曾出过流氓，咱们的老祖宗是跟着理查万岁爷一块儿来的。给我闭住你的臭嘴；老子什么都不管。

点评：这是序幕里的台词。应该注意的是，这出序幕和正本的内容没有关系，只是从人性的角度，我们才看得出莎士比亚的用心：人是可以改变的，关键是怎么改变和往哪方面改变。斯莱在剧中是一个穷得叮当响的流浪汉，一富翁心血来潮，要戏弄他一遭，命令他的一干仆人毕恭毕敬地伺候斯莱，几番奉承和抬举下来，斯莱就真的做起了富人，而且谱摆得很大。这出序幕在正本的第一幕里结束，和正本戏再无关系，似乎有点不够完美。但是，短短的一出序幕，斯莱这个人物的转变，却是很成功的。

作为一出短小的剧本，过去一直为我们忽略，其实这出小戏写得实在是短小精悍。

Pheeze这个英文词儿，当今似已作古，等于get even with，即找你算账之意。A pair of stocks, you rogue! 这话英语没有主谓语，只表达一种状态。Chronicles是记事、记载之意，也可以是家谱。Paucas pallabris, 拉丁语，别说话、少废话之意。Sessa是打猎时的呐喊声。

朱译第一句译作"操你妈的"，照应第二句里的"流氓"，一下子把斯莱这个人物凸显出来了。"老祖宗"之于the chronicles和"老子什么都不管"之于let the world slide，则照应了"流氓"这个词儿，很有想法的翻译。这三句话可以翻译得更严谨一些，例如第一句可为"咱走着瞧"，第二句可为"翻一翻咱的家谱看看"，第三句可为"这世界爱咋咋的"。

这三段对话，译文最到位的应该是第二句"把你上了枷戴了铐，你才知道厉害，你这流氓！"一个英语短语，翻译成了三个汉语短句，看似多了，实质上遵循了莎士比亚的本意。

02　What, household stuff? / 什么！是扮演妻贤子孝的那种东西吗？

点评：序幕里斯莱的话，英语单词普通，三千单词量都读得懂。但是，要译文读得懂，却是不容易的，因为照字面意思，译作"什么，家户的事务吗？"显然还是似是而非的译文。

朱译的"什么！是扮演妻贤子孝的那种东西吗？"一读就明白。"妻贤子孝"四个字显然是译者变通的，但谁又能说不是莎士比亚的初衷呢？类似的变通，构成了朱译的主要特色，是译者深入理解原文、通俗易懂地打理译文的功劳。一些文人学者认为这样的添加文字是朱译的不严谨，这才是既没有读懂原文，又没有读懂译文的浅薄之见。

03 *Gremio* I say a devil. Think'st thou, Hortensio, thought her father be very rich, any man is so very a fool to be married to hell? /我说给她找个魔鬼。霍顿西奥，虽然她的父亲这样有钱，你以为有那样一个傻子，愿意娶了个活阎罗供在家里吗？

Hortonsio Tush, Gremio, thought it pass your patience and mine to endure her loud alarums, why, man, there be good fellows in the world, an a man could light on them, would take her with all faults, and money enough. /嘿，格雷米奥！我们虽然受不住她那种打骂吵闹，可是世上尽有胃口好的人，看在铜钱面上，会把她当作活菩萨一样迎了去的。

点评：两个人物的对话。话剧，就是在人物对话中演出的，所以上下人物的对话是否合辙，是很重要的。第一段台词里首先用了devil，最后用了hell，遭词造句很一致，这是剧中人物的性格决定的。第二段台词的人物性格温和一些，这些贬义词就没有用。这是莎士比亚写作的细致之处。

朱译分别用了"魔鬼"和"活阎罗"来对应devil和hell，准确而生动，而把her with all faults译作"活菩萨"，实在出人意料，和上面的"魔鬼"与"活阎罗"照应得严丝合缝。不过，there be good fellows in the world, an a man could light on them整合起来，译作"世上尽有胃口好的人"，应该说丢失的东西多了点，尤其an在这里当作if解，另起了一个句子，不应该忽略。

04 And let me be a slave, to achieve that maid Whose sudden sight hath thrilled my wounded eye. / 她那惊鸿似的一面,已经摄去了我的魂魄;为了博取她的芳心,我甘心做一个奴隶。

点评: 原文富于表达,用诗句写成,一个短句,一个长句,长句实际上包含了一个限定性从句,而用词讲究的内容却都在这个从句里。Sudden sight用在一个靓女眼睛里,平常的单词有了不平常的意思,因此有了My wounded eye. 莎士比亚的台词不同一般,这些用词都是因素。

朱译把原来的句序打乱,前面的放在了后面,后面的放在了前面,译文生动,逻辑性强,是可取的一面。不过,这句话,按照原来的句序翻译出来,也是很传神的。另,"已经摄去了我的魂魄"如果翻译成"把我的眼睛都看直了",更忠实原文,也是可以的。

05 And tell me now, sweet friend, what happy gale Blows you to Padua here from old Verona? / 好了,告诉我,好朋友,是哪一阵好风把你们从维罗纳吹到帕度亚来了?

点评: 莎士比亚的语言丰富,处处可见,像what happy gale / Blows you to…这样来自民间的生动表达,他在剧本里经常使用,我在别的剧本里分析过,还是忍不住唠叨,主要是小时候听大人说"什么风把你吹来了"太多了。

朱译遇到这样的表达,从来悉心伺候,还往往有发挥,像happy gale译作"好风"就是很用心的。

06 Mistake me not, I speak but as I find. Whence are you, sir? What may I call your name? / 哪里的话,我说的是实在的情形。请问贵乡何处,尊姓大名?

点评: 莎士比亚这些台词写得通俗易懂,观众一听就明白。

朱译"哪里的话"之于mistake me not,没的说,值得学习,远比"别误会"传神,有味道。"贵乡何处,尊姓大名"则是平常英语翻译出来的,汉语化程度极高,充分显示了译者汉语文化的饱满程度。这是在翻译莎士比亚的戏剧,剧中人物都活灵活现,如何在汉语里同样表达，这些译文就是画龙点睛之处。

07 'Twas a commodity lay fretting by you: 'Twill bring you gain, or perish on the seas. / 这是一笔使你摇头的滞货，现在有人买了去，也许有利可得，也许人财两失。

点评： 莎士比亚的写作贴近时代，注意地理环境，表现在字里行间。英格兰是海岛，东西跨度二百多公里，南北跨度，加上苏格兰，也就八九百公里。为了扩大范围，英国人跨海做生意是世界现代史上最早的国度之一。On the seas在莎士比亚来说，是信手拈来的表达，其实是英国海外贸易很早开展的积淀。

朱译的"这是一笔使你摇头的滞货"之于a commodity lay fretting by you，实在是传神而准确，而"现在有人买了去"是凭借上下文和说话的口气添加出来的，和后面的"也许有利可得，也许人财两失"无缝连接，一段台词听来读来都是鲜活的。不过，如果把perish on the seas译作葬身大海，也许更显严谨。

08 Yet if thy thoughts, Bianca, be so humble to cast thy wand'ing eyes on every stale, Seize thee that list. If once I find thee ranging, Hortensio will be quit with thee by changing. / 比安卡，比安卡，你要是甘心降尊纡贵，垂青到这样一个呆鸟身上，那么霍顿西奥也要和你一刀两断，另觅新欢了。

点评： 莎士比亚极善于塑造年轻女性，无论主角次角，都能通过台词凸显出来。比安卡是剧中温和贤淑的代表，和姐姐凯瑟琳娜的蛮横刁悍形成了对比，因此成为多个男子的追逐目标。为了表现这点，莎士比亚在用词上注意推敲，如every stale与that list，都不同凡响，是一些和比安卡格格不入的词汇。

朱译显然注意到莎士比亚要强调什么，把be so humble to cast thy wand'ing eyes on every stale, / Seize thee that list两个层次的表达合二为一，因此用很汉语化的"甘心降尊纡贵"来对等，有过之而无不及。美

123

中不足的是if once I find thee ranging与"垂青到这样一个呆鸟身上"不对等，是译者从上文引申出来的表达，严谨不够，活泛有余。不过，这里要再次强调的是，这是朱生豪译文的特色所在，关键是他驾驭得了，始终如一，无论如何是应该肯定的，而不是相反。因为，莎士比亚时代的表达，尤其流行不衰的戏剧，其语言就有自己的特色和表达；比如seize thee that list，今天读来需要查找和注释，因为我们很难弄懂它的本义就是"谁来找你你就跟谁"，但在莎士比亚时代的观众听来，尽管都是文盲或者半文盲，却是一听就懂的。

09 Away, you three-inch fool! I am no beast. / 去你的，你这三寸丁的傻瓜！别把我扯进去。

点评：我在别的剧本里讨论过"三寸丁"的译法，有心者可以翻来对比一下，不由你纳闷语言的相同、相通之处是多么普遍。我原来以为是朱生豪家乡的一种俗语，岂知他的说法是从莎士比亚的言语里发扬光大的，可见朱生豪对莎士比亚多么精通。I am no beast可以翻译成"我不是野兽"吗？一些英文注释本说这句话的意思是反对成为某种人。朱译"别把我扯进去"，真了不起，不知道在当时那样简陋的条件下，是朱生豪看到了相关注释本呢，还是他完全读懂了这句话。若果是我来翻译，没有英文注释，只能抠抠字眼，译作"我可不是畜类"而了事。

10 He kills her in her own humour. / 这叫作即以其人之道，还治其人之身。

点评：一句很地道的英文，好像谁都能写出来，却只有莎士比亚写出来了。

朱译"这叫作即以其人之道，还治其人之身"，与原文完全吻合。有趣的是，如果请大家把"这叫作即以其人之道，还治其人之身"翻译成英语，能用He kills her in her own humour来代替，那一定是高手；至多把her换作his，便万事大吉。

11 Not in my house, Lucentio, for you know Pitchers have ears, and I have many servants. Besides, old Gremio is heark'ning still, And haply we might be interrupted. / 舍间恐怕不大方便，因为属垣有耳，我有许多仆人，也许会被他们听了漏泄出去；而且格雷米奥那呆子痴心不死，也许会来打扰我们。

点评： 这是巴普蒂斯塔的话，富翁，一悍一淑两个女儿的父亲，因为是文化人，剧中难免转文。这段英文和别人讲的英文好像没有多大区别，但是Pitchers have ears这话非一般人说得出来，这番话就有了品位。

朱译的第一句"舍间"二字，就给这富翁老头儿定了转文的调子，"属垣有耳"这样文绉绉的成语就顺理成章了。另，heark'ning still，还在等待之意，朱译"痴心不死"，有发挥却一点没有出格。

"属垣有耳"，这样的汉语表达，如今的译者还有几个用得起？

12 *Petruchio* Now, by my mother's son, and that's myself, It shall be moon, or star, or what I list, Or ere I journey to your father's house. Go on, and fetch our horses back again. Evermore crossed and crossed, nothing but crossed! / 我指着我母亲的儿子，那就是我自己，起誓，我要说它是月亮，它就是月亮，我要说它是星星，它就是星星，我要说它是什么，它就是什么，你要是说我错了，我就不到你父亲家里去。来，掉转马头，我们回去了。老是跟我闹别扭，闹别扭！

Kate Forward, I pray, since we have come so far, And be it moon, or sun, or what you please. An if you please to call it a rush-candle, Henceforth I vow it shall be so for me. / 我们已经走了这么远，请您不要重新回去了吧。您高兴说它是月亮，它就是月亮，您高兴说它是太阳，它就是太阳，您要是说它是蜡烛，我也就当它是蜡烛。

点评： 驯悍的过程很精彩。如果说女人表现得很悍，是一种耍赖的行为，那么，莎士比亚主张的驯悍，就是要更会耍赖。女主人公凯瑟琳娜的悍，远近闻名，父亲和妹妹都拿她没有办法。皮特鲁乔是驯悍高手，高就高在"你赖我比你还赖"。不同的是，你赖只是为你自己耍赖，而我赖却是处处以为了你的名义耍赖。莎士比亚的写作味道丰富，就是他总能找到不同的角度，表现相同的人性。这两段英文用词平和，句子精炼，极为口语化，却极富幽默感，令人忍俊不禁。但是，这是驯悍成功的记录：驯悍的成了暴君，被驯的成了绵羊。It shall be moon, or star, or what I list这句英文省略了很多字面上没有的内容，因照字面意思，译文大体上是：它会是月亮，或者星星，或者我所喜欢的东西。这样的表达，显然不是莎士比亚的本意。

朱译的"我要说它是月亮，它就是月亮，我要说它是星星，它就是星星，我要说它是什么，它就是什么"之于It shall be moon, or star, or what I list，看起来多了一倍多的东西，其实就是这句英文的意思。关键是or what I list这句英文，给这段台词的几乎所有词句，都增加了条件；只有把内在的条件都说清楚了，这段台词才能明白易懂。另，Or ere这里当before讲，还是有内在的东西，因此朱译加了"你要是说我错了"一句，承上启下，令译文立时有了一气呵成的通达。因为是对话，前面的话翻译到位了，后面的对话顺势跟上就是了。英文用了shall be与be区别两个人的口气，朱译用了"要说"和"高兴说"来解决，细心而高明，译者对汉语的掌控能力由此可见一斑。

13 Thus the bowl should run, And not unluckily against the bias. / 正是顺水行舟快，逆风打桨迟。

点评：这句英文讲的是保龄球滚动得不偏不离，但后一句用了否定之否定又否定之否定的词句。

朱译完全按照原句传达的意思翻译，不用保龄球比喻，却用船在水上行走的状态翻译，可谓出招不凡。妙在"逆风打桨迟"这句译文，还合了否定之否定又否定之否定的造句法。

当然，这样的译法在朱译中并不多见，对此法有不同看法者，尽可以用别的译文来取代。不过，译句一定要超过朱译才有发言权。

14 Wonder not, Nor be not grieved: she is of good esteem, Her dowry

126

wealthy, and of worthy birth; Beside, so qualified as may beseem The spouse of any noble gentleman. / 你不用吃惊，也不必忧虑，她是一个名门淑女，嫁奁也很丰富，她的品貌才德，当得起君子好逑四字。

点评： 莎士比亚不避讳门当户对的婚姻，这段台词是门当户对的婚姻的解释，方方面面都说到了，又数最后一句这"君子好逑"说得漂亮。

朱译找准原文一句接一句译来，似乎of worthy birth这个短语没有译文交代，好像是漏译，但前面的"名门淑女"四个字又反映了一些内容。如上文说到的，may beseem The spouse of any noble gentleman写得很漂亮，可漂亮的英文移译汉语也就是难点了。朱译用"当得起君子好逑四字"来抵挡，真可谓兵来将挡，我们只有喝彩的份儿。如果不是朱生豪正风华年少，脑力旋转超速，再难想象到谁能译出这样出彩的句子。

15 Nothing but sit and sit, and eat and eat! / 真是饱食终日，无所用心了！

点评： 再口语不过的英语了，如同两个朋友见面，亲切得不得了，只有把最简单的词句重复再重复，方能表达自己的存在状态。初中英语都认得的句子，但内容却需要丰富的经历才能体会到。

朱译没有照字面意思翻译，因为这话是皮特鲁乔说的，一种心满意足的心态，只因终于把悍妇驯服，成了淑女，成就感和胜利的喜悦兼而有之。话说得文绉绉，但是内容却是尽人皆知的："饱食终日，无所用心"。这样的译文，与莎士比亚的写作，应该是零距离接触。

16 He that is giddy thinks the world turns round. / 头眩的人以为世界在旋转。

点评： 这一定是莎士比亚笔下的名言，容易记，容易理解，容易脱口而出：别把自己的感觉强加于别人。

朱译言简意赅，却字字句句照得上原文，堪称完美译文，是对汉语文化的贡献。

小结：《驯悍记》是我喜欢的莎剧之一，喜剧效果极好，内涵很丰富。我常说，这世界只有两种人：男人和女人。这两种人联起手来，这个世界就好办了。看过莎士比亚的《驯悍记》，我很庆幸我的说法是准确的。我的一个远房堂哥娶来一个人高马大的女人，把堂哥驯得服服帖帖不说，在村里混得我行我素，无人敢惹，落得孤家寡户。在贫穷得人人挨饿的困难时期，这个女人却把家治理得井井有条，一个独生子也管得规规矩矩，后来还念成了书，把她带出了那个小村子。在丈夫跟前凶悍异常，但在儿子和儿媳跟前却本分尽职，让我看到人性的复杂。

感觉得出，朱生豪不大喜欢这出戏，翻译过程中虽然不乏精彩之处，但是似乎缺乏耐心，急于把它译完了事。最好的证明是这出戏不算长，遗漏之处多达五十多，而且比较大的遗漏还不少。若果像有的说法，是朱生豪故意舍掉一些段落的话，这个剧本应该就属于这种情况。

第五出 《终成眷属》

年轻的罗西昂伯爵伯特伦奉法王命进宫，留下母亲和医生的女儿海丽娜一起生活。法王染了重病，据说难以愈治。海丽娜爱上了伯特伦，到巴黎用祖传秘方给国王治病。她因此得到的报酬是挑选一个自己称心如意的丈夫，她选中了伯特伦。但是伯特伦等级观念深重，打着建功立业的幌子，死不肯答应，于是设下一道几乎不可逾越的障碍：海丽娜需要取下他永不离手的指环，并怀上他的骨肉。海丽娜上路去朝圣，在佛罗伦萨发现伯特伦向他的女主人的女儿黛安娜求爱，因为伯特伦追求戴安娜特别热烈，非要上床同寐才甘心。她向黛安娜母女讲明了她和伯特伦的恋爱关系，获得母女俩的支持，扮成了黛安娜深夜去和伯特伦幽会，并有了一夜情。于是，海丽娜获得伯特伦的戒指，把国王赠她的戒指给伯特伦戴上。国王看见了伯特伦戴着他赐予海丽娜的戒指，怀疑伯特伦害死了海丽娜，要治伯特伦的罪。这时，海丽娜出现，把情况说明，要伯特伦信守诺言。伯特伦这时早为海丽娜的痴情感动，遂娶她为妻。

莎士比亚关于伯特伦和海丽娜的故事，主要是取自薄伽丘的《十日谈》中的一则故事。但他自己也创造了好几个重要人物，如罗西昂伯爵夫人、宫中老臣拉弗、小丑以及帕罗尔斯。人们常常把此剧和《一报还一报》作比较；如同《一报还一报》一样，莎士比亚把剧中中心人物置于种种痛苦的境地，而后让一方或双方努力地去摆脱，从而把观众带入戏里。但由于在《终成眷属》中，女主人公的地位很低，一个穷医生的女儿；男主人公的地位很高，年轻的罗西昂伯爵，女主人公海丽娜追求自己幸福婚姻的精神和热情就更值得赞扬。正因为如此，这对地位悬殊的年轻人"终成眷属"的结局，也就更容易在观众中引起反响。作者在这里写给观众的是一幕喜剧，剧中的大团圆结局完美得近乎脱离实际，但作者在剧中所主张的平等思想和追求自由的精神，却是很有意义的。

《终成眷属》在十八世纪和十九世纪的舞台上，由于导演和演员追求效果比较单一，如丑角的喜剧色彩和海丽娜动情的恳求，演出往往不是十分成功。到了二十世纪，导演和演员把重点分散开，让剧中更多的人物都活起来，尤其罗西昂伯爵夫人这个豁达大度通情达理的形象，《终成眷属》一剧的内涵和剧中人物之间的关系才有了进一步的表达，因而也取得了前所未有的演出成功。从此一例中，也证实了莎士比亚剧本的丰富内容，是需要认真阅读和挖掘的。

梁实秋把这出戏的名字译作《皆大欢喜》，我以为，不大好，因为原名All's Well that Ends Well，是英语里的谚语，意思是：结果好就一切都好。但求结果，不问过程，颇有哲学意味。另，海丽娜在剧中一再说这句话，表明她的婚事就是想求"终成眷属"的结果，如果译作"皆大欢喜"四个字就不合适了。

本剧选用了十六个例子。

01 In delivering my son from me, I bury a second husband. / 未亡人新遭变故，现在我儿又将离我而去，这真使我在伤心之上，再加上一重伤心了。

点评： 罗西昂伯爵夫人的话。莎士比亚时代的语言具有鲜明的特色，这是众所周知的。莎士比亚对其时代的语言做出了巨大贡献，这也是共识。因此，今天我们阅读莎士比亚的剧作，有些句子读不大懂，一些句子读来似是而非，一些句子看似莫名其妙，都是很正常的。莎士比亚的剧本有诸多注释本，而且一代又一代络绎不绝，道理就在这里。例如这个句子，作为本剧的第一句话，莎士比亚一定是用了心血的，推敲再三的。他一定不会在一个剧本开始，就写一段听众听来莫名其妙的台词。如今，我们照字面意思理解，它的汉译基本上是：把我的儿子从我身边打发走，我埋葬了第二个丈夫。这话什么意思？是先把儿子送走，然后又埋葬第二个丈夫吗？还是，把儿子从身边打发走，好像是又埋葬了一个丈夫？

吴兴华的校订：我儿如今离我而去，无异使我重新感到先夫去世的痛苦。

　　梁实秋的译文：现在把我的儿子送走，这打击就像是再埋葬一个丈夫。

　　很显然，这段台词是不能一字不差地按照字面的意思翻译的，必须在翻译过程中增加一些东西。吴兴华的校订严格说来是不够严谨的，因为前半句的主语一定是"我"，而不是"儿子"；后半句基本上是译者写的，而不是译的，因为字面意思显然没有"无异使我重新感到先夫去世的痛苦"。

　　梁实秋的译文似乎完全遵循原文字面的意思翻译，但是行不通，不得不增加了"现在"和"这打击就像是"，译者增加的东西其实也不少，不过这句译文基本符合原文的表达。由此看来，不增加些词句或者索性编译，这个句子是无法翻译得清楚明了的。

　　朱译只有"现在我儿又将离我而去"还能看出原文的一些内容，其他译文完全是译者根据上下文编译的。这在朱生豪的译文里不多见，如同我始终强调的，大约占朱译的十分之一二。根据上下文，酌情对原文进行一些变动，这也是一种翻译原则，没有什么不对，但是变动的幅度一定要掌握好。朱译的类似变动基本上都是成功的，多数情况下为译文增色不少，只是这个句子增减幅度过大，不算好。

02　What hope is there of his majesty's amendment? / 听说王上圣体违和，不知道有没有早占勿药之望？

　　点评：这句话，照字面意思，应该是：陛下的圣体有多少治愈的希望？毫无疑问，这样译文是严格了，忠实了，但难免平淡和刻板，对一国之君的龙体也不够尊重。还有，这是伯爵夫人说的话，口气要文雅，有修养。

　　朱译显然是根据上下文编撰起来的，前半句译文是原文里没有的，而后半句是很委婉温和的，前后两句的逻辑很紧密，应该算作合格的译文了。今人的译文，属于佼佼者的，的确很严谨，很忠实，但是像"违和"与"早占勿药之望"这样颇具雅文味道的用词,恐怕是再难做到了。鉴于莎士比亚的剧作产生于十六七世纪,与中国的元杂剧以下的剧本年代相近,翻译莎士比亚的剧本,这样的遣词造句还是很需要的。

03 He hath abandoned his physicians, madam; under whose practices he hath persecuted time with hope, and finds no other advantage in the process but only the losing of hope by time. / 夫人,他已经谢绝了一切医生。他曾经在他们的诊治之下,耐心守候着病魔脱体,可是药石无灵,痊愈的希望一天比一天淡薄了。

点评:这句话和上一句是对话,一问一答。拉佛是大臣,和伯爵夫人对话,也要文雅,有修养。

对照原文,朱译基本上是忠实的,准确的,和问话的口气很一致。这就是朱译了不起的地方:上句问话和原文两相对照不够忠实,但是和后面的答话相当连接,甚至连接得天衣无缝。这种兼顾上下文和全剧内容的译文,是很可取的。

04 Man is enemy to virginity; how may we barricado it against him? / 男人是处女贞操的仇敌,我们应当怎样实施封锁,才可以防御他们?

点评:这是莎士比亚写作的精髓所在。他对塑造人物性格,一点不会松懈;对人身的器官的描写也一点不会松懈。处女是未开垦的宝地,而开垦者不是镢头,是男人。一涉及性事,莎士比亚总有说不完的话,而且总能说出别的作家说不出的奥妙。除了莎士比亚,没有哪个作家会想到男人是处女的敌人。

朱译遇到这样的句子,应对轻松自如,不仅忠实,更见光彩。

05 Virginity being blown down, man will quicklier be blown up: marry, in blowing him down again, with the breach yourselves made, you lose your city. It is not politic in the commonwealth of nature to preserve virginity. Loss of virginity is rational increase and there was never virgin got till virginity was first lost. / 处女的贞操轰破了以后，男人就会被更快地轰了出来。可是，你们虽然把男人轰倒了，自个儿的围墙便有了口子，那样城池自然就难保了。在自然界中，保全处女的贞操绝非得策。贞操的丧失是合理的增加，处女的贞操破坏只有先失去才会首先得到。

点评： 解答的人，拉伐契，是剧中一个可笑的人物，吹吹哄哄，但是无论什么话题，他都有自己的一套说法。类似莎士比亚笔下的著名戏剧人物福斯塔夫，但没有混到能和王上交往的份儿上。这是莎士比亚喜剧中常有的一种人物，能给观众带来笑声和欢乐，莎士比亚又不希望他们净给观众传达负面的消极的东西，因此他们的台词看似荒唐，其实讲出了真实。

朱译字斟句酌，十分贴近原文，像"轰破""城池""得策"这样的用词，对照原文琢磨，能看出来朱生豪是一个多么用心而又有趣的人。

06　Wilt thou ever be a foul-mouthed and calumnious knave? / 你这张乌鸦嘴，就不会说点中听的话吗？

点评： 这句话的意思是：你就要一辈子做一个满口喷粪的恶意诽谤的混蛋吗？

朱译把人的毛病具体到惹祸的嘴，顺着嘴这个进食的器官发挥，完成翻译，这也是朱生豪的一种译法，像后半句，calumnious knave所含意思乍看与"就不会说点中听的话"不相符，但是翻译活动有时就是颠倒的过程，为了译文更加顺溜，更加口语化，译者有变通的权利，全看译者的变通能力如何了。

07　When thou canst get the ring upon my finger which never shall come off, and show me a child begotten of thy body that I am father to, then call me husband: but in such a "then" I write a "never". / 汝倘能得余永不去手之指环，且能用腹孕一子，确为余之骨肉者，始可称余为夫；

133

然余可断言永无此一日也。

点评：这是剧中男主人公写的一封短信，是剧中的故事情节的一个大结，被他用一个戴在手上的戒指绾得死死的，几近死结。女主人公的使命是设法把这个死结解开，为了爱情，也为了婚姻。依我看，当时的观众，就是冲着这个情节来看戏的，因为如同在别的剧中也见过的，莎士比亚总是把爱情和性联系在一起。比如，《一报还一报》里的主要情节，和这个情节类似。解决这样的问题，又一定离不开智慧。这些情节不是莎士比亚创造的，都是从别处借来的，但是一经莎士比亚的羽毛笔来挖掘与开发，就会像高倍放大镜一样，可以看出更多的精彩。

朱译用文言文翻译，很符合古人信件来往的格式和口气，从此能看出朱生豪深厚的古文底子。最后一句，和原文有出入：原文的意思是"那样的时候我写'绝不会有'四个字作答"。这样的话，其实西方人也不常会说，是莎士比亚写剧本的特殊需要。如果照字面意思翻译出来，观众和读者，都难免囫囵吞枣之苦。

08 The honour of a maid is her name; and no legacy is so rich as honesty. / 贞操是处女唯一的光荣，名节是妇人最大的遗产。

点评：原文是箴言，译文也是箴言，堪称译文和原文珠联璧合。

09 Merely our own traitors. And as in the common course of all reasons, we still see them reveal themselves, till they attain to their abhorred ends, so he that in this action contrives against his own nobility, in his proper stream o'erflows himself. / 人不过是他自己的叛徒，正像一切叛逆的行为一样，我们眼看着自己的罪恶成长，却不去抑制它，让它干下了不可收拾的事，以至于身败名裂。

点评：这样的创作，都是莎士比亚对人世和人性的看法的表达，是别的作家望尘莫及的。在人类称为人类以来，人性一直处在摇摆不定的状态中。如果一个人一生顺顺当当，终其一生，他的人生行迹就平和、清白。如果相反，他就可能如莎士比亚所想表达的：我们眼看着自己的罪恶成长,却不去抑制它。这是警示名言,耐人反思。如果写作到此,只是名言而已,而莎士比亚则要更进一步,探讨人之所以要背叛自己的原因:直到它们达到罪恶的结果,这样一来,这种行径就违反了他自己的高贵之处,以至于到了身败名裂的地步。

朱译前半句很好,后半句照应前半句,但是省去的东西多了点,编译的内容和原文有出入,好在朱译这样的译文不多。但是,朱译的特色是它的译文一定自成一体,传达莎士比亚的本意是没有问题的。

10 How mightily sometimes we make us comforts of our losses! / 我们有时往往会把我们的损失当作幸事!

点评: 这话只能出自莎士比亚的笔下:种种舒服是要付出代价的。享受了舒服,就失去了别的东西。这样辩证地看事物,是莎士比亚写作之所以不朽的原因之一。

朱译的"幸事"之于英语comforts,似乎对不上,但是世人能享受到种种舒服,都算是幸事,而非不幸,应是译者独有的理解,这是朱生豪对人世的理解,值得学习。

11 ALL'S WELL THAT ENDS WELL: still the fine's the crown; Whate'er the course, the end is the renown. / 万事凶吉成败,须看后场结局,倘能如愿以偿,何患路途迂曲。

点评: ALL'S WELL THAT ENDS WELL,是本剧的名字,英语版本都大写,应该是一种强调或者突出。这话出自海丽娜,是她对生活和命运的理解和追求:结果好,一切都好。海丽娜在剧中受到伯伦特的歧视和轻蔑,但是海丽娜无视他的歧视和轻蔑,只管坚韧不拔地追求结果,是莎士比亚赞美的新女性的品质之一。

朱译把这出戏取名"终成眷属",ALL'S WELL THAT ENDS WELL有这样的意思,不过朱生豪主要依据这出戏的结局而定,因此在这里是根据四句英语译出,汉语化到诗词的水准,了不起。当今的译家,是真的没有这样的本领了。向朱生豪学习,是长本领的好方法。

梁实秋的译文是：收场圆满便皆大欢喜，要紧的是结局；

不管经过情形如何，结果是最堪注意。

　　梁译的这出戏名是"皆大欢喜"，这里照应了剧本的名字，有严谨的一面。但是纵观这出戏的内容，不是写大家都高兴的，而是写一个有勇气有智慧的女子如愿以偿的故事。所以，《皆大欢喜》的戏名不能说多么好。梁译这里也采取了中国诗词的形式，但对仗不工整，尤其"结果最堪注意"这句，为了与上文押韵，文理不顺，不雅。

12　'Twas a good lady, 'twas a good lady: We may pick a thousand salads ere we light on such another herb. / 她真是一位好姑娘，所谓灵芝仙草，可遇而不可求。

　　点评： 原文前两句一模一样，这也是莎士比亚常用的强调方法之一，也是剧中人物对话常用手法之一，尤其用在老人或者爱唠叨的人口中，是两全其美的。Salad在现代英语里只当"沙拉"讲，如今已经为国人的餐桌熟悉，但在这里是指一种叶用莴苣，大概相当于国人熟悉的莴笋。

　　朱译顺了莎士比亚强调一个好姑娘的意思，把莴苣译作灵芝仙草，让最后一句英语light on such another herb，找到另一种相近的草之意，配合成一种汉语说法，堪称朱莎合璧。这样的译文是莎士比亚的剧本中极其需要的，否则，莎剧的闪光点就都淹没在平庸的翻译文字之中了。

13　ALL'S WELL THAT ENDS WELL yet, Though time seem so adverse and means unfit. / 只要能够得到圆满的结果，何必顾虑眼前的挫折。

　　点评： ALL'S WELL THAT ENDS WELL yet，还是出自海丽娜之口，临近尾声，听来信心满满。英语还是全都大写，强调作用明显。

　　朱译没有照前面的译文，从"万事凶吉成败，须看后场结局，倘能如愿以偿，何患路途迂曲"中挑选两句，比如，"倘能如愿以偿，何患路途迂曲"，而是另立炉灶，旧文新译。这不仅仅是朱生豪避免重复，而是在努力贴近莎士比亚的表达。难得，难得！

14　I am not a day of season, For thou mayst see a sunshine and a hail In me at once: but to the brightest beams Distracted clouds give way; so stand thou forth; The time is fair again. / 我的心情是变化无常的天气，你在我身上可以同时看到温煦的日光和无情的霜霰；可是当太阳大放光明的时候，蔽天的阴云是会扫荡一空的。你近前来吧，现在又是晴天了。

点评：国王应该讲些什么话？应该朕短寡人长虚张声势呢，还是说些彰显王上威严的话？这是国人的理解，如今在古装电视剧中已经成了一种病态。莎士比亚笔下的国王，要尽显平常人心态，而又要显示一国之君的特殊身份。这番话就是模板，给国王写词儿，中国各路写家都应该向莎士比亚跪拜。

朱译字字句句贴近原文，无一处对照不上，只需把原文里的字词腾挪一下，译文便熠熠生辉了。

15　All yet seems well; and if it end so meet, The bitter past, more welcome is the sweet. / 团圆喜今夕，艰苦愿终偿，不历心酸味，奚来齿颊香。

点评：这句英语是从ALL'S WELL THAT ENDS WELL化出来的，形式上all与end与well都有，内容上是从ALL'S WELL THAT ENDS WELL发挥出来的，给全剧来了一个余音袅袅的回声。

朱译用诗词形式译出，有点发挥，却不离莎士比亚想要说的话，很给力，尽管"齿颊香"似有点发挥过头。

16　The king's a beggar, now the play is done: All is well ended, if this suit be won, That you express content; which we will pay, With strife to please you, day exceeding day: Ours be your patience then, and yours our parts; Your gentle hands lend us, and take our hearts. / 袍笏登场本是虚，王侯卿相总堪嗤，但能博得周郎顾，便是功成圆满时。

点评：这是剧中国王扮演者向观众致辞，是本剧的收场诗。第一句表明在剧中国王威风八面，剧演完了，他就什么都不是了，如同乞丐。

这段英文大意是：现在演完戏了，国王跟乞丐差不多了；这桩婚事美满缔结，一切都算完美，各位看官就给些掌声；我们会回报各位，努力让你开心，日复一日；你们掌声不断，我们听得受用；你们把温柔的手送我们，拿走的是我们满心感激。

话剧，话剧，就是用话组成的戏剧，英国人用这样的致辞和观众互动，中国的戏剧现在是演员最后和观众挥手致意，而中国的杂剧喜欢用诗词来结束；朱生豪用了元杂剧的方式，很美。

小结： 如同因为这出戏的第一句译文不够严谨而反复对照一样，整出戏的译文校补起来都比较费劲，有时不得不反复对照，看看不严谨的地方究竟是怎么回事。可以肯定，与别的剧本的译文比较起来，这出戏的译文质量上还是有一定差距的。但是，这不能说这个剧本的译文就不合格。之所以说是合格的，很有特点的，因为风格上和其他剧本的译文是一致的，只是感觉译者好像一直在尝试一些东西。译文明显在和中国元杂剧或者明清剧作的风格靠近，尤其不同人物的对话，口气都有个性，都有尺度。在已校订的十几个剧本中，这出戏的结尾，是唯一完全脱离原文而写出来的台词，很像林纾听人口译英国小说，他用地道的文言文重写一遍。由此，我猜测，《终成眷属》这个剧本，朱生豪在寻找一种适合莎士比亚戏剧的译文，感觉得出译者的风华正茂，一腔才华终于有了施展的阵地，因此译文四六句子很多，合辙得令人叫绝，不严谨得令人惋惜，却也文采难得，令今人望尘莫及。总的说来，这个剧本虽然闪光点很多，但是望文生义的地方确乎多了些，对如何翻译莎士比亚的作品尚处于摸索的阶段。

漏译多达六十处，而且大段文字漏译不下十四五处。如果不是朱生豪故意漏掉，那么，很可能他翻译这个剧本时在全力寻找一种文体而无暇他顾；抑或他重感冒一场，身体还在恢复中；或者就是他当时的身体状况不好，尚在调理之中。

由此我怀疑，这是朱生豪翻译莎士比亚戏剧较早的剧本之一。

第六出 《第十二夜》——又名：各随所愿

耶稣的生日是十二月二十五日夜里，一月六日夜为他出生后的第十二个夜晚。这个夜晚便成为圣诞节假日的终期，按传统是西方人狂欢和宣泄的时候。莎士比亚将剧名取为《第十二夜》，并非为这种庆祝时刻而写，据考证，而是为一六〇二年二月二日即圣烛节而写。伦敦当时的四大法学经院中寺协会的一个名叫约翰·曼宁汉的学生碰巧写下了这样的记录："在我们的招待会上演出了一出喜剧，名叫《第十二夜》或《各遂所愿》。"另外，剧本的第二幕第五场和第三幕第四场均有"索菲"这个词。"索菲"是一五九九年罗伯特·谢利爵士从波斯，即伊朗，归国的邮船的名字。由此看，此剧可能写于那一年之后。剧中那个年轻的公爵名字叫"奥西诺"。一六〇一年一月六日，即第十二夜，伊丽莎白女王在白厅招待过一位从塔什干来的贵族，名叫奥西诺。莎士比亚的剧团在招待会上表演剧目，这一巧合表明他大概在那一年写成了《第十二夜》。

这个剧本的背景是伊利里亚，是古罗马称霸亚德里亚海地区的名字，相当于现在的南斯拉夫，颇有些异国浪漫情调。还是那个名叫曼宁汉的学生在笔记里说：这出戏"颇像《错误的喜剧》或者普劳图斯的《孪生兄弟》"。这话当指《第十二夜》里也写了一对孪生的青年。其实《第十二夜》的故事取自意大利的另一部无名氏作者写的《受骗的人》。在这部意大利喜剧里，主要故事情节是这样的：一个从失事船只上活下来的姑娘，扮成男孩，为一个青年公爵当童子，为公爵向一个贵妇送情信，这位贵妇却和她产生了恋情，最后将错就错，和她的孪生兄弟结了婚。莎士比亚启用了这个故事，又加进了四个角色；最具莎士比亚风格的是丑角费斯特，为点评剧中是非和活跃剧中气氛，起了很重要的作用。

莎士比亚的喜剧特点之一，是他很善于把两条甚至更多的线索交叉在一起，来取得谐和的效果。《第十二夜》在这方面的成就历来为评论家和学者称道。

《第十二夜》属于莎士比亚的道德喜剧，通过歌颂和肯定七情六欲的自然流露，如剧中奥莉维娅的未婚先孕，薇奥拉为明示女儿身，脱光上身，批判伪善的清教徒生活。在莎士比亚的大多数喜剧里，这一思想都是显而易见的，被文艺理论家认为是莎士比亚人文主义道德原则的一个很重要的组成部分。

本剧选择了十个例句。

01　Excellent; it hangs like flax on a distaff; and I hope to see a housewife take thee between her legs and spin it off. / 好得很，你的头发披下来就像纺杆上的麻线一样，我希望有哪位奶奶把你夹在大腿里纺它一纺。

点评：这里说的是头发，但是你很难想象怎么让一个奶奶夹在两条大腿中间"纺它一纺"，但是你想象得到这样的台词会引起观众的开心大笑。这里有丰富的意会：性别？性事？

朱译显然理解到了这样的意会，没有把between her legs译作"她的两条腿"，而译为"大腿"，这个"大"加得令人意会，让读者往上联想而不向下联想，灵活而用心。

02　She'll none of the count: she'll not match above her degree, neither in estate, years, nor wit; I have heard her swear't. Tut, there's life in't, man. / 她不要什么公爵；她不愿意嫁给比她身份高、地位高、年龄高和智慧高的人。我听见她这样发过誓。喂，老兄，还有希望呢。

点评：莎士比亚写纯洁的年轻女性，赞赏的调子一直很高。他希望年轻女子把情看得更重，而不是物质。他笔下的年轻女性让观众喜欢，这是原因之一。现实中，看重身份和地位的女性毕竟是绝大多数，而且越老越看重这些东西，所以门当户对基本上是老人观点的专利了。寄希望于青年是必需的,否则人类的繁衍就会越来越脆弱。英文写得简练,表达到位。

朱译字斟句酌,尽量靠近原文,传达原意。There's life in't译为"还有希望呢",有想法。这句英文的大意是"还有活路",译作"还有戏"也许更贴近莎士比亚的意图。

03 *Sir Andrew* Faith, I can cut a caper. / 不骗你,我会旱地拔葱。

   Sir Toby And I can cut the mutton to 't. / 我还会葱炒羊肉呢。

点评: 这是两句对话,莎士比亚利用cut这个词儿,把两句对话写得风趣,有味。Cut的原意是切开,拉开;转义是打开,开拓,走捷径,等。Caper是跳跃,转义可以是跳舞,特指轻快活泼一类。Cut a caper,字面意思即剪开轻快舞步,转义就是在舞步上乱来一气。接话的人知道说话的人跳舞的本领有几斤几两,因此按照cut的本意搭话,说"我还会切羊肉呢",取笑对方。莎士比亚的文字超出常人,这里可见一斑。

朱译深知莎士比亚要说什么,把吹牛的人抬得更高:我会旱地拔葱。吹牛吹到这个水准,可爱得没有底码了。于是,对话人接了"葱"这个原文中全然没有的字眼,往下发挥,把cut the mutton to't译作"我还会葱炒羊肉呢",似乎有所发挥,其实紧贴原文。如果莎士比亚见了,一定会竖起大拇指的。我说朱生豪和莎士比亚是相通的,就指这层意思。

04 Apt, in good faith; very apt. Well, go thy way; if Sir Toby would leave drinking, thou wert as witty a piece of Eve's flesh as any in Illyria. / 妙,真的妙。好,去你的吧;要是托比老爷戒了酒,你在伊利里亚的雌儿中间也好算是个调皮的角色了。

点评: 剧中小丑的话。这个小丑是莎士比亚的原创,因此小丑的话,就是莎士比亚想说的话。这段台词的眼是a piece of Eve's flesh,意思是"夏娃身上的一块",转义可以是"你有夏娃的真传"。在基督教的《圣经·创世纪》中,夏娃是人类的始祖,亚当之妻。现在研究又说:

141

上帝创造的人，是一个雌雄一体的怪胎，神通广大，性交、生儿育女、打猎种地，无所不能。上帝为了约束人，把人一劈两半，人只好站起来走路、生活、劳作，但是效率较之以前就差多了。为了让人不至于太消极，上帝从亚当身上取了一根肋骨，变作女人，这就是夏娃。

小丑要从这样的背景里变出一点故事，只好在夏娃身上打转转，于是就有了"夏娃身上的一块肉"的诙谐话。

朱译把夏娃译作"雌儿"，汉语化程度很彻底。朱生豪的时代，读者对西方文学的主要背景《圣经》还不太熟悉，译者这样翻译无可厚非。不过，这样翻译对读者了解西方文化，当然是一个遗憾。夏娃在西方文化中，相当于中国的女娲，应该让读者一步步了解才更好。

不过，这是翻译西方作品不得已而为的不足，留给后人弥补，是正理。比如说，夏娃的英文名字Eve，发音是"伊芙"，与"夏娃"两个字的发音距离不小呢。

05 O, sir, I will not be so hard-hearted; I will give out divers schedules of my beauty. It shall be inventoried, and every particle and utensil labelled to my will: as, item, two lips, indifferent red; item, two grey eyes, with lids to them; item, one neck, one chin, and so forth. Were you sent hither to praise me? / 啊，先生，我不会那样狠心；我可以列下一张我的美貌的清单，一一开列清楚，把每一件细目都载在我的遗嘱上，例如，一款，浓淡适中的朱唇两片；一款，灰色的倩眼一双，附眼睑；一款，玉颈一围，柔颐一个，等等。你是奉命到这儿来恭维我的吗？

点评：奥莉维娅的话。剧中的奥莉维娅，美貌、活泼、智慧，这段不算长的台词是很好的体现。因为靓丽，每一种东西都不想埋没，所以要写进遗嘱里。多么巧妙的构思，多么有喜剧色彩。朱红嘴唇、长睫毛的美目、白皙如玉的软颈……几种因素放在一张瓜子脸上，一道亮丽的风景线吧。

朱译力图把莎士比亚的每个词、每种意思，都淋漓尽致地翻译出来。朱生豪做到了。这段汉语和莎士比亚的原文，堪称珠联璧合。"一款""玉颈一围""柔颐"等词，都是朱生豪的贡献。

06 Feste, the jester, my lord; a fool that the lady Olivia's father took much delight in. He is about the house. / 那个弄人费斯特，殿下；他是奥莉维娅小姐的尊翁所宠幸的傻子。他就在左近。

点评： 科里奥是个文化人，说话有点酸腐，莎士比亚根据人物写台词，是他的剧本特色之一。

朱译总能掌握住莎士比亚的要点，在翻译过程中努力体现。"尊翁"和"左近"两个词一用，整段话就有了迂腐味道。

07 Too old, by heaven: let still the woman take An elder than herself; so wears she to him, So sways she level in her husband's heart: For boy, however we do praise ourselves, Our fancies are more giddy and unfirm, More longing, wavering, sooner lost and worn, Than woman's are. / 啊，那太老了！女人应当拣一个比她年纪大些的男人，这样她才可以跟他合得来，不会失去丈夫的欢心；因为，孩子，不论我们怎样自称自赞，我们的爱情总比女人们流动不定些，富于希求，易于反复，更容易消失而生厌。

点评： 这是奥西诺公爵和薇奥拉的对话。薇奥拉这时是女扮男装，俏丽得令人倾倒，公爵显然喜欢这样的青年男子伴在身边，说话一直很知心，几乎都是经验之谈，而且富有智慧。薇奥拉呢，暗恋上了公爵，因此说话几乎都是错位的，但正因为错位，对话才有了戏剧性，让观众进入戏中，津津有味。公爵是个智慧之人，谈到女人选择对象的要害，接着传授男人的爱情状态，剖析人性到位，因此颇有普遍性质。说到底，这是莎士比亚的经验之谈，是莎士比亚的智慧体现。四百年过去，这话还是真理，说不清是莎士比亚掌握了人性的真谛，还是人这种东西早已经定性，不可改变了。

朱译紧抓原文，亦步亦趋，十分传神。或许，这是朱生豪对中国男人剖析透彻的原因。我们曾经把我们的祖先娶妻纳妾狠狠地批判过，说他们腐朽透顶，只是我们批判用了那么多狠劲，当今之日却看见小三遍地走，男人不仅不以为耻，还引以为豪呢。这不是中国的男人多么无行，是人性本来就是反复无常的。

08 Vent my folly! He has heard that word of some great man and now applies it to a fool. Vent my folly! I am afraid this great lubber, the world, will prove a cockney. I prithee now, ungird thy strangeness and tell me what I shall vent to my lady; shall I vent to her that thou art coming? / 大放厥词！他从什么大人物那儿听了这句话，却来用在一个傻瓜身上。大放厥词！我担心整个痴愚的世界都要装腔作态起来了。请你别那么怯生生的，告诉我应当向我的小姐放些什么"厥词"。要不要对她说你就来？

点评：又是小丑的话，拿自己的傻劲儿作践，有点像国人当今说相声拿自己作践的格调。我在一篇文章中，以为侯宝林把中国的相声推向极致，和莎士比亚把西方戏剧推向顶峰，有一比，这种潜意识可能来自这样的台词。

朱译把Vent my folly译作"大放厥词"，胆大而到位，让一个傻子变得精明起来。Vent my folly的意思，大概等于汉语的"卖傻"，很符合一个精明的傻子拿自己开涮的调子。而朱译的"大放厥词"把一个傻子那种傻狂劲儿体现得活灵活现。

09 A spirit I am indeed; But am in that dimension grossly clad Which from the womb I did participate. Were you a woman, as the rest goes even, I should my tears let fall upon your cheek, And say 'Thrice-welcome, drowned Viola!' / 我的确是一个灵魂，可是还没有脱离我的生而具有的物质的皮囊。你的一切都能符合，只要你是个女人，我一定会让我的眼泪滴在你的脸上，而说，"大大的欢迎，溺死了的薇奥拉！"

点评：塞巴斯蒂安和薇奥拉是孪生兄妹，但因为海上遇难，双方都以为对方溺死了。经过种种曲折兄妹相遇，但是薇奥拉这时女扮男装，引出了做兄长的这番有情却颇具喜剧色彩的话。莎士比亚利用双胞胎写戏，这是又一次。一次是在《错误的喜剧》中，写两对孪生兄弟，本剧中写一对孪生兄妹，莎士比亚如何利用孪生兄妹，读者可以对照比较一下，看看莎士比亚的天赋有多么了不起。

　　朱译一句"可是还没有脱离我的生而具有的物质的皮囊"很好地体现了朱生豪在翻译从句时的变通能力和理顺汉语词句的不凡能力，下面两个句子的位置交换，又是这种能力的另一种体现。Thrice-welcome没有翻译成"三倍的欢迎"，而用"大大的欢迎"，译者变通汉语的灵活性，更是了得。

10　A great while ago the world begun,
　　　　　With hey, ho, etc.
　　But that's all one, our play is done,
　　　　　And we'll strive to please you every day.
开天辟地有几多年，
　　嗨，呵，一阵雨儿一阵风；
咱们的戏文早完篇，
　　愿诸君欢喜笑融融！

　　点评：这是小丑最后唱的歌，一共五阕。这里选取了最后一阕，内容是向观众祝福和告别。Etc是重复第一段里的the wind and rain，这让我们看见了英语诗歌写作的极大灵活性，可以在诗歌句子里使用"等等"这样省略的符号。当然，在舞台上说台词时，估计还是要把the wind and rain说出来的，因为这样才能有节奏，押上韵。不知道这是不是莎士比亚的首创：如果是，莎士比亚的不拘一格创作剧本的精神难得，是他的不同凡响所在；如果不是，那么，莎士比亚的好学精神同样不同凡响。

　　朱译采取了八个汉字为一句的形式，各行押韵，具备了中国杂剧中常见的诗词令等特点，而又不同于传统的诗词令，因为"有""们"和"诸"均可以省掉的；"嗨"与"呵"可以合并，"儿"字可以不要，简化成——

> 开天辟地几多年,
> 　一阵雨来一阵风;
> 咱的戏文早完篇,
> 　愿君欢喜笑融融!

这样的形式就和七言接近了,但是似乎和一个小丑在舞台上的独唱不合拍,因为小丑毕竟是小丑,滑稽和可笑的一面不止形态上必须呈现在舞台上,他的台词也需要几分不伦不类。从此我们可以看出朱生豪的匠心独运,在探索英文诗歌如何翻译成汉语诗词令上,有着严肃认真的实践再实践,贡献是独一无二的。

小结: 与《终成眷属》一剧相比,本剧的译文应算忠实、严谨,几乎没有哪句是对不上原文的,有哪个汉字是没有出处的。一些剧本中出现的合并形容词现象,在本剧中基本上绝迹,颠倒句序翻译的现象屈指可数。但是,朱译的风格保持得很好,基本一致,该出彩的地方依然出彩,该发挥的地方都得以发挥,是一个很好的译本。

漏译的地方有二十多处,基本上是看花眼、看走眼、看漏眼一类的错误,比较大一点的漏译,也就两三处。

第七出　冬天的故事

　　如同莎士比亚的大多数喜剧一样，《冬天的故事》是很有故事性的：西西里国王利昂蒂斯和他贤淑的妻子赫米奥妮一起接待来访的波希米亚国王波利克希尼斯。波利克希尼斯和利昂蒂斯是儿时的好朋友，这时利昂蒂斯王却毫无缘由地猜疑波利克希尼斯和自己的妻子赫米奥妮有暧昧关系。利昂蒂斯打算毒死波利克希尼斯。波利克希尼斯闻讯逃跑了，而赫米奥妮却被囚禁，并在囚禁期间生下了女儿。西西里大臣安蒂戈纳斯的妻子波利娜把女婴珀迪塔抱给利昂蒂斯，试图打动他，但他不仅不为所动，还下谕把珀迪塔抛弃在海滩，欲置于死地。不久，利昂蒂斯听说儿子马密勒斯因为母亲受到的待遇不公，悲愤而死；隔不久，他又听说赫米奥妮也含冤而去了。利昂蒂斯因此深感后悔。事实上，安蒂戈纳斯当初并没有把珀迪塔抛弃在波希米亚海滩弄死，他自己反被熊咬死。珀迪塔被一牧羊人发现并收养。珀迪塔长大后，波利克希尼斯王的儿子弗洛里泽和她发生恋情。波利克希尼斯王反对这桩门不当户不对的爱情，弗洛里泽、珀迪塔和老牧羊人于是一起逃出波希米亚，奔往利昂蒂斯王的宫中。利昂蒂斯王弄清珀迪塔的背景后喜出望外；更让他高兴的是妻子赫米奥妮也还活着。最后，一对年轻人的婚事使两家仇人和解。

　　《冬天的故事》主要情节取自罗伯特·格林的《潘多斯托》。莎士比亚为原故事增加了浪漫气氛，增加了故事的戏剧性，并创造了一些很关键的人物，如安蒂戈纳斯大臣及其古道热肠的妻子波利娜，还有喜剧小丑奥托利格斯等，把剧情从一个高潮推向另一个高潮，使这个剧本具备了莎士比亚喜剧大喜的特色。

　　《冬天的故事》的人物对话具有很浓的诗意；利昂蒂斯王违反常情的妒忌心理被写得淋漓尽致；弗洛里泽和珀迪塔纯真烂漫的恋爱被写得

如田园诗般令人向往；赫米奥妮的苦难十分感人，最后借用一尊活灵活现的雕像转化成活生生的人的戏剧性，让大团圆结局更显示了作者驾驭剧情的才能。也许正是因为这些丰富的内涵，《冬天的故事》一直在剧院里常演不衰。

本剧选用了十六个例子，其中一首打油诗别具特色。

01 The king hath on him such a countenance As he had lost some province and a region Loved as he loves himself: even now I met him With customary compliment; when he, Wafting his eyes to the contrary and falling A lip of much contempt, speeds from me and So leaves me to consider what is breeding That changeth thus his manner. / 你们大王的脸上似乎失去了什么州省或是一块宝贵的土地一样；刚才我见了他照礼向他招呼，他却把眼睛转向别的地方，抹一抹瞧不起人的嘴唇皮，便急急地打我身边走去了，说我莫名其妙，不知道什么事情使他这样改变了态度。

点评：这是波西米亚国王波利克希尼斯说西西里国王利昂蒂斯的话。莎士比亚的表达总是高人一筹，这段话又是一个绝好的例子。两个国王一起叙旧，另一个国王突然醋意大发，怀疑妻子和自己的发小、现时的一国之君发生了不正当关系，因此态度大变。怎么个变法？"你们大王的脸上似乎失去了什么州省或是一块宝贵的土地一样"这样形象的比喻，用来写一个老百姓甚至大臣都不恰当，因为一般人只是为生活奔波，担心钱袋丢失，只有国王才为国土的得失而考虑。什么人说什么台词，如我一直强调而且还会一再强调的，只有莎士比亚在他创作的剧本里写得最到位。

遇上这样写实而又特色鲜明的英语，朱生豪从来是以传达要义为重，因此译文都是紧跟原文，甚至不惜用比较长的句子。Falling a lip，这里应该是"撇了撇嘴"，"抹了抹"应该是手做的动作。So leaves me to consider译作"说我莫名其妙"，有些大而化之，不够严谨，应该译为"丢下我瞎寻思"更好些。另，Loved as he loves himself似没有翻译出来。

02 The silence often of pure innocence Persuades when speaking fails. / 无言的纯洁的天真，往往比说话更能打动人心。

点评：这是莎士比亚的体会，那就是只要自己问心无愧，话说得不好，一样有说服力。

朱译为了强调这层意思，把词序打乱，强调了天真，而不是原文强调的"无言"，因此后面用了"打动人心"。译文自圆其说，这是翻译的一种能力。这句话照字面意思和词序译出，应该是：真的无辜保持沉默，辩解不多，同样有说服力。翻译活动，应该先按照原文的词序所表达的意思，忠实地翻译，然后看看自己有多大能力推敲成更好的译文。

03 You need not fear it, sir: This child was prisoner to the womb and is By law and process of great nature thence Freed and enfranchised, not a party to The anger of the king nor guilty of, If any be, the trespass of the queen. / 你不用担心，长官。这孩子是娘胎里的囚人，一出了娘胎，按照法律和天理，便是一个自由的解放了的人；王上的愤怒和她无关，娘娘要是果真犯罪，那错处也牵连不到小孩的身上。

点评：波利娜显然是莎士比亚喜欢的女性角色，智慧，豪爽，为人低调，总能把握住关键。她的丈夫为了保护尚在襁褓之中的珀迪塔，死于熊口之下，但是她笑对生活，成人之美。整出戏中，她一开口说话，就充满智慧，这句台词尤为富有哲理。This child was prisoner to the womb 看似写了一种自然现象，却表达了大人和孩子的关系：大人有罪，与孩子无关。不知孕妇犯罪，可以保释和缓刑，是否和莎士比亚这种说法有关系。

朱译的"娘胎里的囚人"，没有任何变通，但一看就明白。这样的直译，对丰富汉语的表达很有好处。

04 Good queen, my lord, Good queen; I say good queen; And would by combat make her good, so were I A man, the worst about you. / 好王后，陛下，好王后，我说是好王后，假如我是男人，那么即使我毫无武

艺，也愿意跟人决斗证明她是个好王后。

点评：莎士比亚重复使用单词的力量，念着台词都能感觉到。完全是口语，却丝毫不耽误音步，看得出莎士比亚对英语的应用水准有多么高。

朱译几乎一词不差地按照原文进行翻译，只把the worst about you译为"毫无武艺"，而非"是你手下最差的一个"，更明了。因为是参加决斗，译作"毫无武艺"要比"最差的"更能贯通上下文。

05　The climate's delicate, the air most sweet, Fertile the isle, the temple much surpassing The common praise it bears. / 气候宜人，空气甜美极了，岛上的土壤那样膏腴，宇宙的庄严远过于一切的赞美。

点评：莎士比亚善于描写自然环境，几句话就是一幅美景，而且很有气势，说明莎士比亚与自然的亲近与熟悉。

朱生豪是主张天人合一的，不惜把the isle译作"岛上的土壤"而非"这海岛"，the common praise译作"一切"而非"众人的赞赏"，虽然欠妥，但让译句读来一气呵成。

06　Great Apollo Turn all to the best! These proclamations, So forcing faults upon Hermione, I little like. / 伟大的阿婆罗把一切事情都转到最好的方面！这种无故污蔑赫米奥妮的说法我真不高兴。

点评：典型的莎士比亚句子：大处着眼，小处说理，让句子很有力量感。

朱译字字句句贴着莎士比亚的表达，紧凑，有力，言简意赅，好译文；尤其把forcing faults译为"无故的污蔑"而非"强加的过错"以及I little like译作"我真不高兴"而非"我很不喜欢"，显示了译者的变通能力高超，又紧贴原文内容。

07　It is his highness' pleasure that the queen Appear in person here in court. Silence! / 有旨请王后出庭，肃静！

点评：狱吏的话。原句比较长，可能是莎士比亚为了凑音步，也可能是为了突出王后登场的威仪。如果死抠字眼，译文应是：陛下很高兴看见王后亲自出庭，肃静！

朱译简短明了，更像庭吏在正式场合的呼喊。

08 Their transformations Were never for a piece of beauty rarer, Nor in a way so chaste, since my desires Run not before mine honour, nor my lusts Burn hotter than my faith. / 他们的化形并不化得比我更美，他们的目的也并不比我更加纯洁，因为我是发乎情而止乎礼仪的。

点评： 动词名词化的写作，句子看似简单，实际上是作者对母语的熟练运用，更富于表达力。

朱译把rarer这样比较级形容词的暗藏主语"我"提出来，说明译者对原文的理解很透彻，构成了朱译的主要特色之一。不过，把since my desires Run not before mine honour, nor my lusts Burn hotter than my faith 两个比较长的句子，简练地译作"我是发乎情而止乎礼仪的"，堪称一绝，尽管两种语言的转换数量有些欠缺。

09 Mopsa must be your mistress: marry, garlic, To mend her kissing with! / 毛大姐一定是你的情人，好，别忘记嘴里含个大蒜儿，接起吻来味道好一些。

点评： 大蒜味儿，多么有趣的莎士比亚，连接吻如何让对方别扭都不放过！可见他对生活多么热爱，而首先是对下里巴人的生活多么熟悉。

朱译的"嘴里含个大蒜儿"，虽说和原文有些出入，但是朱生豪的打趣一点也不亚于莎士比亚。

10 Lawn as white as driven snow; 　　　　白布白，像雪花；
　　 Cyprus black as e'er was crow; 　　　　墨纱黑，像乌鸦；
　　 Gloves as sweet as damask roses; 　　　一双手套玫瑰香；
　　 Masks for faces and for noses; 　　　　假脸罩住俊脸庞；
　　 Bugle bracelet, necklace amber, 　　　 琥珀项圈琉璃镯，

151

Perfume for a lady's chamber;	绣闼生香芳气多；
Golden quoifs and stomachers,	金线帽儿绣肚罩，
For my lads to give their dears:	买回送与姐儿俏；
Pins and poking-sticks of steel,	烙衣铁杆别针尖，
What maids lack from head to heel:	闺房百宝尽完全；
Come buy of me, come; come buy, come buy;	来买来买快来买，
Buy, lads, or else your lasses cry; Come buy.	哥儿不买姐儿怪。

点评：这是一首打油诗，不知是莎士比亚的原创，还是莎士比亚的采风，两句一韵，八个到九个音步，读来容易上口。更主要的是内容通俗而不庸俗，活泼而不轻浮，俊男靓女两相愉悦。现如今，都知道莎士比亚是天下文坛霸主，亦步亦趋者普天下比比皆是，但是如果让人们举一个例子，也许还是to be, or not to be这样被人引用俗烂的，而像这样美妙的打油诗，恐怕是连注意都没有啊。

这是朱生豪莎译中最好的诗译之一。一样采取打油诗的形式，一样两句一韵，不能说字面意思一字不差地体现在译文里了，但是原文的意思都表达出来了，只有masks for faces and for noses一句相距远了一点。最后两句是原文最长的，到了九个音步，但是译文一样用了七个汉字，读来倒比原文更俏皮，更有味道。但是，不可否认的是，用传统的汉语诗歌形式翻译英文诗歌，比如五言七言等，无论是莎士比亚的还是别的英美诗人的，都是以伤害原文为代价的，只是程度因人而异。才高八斗者如朱生豪，以这首诗为例，都有展转腾挪中不得不伤害原文的现象，何况我等庸才了。

这里要多说几句的是，莎士比亚的十四行诗，有不少译本都用十个汉字取代一个音节，还敢拿自己的翻译表扬和自我表扬，真是胆大啊。看看朱生豪什么汉学水准，什么翻译能力，用中国诗歌的传统形式翻译西方诗歌，都有不尽如人意之处，我等一般才能的译者，还好意思多说什么吗？

我把自己算在大胆妄为者之列，是因为笔者在四十来岁上，凭借年轻无知却胆气十足的余热，把莎士比亚的两首长诗，《维纳斯和阿多尼》和《卢克丽丝受辱记》，用十个汉字代替原句的十个音步，翻译出来，岂知罪孽深重，越到老年越觉得无颜和莎士比亚交代，因为我知道，翻译过程中有多少原文内容丢失了，篡改了，变形了，凑合了，抹平了，而译文却依然别别扭扭，甚至不堪卒读。这种心理一直折磨笔者十多年，终于不堪承受，下决心再老老实实翻译一遍莎士比亚的诗歌，经反复尝试，发现用十二三个汉字左右的形式翻译莎士比亚的诗句，才基本上能把原文的意思表达出来，费了九牛二虎之力，用了五年时间，才马马虎虎统一到这个标准上来。然而，等笔者再三阅读拙译时，还是觉得对不起莎士比亚。于是乎，老老实实地再把他所有的诗句用散文形式翻译出来，作为一种参考译文，让读者读诗不爽时，看看散文中更为真实的莎士比亚的写作——然而，唉，岂知散文的译文也还有很多不尽如人意之处！

09 *Clown* This cannot be but a great courtier. / 这一定是位大官儿。

10 *Shepherd* His garments are rich, but he wears them not handsomely. / 他的衣服很神气，可是他的穿法却不大好看。

11 *Clown* He seems to be the more noble in being fantastical; a great man, I'll warrant: I know by the picking on's teeth. / 他似乎因为落拓不羁而格外显得高贵些。我可以担保他一定是个大人物，我瞧他剔牙齿的样子就看出来了。

点评： 小丑和老牧人的对话，谈论世人的活法，生动，真实，谦卑中不乏诙谐。莎士比亚所以是莎士比亚，他接地气的能力，就是一般作家比不了的。更了不得的是，他笔下的底层人，说话的内容和口气，也各有自己的特点。小丑在大官面前自觉矮人半截，用cannot be but这样否定之否定来强调他眼中的大官儿，而牧羊人披着羊皮袄自惭形秽，一方面看见人家"衣服很神气"，一方面又敢挑剔人家"穿法不大好看"，自卑中又不乏见识。剧中正是这个牧羊人在荒野收留了被遗弃的珀迪塔，才有了美好的结局。这段对话中最出彩的，是小丑观察到了"他剔牙齿的样子"，这样微小的动作只有莎士比亚能捕捉到，也只有莎士比亚能把这样微小的动作写出意义来。

想来，莎士比亚笔下的这位小丑，就是看到他眼中的大官儿一只手罩了嘴巴，一只手剔牙齿了吧。

12 An old sheep-whistling rogue, a ram-tender to offer to have his daughter come into grace! Some say he shall be stoned; but that death is too soft for him, say I: draw our throne into a sheep-cote! all deaths are too few, the sharpest too easy. / 一个看羊的贱东西，居然胆敢叫他的女儿妄图非分！有人说应当用石子捣死他；可是我说这样的死法太惬意了。把九五之尊拉到了羊棚里来！这简直是万死犹有余辜，极刑倘嫌太轻哩。

点评：奥托利格斯是剧中的一个流氓，这番话出自他的口，看似可笑，实际上很符合他的身份。越没有地位的人，越看重身份，因为越是这样的人，越觊觎别人的钱财。这番话说得很有流氓气，是莎士比亚了不起的地方。

朱生豪一身儒雅，对这样的人自然看得很透，"妄图非分""九五之尊"和"万死犹有余辜"三处译文，和原文多少有些出入，但是让译文异常出彩，读来为之欢呼。

13 Though authority be a stubborn bear, yet he is oft led by the nose with gold. / 虽然权势是头固执的熊，可是金子可以拉着它的鼻子走。

点评：这是莎士比亚的警句：钱权从来是捆绑在一块儿的。

译文逐字逐词地照着翻译，只把"金子"从句尾拉到句中，从一个介词宾语变身主语，让"权势"和"金子"呼应，是朱译的特色之一。

14 True, too true, my lord: If, one by one, you wedded all the world, Or from the all that are took something good, To make a perfect woman, she you

kill'd Would be unparalled'd. / 真的，一点不错，陛下。要是您和世间的每一个女子依次结婚，或者把所有的女子的美点提出来造成一个完美的女性，也抵不上给您害死的那位那样好。

点评：莎士比亚的文学夸张，平平淡淡地就写出来了，谁比得了？有味道的是，这话说给陛下听，是正在听的陛下可以听得顺耳的。朱译十分严谨，字字有出处，全句很通顺。

15 Women will love her, that she is a woman More worth than any man; men, that she is The rarest of all women. / 女人爱她，因为她是一个比无论哪个男人都更好的女人；男人爱她，因为她是一切女人中的最稀有者。

点评：莎士比亚的表达，只是利用男女的不同，就把一个好女人形容得无以复加。

朱译表达精炼，好像是写出来的，而非译文。

16 What, sovereign sir, I did not well I meant well. All my services You have paid home: but that you have vouchsafed, With your crown'd brother and these your contracted Heirs or your kingdoms, my poor house to visit, It is a surplus of your grace, which never My life may last to answer. / 啊，陛下，我虽然怀着满腔的愚识，还不曾报效于万一。一切的微劳您都已给我补偿；这次又蒙您许可，同着友邦的元首和两位缔结同心的储贰光临蓬荜，真是天大的恩宠，终身都难报答的。

点评：波利娜是剧中的女侠般人物，只是这番话，你就看出她胸中的方圆。莎士比亚对他喜欢的剧中女性角色，写台词时从来一心一意，不吝词句。这番话写得很有层次，让说的人尽意，听的人舒服。

朱生豪翻译这样的台词，驾轻就熟，十分传神，让读者感到这样的话，好像应该是中国几千年封建统治下的臣民才说得出口，外国人是万万说不出来的。

小结： 在莎士比亚的喜剧中，我以为，从思想层面上讲，《冬天的故事》和《爱的徒劳》是最有内涵的，因为这两个剧本中都描写有知识有文化的人，他们的生活和谈吐可以写深一点。《爱的徒劳》写国王和四个才子对待功名和爱情的态度，而《冬天的故事》则是写人在不同阶段对待性事的心理状态。这些都是人生中经常会遇到的，但却是复杂的、微妙的，处理不当会造成重大的罪过：西西里国王利昂蒂斯因为怀疑妻子不忠，差一点草菅人命，让他的王国没有继承人。最后的大团圆则是因为人性丰富，终归有人生性宽厚、智慧、朴实。虽然是喜剧，却十分耐人琢磨。

西方文学对这种两性引起的嫉妒的创作，现代小说也还在探索。我记得读过一则北欧的短篇小说，写两个老人一辈子生活如意，老年了还能在海滨度假，躺在沙滩晒太阳，沉醉在愉快的回忆中。一个老头子突然问另一个老头子：喂，我和老伴儿一辈子和和美美，可有一段时间她总和我闹别扭，我至今不明白为什么。另一老头答曰：为什么？为我呀，我和你爱妻曾经有过一腿呢。第一个老头喊道：嗨，你干吗不早说？早说咱们分享——另一老头打断话头叫道：得得得！早说？早说你早要了我的命了。人生阶段论，看似小实际大的题材，在莎士比亚的喜剧里，比比皆是。

遗漏不足十处，而且大的遗漏没有，是朱生豪忠实原文而又通顺出彩的最好的译本之一。

第三部
莎士比亚的历史观

校补者按：这部分点评了四个历史剧：《约翰王》《理查二世》《亨利四世上篇》和《亨利四世下篇》。

按照一六二三年的对开本收入三十七部来看，莎士比亚一共创作了十部历史剧，后来专家学者把《爱德华三世》归在了他的名下；朱生豪只翻译了其中四部，不到一半，有些遗憾。不过，许多文学事件都是有缺憾的，而缺憾的好处是让世人认识缺憾为什么会存在。有朱生豪的四个历史剧译本，别的译本便有了参照。比较之下，所有补译朱生豪没有翻译出来的历史剧译本，都没有超过他的译文。同样的历史背景，同样的历史人物，同样的语言，朱生豪的译文精彩纷呈，通达晓畅，闪光点一个接一个，而别人翻译出来的译文便难免拘泥原文，难免刻板生涩。值得注意的是，用三十年的跨度完成莎士比亚全集的翻译的梁实秋先生，译文也没有逃脱这样的结果。在校补过程中，偶尔对照梁译，感觉其文体不稳定是最大的问题。比如，平白的译文中，偶然出现一些文雅的用词，给人的感觉反倒更糟糕，其实是整体译文质量把握不到位导致的译文溏瀎，首先是译者对莎士比亚的文本理解不彻底，也涉及译者的汉语功底和翻译智商。

所以，遗憾中的庆幸是朱生豪毕竟翻译出来四个历史剧，让我们能从中找到他翻译不同剧种的精彩例子。

第一出 《约翰王》

约翰王（1167—1216）素以反对罗马教皇的专制统治而闻名于史，《英格兰王约翰的多事之秋》一剧中充满了强烈的反天主教内容。但是莎士比亚在《约翰王》一剧中的反天主教情绪要节制得多。莎翁主要描写了约翰王从临政到病故期间的主要历史事件，但约翰王的形象在剧中并不十分突出；相反，狮心王理查的私生子腓力普·福康布里奇，应该算得上全剧中最活跃最突出的角色。

约翰王是以兄弟身份继承狮心王理查的宝座的。约翰王的兄长杰弗里之子亚瑟亲王对王位具有同等的继承权。剧中的矛盾由此展开。亚瑟亲王的母亲康斯丹丝和法王腓力普坚决支持亚瑟亲王夺回王位。双方为了王位在法国安吉尔斯城进行夺城战争，但城战以西班牙郡主、约翰王的侄女白兰绮和法国皇太子路易联姻而结束。庶子福康布里奇最具君王气质，却因出身不正而不能拥戴为王。法王腓力普同英国毁掉和约，战火重燃，亚瑟亲王被擒。约翰王派心腹赫伯特谋杀小亚瑟亲王，小亚瑟亲王为活命所说的滔滔辩词跌宕起伏，充满智慧，似乎超出一个十几岁孩子的能力，却是表现小亚瑟天生非凡，并为他不幸夭折叹惋的必不可少的铺垫，因此成为剧中最精彩的场景，显示了莎士比亚创作台词的能力。

约翰王的大臣们纷纷谴责他杀害亚瑟之过，倒戈投奔法军，但听说法国皇太子要在战败英国后把他们全部杀害，又纷纷反悔。约翰王后来被僧士毒死，其子亨利三世登位，群臣效忠，庶子福康布里奇当众指出："我们英国人从来不曾，也永远不会屈服在一个征服者的骄傲的足前，除非它先用自己的手把自己伤害。"

《约翰王》在二十世纪仍是常演剧目，但在十九世纪更为流行，剧中人物约翰王、庶子和康斯丹丝一直是著名演员钟爱的角色。

本剧选用了十五个例子。

01 Speed then, to take advantage of the field. / 那么赶快吧，还是先下手为强。

点评：这是庶子在剧中露面后说的话，很简短，却个性十足，让人一眼看出他不同凡响。庶子这个词儿，就是私生子的雅称，莎士比亚的本意是说出身不由自己，但是怎样做人却是自己的事儿。全剧中，庶子就是这样一个朝气蓬勃的形象，他丝毫没有因为自己是私生的就自卑、就自弃，而是积极主动地参与国事。法国和英国因为皇位继承的问题交恶，战事一触即发。庶子这句话彰显了他主战的鲜明立场，交代了剧情的发展趋势。

这句英语可以翻译为"刻不容缓，尽快占据战场的有利地势"；朱译的前半句紧靠原文，后半句把"占据战场的有利地势"变通为"还是先下手为强"，是一般译者做不到也想不到的；虽然对战事的地利交代不足，但是对突出庶子的个性是重要一笔。在后来的剧情中，庶子确实一直处在"先下手为强"的咄咄逼人的地位。

02 Heralds, from off our towers we might behold, From first to last, the onset and retire Of both your armies; whose equality By our best eyes cannot be censured: Blood hath bought blood and blows have answer'd blows; Strength match'd with strength, and power confronted power: Both are alike; and both alike we like. One must prove greatest: while they weigh so even, We hold our town for neither, yet for both. / 两位传令官，我们从城楼上，可以从头到尾很清楚地看到你们两军进退的情形；即使用我们最精密的眼光，也不能判断双方的优劣；流血交换流血，打击回答打击，实力对付实力，两边都是旗鼓相当，我们也不能对任何一方意存偏袒。必须有一方面证明它的势力是更强大的；既然你们不分胜败，我们就只好闭门固守，拒绝你们进来，同时也就是为你们双方守住这一座城市。

点评：市民甲之类角色，是剧本中的小角色，一般说来他们的台词都很简单，或起过渡作用，或作为起承转合的润滑剂。莎剧中的大部分这类角色的台词也都是这样处理的，但是这位"市民甲"是个高人，胆识过人，满腹经纶，敢出风头，他的话对敌对双方举足轻重，言辞一出口就让人洗耳恭听；不仅句句在理，而且条理清楚，听他说话的双方都很服气。这里看得出莎士比亚在为角色设计台词时态度认真，遣词造句十分讲究。

朱译把原文要传达的意思准确地传达出来了，尤其"流血交换流血，打击回答打击，实力对付实力"三句，不仅凸显了莎翁句子重复的力量，还分别用"交换""回答"和"对付"强调了重复的不同之处。这里有一个问题，即Strength match'd with strength, and power confronted power对照起来应该是"实力对付实力"，两句英文似乎都可以译作"实力对付实力"，好像朱生豪这里采用了合并的手法，但仔细读来又好像有所不同。因此，我们不禁会问：这里是莎士比亚为了音步重复了一句，还是他认为strength和power有明显的不同之处而特地写作的？从词面意思上看，strength应该强调军队的数量、武器配置等，而power则是说士兵的士气和战斗力。如果莎翁在强调二者的不同，那么Strength match'd with strength, and power confronted power还是应该分别译作"军力挑战军力，士气对抗士气"为好。

问题又来了：译者是不慎漏译，还是有意合并？这是个问题。

03 Commodity, the bias of the world, The world, who of itself is peised well, Made to run even upon even ground, Till this advantage, this vile-drawing bias, This sway of motion, this Commodity, Makes it take head from all indifferency, From all direction, purpose, course, intent: /"利益"，这颠倒乾坤的势力；这世界本来是安放得好好的，循着平稳的轨道平稳前进，都是这"利益"，这引人作恶的势力，这动摇不定的"利益"，使它脱离了不偏不颇的正道，迷失了它正当的方向、鹄的和途径；

点评： 莎士比亚给角色设计精当的台词，是他能独步世界戏剧文坛的独门绝技。一个角色站在舞台上应该说什么，是一个剧本生死攸关的问题。角色开口说话，能讲出来一堆台词已属不易，这点已经够多数剧作家招架的了；角色说出口的台词和角色身份匹配，就是戏剧创作的高级阶段了。角色滔滔不绝地讲出大段台词，有了深度，而且其中不乏意象、象征，这就是戏剧创作的最高水准了。这段台词和庶子这个角色高度吻合，是本剧的精髓之一。例如commodity这个词儿，现代解释一般都翻译成"商品"以及"货物"，这是符合庶子的身份的，因为他一出生就是庶出，和嫡出的王家后代相比，他拥有的"货物"永远是有限的，只有拥有一国的江山，才能对一个国家的资源通吃。紧接着出现了bias这个词儿，是这段话甚至整个剧本的"眼"，关键词。Bias的汉语解释，一解是纺织品的专用名字——"斜纹"，其他解释分别是"偏见""偏压""偏重心"等。人类世界，人类为首，物质其次，据"偏"的位置。然而，人活一生，都是以占据物质多寡来衡量的，极少数的人，我们把他们推向了占领精神的高地，如释迦牟尼和耶稣。绝对多数的利益最终决定世界的走向。

庶子的出身属于"偏"出，非"正"，由他来说这段台词，或者说莎士比亚给他设计了这段台词，用意不同一般。

朱译深刻领会莎士比亚的创作意图，在这段台词的翻译上格外用心。朱生豪把commdity译作"利益"，符合了中国古话：芸芸众生皆为利而来。把bias译作"颠倒乾坤的势力"，增加了几个汉字，力道千钧，让后面的译文也铿锵有力，余音袅袅。不读原文，仅读这段译文，对莎士比亚的这类经典台词我们都会甚为折服。

04　Well, whiles I am a beggar, I will rail And say there is no sin but to be rich; And being rich, my virtue then shall be To say there is no vice but beggary. / 好，当我是一个穷人的时候，我要信口谩骂，说只有富有是唯一的罪恶；要是有了钱，我就要说，只有贫穷才是最大的坏事。

点评： 还是庶子的话。这段话可以当作上段台词的进一步阐述，却是发自人物内心深处的独白。在占有物质的过程里，穷和富是两个点，穷则思变，富则腐败，循环不尽，没有永恒，因此两种心态是必然的，关键在于如何调整两种心态。过去把穷富极端对立，上升到阶级论，甚至不知深浅地声言是最高级的理论，现在看来是多么浅薄，多么脆弱。莎士比亚是深刻的，只在穷富上挖掘人物的心理活动，不仅让剧中特定人物丰满，也让类似台词成为语录。

朱译没有把"beggar"译为"乞丐、叫花子"，而译为"穷人"，有利于阐明"穷"与"富"的概念。原文中的两个rich，用"富有"和"有钱"相应，译文读来灵活，而两个but分别译作"只有"和"才是"，同样是出于修辞的目的。

05 And hang a calf's-skin on his recreant limbs. / 套一张小牛皮在他那卑怯的肢体上。

点评： 这句话三次出现，都是出自庶子之口，是庶子公开针对奥地利公爵的侮辱性语言，但是没有直接骂他是畜生，而是要他披一张小牛皮，有莎士比亚式的幽默，也有骂人留有余地的技巧，即奥地利公爵还不是彻头彻尾的畜类，而人类要披一张小牛皮做张做致，蒙哄别人，给自己壮胆。但是，庶子是一个真性情的人，堂堂正正以庶子的身份理直气壮地做人。这里彰显了莎士比亚对做人的见解，不因出身而否定个体的光明磊落与同仇敌忾的精神。剧情的发展是，两军交锋中，庶子取了奥地利公爵的首级，为庶子这个鲜活的形象奠定了最初的几笔。

朱译没有把hang译为"悬挂"或者"披上"，而译作"套"，值得注意；不知是地方的习惯用法，还是译者有意要把这位公爵包裹起来，让他和一头牛毫无二致。

06 There where my fortune lives, there my life dies. / 我的命运存在之处，也就是我的生命沦亡的所在。

点评： 这种句型是汉语传统中原本没有的；如果要表达这样的意

思,大概说法应是:我的命运在哪里,我的生死就在哪里。

朱译紧扣原文,把there这样的先导词和where这样的方位词,都细致入微地抠出来,为汉语增添了"存在之处"和"所在"等类似表达,难能可贵。现代汉语很大程度上是在这样优秀的翻译文体的基础上发扬光大的。

07 O lord! My boy, my Arthur, my fair son! My life, my joy, my food, my all the world! My widow-comfort, and my sorrows cure! / 主啊!我的孩子,我的亚瑟,我的可爱的儿!我的生命,我的欢乐,我的粮食,我的整个的世界!我的寡居的安慰,我消愁的药饵!

点评:这句台词出自剧中的女性之一,康斯丹丝,一位悲情的母亲。一段感叹,分为三个层次:第一层写实,第二层比兴与夸张巧妙结合,第三层回到写实。读者由此看到了莎士比亚表达的丰富和能量。

朱译字字紧跟,只把widow译作"寡居"而非"守寡",把sorrows cure译作"消愁的药饵"而非"忧愁的治愈",让译文文雅而通达,十分可取。

08 A sceptre snatch'd with an unruly hand Must be as boisterously maintain'd as gain'd; And he that stands upon a slippery place Makes nice of no vile hold to stay him up: / 用暴力攫取的威权必须用暴力维持;站在易于滑跌的地面上的人,不惜抓住一根枯朽的烂木支持他的平稳。

点评:潘杜尔夫是教皇的使臣,代表的势力曾经横行天下,为所欲为。约翰王在英国历史上以摆脱罗马教皇的统治而闻名,这恐怕也是莎士比亚写作约翰王的动力之一。西方的文艺复兴,摆脱宗教的黑暗,几乎贯彻始终。今天看来是很容易的事情,其实很不容易。一种信仰,一旦广泛信奉,不论对个人还是对国家,彻底摆脱不仅需要时间,还需要具有反叛精神的领袖和个人,他们所以被尊为英雄人物,重要原因是他们遇到的阻力异常强大。这番话特别能表现潘杜尔夫所代表的势力。

他抓住约翰王以兄弟身份继承王位的非法所在，上升到暴力说，十分有力，类似警世名言。

这句英文的译文应该是"一只非法之手抢来的权杖，必须靠蛮横的方法维持"，朱生豪翻译成"用暴力攫取的威权必须用暴力维持"，类似警示名言，有可取的一面。后一句的译法也有发挥之处，但是基本上是原文的字面意思。

09 Indeed, I have been merrier. / 嗯，我今天确实没有平常那么高兴。

点评： 英文的完成时时态，可能这样表达在这里有利于莎士比亚的诗句写作。

朱译没有按照字面意思译为"我有过更快活的时候"，而译作"我今天确实没有平常那么高兴"，很好地照顾了上下文对话的语气，值得学习。

10 And oftentimes excusing of a fault Doth make the fault the worse by the excuse, As patches set upon a little breach Discredit more in hiding of the fault Than did the fault before it was so patch'd. / 为一件过失辩解，往往使这过失显得格外重大，正像用布块缝补一个小小的窟窿眼儿，反而欲盖弥彰一样。

点评： 莎士比亚的思考所得，叙述和比喻都很到位，可谓警世名言。

朱译用成语"欲盖弥彰"对等Discredit more in hiding of the fault Than did the fault before it was so patch'd，简略得大胆、传神，对前句有强烈的反衬作用。当然，这个很长的英文句子，也可能是莎士比亚为了凑齐十个音节而做出的另一种写作，也未可知，因为莎翁要表达的意思就是"欲盖弥彰"。

11 There is no sure foundation set on blood, No certain life achieved by others death. / 建立在血泊中的基础是不会稳固的，靠着他人的死亡换到的生命也绝不会确立不败。

165

点评： 约翰王的话，反思、感叹、思考和无奈，都在这句话里了。如前所述，约翰王登上王位可谓名不正言不顺，但是登上了王位就有维持王位的办法，明知不对也要施行，比如他密令心腹赫伯特处死小亚瑟。莎士比亚笔下的国王如同常人而有异于常人，这样的独白台词是主要手段。

朱译准确到位，只有"确立不败"似乎不妥，译为"长命"似乎就足以了。

12 It is the curse of kings to be attended By slaves that take their humours for a warrant To break within the bloody house of life, And on the winking of authority To understand a law, to know the meaning Of dangerous majesty, when perchance it frowns More upon humour than advised respect. / 国王们最不幸的事，就是他们的身边追随着一群逢迎取媚的奴才，把他们一时的喜怒当作了神圣的谕旨，狐假虎威地杀戮无辜的生命；这些佞臣往往会在君王的默许之下曲解法律，窥承主上的意志，虽然也许那只是未经熟虑的一时愤怒。

点评： 约翰王的思考，仅仅这番话就足可以把他列入有个性的君主之中。这句英语写得很有学者风范，用词简练而到位，对英国听众来说听懂不易，因此把它们翻译成别种文字，是有相当难度的。

朱译整段文字自成一体，读来传神，但是增添了一些字眼，如"逢迎取媚"；尤其"把他们一时的喜怒当作了神圣的谕旨，狐假虎威地杀戮无辜的生命"之于for a warrant To break within the bloody house of life，发挥过多，手法大胆但缺乏严谨，非一般译者模仿得来。下半句翻译得中规中矩，属于良好的翻译。奇怪的是，读着这样的译文，我们会觉得这就是莎士比亚要说的话。

13 If thou didst but consent To this most cruel act, do but despair; And if thou want'st a cord, the smallest thread That ever spider twisted from her womb Will serve to strangle thee, a rush will be a beam To hang thee on;

or wouldst thou drown thyself, Put but a little water in a spoon, And it shall be as all the ocean, Enough to stifle such a villain up. / 即使你对于这件无比残酷的行为不过表示了你的同意,你也没有得救的希望了。要是你缺少一根绳子,从蜘蛛肚子里抽出来的最细的蛛丝也可以把你绞死;一根灯心草可以作为吊死你的梁木;要是你愿意投水的话,只要在汤匙里略微放一点水,就可以抵得过整个大洋,把你这样一个恶人活活溺死。

点评: 庶子的话,机智而形象。莎士比亚夸张的比兴,这段话是最好的例子,读着这样的精妙台词,你只有感叹:这个莎士比亚,怎么想出来这些话的?

朱译十分严谨,抓住了do but despair这个句眼,后面的话虽然都很夸张,但中心是表达一种绝望的境况,因此没有把它译为"只有绝望",而译作"你也没有得救的希望了",既有强调作用,又有带动和连贯下面的句子的效果,很好。

14　All Kent hath yielded; nothing there holds out But Dover castle; London hath received, Like a kind host, the Dauphin and his powers: Your nobles will not hear you, but are gone to offer service to your enemy, And wild amazement hurries up and down The little number of your doubtful friends. / 肯特已经全城降敌,只有多佛的城堡还在我军手中。伦敦像一个好客的主人一样,已经开门迎接法国太子和他的军队进去。您那些贵族不愿接受您的命令,全都投奔您的敌人去了;剩下来的少数站在您这一方面的人们,也都吓得惊慌失措,一个个存着首鼠两端的心理。

点评: 还是庶子的话。分析战事条理清楚,语出有据,但总的方向是战场形势呈一面倒之势。

朱译紧跟原文,而把doubtful译作"首鼠两端",让整段译文立时有了文采。

15 A noble temper dost thou show in this; And great affections wrestling in thy bosom Doth make an earthquake of nobility. / 你这番慷慨陈词，已经充分表现了你的忠义的精神；在你胸中交战的高贵的情绪，是可以惊天地而泣鬼神的。

点评： 路易是法国太子，带领军队强势挺进英国境内，并取得节节胜利，上面庶子的一番话是法军得势的最好描述。路易作为法军统帅，这时一定信心满满，胜利在望，对英国叛臣萨里斯伯里的一番表忠心，自然可以信口开河，因为他内心藏着更加狠毒的打算，那就是等他打败约翰王，在英国自立为王后，会毫不客气地把英国的所有叛臣通通杀掉。他的打算被即将毙命的梅伦作为死前的忏悔告知了英国的叛臣，叛臣们幡然醒悟，奔向约翰王。法国太子没有了本地支持，加之法国的援兵在海上倾覆，只好议和，不战而退。这段话可以作为他登顶的得意声明，也可以作为他虎头蛇尾的告别。

朱译略有发挥，对话的锋芒很足；an earthquake of nobility是"一次高贵行为的地震"之意，朱生豪译作"惊天地而泣鬼神"，发挥有据，不同凡响，值得模仿。

小结： 莎士比亚写剧本，从英国历史切入，真是聪明人的手段。国人爱看自己国家的历史，这是常识，但是要把自己国家的历史写得好看，就不那么简单了。首先，作家需要把客观事实交代清楚，好人写得让人爱看，坏人写得让人讨厌。其二，王者和国家的关系需要交代清楚，王者和群臣的关系要写得合情合理，而王者的中心位置不能乱。其三，一条紧紧抓住观众的心弦的线索必须具备，不管是明显的还是隐性的。这些莎士比亚都做到了，所以他的历史剧在英国一直很受欢迎，甚至他搭建的英国历史框架，都得到了历史学家的认可。

这些内容，从我评析的十五个例子中，可以窥见大部。我感觉，莎士比亚写作历史人物的奥秘，就是从常人的角度挖掘；即使国王，他也是常人，七情六欲样样齐全；他之所以成为国王，是历史的选择，就有被历史淘汰的时候。人物的台词，明显不同于喜剧中的人物的台词，都有自己的位置、身份和利益，从此有了借鉴的价值。

　　漏译的地方很少，仅有两三处，应该都是朱生豪漏看了，完全可以忽略不计。《约翰王》是朱生豪的最好译本之一。

第二出 《理查二世》

　　莎士比亚的《理查二世》大约写于一五九五年，首印于一五九七年，但伊丽莎白在位期间的两次重印却删去了理查二世被迫交出王位的情节。一六〇一年爱塞克斯伯爵起兵反对伊丽莎白一世时，他的同谋们专门上演了这个长期不演的历史剧，希望以此唤起公众的支持。看来让文学为本朝服务的现象在国外也是古来就有的。

　　莎士比亚的《理查二世》主要取材于拉斐尔·霍林舍德的《英格兰纪事》。莎士比亚在选材上充分注意到博林布罗克武力夺取理查二世的王位这一事实，并且在《亨利五世》，《亨利六世》上篇、中篇和下篇以及《理查三世》等一系列著名的历史剧中充分发挥和利用，成功地描写了约克和兰开斯特两家王室的争斗与和解，史称"玫瑰战争"。

　　剧中的理查二世一开始便以独断专行、为所欲为的君主形象出现：放逐莫布雷和博林布罗克；对博林布罗克的父亲约翰·刚特十分无礼；对刚特的劝告置若罔闻；强行没收了刚特家庭的财产，永远剥夺博林布罗克的种种权力；对爱尔兰穷兵黩武……他的种种倒行逆施终于导致他的王权失去平衡。在他出征爱尔兰期间，博林布罗克从流放地返回英国，集中势力，用武力讨伐理查二世，声称要讨回他对家族的继承权。压力之下，理查二世被迫交出王位。理查二世被囚禁在庞弗里特监狱，其王后被流放法国。理查二世在牢中遇害前以正统王位继承人的身份，讲了许多精彩的话，成为一个令人同情的形象。博林布罗克继位后称为亨利四世，但终因理查二世被害和他夺位登基而深感内疚，虽然否认了他对理查二世被谋杀的罪责，却又计划到圣地去朝拜，以求得心理平衡。

　　理查二世这一形象在莎士比亚的笔下有其独特地位。他有专横骄淫的一面，也有理智善思的一面。在剧中一开始他令人憎恶，死后又令人同情；他的死成为英国内乱的一大因素，莎士比亚不惜笔墨在以后的一系列历史剧中揭示他被篡位这一事实，从中不难看出作者对封建王权既有要求变革的思想，又有维护王权的正统思想。

梁实秋的译名是《利查二世》。

本剧选取了十九个例子。

01 *King Richard* Rage must be withstood; give me his gage; lions make leopards tame. / 一切意气之争必须停止；把他的手套给我，雄狮的神威可以使豹子慑服。

02 *Mowbray* Yea, but not change his spots: take but my shame, And I resign my gage. My dear dear lord, The purest treasure mortal times afford Is spotless reputation: that away, Men are but gilded loam or painted clay. / 是的，可是不能改变它身上的斑点。要是您能够取去我的耻辱，我就可以献上我的手套。我的好陛下，无瑕的名誉是世间最纯粹的珍宝；失去了名誉，人类不过是一些镀金粪土，染色的泥块。

点评：这是上下文式对话。上文是一国之君理查二世说的，口气专断，气势压人——自称为雄狮，把臣下比作豹子。动物世界里，其实一般情况下狮子和豹子相安无事，各有地盘。也有例外。我看过一个摄影师拍摄到的珍贵镜头：一只狮子和一头豹子莫名其妙地打斗起来，豹子终于力不从心，被狮子咬住脑袋，生生地被咬瘪了！不知道莎士比亚是否听说过狮子欺负豹子没商量，还是民间有这样的说法，反正这句话出自一个专横跋扈的国王之口，再贴切不过。

下文出自即将被流放的托马斯·莫布雷之口。他是诺福克的公爵，按照更早时期的欧洲封建制度，莫布雷应该是一个公国的头领呢，自然有自己的威仪需要维持。这里写莫布雷和博林布罗克要决斗，双方都在向对方扔象征挑战的手套，理查二世在这里有点拉偏架的嫌疑，莫布雷不服气，很巧妙地回击了理查二世的专断，利用的却是动物外形的特点，由此作为切入点，谈到了人的声誉和本质的关系，有了深度。

莎士比亚的写作大到天文地理，小到一只豹子的斑点，总能恰到好处，发挥得淋漓尽致。

朱译在上文里把rage放进两个人的争执之中，译作"意气之争"，可取。后半句添加了"神威"，但是和"慑服"呼应，有理。下文中的The purest treasure mortal times afford Is spotless reputation一句的意思是：人世间可以给予的最纯粹的珍宝是无瑕的名誉。译文"无瑕的名誉是世间最纯粹的珍宝"简化过后重组，似乎更通顺，体现的却是译者的学识修养。My dear dear lord译作"我的好陛下"，还可以再加强一些口气，译为"我可亲可爱的陛下"，也许更有莎士比亚的风格。

03 *King Richard* Why, uncle, thou hast many years to live. / 啊，叔父，你还能活许多年哩。

04 *Gaunt* But not a minute, king, that thou canst give; Shorten my days thou canst with sullen sorrow, And pluck nights from me, but not lend a morrow; Thou canst help time to furrow me with age, But stop no wrinkle in his pilgrimage; Thy word is current with him for my death, But dead, thy kingdom cannot buy my breath. / 可是，王上，您不能赐给我一分钟的寿命。您可以假手阴沉的悲哀缩短我的昼夜，可是不能多借我一个清晨；您可以帮助时间刻画我额头上的皱纹，可是不能中止它的行程，把我的青春留住；您的一言可以致我于死，可是一死之后，您的整个王国买不回我的呼吸。

点评：还是一段对话，发生在理查二世和刚特之间。刚特是理查二世的叔父，兰开斯特公爵，德高望重，为人耿直，说话直言不讳。他看见理查二世一步步走向暴君，非常气愤，不顾重病缠身，和理查二世针锋相对，连理查二世的恭维话都不爱听，回答得铿锵有力，告诫理查王不可以为所欲为。

莎士比亚的台词，尤其早期，给人比兴华丽却言之有物的语感，话里话外都充满哲理，这段话是很好的例子，尤其"您的一言可以致我于

172

死，可是一死之后，您的整个王国买不回我的呼吸"完全是特点鲜明的莎士比亚语录。

朱译一气呵成，不惜增添"把我的青春留住"一句，把整段台词译得不仅通顺，而且多出一股气势。"寿命""假手""一言""一死"和"整个"看似原文里都没有，但其实都是字里行间的意思，经过译者挖掘，成了难得的好译文。

05 Then, England's ground, farewell; sweet soil, adieu; My mother, and my nurse, that bears me yet! Where'er I wander, boast of this I can, Though banish'd, yet a trueborn Englishman. / 那么英国的大地，再会吧；我的母亲，我的保姆，我现在还在您的怀抱之中，可是从此刻起，我要和你分别了！无论我在何处流浪，至少可以这样自夸：虽然被祖国所放逐，我还是一个纯正的英国人。

点评：《理查二世》虽然是写一个被推翻的暴君，却是莎士比亚写作最用情的一个剧本，只要是他肯定的历史人物出场，所说的台词都很积极，很用情，很提气，从中看得出莎士比亚作为一个伟大的作家，对祖国的爱是发自内心的，对国土的赞美和眷恋是发自内心的。

博林布罗克即将被理查二世放逐，六年不准回国，这番话写得自然、顺畅、情真，又不乏无奈中的感叹。

朱译显然感觉到了莎士比亚的情怀，把that bears me yet四个单词充分铺开，几乎是多添了"可是从此刻起，我要和你分别了"一句，让译文起承转合格外有力，不显突兀。当然，这样的发挥不是人人都可以做到的，需要有激情，更需要有深厚的汉语文化和汉语底蕴。

06 More are men's ends mark'd than their lives before: The setting sun, and music at the close, As the last taste of sweets, is sweetest last, Writ in remembrance more than things long past. / 正像垂暮的斜阳、曲终的余奏和最后的一口啜下的美酒留给人们最温馨的回忆一样，一个人的结局也总是比他生前的一切格外受人注目。

点评：对什么事情都有说法，都有词儿用，都能说得精彩，是莎士比亚的创作远远高出他人的所在。一个人要死了，行将就木，本来是一件悲伤的事情，无奈的事情，但是听了刚特对老死的说法，读者会感到耳目一新：垂暮的斜阳，曲终的余奏，最后的一口啜下的美酒。

Music at the close约等于"结束的音乐"， the last taste of sweets约等于"佳酿的最后味道"， things long past约等于"久违的东西"，在朱生豪的笔下都有了文雅、简练、朗朗上口的译法，这是译者的本领。如果把"最温馨的回忆"译作"比它们长久以来更加温馨的回忆"，这段译文就算得上完美了。

07 This royal throne of kings, this scepter'd isle, This earth of majesty, this seat of Mars, This other Eden, demi-paradise, This fortress built by Nature for herself Against infection and the hand of war, This happy breed of men, this little world, This precious stone set in the silver sea, Which serves it in the office of a wall Or as moat defensive to a house, Against the envy of less happier lands, This blessed plot, this earth, this realm, this England, This nurse, this teeming womb of royal kings… / 这一个君王们的御座，这一个统于一尊的岛屿，这一片庄严的大地，这一个战神的别邸，这一个新的伊甸——地上的天堂，这一个造化女神为了防御毒害和战祸的侵入而为她自己造下的堡垒，这一个英雄豪杰的诞生之地，这一个小小的世界，这一个镶嵌在银色的海水之中的宝石，而海水就像是一堵围墙，或是一道沿屋的壕沟，杜绝了宵小的觊觎，这一个幸福的国土，这一块畦园，这一方领地，这一个英格兰，这一个保姆，这一个繁育着明君贤主的母体……

点评：这是长久以来一直被引用的莎士比亚语录，被认为是莎士比亚歌颂祖国最深情、最嘹亮、最朗朗上口的台词，也常常被认为是莎士比亚描写英格兰的地理位置最准确的文字和界定。这段千余字的台词，莎士比亚用了十七种比喻，除了"英格兰"一处写实，其余十六处都是形象的比喻，有的高贵，有的独立，有的宽广，有的雄壮，有的完美，有的顽强，有的珍贵，有的温暖，读者不由得随着一个又一个比喻感情起伏，胸中澎湃，欲罢不能，却又恋恋不舍。这样的台词由正当壮年的人物慷慨激昂地陈述倒也罢了，莎士比亚偏偏让不久将告别人生的老刚特来说，那么，除了苍劲有力、老当益壮的陈酿之味，就只有老臣对暴君当政终将会给祖国带来灾难的忧患意识了。

除了丰富的比喻，这段台词最大的特色是莎士比亚敢为人先，一口气用了近二十个this！This是英语里最常用的一个词，哪怕只会说一句英语，这个词儿就必会用到。莎士比亚把再平常不过的词儿，用得再不平常不过，这就是他的高明之处，过人之处。把平常变为不平常，便是带着读者的平常心走向不平常心的过程，用强大的反复，推波助澜式的反复，给观众、读者和世人留下不灭的记忆。在我阅读过的文学作品中，只有莎士比亚这么做了，做得如此成功，令别的作家连模仿都不敢模仿，只能敬而远之，不由得五体投地般地感叹：

啊，这一个莎士比亚！

如此密度的重复，在莎士比亚的作品中，还有一处，那就是他那著名的十四行诗的第六十六首，在短短的十四行中，从第二行起，一连用了九个and，个个都在句首，更为醒目。我们知道，英语中除了二十六个字母最早应当知道和记住的，恐怕就是and这个词儿了。因此，我们常常会调笑一个人，说他连and都不知道，还学什么英语？然而，莎士比亚就是硬要把一个最最平常的词儿，用在他最最不平常的一首十四行诗歌里，拿给世人看：咱莎士比亚就是如此出手了，有何见教？你们说咱是装饰了羽毛的乌鸦，可你们知道，聪明的乌鸦可以发出一百五十多种不同的叫声吗？

如此密集地使用最简单的词儿造句，就我读到的世界文坛的文学作品来看，后无来者。更有意思的局面是，很多研究莎士比亚的专家学者，都站到了"后无来者"之列：不敢承认莎士比亚的重复用词，是他写作的一个突破点，是他丰富英语表达的一个巨大贡献，是莎士比亚遣词造句的一个重要特色。

朱生豪是深懂莎士比亚的一个，他知道莎士比亚要强调什么，为什么挑选简单的单词达到反复强调的作用,于是,他把由四个字母构成的this,用三个方块汉字译出:"这一个";不是"这",不是"这个",就是要用"这一个"三个字,胆大而顽强,坚决而有力,因此,朱生豪成了翻译莎士比亚戏剧的"这一个"!

小小的遗憾是,朱生豪只顾一腔热血、激情澎湃地转换文字,把"这一块畦园,这一方领地"漏掉了,不过这更能说明朱生豪在翻译莎士比亚戏剧时处在怎样一种身心投入的状态之中。

08 Reproach and dissolution hangeth over him. / 他的行为已经造成了物议沸腾、人心瓦解的局面。

点评:这个句子简单,主语谓语宾语一目了然。但是莎士比亚用词是独特的,reproach和dissolution,究竟是什么意思,需要好好思考,认真分析,才能探到真谛。Reproach和dissolution都是它们的本意,即"指责、责备"和"分解、分化",都是来说明理查二世所面临的国情的,整个句子的意思是"怨声载道和人心涣散的局面压在了他的头上",也可以说"他面临着怨声载道与人心涣散的形势"。莎士比亚的表达,字里行间总有内容,也是他高出他人所在。

朱译更多地照顾到人物在剧中的行为,译为"他的行为已经造成了",无可厚非,一点没有脱离莎士比亚表达的本意,而"物议沸腾、人心瓦解"是朱生豪才气的体现。

梁译"耻辱的毁灭已经到了他的头上"是错译,reproach和dissolution是同位主语,分别代表两个重大的表达,绝不可成为修饰和被修饰的关系,更何况"耻辱的毁灭"的汉语表达就有问题,且意思极不明确,吃不住追问:"耻辱的毁灭"到底是什么意思?

09 So, Green, thou art the midwife to my woe, And Bolingbroke my sorrow's dismal heir; Now hath my soul brought forth her prodigy, And I, a gasping new-deliver'd mother, Have woe to woe, sorrow to sorrow join'd. / 格林,你是我的悲哀的助产妇,博林布罗克却是我忧郁的后嗣,现在

我的灵魂已经产生了她的变态的胎儿，我，一个临盆不久的喘息的产妇，已经把悲哀和悲哀联结，忧愁和忧愁糅合了。

点评：瑰丽的造句，典型的莎士比亚语言，把助产妇、胎儿和后嗣这样三种不相关又紧密联系的形象用在一个王后的嘴里，十分了得。Have woe to woe, sorrow to sorrow join'd是莎士比亚非常喜欢的重复修辞，对照强烈，意思递进，极其有特色。

朱译在处理这样的描述和造句方面，翻译进行得游刃有余，十分流畅，毫无生涩之感。更难得的是朱生豪从来不怕重复用词会给译文带来啰唆，像"悲哀和悲哀联结，忧愁和忧愁糅合"这样的译法，不仅成就了莎士比亚的表达，更成了朱译的特色。

10 And that's the wavering commons: for their love lies in their purses, and whoso empties them By so much fills their hearts with deadly hate. / 那就是这班反复成性的平民群众；他们的爱是在他们的钱袋里的，谁倒空了他们的钱袋，就等于把恶毒的仇恨注满在他们的胸膛里。

点评：巴各特在剧中是佞臣，心术不正，看人论事都难免歪曲。这是他看见理查二世失去民心时说的话，对群众是污蔑，却也是真相。臣民就是臣民，压在底层，生活艰辛，挣来一分钱都十分不易。谁动了他们的钱袋，他们自然对谁不客气，平时忍着，到了忍无可忍的地步，他们就要翻天。这也是一种历史规律，所以大多数统治者都会把"人民"挂在嘴上，甚至希特勒这样的恶魔都会拿"大众"捞资本，而实际上心里最没有"大众"。巴各特说这番话是恶狠狠的，但是说的是实情，倒有可取之处了。对于统治者，这番话是金玉良言，应该作为座右铭。

朱译几乎是按照原文的字面意思翻译，尤其empty和fill直译为"倒空"和"注满"，十分到位。有挑剔者说朱生豪喜欢发挥，这个例子证明，只要能贴近莎士比亚的表达，他最有能力按照字面意思翻译；他对原文的展转腾挪，完全是为了让译文通顺流畅，突出要义。

11 Sweet love, I see, changing his property, Turns to the sourest and most deadly hate. / 亲密的情爱一旦受到激动，是会变成最深切的怨恨的。

点评：斯克鲁普在剧中是小角色，但是这句话却说得不同一般。还是老话，莎士比亚一提及爱情，表达一定不同一般。

朱译通顺明白，但是对照原文，似有翻译不到位的地方。首先，love在这里应该指人，和后面的his照应，这样changing his property也比较好理解，即汉语"改变其性质"之意，转译可为"伤心至极、伤透心、爱恨两极"之意；另，the sourest and most deadly hate译为"不共戴天"，可能更到位，否则两个most的强调作用会少了许多意思。

12 Cover your heads and mock not flesh and blood With solemn reverence: throw away respect, Tradition, form and ceremonious duty, For you have but mistook me all this while: I live with bread like you, feel want, Taste grief, need friends; subjected thus, How can you say to me, I am a king? / 戴上你们的帽子；不要把严肃的敬礼施在一个凡人的身上；丢开传统的礼貌，仪式的虚文，因为你们一向都把我认错了；像你们一样，我也靠着面包生活，我也有欲望，我也懂得悲哀，我也需要朋友；既然如此，你们怎么能对我说我是一个国王呢？

点评：这是理查二世失势后说的话，从此这位国王说话几近圣贤，不仅贴近人性和人物性格，更有反思和思考在其中，让他成为莎士比亚笔下一位难得的王者身份的人物。从国王突然跌落到草民，这番话是最恰当的表达。这番话的哲理在于：一旦做了国王，连人的日常衣食和七情六欲都忘掉了吗？伟大作家的表达，总能揭示人类的浮名浮利背后的实质。

除了"传统的礼貌，仪式的虚文"之于respect, tradition, form and ceremonious duty，合并翻译显得局促之外，朱生豪把这段台词翻译得十分精彩，译出了一个国王成了平民百姓后的口气，无奈中还带着王者之气。

13 There lies Two kinsmen digg'd their graves with weeping eyes. / 这儿长

眠着两个亲人，他们用泪眼掘成他们的坟墓。

点评：还是理查二世的话，说得好有诗意。细读这句话，我不禁忽有所得，想起了著名的一句诗文：Here lies one whose name was writ in water. / 这里躺着一个人，他的名字写在水上。

聪慧的读者当然知道这句话是英国英年早逝的伟大诗人济慈的话。这两句话有没有渊源呢？"躺着"和"长眠"，"水"和"眼泪"，不都是同样的东西吗？如果有渊源，那只能是济慈从莎士比亚的句子里化出来的，这不是变相的剽窃，而是文学的传统。只是，虽然"名字写水上"很水灵，很有诗意，但是较之"用眼泪掘成坟墓"还是浅了一点吧。

朱译字斟句酌，把一句英语分为两句，翻译如同写作一样流利。

14 Great Duke of Lancaster, I come to thee From plume-pluck'd Richard. / 伟大的兰开斯特公爵，我奉铩羽归来的理查之命，向你传达他的意旨。

点评：老约克的话，一个明白事理的忠臣，说话很有分寸。这时候，理查二世已经成了博林布罗克的阶下囚，而博林布罗克还要讲究君臣名分，变相地逼迫理查二世交出王位，那就是承认他是理查二世的后嗣，继承了王位。老约克在理查二世出兵爱尔兰期间摄政，这时出面代替理查二世传旨，"伟大的兰开斯特公爵"和"理查之命"，在这句话里便有了特殊的味道。

朱译多出的"他的意旨"，也是强调这样的口气；能把plume-pluck译作"铩羽归来"，是神来之笔，既说明了理查二世从爱尔兰归来了，又照顾到了理查二世丢掉王位的实际情况，实在难得。

15 Love loving not itself none other can. / 不爱自己，怎么能爱别人呢？

点评：约克公爵夫人在剧中戏份不多，但是为谋反的儿子奥墨尔求情一节，表现得母性十足，十分勇敢又不乏见识。这句英文的意思大体上是：没有爱的爱不能惠及他人。

朱译注意人物的口语化，拟人翻译，且用疑问句，更像警句，可取。

16. O happy vantage of a kneeling knee! Yet am I sick for fear: speak it again; Twice saying 'pardon' doth not pardon twain, But makes one pardon strong. / 啊，屈膝的幸福的收获！可是我还是满腔忧惧：再说一遍吧，把"宽恕"说了两次，并不是宽恕分而为二，而只会格外加强宽恕的力量。

点评： vantage现代用法只有"优势"，与更常用的advantage近义，但在莎士比亚时代，是当"利益"讲的。莎士比亚用词最多，但是更多的情况下是使用日常用语的，因为他的台词是讲给文盲半文盲的观众听的。我们阅读莎士比亚，越从日常用语的角度阅读，越能读懂莎士比亚。

vantage译作"收获"，是朱生豪拿捏英文单词的独到之处，说明他理解原文远远高出一般，才有了译文远远高出一般的结果。后一句英文，莎士比亚好像在玩文字游戏，却是针对人物的，因此表达的意义很到位。这给翻译带来困难，但是朱生豪似乎特别喜欢这样的挑战，把twain译作"分而为二"，堪称这个英文单词在这里的定义，绝了！

17. It is as hard to come as for a camel To thread the postern of a small needle's eye. / 到天国去是像骆驼穿过针孔一般艰难的。

点评：《理查二世》是莎士比亚宗教气氛最浓的一个剧本，这句话，读者自然明白，是《圣经》里的话，不过，to thread the postern所含的意思，要比汉语"穿过"量大，因为postern的含义是"后门、便门、地下通道和暗道"等，然而，在汉语里，"骆驼穿过针孔"确实足够了，这个例子说明两种语言的转换，有很大的空间可以利用，全看译者两种语言的修养和翻译能力是否深厚，能否灵活地运用起来。

朱生豪基本上引用了这句圣经语言，说明他赞成这样的翻译，也是我们欣赏和学习朱生豪的译文的一个很好的参考。

18　For though mine enemy thou hast ever been, High sparks of honour in thee have I seen. / 因为虽然你一向是我的敌人，我却可以从你身上看到忠义下正直的光辉。

点评：博林布罗克这时已经登上王位，一方面论功行赏，一方面处置敌人。这话是对着卡莱尔主教讲的。卡莱尔对博林布罗克用武力把理查二世赶下王位，很有看法，曾当着博林布罗克的面，历数他这样做上一国之君的后患和他自己的良心不安。这话显然说到了这位新国王的心病，因此在处置卡莱尔这个敌人时，只是让他找一处僻静的去处，平安活着，逍遥余生。这番话虽然不长，却有见地辨是非，给予这位未来的亨利四世正面界定。

朱译几乎是对原文一字不差地翻译过来的，"一向"看出朱生豪的英语语法功力，"忠义"之于honour，贴近剧中人物，看出朱生豪对每个英文单词的掌握和运用。

19　Lords, I protest, my soul is full of woe, That blood should sprinkle me to make me grow: Come, mourn with me for that I do lament, And put on sullen black incontinent: I'll make a voyage to the Holy Land, To wash this blood off from my guilty hand: March sadly after; grace my mournings here; In weeping after this untimely bier. / 各位贤卿，我郑重声明，凭着鲜血浇成我今日的地位，这一事件是使我的灵魂抱恨无穷的。来，赶快披上阴郁的黑衣，陪着我举哀吧，因为我是真心悲恸。我还要参诣圣地，洗去我这罪恶的手上的血迹。现在让我们用沉痛的悲泣，肃穆地护送这死于非命的遗骸。

点评：一个公爵登上王位的声明，写得深沉、肃穆、悲情而感人，莎士比亚写什么人物，便有什么样的台词，这是他的剧本在四百年后依然为人津津乐道的主要原因。一般君王踏着死人的血迹和尸骨篡夺权力后，连起码的仁义之心、怜悯之心都没有，只是一味给前朝泼脏水，显示自己的不可一世，耀武扬威，以盘剥百姓为乐。而莎士比亚笔下的亨利四世，上台就有了忏悔之心，成为莎士比亚笔下的一代明君，就在情理之中了。有批评者说，莎士比亚生在亨利王族当朝的时代，又深得伊丽莎白的庇护，还到伊丽莎白的宫廷去唱堂会，所以他一直在歌颂和赞美亨利王朝。这话纯属废话。别说伊丽莎白一世是英国历史上最有作为的一代明君，就只说伊丽莎白一世对戏剧的喜欢和支持，她的文艺政策，她的宽阔视野和胸怀，莎士比亚不对这样的君王歌功颂德，倒是不知好歹了。

朱译把握住了这段尾声台词，对个别句子作了腾挪，翻译如写作般流畅，使得一段戏文成了一个君王登上王位的庄严宣言，口气和用词十分讲究，是难得的好译文。

小结： 先重温其中一个例子：

> 戴上你们的帽子，不要把严肃的敬礼施在一个凡人的身上；丢开传统的礼貌，仪式的虚文，因为你们一向都把我认错了；像你们一样，我也靠着面包生活，我也有欲望，我也懂得悲哀，我也需要朋友；既然如此，你们怎么能对我说我是一个国王呢？

理查二世是莎士比亚笔下一个专横的君王，但在失去王位后，就成了平常人，这段台词就是最好的阐释。这样的话说出口，理查二世立即成了令人同情的人物。这段台词写得实在太好了。领悟莎士比亚的历史剧，这些台词是很好的教材。

朱生豪感觉到了莎士比亚写作历史剧的沉稳和严肃，似乎也更喜欢莎士比亚写作历史剧的遣词造句，翻译过程中很少展转腾挪，基本上是严格遵循原文的遣词造句翻译，表现了一个伟大的翻译家对待历史的严肃态度。

本剧的漏译之处，只有六七个，都算不上大的遗漏，都是漏看和误看造成的，基本上可以忽略不计。

第七例关于this的重复使用，朱生豪在翻译过程中力求忠实原文，又把作者强调的东西充分强调，堪称一段样板译文，是我评析这出戏的一个重大的聚焦点，谨希望这种翻译态度引起读者的重视。

第三出 《亨利四世上篇》

在《理查二世》一剧中，亨利四世取代理查王登上王位，又因篡位而深感内疚，对自己不长进的长子哈利亲王、后来的亨利五世，深感不满；这些情节在《亨利四世上篇》中均有发展，但表现方式有很大的不同。一五九四年注册的剧本中有一个名为《亨利五世的著名胜利》，作者不详；一五九八年出版后的剧本，内容十分低劣和简短；剧中不仅有"奥尔德卡斯尔"这个喜剧角色，还有《亨利四世上篇》《亨利四世下篇》和《亨利五世》剧中所写到的许多历史事件。由于这个蹩脚的剧本的全文已无法找到，因此我们也无法确定莎士比亚究竟对它依赖了多少。可以确定无疑的是，莎士比亚在霍林舍德的《英格兰纪事》以及塞缪尔·丹尼尔的叙事诗《内战四部曲》中启用了不少历史事件，如当时几股讨伐亨利四世的叛军。

在《亨利四世上篇》一剧中，莎翁首次使用了大量的喜剧手法，其中最主要的喜剧人物是福斯塔夫。他是一个满口谑语、谎话连篇、破绽百出、福星眷宠的大胖子，并因此成为莎翁笔下最著名的喜剧角色。不过莎翁已在剧中暗示了福斯塔夫最终会失宠于哈利亲王的命运。

但是，《亨利四世上篇》的主要情节是围绕着亨利四世和几股叛军的战事展开并收笔的。这是亨利四世稳定和巩固王位的关键。莎士比亚塑造了不少帝王形象，但对帝王的励精图治却很少着墨，而对帝王们如何称帝和如何巩固帝位更感兴趣。笔者认为这正是莎士比亚的独到之处。纵观整个封建社会，权力是核心，稳定自己的君王位置以及保证王位顺利继承，差不多就是称王称帝的主要作为。亨利四世夺取王位，同样给民族和他的子孙带来了说不尽的麻烦。

本剧选择了十八个例子。

01 As, for proof, now: a purse of gold most resolutely snatched on Monday night and most dissolutely spent on Tuesday morning; got with swearing 'Lay by' and spent with crying 'Bring in'; now in as low an ebb as the foot of the ladder and by and by in as high a flow as the ridge of the gallows. / 举个例说，星期一晚上出了死力抢下来的一袋金钱，星期二早上便会把它胡乱花去；凭着一声吆喝"放下"把它抓到手里，喊了几回"酒来"就花得一文不剩。有时潦倒得跌到了梯子脚下，可是也许有一天时来运转，两脚腾空，高升绞架。

点评： 莎士比亚的写作有跌宕，有逻辑，这段台词让一个亲王讲来，更有意义：前一天挣来的钱，第二天就花光了，败家子都这样。但是，莎士比亚不写昨天和今天，而用星期一和星期二，也许有音步的要求，但作者这种变通能力是难得的，让句子有新鲜感。"放下"和"酒来"是活的语言，是专门用语，让演员在舞台上说来特别容易引起观众共鸣。杀人越货是提着脑袋干的事儿，但莎士比亚要写出绿林好汉的豪爽，用一架梯子做道具，化在言辞里，诙谐劲儿就出来了。

"死力抢来"和"胡乱花去"让译文有了对仗的味道，翻译功夫在于把resolutely snatched（毫不手软地夺下）和dissolutely spent（大把花出去）这样的状语动词结构转化得行云流水，这是朱译最了不起的收获。"两脚腾空"是发挥出来的，但是从"飞黄腾达"这类写命运沉浮的现象里挖掘出来，似多却不多。还有，"一声吆喝"和"喊了几回"看似和原文有出入，但是从花钱如流水的角度看，则有进项少花销多的用意。

梁译"得来的时候吼一声'交出'，花出去的时候喊一声'拿来'"乍看很接近原文，细看相差不少，两个"时候"作为时间状语是原文里根本没有的，而且像"交出"和"拿来"这样的特殊用语，一点特殊行业的味道都没有，既没有匪气，也没有豪气。译文一定要注意细节的内在质量，才是真正的好译文。

02 I smell it; upon my life, it will do well. / 我已经嗅到战争的血腥味了。凭着我的生命发誓，这一次一定要闹得日月无光，风云变色。

点评： 从原文上看，不仅没有生词，而且用词极简，共十个单词。但是，说话人的因素一定要考虑在内的。霍茨波是《亨利四世下篇》中最有个性的年轻勇士，桀骜不驯，刚愎自用，是一个敢把皇帝拉下马的角色。他的英文名字是Hotspur，拆开了分别是hot和spur，"火辣和马刺"之意。从上下文看，it这个代词含义很多，既指他决意和王室决一死战之事，也指他要充分利用这次战事，不获大胜誓不罢休。莎士比亚用小词发大力，是他的语言特色之一，也是用诗句写剧本的不得已。绝大多数译者和专家学者看不出这点，还自诩忠实于原文，实在是自我表扬了。

毫无疑问，朱译的三句译文，只有中间一句是对照得上原文的，前后两句都发挥得气势澎湃，尤其"这一次一定要闹得日月无光，风云变色"之于it will do well（这次要闹出名堂来），确实多出来一些内容，但却让霍茨波这个人物跃然纸上。如我反复强调的，meaning是朱译的第一大依托，人物和上下文是朱译的第二大依托。这是他的英文和汉语修养的集中体现，是别人望尘莫及的。

梁译： "我明白了。我以生命打赌，必定顺利。"我是看到了朱译发挥大胆而去对照梁译的，却让我不得不记下来说几句。"我明白了"之于I smell it是误译，三个英文词就有两个没有交代，尤其it这个小小的代词，代表了很多东西，译文没有交代是绝对不行的。"必定顺利"之于It will do well，同样不行，无论字面还是内在，都没有这样的意思。另外，在译本里，梁译没有按照译音翻译Hotspur，而译作"霹雳火"，可"我明白了。我以生命打赌，必定顺利"这样的词句，像一个底气不足的文弱书生所言，哪有一代枭雄的口气？

03 In faith, it is exceedingly well aim'd. / 妙极，妙极！

点评： 还是霍茨波的话，用词多，表达的意思却是简单的。

朱译显然抓住了这个人物的性格，把两句合为四个汉字，有胆量。

又是因为看见朱译极为简单，去参照梁译："真是的，这主意打得极好。"怎么说呢？"这主意打得极好"几乎是原文里没有的呀。

04 This is no world to play with mammets and to tilt with lips: We must have bloody noses and crack'd crowns, And pass them current too. / 这不是一个容许我们戏弄玩偶、拥抱接吻的世界；我们必须让鼻子挂彩，脑袋上开花，还要叫别人陪着我们流血。

点评：还是霍茨波的话，血淋淋的，能把敌人恐吓一阵子。朱译一如既往地使用了战神般的口气。

05 I am now of all humous that have showed themselves humours since the old days of goodman Adam to the pupil age of this present twelve o'clock at midnight. / 我现在充满了自从老祖宗亚当的时代以来直到目前夜半十二点钟为止所有各色各样的奇思异想。

点评：《亨利四世》上篇与下篇，是莎士比亚使用散文写台词最多的剧本之一。为什么会出现这种现象，各路莎学专家文人学者写过不少文章，说法不一。要我说，从翻译的角度看，还是散文表达更自由，更容易有深度。像这句话，近三十个单词，没有一个逗号，一气呵成一句话。这要是用诗句来写，恐怕要费很大周折，才能和音步合辙。

朱译处理这样的长句子，体现出来相当惊人的能力，原文几乎是字字句句都对照得上的，译文还十分通达，毫无晦涩之感；尤其不能不想到，他所处的三四十年代，绝大部分翻译者的译文还在用无数个"的"组织句子，大部分译文还是疙疙瘩瘩的，甚至是佶屈聱牙的，我们只好给它们专门叫了一个名字，即欧化体。唯有the pupil age这个英文短语好像没有相应的译文，其实这个英文短语就是"眼下"之意，那就是说，朱译中的"前"，有可能就是专门交代这个英语短语的？

每逢看到莎士比亚赋予特定人物的语言、朱译这样精确的译文。我总是肃然起敬的。

06 You rogue, they were bound, every man of them; or I am a Jew else, an Ebrew Jew. 你这混蛋，他们一个个都给咱们绑住的，否则我就是个犹太人，一个希伯来的犹太人。

点评： 莎士比亚塑造的最有名的一个喜剧人物福斯塔夫登场了，大名鼎鼎，人见人爱的一个角色，终生未嫁的伊丽莎白一世对这个人物喜欢得无以复加，给莎士比亚下旨，为福斯塔夫量身定做一个剧本，于是，《温莎的风流娘儿们》诞生了。就连对莎士比亚总不情愿接受的法国，都有评论家指出，法国所有喜剧的喜剧人物总和，都不及福斯塔夫一个人物饱满。很有水平的喜剧批评，因为，如果有人说这种批评言过其实，那么福斯塔夫圆滚滚的大肚子，至少是十分饱满的。这个人物在剧中思想混乱，怪念头却多多，比如他这番话中就有两处种族歧视的观念："否则我就是个犹太人，一个希伯来的犹太人。"有不少文学闲人因此说莎士比亚是种族主义者，这当然是为写文章而找切入点，或者就是混点稿费或者小名小利。我在很多场合说过，莎士比亚的世界观、历史观、人生观、人性观、人文观、社会观……是最宽宏的，最博大的，最超远的，最通达的，否则，他不可能写出如此厚重、传世、不朽的作品。这里的种族偏见，不是莎士比亚的，是通过福斯塔夫这个人之口，窥见时代之风的。

朱译传达的汉语意思，几句话，让我看见了一个讲汉语的福斯塔夫。

07 Yea, and to tickle our noses with spear-grass to make them bleed, and then to beslubber our garments with it and swear it was the blood of true men. I did that I did not this seven year before, I blushed to hear his monstrous devices. / 是的，他叫我们用尖叶草把我们的鼻子擦出血来，涂在我们的衣服上，发誓说那是勇士的热血。我已经七年没有干这种把戏了；听见他这套鬼花样，我的脸也红啦。

点评： 剧中的巴道夫和福斯塔夫是一路人，但是脑子要比福斯塔夫逊色很多，所以在亲王跟前喜欢揭福斯塔夫的短。这段台词有趣的地方是巴道夫揭别人的短，把自己一向不是什么好货色的底也揭出来了。这样的台词，没有农村生活经历的人，其中特别好玩的味道是读不出来的。笔者来自农村，读到"用尖叶草把我们的鼻子扎出血来"时，忍不住抚掌大笑，不禁叹道：吼吼，这个莎士比亚，什么生活都懂啊。

朱译把这样的活动翻译得清清楚楚，好像他小时候也玩过类似把戏。

08 But for sweet Jack Falstaff, kind Jack Falstaff, true Jack Falstaff, valiant Jack Falstaff, and therefore more valiant, being, as he is, old Jack Falstaff, banish not him thy Harry's company, banish not him thy Harry's company: banish plump Jack, and banish all the world. / 可是讲到可爱的杰克·福斯塔夫，善良的杰克·福斯塔夫，忠实的杰克·福斯塔夫，勇敢的杰克·福斯塔夫，老当益壮的杰克·福斯塔夫，千万不要让他离开你哈利的身边；撵走了肥胖的杰克，就是撵走了整个世界。

点评： 福斯塔夫的可爱，是莎士比亚精心塑造的结果。很少有哪个剧作家，敢给他笔下的角色写这样一段台词，把人类自我表扬的特性写到了极致。不仅夸赞自己多么善良、忠诚、勇敢，还把自己和整个世界并论。一如既往，莎士比亚喜欢使用重复单词酿造氛围，福斯塔夫这个名字在这段台词里重复了五次之多，"不要让他离开你哈利的身边"重复两次，"勇敢"一词重复一遍，典型的莎士比亚式手法。

朱译照搬了原文句子的顺序，但发扬了朱译一贯的简练，把第二个"勇敢"和"老杰克"合并，译作"老当益壮"，功夫了得，难以企及；把"不要让他离开你哈利的身边"合二而一，用"千万"二字加强，使得译文更为简洁，读来一气呵成。

不过，按照现代流行的翻译方法，也许按照原文的所有写法，该重复的全都重复翻译，也未尝不可。如果舞台演出，全部重复的字句，也许更适合演员发挥，而朱生豪显然是从阅读的角度翻译，为读者着想。

09 There's neither faith, truth, nor womanhood in me else. / 我要是说了谎，我就是个没有信心、没有良心、不守妇道的女人。

点评： 这是快嘴桂嫂的台词。快嘴桂嫂的英文是Mistress Quickly，按照音译，应该为"奎科里主妇"，因为是开酒店的，行为异于一般女流，名誉又低于一般良家妇女，说话有性格。

朱生豪智商超常，生逢乱世，翻译莎剧时虽然年纪不够老成，阅历算不上丰富，但是他和莎士比亚有神交，把这个人物的芳名译作"快嘴桂嫂"，既照顾了英语quickly的"快"之意，又没有忽略mistress的"主妇"之意，因为快嘴桂嫂这类角色在剧中是配角，却很有绿叶衬托红花的作用，因此在角色名字上用心良苦，是朱译的一个决不可忽略的特色。在《亨利四世》的上篇与下篇中，译名上虚实结合的情况有七八处，但是都是有特色的配角，戏份不多，却忽略不得，例如下篇中的霉老儿、影子、肉瘤、弱汉、小公牛、爪牙、罗网、司阍等，都没有用音译翻译他们的名字，而取了它们的含义，都是因为他们在剧中戏份不多但比较重要，需要让观众或者读者注意，加深印象。

因这个话题，这里要特别提一提朱生豪翻译剧中角色的名字的智慧。在他的时代，绝大多数译家还在施行外国人名汉语化的努力，给一个外国人安上一个中国姓氏，名字用两个汉字，例如莎士比亚的同胞萧伯纳，按照音译应该是伯纳德·肖（应该用"绍"更准确），却经过各路译家的削砍变通，变成了萧伯纳，以至二十世纪八十年以来先后出版的《简明不列颠百科全书》和《中国大百科全书》这样权威的辞书，都难以改变过来了。这是汉语文化的强大所致，但普遍性不强，只能作为个例。外国人的译名问题，从西风东渐开始，就一直是一个争论不休的问题，很多喜欢纠缠这样的小问题的译家偏偏要小题大做，一旦译出一个自以为得意的人名，都要人前人后地吹嘘，或者写文章自吹自擂，实在是智商不够情商凑的表现。迟至上世纪九十年代中，我记得还有个别译家写文章谈外国人的译名问题，还抬出了钱锺书这样的文化泰斗做挡箭牌，说钱锺书说过，外国人名最好不译，索性用原文好了。这些现象应该见怪不怪，不过是一孔之见或者往好里说是为写文章而找说辞而已。强大的汉语文化，能用汉字的发音，取代所有外国语种的人名，这件事情的本身就值得中国人骄傲。别说各种小语种，强势者如俄语和日语，从英语、法语甚至西班牙语种启用了多少词源，都是可以写成大文章的。有着五千年历史的汉语，基本上不存在这样的问题，除了工业革命以来的一些全新的科技名词，属于社科文化的名词，基本上都能消化得了，像space shuttle这个词儿，无论是翻译成"航天飞机"还是台湾翻译成"太空梭"，都是汉语消化能力超强的表现。

朱生豪显然对汉语的消化能力信心百倍，因此他翻译的莎剧中的上千个人物译名，都采取了汉字音译的方法；难能可贵的是，百分之八九十的译名都很汉语化，能简化的决不啰唆，不能简化的绝不勉强，仅这一点贡献，说朱译莎剧是对汉语文化的巨大贡献，一点也不过分。因为他所处的时代，现代翻译的很多方面还在摸索，还在完善。

10　Lay out, Lay out. / 尽管用公款吧，用公款吧。

点评： 口语，没有音步的要求，莎士比亚不用别的词儿，偏重复用了lay out，肯定是有意用在福斯塔夫身上的。这个英文短语的本意是"摆开，铺开，展开"等意，用在花钱上，可以译作"放开花、出手大方些、阔气花"等意。这时的福斯塔夫做了军官，带领了一百多号瘦得像麻秆的兵，但是吃了皇粮，摆谱是他的拿手好戏。吃皇粮，于英国无考，但在中国，唐朝开始，宋朝成风，经过明清两朝，到了中国的近现代，就理所当然了。公有制下，吃皇粮推而广之，有了著名的"不吃白不吃"的名言。英国的福利制度已经让四代人受益了，结果是人无朝气，社会竞争力今不如昔。

朱生豪把这个英语短语译为"用公款吧"，重复使用，可见对中国历史的透彻了解，对吃皇粮现象的独到认识。不知朱先生今天活着，看见大小官员对公款贪婪到无解，贪污到无限，又会有什么译法。

11　Tut, tut; good enough to toss; food for powder, food for powder; they'll fill a pit as well as better: tush, man, mortal men, mortal men. / 咄，咄！挨枪挨刀，像这样的人也就行了，都是些炮灰，都是些炮灰；叫他们填填地坑，倒是再好没有的。咄，朋友，人都是要死的，人都是要死的。

点评： 话很精彩，出自福斯塔夫之口，却是莎士比亚的见识。热衷于战争的，历来都是些别有肺肠的少数人，普通人加入队伍，也确实是当炮灰，挨枪子儿，送送死；问题是战争伴随着人类成长，历来不乏做炮灰的；如果说参军都是被迫的，那是不符合事实的，因为规模太大，没有一种力量能强迫到如此程度；如果是自愿的，动力来自哪里？

朱译十分精彩，读来有趣，念来上口，想来深刻；尤其"叫他们填填地坑"一句，让人无语。

12 For my part, I may speak it to my shame, I have a truant been to chivalry; And so I hear he doth account me too; Yet this before my father's majesty—I am content that he shall take the odds Of his great name and estimation, And will, to save the blood on either side, Try fortune with him in a single fight. / 讲到我自己，我必须惭愧地承认，我在骑士之中曾经是一个不长进的败类，我听说他也认为我是这样的一个人。可是当着我的父王陛下的面前，我要这样告诉他：为了他的伟大的声名，我甘愿自居下风，和他举行一次单独的决战，一试我们的命运，同时也替彼此双方保全一些人力。

点评：这是威尔士亲王对父亲的表态，是他决心告别过去的生活，重新做人的宣言。人都有年轻的时候，荒唐的生活在所难免，只是程度不同而已。霍茨波带领叛军造反，很大程度上是看见亨利四世的后代不争气；作为继承人，哈利亲王选择这个时候浪子回头，可见他不同一般，很有城府，成为未来的一代明君就是水到渠成了。他这番话说得面面俱到，平静的话语下别有一番杀机。

朱译把握住了说话人的要点，译文很有力道，王子的潜质显露无遗。

13 Well, 'tis no matter; honour pricks me on. Yea, but how if honour prick me of when I come on? How then? Can honour set to a leg? no: or an arm? no: or take away the grief of a wound? no. Honour hath no skill in surgery, then? no. What is honour? a word. What is in that word honour? What is that honour? air. A trim reckoning! Who hath it? He that died o' Wednesday. Doth he feel it? no. Doth he hear it? no. 'Tis insensible, then?

Yea, to the dead. But will it not live with the living? no. Why? Detraction will not suffer it. Therefore I'll none of it. Honour is a mere scutcheon: and so ends my catechism. / 好，那没有关系，是荣誉鼓励着我上前的。嗯，可是假如我勇往直前时荣誉把我报销了呢？那便怎么样？荣誉能够替我重装一条腿吗？不。重装一条手臂吗？不。解除一个伤口的痛楚吗？不。那么荣誉一点不懂得外科的医术吗？不懂。什么是荣誉？两个字而已。那荣誉二字又是什么？一阵空气而已。好聪明的算计！谁得到荣誉？星期三死去的人。他感觉到荣誉没有？不。他听见荣誉没有？不。那么荣誉是不能感觉的吗？嗯，对于死人是不能感觉的。可是它不会和活着的人生存在一起吗？不。为什么？讥笑和毁谤不会容许它的存在。这样说来，我不要什么荣誉；荣誉不过是一块铭旌，我的自问自答，也就这样结束了。

点评： 福斯塔夫的心理独白，他自己的长处短处都占全了，还充满了哲理。可以说，心理独白就是意识流的雏形，可见莎士比亚的写作不是吹出来的，而是原本就搁在那里，等待一代又一代的读者和专家学者去解读。现代著名意识流作家乔伊斯对莎士比亚崇拜到无以复加，仅其代表作《尤利西斯》一书，就像密码一样引用或暗指了莎士比亚几十处，给研究他的文人学者找了不少事做。不过，莎士比亚这些话只是用来描写福斯塔夫这个人物，让读者为福斯塔夫的可笑形象开心笑过之后，纳闷儿这胖子是彻底的现实主义者，还是他骨子里是一个犬儒主义者？

朱译翻译出了原文中的每层意思，紧跟着原文的节奏，每句话都很短，最长的也不超过十六七个汉字，让读者都能感觉到胖得喘不匀气的福斯塔夫，说一句倒一口气的样子。

14　I cannot read them now. O gentlemen, the rime of life is short! To spend that shortness basely were too long, If life did ride upon a dial's point, Still ending at the arrival of an hour. An if we live, we live to tread on kings; If die, brave death, when princes die with us! Now, for our consciences, the arms are fair, When the intent of bearing them is just. / 我现在没有工夫读它们。啊,朋友们!生命的时间是短促的;但是即使生命随着时钟的指针飞驰,到了一小时就要宣告结束,要卑贱地消磨这段短短时间却也嫌长。要是我们活着,我们就该活着把世上的君王们放在我们足下践踏;要是死了,也要让王子们陪着我们一起死去,那才是勇敢的死!我们举着我们的武器,自问良心,只要我们的目的是正当的,不怕我们的武器不犀利。

点评:又是霍茨波的话,是他比较平静的话,但其中的锋芒一样咄咄逼人,直指帝王。这是勇士的话,除了"勇"的气概,还有"士"的睿智。莎士比亚写人,多数都能写出层次来,这是他高出很多大作家的所在。

朱译把握住了说话人的心情和口气,有一股气势,有一种霸道,还有一种正义之师的调子。

15 Now, by my sword, I will kill all his coats; I'll murder all his wardrobe, piece by piece, Untill I meet the king. / 凭着我的宝剑发誓,我要杀尽他的衣服,杀得他的御衣橱里一件不留,直到我遇见那个国王。

点评:道格拉斯是苏格兰人,一员猛将,令人折服;剧中的霍茨波因为折服他而成为朋友,后来威尔士亲王,即未来的亨利五世,也网开一面,放他一马。在和威尔士亲王的对决中,他先后杀死了三个装扮亨利四世的大将,杀得眼红,说话便充满血腥气。莎士比亚由衣服想到衣柜,道格拉斯便要把亨利四世的衣柜里的衣服统统消灭。这样的杀气,让人不寒而栗,但是终于败在了威尔士亲王的剑下,莎士比亚通过这样的笔法凸显未来亨利五世横空出世,就水到渠成了。

16 Two stars keep not their motion in one sphere; Nor can one England brook a double reign, Of Harry Percy and the Prince of Wales. / 一条轨道上不能有两颗星球同时行动,一个英格兰也不能容纳哈利·潘西和威尔士亲王并峙称雄。

点评： 这话出自威尔士亲王之口，符合身份，不乏霸气。莎士比亚这类台词不仅让我们看见了他比喻的独到和想象力，也让我们看见莎士比亚对天文知识的了解。今天我们对宇宙的了解成为一种常识，但我们不能忘记莎士比亚是四百年前的一个安居斗室点灯熬油写剧本的人。

朱译没有任何发挥，只是忙着转换两种文字，"行动"二字似乎可以用"运行"代替，但是这样的准确无法照顾后面的"称雄"二字。朱译讲究文字的对称平衡，这是一种细致的体现。如果我们硬要挑剔，一定倍加小心，否则就会让朱生豪地下暗笑呢。

17 But thought's the slave of life, and life time's fool; And time, that takes survey of all the world, Must have a stop. / 可是思想是生命的奴隶，生命是世间的弄人；俯瞰全世界的时间，总会有它的停顿。

点评： 又是霍茨波的话。莎士比亚塑造的不只是一个匹夫之勇的将领，而且是一个很有思想的统帅。正因为如此，霍茨波的战死，才是人类精英之死，让读者看了心痛，对战争的可怕和无情的认识更加深刻。

朱译把一种文字译成另一种文字，仍然是格言，名言，警句，实在是高。

18 For worms, brave Percy: fare thee well, great heart! Ill-weaved ambition, how much art thou shrunk! When that this body did contain a spirit, A kingdom for it was too small a bound; But now two paces of the vilest earth Is room enough: this earth that bears thee dead Bears not alive so stout a gentleman. / 喂蛆虫吧，勇敢的珀西。再会吧，伟大的心灵！谬误的野心，你现在显得多么渺小！当这个身躯包藏着一颗灵魂的时候，一个王国对于它还是太小的领域；可是现在几尺污秽的泥土就足够做它的容身之地。在这载着你的尸体的大地之上，再也找不到一个比你更刚强的壮士。

点评： 写心灵之大，之贪，之无奈，之可怜，有这样的台词，足矣。这话出自威尔士王子之口，距离霍茨波上面那番话不远，两相对照，让读者别有一番滋味。莎士比亚类似的话，首先是懂道理，其次是讲道理，最后是让观众懂道理。威尔士亲王这番话，更有惺惺相惜的内涵，对塑造未来的亨利五世，是留有余地的一种铺垫，很给力，很令人期盼。歌颂对手，是莎士比亚剧本的重要内涵，所谓人文主义。人是群体动物，为了利益而争吵，而争夺，而战争，都是常态，都很容易发生；不容易发生的是宽容，是退让，是理解，是和平。这里不存在什么阶级的软弱性，酿造和平才是最广泛意义上的造福于人民。一代枭雄死后尚且要喂蛆虫，等而次之以及如蚁百姓之死，又能是什么结果？所以，活着，为自己也为他人活着，才是好的选择。

朱译把握这样的原文，是拿手好戏，字字句句都有出处，像译者进入写作状态，译文如同行文，基本看不见翻译的痕迹，是很高层次的翻译活动。原文里ill-weaved ambition是一个句眼般的形容词，大约等于汉语"邪恶编织的野心"之意，是汉语中没有的表达，朱生豪译作"谬误的野心"，指出了一代枭雄的悲剧所在。

小结：仅从选取的例子的长度上，我们就看得出莎士比亚写作历史剧和写作喜剧是多么不同。娱乐和逗笑，语句越简短越容易抖出包袱，做出令人发笑的铺垫。一个喷嚏打得是不是时候，都能把人逗笑。俗话说，大姑娘放屁——连崩，她担心的就是怕人笑话。莎士比亚深谙此道，因此他写作喜剧，短台词大大多于长台词。

同样，莎士比亚写历史剧，一定有自己的历史观了。他笔下的人物都是叱咤风云的，他们的言行是代表了人类精英的，说话要符合他们的身份。分析翻译的得失，当然是短句子容易一目了然，分析起来容易全盘衡量。但是，在莎士比亚的历史剧里，挑选简短的例句，则要困难一些，而长的例句尽量避免，到头来还是一大把，不得不压缩再压缩。由此可见，莎士比亚的创造能力的弹性多么大！

同样，朱生豪翻译能力的弹性令人惊奇。做翻译的人都喜欢翻译短句子，不用费大难，翻译速度还挺快。朱生豪好像恰恰相反，好像特别喜欢翻译长句子。翻译喜剧好像总是不耐烦，丢的落的总避免不了。这不，中等篇幅的《亨利四世》这出戏，漏译情况不过四五处，少到可以忽略不计。

第四出 《亨利四世下篇》

　　《亨利四世下篇》早在一六〇〇年便付印出版，剧名为《亨利四世的第二部分》。一六二三年的对开本对一六〇〇年的版本略有修改，也取名为《亨利四世第二部分》。据牛津大学出版社一九八〇年出版的《莎士比亚全集》称，莎士比亚大约于一五九六或一五九七年间写出了《亨利四世下篇》，紧随《亨利四世上篇》之后，但《亨利四世下篇》的上演却在《温莎的风流娘儿们》之后。这也许是因为莎士比亚把它写出后，暂且搁置一边，转笔把《温莎的风流娘儿们》先写成了。如同《亨利四世上篇》一样，《亨利四世下篇》的素材仍取之于作者不详的蹩脚的剧本《亨利五世的著名胜利》、霍林舍德的《英格兰纪事》以及塞缪尔·丹尼尔的长诗《内战四部曲》。但是同他的其他历史剧相比，《亨利四世下篇》一剧中的虚构成分显然更多一些。

　　也许因为是写于《亨利四世上篇》之后，作者在《亨利四世下篇》一剧中仍使用了许多喜剧技巧，但它的总基调是阴沉的。哈利亲王渐谙人世，浪子回头，开始为父王的处境分担忧愁。亨利四世仍被诺森伯兰伯爵、约克大主教、海司廷斯勋爵和莫布雷勋爵率领的叛军所困扰，顾不上实现当初登基许下的诺言——朝拜圣地耶路撒冷。哈利亲王率军平息叛军时充分施展战争诈术，大获成功，显示出了他日后成为一代骄子的潜在素质。全剧的高潮是亨利王和哈利亲王父子之间的一场误会：哈利亲王班师回朝后见亨利王昏睡过去，以为归天，便把王冠揭去。亨利王醒后误以为哈利亲王抢班夺权，大加申斥。经过激烈的交锋，父子误会消除，父亲接受了儿子的信誓，并嘱咐儿子为缓解内乱，到外域寻找争端——为《亨利五世》一剧留下一条线索。亨利四世驾崩于威斯敏斯特寺院的耶路撒冷宫，算是作者为这位君王在九泉实现朝拜圣地安排的一条捷径吧。

在这个剧本里，哈利亲王几乎不再和约翰·福斯塔夫爵士为伍。福斯塔夫回归了他自己的同类——快嘴桂嫂、巴道夫、毕斯托尔、皮多等人中间。哈利亲王在剧之尾声中登上王位，同福斯塔夫以及他代表的阶层彻底告别，使福斯塔夫这一喜剧角色染上了很浓的可悲的色彩。亨利五世告别过去，悔过自新，成为一代英王，这是莎士比亚注重道德力量的思想的表露。

本剧选用了十五个例子。

01 And yet we ventured, for the gain proposed Choked the respect of likely peril fear'd; And since we are o'erset, venture again. / 可是我们仍然冒险前进，因为想望中的利益使我们不再顾虑可能的祸害；虽然失败了，还是要再接再厉。

点评：《亨利四世下篇》中，有两个巴道夫，一个是勋爵，属于反王党；一个是流氓，属于福斯塔夫一类。看来莎士比亚不喜欢这个名字，但是巴道夫勋爵是个有见识的人，这句话讲得富有哲理，把利益放在人类思考的第一位，而且为了利益，即使失败也还是要再接再厉地去冒险。莎士比亚遭词造句的功力，这类句子最能体现。几乎尽用些小词，不仅意思要足，而且音步要够，想来一种语言的某种体例掌握了，高手运用起来就如烹小鲜了。对我们这些学英语的人来说，好像这样的运用不可思议，但是想到汉语的诗词，三言、四言、五言、七言、八言、九言以至十言，先人们一直运用了数千年，也就释然了。

朱译按照原句形式，依然翻译成了三句，该长则长，该短则短，尤其最后一句译作"再接再厉"，使得句子格外有力。也许，fear'd这个小词是漏译了。

02 *Poins* Why, a prince should not be so loosely studied as to remember so weak a composition. / 一个王子不应该这样自习下流，想起这种淡而无味的贱物。

Prince Belike then my appetite was not princely got; for, by my troth, I do now remember the poor creature, small beer. But, indeed, these humble considerations make me out of love with my greatness. / 那么多半我有一副下贱的口味，因为凭良心说，我现在的确想起这贱东西淡啤酒。可是这卑贱的思想，真的已经使我厌倦于我的高贵的地位了。

点评：这是威尔士亲王和波因斯的对话。波因斯是福斯塔夫一伙的，但是这人属于有心计的那种流氓，暗中使坏，和威尔士亲王的关系更为密切。由于他的出谋划策，他们主仆两个一起抢劫过福斯塔夫，给福斯塔夫留下一个可笑的把柄。他有时候会假惺惺地奉劝亲王几句，为的是勾起亲王的更大欲望。亲王的可爱在于他敢承认他有"一副下贱的口味"，而且因为有卑贱的基因，反而对贵族身份感到厌倦。这是莎士比亚塑造亲王的漂亮之笔，让读者看见人的复杂性。

朱译的"自习下流"之于 loosely studied，出手不凡，既有对英语的透彻理解，又有对汉语的灵活运用，值得学习；另外，humble considerations 翻译成"卑贱的思想"以及 make me out of love 译作"使我厌倦于"，这样的腾挪也是高手所为，一般译者是望尘莫及的。

03 *Hostess* What the good-year! One must bear, and that must be you: you are the weaker vessel, as they say, the emptier vessel. / 这算什么呀！正像人家说的，女人是一件柔弱中空的器皿，你应该容忍他几分才是。

Doll Can a weak empty vessel bear such a huge full hogshead? / 一件柔弱中空的器皿容得下这么一只满满的大酒桶吗？

点评：这是两句女人拿性事卖傻的话，很私房的话里满满都是浪劲儿。快嘴桂嫂是福斯塔夫的老情人，向着他，心疼他，给他拉皮条，找年轻的桃儿挑逗。Doll 译作"桃儿"，谐音谐意，又是朱生豪出手超高的例子。"柔弱中空的器皿"是什么？由此会引出一个话题。

我们不妨再把两种译文开列出来，好好读一下。第一种是梁实秋的译文，第二种是方平的译文。

魁 这是什么年头儿！一个人总要忍耐，那就说的是你：你是较脆弱的杯子，所谓较空虚的杯子。

道　一个脆弱空虚的杯子容得下这样满满的一大桶么？

桂嫂　这年头儿怎么了？总得有一个受着点。要受着点就该你受，（向桃儿）人家全那么说，女人不比男人，你是软弱的器皿，中空的器皿。

桃儿　软弱的中空器皿哪儿受得了这么一大桶酒的重量啊？

这是《亨利四世下篇》第二幕第四场里的两句对话。对照英文，梁译字字句句都翻译出来了，没有遗漏，而朱译的后面一句译文好像漏译了至少两个句子，还多了"女人""他"和"几分才是"，似乎问题多多，读起来倒是明白，只是"柔弱中空的器皿"到底指什么，心存疑问。

梁译字面上好像读得懂，但是为什么两个人对话要谈小杯子和大酒桶的关系，对"一个脆弱空虚的杯子容得下这样满满的一大桶"这样的译句究竟什么意思，也还是一头雾水。

不妨从剧中人物上分析一下。梁译里的"魁格来夫人"，朱译里是"快嘴桂嫂"，身份是野猪头酒店的女店主，类似样板戏《沙家浜》里的阿庆嫂之类。我记得年轻时在老家看电影，胡司令说阿庆嫂把他藏在水缸里躲过了日本人，银幕下的老百姓说：瞎说！应该是藏在阿庆嫂的床下面了，因为他们之间有一腿。这话要放在城里讲，就是反革命，而放在乡村，那就是乡俗。城里人在看样板戏，乡下人在找乐子。这种城乡差别，在当时完全能构成生死攸关的政治问题，而戏剧说到底是娱乐为主的。莎士比亚把野猪头酒店的女店主写进戏里，明摆着是写乡俗之类的娱乐。因此，梁译"魁格来夫人"是不准确的，起码翻译成"魁格来太太"才略好一些。梁译的"道尔蒂尔席特"，全然音译，是现代翻译人名的取向，一般说来无可厚非；朱译是"桃儿·贴席"，英文是Doll Tearsheet，朱译名字不仅基本谐音，还照顾了更多的字面意思，更为可取；Doll是"木头美人"之意，而Tearsheet是一个印刷术语，单张、单页之意（或许还有别的含义也未可知），桃儿在剧中身份是一个准妓女，水性杨花，打情骂俏。一个妓女"贴"在"席"上还能干什么呢？当然是颠鸾倒凤，而且不分昼夜，不拒来客，所以福斯塔夫敢在光天化日之下与之调情。

再查vessel这个词儿。字面意思是"器皿"之类，借用和喻用，则有"被视为某种精神或品质的接纳者"之意；如果有耐心把字典查到，你可以查到the weaker vessel，就是指女人、女性。桂嫂和桃儿在谈论"容忍"什么呢？容忍福斯塔夫爵士，换句话说，就是把他当嫖客接待。福斯塔夫是《亨利四世上篇》中一个著名的喜剧人物，大胖子，酒囊饭袋，吹牛撒谎，吊膀子沾女人的光。这下，我们完全明白两个江湖女子在谈论什么了吧？老江湖女在开导小江湖女：为人处世放开些吧，多容忍些吧，尽管那是个大胖子，酒囊饭袋，他要睡你，你也得接待不是？谁让你吃皮肉生意这碗饭呢？因为面对观众演出，这样直露的话不宜在舞台上大声喧哗，就用了the weaker vessel（女人）这么个怪词儿，目的是引出the emptier vessel；那么the emptier vessel又是什么呢？梁译是"较空虚的杯子"；朱译是"柔弱中空的器皿"；"较空虚的杯子"还是杯子，而"柔弱中空的器皿"还是器皿吗？世上有什么器皿是柔弱中空的吗？显然不是。那是什么？女性生殖器也。这下我们就明白，朱译为什么要把句序打乱，多出了"女人""他"和"几分才是"这些成分了。我们首先看懂莎士比亚，审查译文才有依据。朱生豪不仅看懂了莎士比亚，还十分传神地翻译出来了，虽然还可译得更严谨一点，但是如果有人想校改朱译，怕是得有些真本事才行。

我要特别指出的是，"柔弱中空的器皿"这样的遣词造句，极具创造性和才气，是朱译莎剧所特有的。另外，再看看"快嘴桂嫂"喋喋不休地开导"桃儿"别使性子，容忍些，乖乖"贴"在"席"上奉陪吧！听听吧，桂嫂的快嘴之快，桃儿·贴席骚态之浪，仅从人名翻译上，我们就能领略到朱译莎剧多少灵光呢？如果不是朱生豪在他青春年华旺盛之际，脑子十分灵光，创造力十分活跃，这样灵活的翻译是很难出现的。如前所述，这些都是朱译的核心价值。

方译是很晚才看到的，而且就是为了对照朱译和梁译。真是不比不

201

知道，一比吓一跳。"受着点。要受着点就该你受，（向桃儿）……女人不比男人"都是原文里根本没有的，错译多译的东西实在是太多；更要不得的是方译利用了朱译的"柔弱中空"，却没有弄清楚朱译为什么使用这样的汉语表达，就囫囵吞枣分作两半用了，结果可想而知。后一句"一大桶酒的重量"的"重量"两个字不妥，因为一个器皿容纳的首先是容量，是说桃儿的柔弱中空容纳不了福斯塔夫大块头的体积，怎么又和重量挂钩呢？再有，（向桃儿）这样随意的插入语，译者是没有权利随意添加的；如果添加，必须有充分的理由。整段对话，分明就是快嘴桂嫂和桃儿两个人在唠叨，为什么还要特别用括号添加一次？

04　There is a history in all men's lives, Figuring the nature of the times deceased; The which observed, a man may prophesy, With a near aim, of the main chance of things as yet not come to life, which in their seeds And weak beginnings lie intreasured. / 各人的生命中都有一段历史，观察他以往的行为的性质，便可以用近似的猜测，预断他以后的变化，那变化的萌芽虽然尚未显露，却已经潜伏在它的胚胎之中。

点评：莎士比亚的人生说，经典，深刻，哲理。这话类似中国的俗语：从小看到老，但要更精确，更合乎人的生命过程。

逢到这样的人生之谈，朱生豪从来不马虎，一定会把句子吃透，翻译成警句一类的译文，供读者享用。

05　Death, as the Psalmist saith, is certain to all; all shall die. / 正像写诗篇的人说的，人生不免一死，大家都要死的。

点评：夏禄这个人物，据一些学者考证，莎士比亚是借来讽刺审查官的。原文Shallow，取其"浅薄"之意，朱生豪译作夏禄，是说他是一个小官僚。这个小官僚在这里引经据典，谈论人生，假装哲理，很好看的一景，想必曾是英国观众喜欢的角色。

朱译把原文里两个all分别译作"人生"和"大家"，稳稳地就把这小官僚的口气体现出来了。

06 Where's the roll? where's the roll? where's the roll? Let me see, let me see, let me see. So, so, so, so, so, so, so; yea, marry, sir; Ralph Mouldy! Let them appear as I call; let them do so, let them do so. Let me see; where is Mouldy? / 名单呢？名单呢？名单呢？让我看，让我看，让我看。嗯，嗯，嗯，嗯，嗯，嗯，嗯；是呀，好啊，先生。霉老儿拉尔夫！我叫到谁的名字谁就出来，叫到谁的名字谁就出来。谁就出来。让我看，霉老儿在哪里？

点评： 还是夏禄的话。这是这位小官僚在搞征兵，嘴里哼哼哈哈，冒着一股腐朽的味道，但他是官儿，是有的人必须听他的，这也算人世间的一出好戏了。莎士比亚看来很熟悉这样的小官僚，一段台词，重复的句子和单词加起来，多达十三四处，如果清楚了重复词句，只不过短短的三四句话！如果莎士比亚真的在影射什么人，够温和的，却是绵里藏针。

朱译几乎一字不差地照搬原文，只漏译了一个短语，我怀疑还真的是翻译速度飞快，精神投入过猛，落下了一点零碎。朱生豪在这里不求精简，不求译文精炼精当，只求唠唠叨叨，拖拖拉拉，哼哼哈哈，译者的风趣随着译文展现给了观众和读者。

07 I was pricked well enough before, an you could have let me alone: my old dame will be undone now for one to do her husbandry and her drudgery; you need not to have pricked me; there are other men fitter to go out than I. / 我已经当过几次兵了，您开开恩，放了我吧。我一去之后，再没有人替我的老娘当家干活儿了，叫她怎么过日子？您不用取我，比我更掮得起枪杆的人多着呢。

点评： 霉老儿的英语是Mouldy，含义就是"发霉、腐朽"之意。莎士比亚反其意而用之，让这个人物说了一番很孝顺的话。孝道，在莎士比亚的时代，英国和中国似乎差不多。

朱译让人物说话呈现哀求之状，很无奈，给他取译名"霉老儿"，好像是说这个人物很倒霉，总在被社会欺凌，压迫。像pricked well enough这样的短语，意思大体上是"我被抓来抓去"，朱生豪译作"当过几次兵了"，读来更具体；Let me alone是"让我闲一会儿吧"，朱生豪译作"开开恩，放了我吧"，可怜的口气就出来了。这都是原文里本来就有的内容，而译者要准确地、适当地、合理地翻译在译文里，是很高层次的翻译活动，一般译者难以企及。

08 By my troth, I care not: a man can die but once; we owe God a death; I'll never bear a base mind: an't be my destiny, so; an't be not, so; no man is too good to serve's prince; and let it go which way it will, he that dies this year is quit for the next. / 凭良心说，我倒并不在乎；死了一次不死第二次，我们谁都欠着上帝一条命。我决不存那种卑劣的心思；死也好，活也好，一切都是命中注定。为王上效劳是每一个人的天职；无论如何，今年死了明年总不会再死。

点评： 弱汉的英文是Feeble，是莎士比亚有意为之，反其意而用之，因为他讲的一番话，正义凛然，掷地有声，不仅把生命视为草芥，而且把当兵提高到了效忠的高度。

朱译遇上这样的英文，当然不会放过施展身手的机会，把略显凌乱的原文重整秩序，让整段译文如同一篇毅然赴死的告别辞，一段人人可以引用的语录。Feeble译作弱汉，谐意而没有谐音，也是有意为之吧。

09 Then, my lord, Unto your grace do I in chief address the substance of my speech. If that rebellion Came like itself, in base and abject routs, Led on by bloody youth, gauarded with rags, And countenanced by boys and beggary, I say, if damn'd commotion so appear'd, In his true, native and most proper shape, You, reverend father, and these noble lords had not been here, to dress the ugly form Of base and bloody insurrection With your fair honours. You, lord archbishop, Whose see is by civil peace maintain'd, Whose beard the silver hand of peace hath touch'd, Whose learning and good letters peace hath tutor'd, Whose white in vestments figure innocence, The dove and very blessed spirit of peace, Wherefore do you so ill translate yourself out of the speech of peace that bears such grace, Into the harsh and boisterous tongue of war; Turning your books to graves, your ink to blood, Your pens to lances and your tongue divine to loud trumpet and a point of war? / 那么，大主教，我要把您作为我的发言的主要的对象。要是叛乱不脱它的本色，不过是一群乌合之众的暴动，在少数嗜杀好乱的少年领导之下，获得那些无赖贱民的拥护；要是它果然以这一种适合它的本性的面目出现，那么您，可尊敬的神父，以及这几位尊贵的勋爵，决不会厕身于他们的行列，用你们的荣誉替卑劣残暴的叛徒丑类张目。您，大主教，您的职位是借着国内的和平而确立的，您的须髯曾经为和平所吹拂，您的学问文章都是受着和平的甄陶，您的白袍象征着纯洁、圣灵与和平的精神，为什么您现在停止您的优美的和平的宣讲，高呼着粗暴喧嚣的战争的口号，把经典换了甲胄，把墨水换了鲜血，把短笔换了长枪，把神圣的辩舌化成了战场上的号角？

点评：威斯摩兰伯爵是剧中忠实的保王党贵族，贵族的修养和文化是他的立身之本。他对造反的行为有一番认识：暴动就是暴动，是要把一个安定的社会颠覆，是"嗜杀好乱的少年"蛊惑无赖流氓的结果，真正的贵族是不应该参与其中的。他是在对大主教说话，而大主教的社会责任是维护社会和平和安定，目前却"把墨水换了鲜血，把短笔换了长枪，把神圣的辩舌化成了战场上的号角"，带领乌合之众推翻亨利四世。

没错，这是两个不同身份、不同立场的社会精英的对话，但涉及的论题却是人类一直面临的重大问题。一个有病的社会应该以造反治理还是另图良策，暴动究竟有理还是无理，社会精英应该通过讨论来治理社会，还是振臂高呼愚民暴民组织暴乱来推翻社会，这中间涉及正义非正义、为民还是害民的大道理，也正因为如此，中国第一号起义成功人士、做了大汉皇帝的刘邦，坐了江山后的三十年间，一直在给陈胜吴广上香，为什么？他要感谢他们给他起了一个大逆不道的头，也巧妙地把他内心的不安让陈胜吴广来分担。尽管现代的社会变革让人们看见平等、自由等概念释放出来的不全是理想中的东西,但是让多数人获得平等和自由,是不可阻挡的潮流,不得不为之;换句话说,多数人的取向和利益决定了未来社会的终极结果。身为一个德高望重的大主教,他应该明白这些,而不是厕身一种给广大臣民带来无限灾难的暴动。

今天看来,这番话能娓娓道来都还是有头脑、会思考的知识精英所为,退回到四百年前的中世纪,莎士比亚能有这样的头脑、这样的思考,让他笔下的人物说出这样的滔滔辩词,说明莎士比亚的头脑和思考多么深刻,多么超前,多么值得我们珍惜。这样充满哲理的雄辩,是莎士比亚用诗体写出来的,无论大词还是小词,莎士比亚都运用自如,让我们看到了怎样一个了不起的语言大师!

朱译胜任了这样深邃宏大的论说,每个词、每句话甚至每个停顿,他都不遗余力地跟上莎士比亚的遣词造句,把一段台词翻译成了滔滔雄辩的檄文,真是我们汉语读者的福祉啊!

10　Wherefore do I this? so the question stands. Briefly to this end: we are all diseased, And with our surfeiting and wanton hours have brought ourselves into a burning fever, And we must bleed for it; of which disease our late king, Richard, being infected, died. But, my most noble Lord of Westmoreland, I take not on me here as a physician, Nor do I as an enemy to peace Troop in the throngs of military men; But rather show a while like fearful war, To diet rank minds sick of happiness and purge the obstructions which begin to stop our very veins of life. Hear me more plainly. I have in equal balance justly weigh'd what wrongs our arms may do, what wrongs we suffer, And find our griefs heavier than our offences. We see which way the stream of time doth run, And are enforced from our most quiet there by the rough torrent of occasion; / 为什么我要采取这样的行动?这是您对我所发的疑问。我的简单的答案是这样的:我们都是害着重病的人;过度的宴乐的荒淫已经使我们遍身像火烧一般

发热，我们必须因此而流血；我们的前王理查就是因为染上这一种疾病而不治身亡的。可是，我的最尊贵的威斯摩兰伯爵，我并不以一个医生自任，虽然我现在置身在这些战士的中间，我并不愿做一个和平的敌人；我的意思不过是暂时借可怖的战争为手段，强迫被无度的纵乐所糜烂的身心得到一些合理的节制，对那开始扼止我们生命活力的障碍做一番彻底的扫除。再听我说得明白一些：我曾经仔细衡量过我们的武力所能造成的损害和我们自己所身受的损害，发现我们的怨愤比我们的过失更重。我们看见时势的潮流奔赴着哪一个方向，在环境的强力的夹持之下，我们不得不适应大势，离开我们平静安谧的本位。

点评：这是大主教的答辩。英国曾经是一个政教合一的社会，宗教很长时间里都是英国的主流。这样的环境，自然会造就一批以宗教为职业的神职人员。这些人中，与社会的任何一个职业一样，平庸者居多，但也不乏佼佼者。这位约克大主教，理查·斯克鲁普，就是一个宗教精英。他参加了暴乱，企图打倒亨利四世，这是一个非常可怕的甚至反动的行为，他必须给自己找出一套理论，来支持他的行为。我们现代人，对于颠倒黑白这样的说法，是耳熟能详了，但是真正理解这句话，却不容易，否则你就是自以为懂了而实际并不懂。如果用流传数千年的"扭转乾坤"这样的说法来取代它，我们就恍然大悟了。是的，扭转乾坤，多么光明正大的一个词儿，但它所包含的意思，不过是颠倒黑白。实质上，这也是一种很危险的行为，谁不留神，就可能成为罪人。在我接触到的辩解词中，这番话是真正让我听懂而又铭记的话："我们都是害着重病的人；过度的宴乐的荒淫已经使我们遍身像火烧一般发热……我并不愿做一个和平的敌人；我的意思不过是暂时借可怖的战争为手段，强迫被无度的纵乐所糜烂的身心得到一些合理的节制，对那开始扼止我们生命活力的障碍做一番彻底的扫除。"

想象一下，莎士比亚是怎样理解社会的正常与非正常的，是怎么理解维护和平和破坏和平的，是怎样认识正统和非正统的。一句话，莎士比亚之所以超出西方所有的写家，就是因为他的世界观、社会观和人生观远远超出了常人。

朱生豪一生处于乱世,一个个自诩扭转乾坤的人突然之间多如牛毛,连小小的日本鬼子,都打着拯救东方的大旗,堂而皇之地在中国犯罪、作恶。他读到这段台词,内心一定非常震撼和激动,大有求之不得之感,因此翻译得十分到位,让中国读者读到了莎士比亚的深刻和伟大。

我以为,《亨利四世下篇》一剧,仅仅因为有了这两个人物的对话,就能在世界文坛的历史剧中站住脚。

11　Most subject is the fattest soil to weeds; And he, the noble image of my youth, is overspread with them: therefore my grief Stretches itself beyond the hour of death: The blood weeps from my heart when I do shape In forms imaginary the unguided days And rotten times that you shall look upon When I am sleeping with my ancestors. / 最肥沃的土壤上最容易生长莠草;他,我的青春的高贵的影子,是被莠草所掩覆了;所以我不能不为我的身后而忧虑。当我想象到我永离人世、和列祖同眠以后,你们将要遇到一些什么混乱荒唐的日子,我的心就不禁悲伤而泣血。

点评: 一国之王为什么要早早地确立继承人,一个行将就木的王者会有什么担心和焦虑,这段话是很好的诠释。每逢读到这样文如其人的台词,我就禁不住会感到奇怪:莎士比亚没有做过国王,他怎么能知道国王想什么?怎么他的羽毛笔一经挥舞,笔下的台词就有了灵性?

朱生豪也是一个可以做国王的人吧?他翻译这样的英文,好像从来游刃有余,像my ancesters,不照字典上解释的"祖先"翻译,而用了"列祖",让读者一下子看见了所有帝王将相在他们祖宗前跪拜大祭时的肃穆神情,可他们内心都很清楚,总有一个不肖子孙会把祖上打下的江山丢掉。看似一个词儿,带出来的却是一种改朝换代的历史感。

12　A friend i'the court is better than a penny in purse. / 官廷里的朋友胜过

口袋里的金钱。

点评： 夏禄又出现了，做官做成了精，开口就能把话说到点儿上。这话类似中国的"朝里有人好做官，厨下有人好吃饭"。这点体会，莎士比亚恐怕还真有，因为他的剧团一直能给女王唱堂会，雄踞其他剧团之上就容易多了。

朱译当然知道better是更好的意思，更知道把这句话译作"朝廷里有一个朋友要比钱袋里有一枚便士更好"是不像话的翻译。翻译这样的话是值得费一番心思的，结果，他眉头一皱，一句让读者过目难忘的警句就出来了。

遇上这样简单却富有哲理的话，我禁不住想看看别人怎么翻译。一如我几次三番说过的，能参考又值得参考的译文，还只能是梁实秋的：朝中有人比袋里有钱要好得多。译文和中国的俗话有点接近，可取，但是既然忠实了原文，那friend这个英文词怎么交代？Penny也没有译成"便士"不是？所以，所谓字字句句亦步亦趋的翻译是没有的，翻译必有变通的过程，而变通的高下，则体现了一个译者的翻译智商的高下。

13 Barren, barren, barren: beggars all, beggars all, Sir John. / 简陋得很，简陋得很，简陋得很，我们都是穷人，我们都是穷人，约翰爵士。

点评： 还是夏禄的话，唠叨的劲头一如既往，自谦的口气挂在嘴边，莎士比亚对他的居高临下的小小嘲弄，也一如既往。

朱译的"简陋得很"之于barren，好像强调了，其实是为了人物的口吻，由夏禄这样的小官僚说出来，反倒轻描淡写了许多，言外之意是"我家的日子过得比上不足比下有余呢"。因此，beggar译作穷人而非乞丐，就有内在逻辑了。

梁译：空虚，空虚，空虚；全都很寒伧，全都很寒伧，约翰爵士。这样的译文总会让你吓一跳：是看错了吗？上文分明讲夏禄带着福斯塔夫看他的家、花园和苹果树，福斯塔夫分明夸赞了他的府上很富丽，夏禄怎么能用"空虚"重复三次来答复？Beggar分明是指一种人，怎么好意思译成"都很寒伧"呢？这样的译文，绝不能说是两种语言的变通所致，而是翻译原则上有问题：是物就要以物的实质翻译，是人就要当一种生命来翻译。我反复强调的翻译智商问题，这样的译文可以作为最好的例子。

14 My king! my Jove! I speak to thee, my heart! / 我的王上！我的天神！我在对你说话，我的心肝！

点评：福斯塔夫判断失误，这是他犯下的证词。他以为以前的威尔士亲王当上了国王，他这下可以飞黄腾达了，还用以往他和年轻的王子厮混时的轻薄口气来套近乎，让众人看他俨然是个人物，这样的话很适合他这样一个自以为是的大胖子。

朱译没有追根寻踪，把Jove这尊罗马神话里的战神译出，而用了"天神"，符合口语，顺从阅读，真好！把heart译作"心肝"有点肉麻，但此话出自福斯塔夫这个可笑的胖子，真再合适不过了！朱生豪的幽默感，可见一斑。

15 I know thee not, old man: fall to thy prayers; How ill white hairs become a fool and jester! I have long dream'd of such a king of man, So surfeit-swell'd, so old and so profane; But being awaked, I do despise my dream. / 我不认识你，老头儿。跪下来向上天祈祷吧，苍苍的白发罩在一个弄人小丑的头上，是多么不称它的庄严！我长久梦见这样一个人，这样肥肠脑满，这样年老而邪恶；可是现在觉醒过来，我就憎恶我自己做的梦。

点评：亨利五世这番话说得富有艺术，句句听来好像嘲弄得亲切，字字却像冰冷的子弹，射向了还在做美梦的福斯塔夫。亨利五世把年轻时候的荒唐，当作一种梦摒弃，他的帝王气质尽显无遗。

朱译把fool并作jester"弄人小丑"，立时让整个句子有了戏剧性，而结尾"我就憎恶我自己做的梦"，而非看不起（despise）我的梦，加了"自己"二字，强调了亨利五世告别过去的决心，这种翻译过程中的增减，是朱生豪非常独到的地方，是一般译者做不到也不会做的，是真正的翻译行为。

小结：《亨利四世下篇》是一出非常好看的戏。顶层社会的刀光剑影，下层社会的蝇营狗苟，让观众和读者看得如痴如醉。威尔士王子，登上王位的亨利五世，塑造得令人信服；福斯塔夫得到深层描写，这块大笑料，让人看到了他腐败起来像他的大胖块头一样可怕。福斯塔夫征兵的一场戏，是莎士比亚创作的最可贵的社会图景；让观众和读者看到，吃皇粮、吃公家、吃公款，是世界性的大问题，是人性甘居堕落时防不胜防的大漏洞；只有制度改变了，体制理顺了，这样的大漏洞才有可能堵上一些，防止一些，杜绝一些。依靠一个人的道德和权威、权力，即便九五之尊，也是无能为力的。

莎士比亚的历史剧，精彩的成篇的对话很多，本出戏选了几例，首先要让读者读到莎士比亚的精髓，再有是呈现朱生豪译文的精彩之处。朱生豪翻译莎士比亚的历史剧，我感觉，是一种自觉的投入，译文准确扎实，才气尽显，亮点一个接一个，是"朱莎合璧"的最好典例，几乎到了白璧无瑕的地步。本出戏比较长，但是漏译之处不足十个，让广大读者有福了。关于这部分的点评，笔者投入了思考和精力，希望引发广大读者的共鸣。

第四部
朱生豪具有悲剧性格

校补者按：这部分包括六个剧本，分别是：《特洛伊罗斯与克瑞西达》《科利奥兰纳斯》《泰特斯·安德洛尼克斯》《罗密欧与朱丽叶》《雅典的泰门》和《尤利乌斯·恺撒》，基本上遵循了绝大部分莎士比亚全集的排列顺序。

除了《罗密欧与朱丽叶》以及《雅典的泰门》，其余四出戏都写古希腊古罗马人，因此有些版本把它们列入罗马浪漫悲剧，一般还包括《安东尼与克莉奥佩特拉》以及《泰尔亲王佩里克利斯》。把莎士比亚的戏剧的分类作为一门学问来做，只要能成为一家之言，我以为，怎么分成组都是可以的。然而，从听戏和阅读的角度看，我感觉，还是悲剧就是悲剧，喜剧就是喜剧的好，因为悲剧确实让人悲哀，从而净化心灵，而喜剧确实让人发笑，从而认清人这种东西很多时候是非常可笑的。

从内容的丰富、复杂、深厚的程度看，莎士比亚这个人是一个悲观主义者。人一生下来就走向死亡，这是他悲观的根源。人不能善始善终，非要打打杀杀，钩心斗角，你死我活，这是他形成悲观主义的根源。有悲观才有远见，才有思想，才深感绝望，置之死地而后生，他于是用戏剧的形式来表达。他塑造的悲剧人物，也都有这样的光辉。他笔下的悲剧人物，一开口便滔滔不绝，滔滔不绝中夹裹着滚滚奔流的思考，都在证明莎士比亚的悲剧思想。

朱生豪也一定是一个悲观主义者，否则他就不会把大好的青春年华奉献给翻译莎士比亚戏剧的事业。人生苦短，让生命活出一些意义，才是最合算的。英才早逝的朱生豪就是这样一个例子。

在这些悲剧中挑选例子，易如反掌，每出戏现有的基本上都是从上百个例子中筛选了又筛选，筛子眼儿越换越细，每个剧本的例子都保留了二三十个，而不是我设想的十五六个，更是不得已而为之。

至于点评，不得不绞尽脑汁，却倍感幸福。

第一出 《特洛伊罗斯与克瑞西达》

　　特洛伊围城战是西方古典文学作品中描写最多的一个题材，如荷马的史诗《伊利亚特》，维吉尔的史诗《伊尼德》和奥维德的《变形记》。这些古典作品大约于十六世纪末叶全都有了英译本，因此，可以肯定，莎士比亚对这些他喜爱的古典名著，早已熟知了。特洛伊战争是在希腊人和特洛伊人之间进行的。这场战争的起因是普利安国王的儿子帕里斯，特洛伊人的英雄，诱拐了希腊的美人海伦。这个起因用现代人眼光看，似与性爱有关，也可以说性爱导致了战争。

　　《特洛伊罗斯与克瑞西达》一剧的开始，写希腊大将阿伽门农率希腊军队，将特洛伊城围攻了七年之久。特洛伊罗斯和克瑞西达的爱情故事，主要表现克瑞西达对特洛伊罗斯的山盟海誓，永远忠贞。但同样是这个克瑞西达，当她委身于希腊勇士迪奥米第斯时，她的表白又是那么委婉有度，叹息女性心灵脆弱又是那么不失女性身份。女人似乎天生有水性杨花的性格，却也是女性的生存之道。但莎士比亚却不仅是要表现女人的这种天性。他在这场为历代文人墨客所钟爱的战争中，首先看到了爱情与战争这样持久不衰的文学题材，首先写出了因性爱引起的战争摧毁了另一桩爱情这样富有哲理的内涵。其次把希腊古人的生活态度写出了复杂性，试图探索战争与和平两种社会形态下人的交战和交往，从而揭示战争的破坏力对改变人性有着不可抗拒的力量。他把笔尖"深入了事物的底蕴，以锋快的精神利铲不断向现象的底层深挖，将它们深埋的根须统统暴露在我们眼前"。德国著名作家海涅如是说。

　　《特洛伊罗斯与克瑞西达》是莎士比亚将希腊人所描写的英雄写入他自己悲剧的一部作品，也是他的第三部较长的作品，内容富于哲理，台词丰富多彩，最初只由"国王剧团"演出过。一六七九年，著名作家约翰·德莱顿把它改编得十分成功，以此为蓝本一直上演了半个多世纪。喜欢哲理的德国人于一八九八年首次上演了莎士比亚这个剧本的原作，可惜改动的地方也不少。直到二十世纪，人们才重新认识了剧中各路英雄的意义、有关人类价值的激烈的诘问以及人性在摧毁性的力量面前的脆弱，因而在剧院上演时备受观众青睐。

梁实秋的译名是《脱爱勒斯与克莱西达》；把"特洛伊"（Troy）译作"脱爱"，有些稀奇古怪。

本剧选用了二十一个例子。

01 He that will have a cake out of the wheat must needs tarry the grinding. / 一个人要吃面饼，总得先等把麦子磨成了粉。

梁译：要拿面粉做饼吃，必须等着磨麦子。

点评： 这话富有哲理，可算名言。生活中，拿这个道理讲给那些急于求成的人听，尤其懂事的孩子，估计很管用。除了tarry这个英语单词在古英语里当作"等候"讲，其余没有哪个单词让人费解。

两种译法倒是可以多说几句。如果按照语法和字面意思翻译出来，这句话应该是：要吃小麦做的面饼的人，必须等待磨出面来。

朱译把从句当作一个句子翻译出来放在前面，再交代怎么才能吃到想吃的东西。虽然有译者的主观能动性，但是细究起来，我们会发现译者没有随意增加或者减少任何原文里没有的东西。

梁译则不然。第一句话侧重的不是"吃"，而是"做"；后一句话里凭空多了"麦子"这个单词，而原文里的grinding只有"磨"的意思，不只是指"磨面"，也可以磨别的东西。千万不要以为这是吹毛求疵，实质上是怎么从细处把握翻译，达到高质量的译文的问题。良好的习惯培养出来了，译文质量总归会提高。

02 I had as lief Helen's golden tongue had commended Troilus for a copper nose. / 我倒还是希望海伦的金口恭维特洛伊罗斯长着一个紫铜色的鼻子。

梁译：我看海伦大可以用她的金口玉言赞美脱爱勒斯有一只红鼻子。

点评：克瑞西达的话，是虚拟口气，背后对人家的长相说三道四，英语as lief是个短语，等于汉语的"欣然"。Golden tongue"金舌头"之意，和后面的copper nose相照应，说明莎士比亚很注意用词搭配。

朱译把金舌头换成了"金口"，有点出入，但是舌头在嘴里，可以容许这样的出入。Copper nose译为"紫铜色的鼻子"，跟中国常说的"酒糟鼻子"差不多，而朱生豪没有翻译成酒糟鼻子，是他要和前面的"金口"照应，金和铜两种金属要在译文里反映出来。如我一再强调的，在准确地传达原文用词、句型和动宾结构方面，朱生豪一向谨慎，准确；在翻译形容词、状语、副词、动词和介词搭配等方面，朱生豪则十分注意字面背后的内容以及上下文的关系，从而有尺度地发挥，形成了他的译文的不同凡响和巨大成就。

梁译的"用她的金口玉言"，应该算作"翻译问题"来看待，"用"和"金口玉言"都是无中生有的译法，既笨又和原文"金舌头"之意相差太多，因为翻译过程中两种语言的转换，一定是要以告诉读者meaning为中心任务，发挥应该在原意的弹性里，不可相去太远。"一只红鼻子"的"红"是从copper而来，译作"红"有一定道理，但是作者在这里显然是强调"紫铜色"，和前面的金色照应，给观众更明显的印象。另外，梁译的一些译名，如词句里的Troilus译作"脱爱勒斯"，不知道台湾读者看了有什么感受，但我想大陆一般读者是不容易接受的。不只是我们读惯了"特洛伊"这个名字，而是因为"特洛伊"这样的汉字发音与原文的发音更贴近，而"脱爱"之于Troilus，发音和意思上都不搭界。

03 Women are angels wooing: Things won are done; joy's soul lies in the doing. / 女人在被人追求的时候是个天使；无论什么东西，一到了人家手里，便一切都完了；无论什么事情，也只有在进行的时候兴趣最为浓厚。

梁译：女人被追求时是天仙；东西到手就算完；妙处在追求中间。

点评：这句英语用词很平民化，尽管出自克瑞西达；几乎没有生词僻词，句型一点也不复杂，很地道的英语。英语地道了，翻译难度就大了，比如Things won are done这句话，用汉语说大概是：事情赢得了也就到头了。可是，如果你多念几遍，又会觉得意思还差很多，至于差什么，却也一时说不出来。这里需要上下文，更需要对这样内涵丰富的简单句子有长久的理解和运用，而这是母语作者才能做到的。这让我联想起我在小书《编译曲直》第七章第五节关于《红楼梦》两个英译本的长短的探讨，尤其关于《红楼梦》里《好了歌》的两个版本的曲直；这里不妨摘录几段相关内容。

先读一下杨宪益和戴乃迭的译文：

All men long to be immortals

Yet to riches and rank each aspires;

The great ones of old, where are they now?

Their graves are a mass of briars.

再看大卫·霍克斯的译文：

Man all know that salvation should be won,

But with ambition won't have done, have done.

Where are the famous ones of days gone by?

In grassy graves they lie now, every one.

关于两种译文，我更喜欢第一种，因为听上去传达了原诗更合理的东西——听上去更有诗的味道。第二种译文听上去非常简单而且像一首通俗曲儿。它没有传达出第一种译文的那种感受，把人生的苦苦挣扎弄成了一个玩笑。

这是多萝西娅·德普涅写给我的信，就事论事，直截了当。她的教育背景如下：二〇〇五年毕业于德国拜罗伊特大学，获得英国文学和语言以及欧洲法律学位。后求学于都柏林三一学院，获得英国-爱尔兰文学之哲学硕士。如今，在三一学院攻读当代爱尔兰文学博士学位，其中包括"原文、语境和文化"项目。她在爱尔兰读书期间结识了男朋友格雷汉姆·朗，小伙子于一九九九年毕业于都柏林三一学院，获得英语和哲学学位。之后在都柏林三一学院获得英国-爱尔兰文学之哲学硕士，同时在都柏林大学学院获得图书馆和信息课程研究生学位。多萝西娅在信中明确说，这个观点是他们两个讨论之后得出来的。

　　读到第二种翻译，我最初的反应是完全惊呆了，它和第一种译文截然不同，尤其译文风格。每一诗节开始那些词儿都不正确——它应该读成"Men all know(男人都知道)"。一开始，译文让我纳闷儿译者是不是一个地地道道讲英语的本族的人。但是，翻译中的其他遣词造句好像又和这种怀疑相抵触——很难想象非本土讲英语的人能写出"ne'er a one"这样的短语。

　　这一译文的风格比第一种译文的风格更老式，反复使用"have done, have done"，反复使用"拯救"这个词，而对我来说这个词儿具有基督教的种种含义，我觉得用在译文中有点儿怪。

　　整体说来，我觉得第一种译文的歌翻译读起来更受用。诗韵和诗律都更自然，较少明显的翻译痕迹。Have done, have done在第二种译文中的反复出现——以及每节尾部使用"one"的某种形式——实际上有点沉闷，恕我直言，有点儿恼人。

　　总的说来，第二种翻译阅读起来比较辛苦，而且第二种译文末尾的那段文本和对话看不出来什么意义——论述"won（好）"和"done（了）"只会引起混乱——"won"在讲本土语人看来没有明显表示出"获得"或者"挣来"的含义，而"done"也没有表达出什么东西行将结束的含义。我能明白，译者也许因为特殊的原因而挑选了这些词儿——也许就是按汉字的字眼翻译出来的，也许它们是从多种可能性中挑选出来，为了在歌中押韵的。但是，后来的对话却一点也不清晰明了，结果是，读起来就不如第一种翻译的相同段落那么受用和容易了。

　　还有，"Won-Done"连在一起对一个讲本土语的人来说实际上很难脱口而出——它让我觉得仿佛你嘴里含着一块石头！

这段文字来自丽塔。我客访爱尔兰期间，丽塔在爱尔兰文学交流署上班，活泼而友好，我们每次见面都谈正事儿，只是在我请她吃我做的中国饭时，我们才能多说些闲话。丽塔是地地道道的爱尔兰人，生长在都柏林郊区维克娄，在虔诚的天主教家庭成长。她在都柏林三一学院读本科和硕士学位，都是文学专业。有趣的是，丽塔从小对中国文化感兴趣，因此还找了一个上海小伙子做朋友。她写的关于两种《好了歌》的评论很长，分析得非常细致，评论的方法也非常专业，以上只是摘录。

在二〇〇七年第一期的《文学自由谈》上，我读到了一篇文章，署名蔡小容。人不熟悉，但是文章关于《红楼梦》的体会，作者写得很亲切：

《红楼梦》着实好看。它书里有一种芳香气息，教人越看越爱，真是"词藻警人，余香满口"。它是一花一步，移步换形，随便翻到哪一页看进去，都能立刻融入它的一层肌理，其上其下有无数的关联照应，既悬而未决又妥妥帖帖。

所谓红学家多如牛毛，能说出这么几句的，却是凤毛麟角。他们要么受这样那样的影响，从《红楼梦》里寻求例子，写成大块文章唬人；要么考证考得走火入魔，误导读者；就是不把自己摆进去，写自己的感受，写自己的看法。蔡小容对《红楼梦》感受至深，又懂英文，评价英译本，再好不过。

最先读到的是《好了歌》——当时，真是惊得要跳起来，真有如此鬼斧神工的译笔啊！如果说曹雪芹的文字是"神鬼文墨，令人惊骇"，这霍克斯的译文，竟然不输分毫。蟹形的西文与方块的原文达到了一个高妙工整的对称：我们有我们，他们也有他们！我反复默诵，惊叹渐渐变成了感念，变成几乎要涕泣的感动。

这就是《好了歌》的起首四句："世人都晓神仙好，唯有功名忘不了；古今将相在何方？荒冢一堆草没了。""神仙"，是一个道教概念，做神仙是以老子为始祖的道家学说的最高理想。西方世界，不提神仙，霍克斯转用"salvation"一词，意为"拯救"，取自基督教的价值观：人人都晓得灵魂需要拯救。从罪孽中得到拯救也是基督教徒的最高追求。道教转换为基督教，一首诗在翻译过程中连同它的文化背景都转换了，虽两相（厢）迥异，却奇妙地对称。标题"好了歌"，霍克斯译为"Won—Done Song"，善戏谑的人说是"完蛋歌"，并由此赞叹霍克斯教授必是一个诙谐之人，"完蛋"二字，简直跟疯癫道人风骨神似。"Won"当然是"好"，"Done"暗合着"了"，这两个字又押韵，恰如"好""了"。在四节诗歌中，霍克斯不断重复朗朗上口的"won't have done, have done"，而且每一节末尾都以一个"one"准准地压（押）在韵上。他的活儿干得太绝了，语词简直不像是刻意的寻找，倒像是恰好有，给他拈来——哪儿找得到这么绝的对等？

天哪，同一段英文，中国人和爱尔兰人读来就会有如此大的差别吗？不，一定不会的，一定有一方误读了，那么，竟会是母语是英语的爱尔兰人误读吗？

关于Things won are done写出这些话，没有读进去的人会觉得多，读进去的人应该还觉得不过瘾，还应该继续探讨。小书《编译曲直》出版以来，评论不错，北京一所高校因此来请我去做个讲座，但我没敢答应。京东网上还曾列入了畅销书。但是，我最期望的是有人对我关于两个《红楼梦》译本的结论，提出批评和看法，但是至今没有听到任何反应。我这里特别提出来这件事儿，是因为前不久我很钦佩的一位老师，还在一个公开场合说，霍克斯的译本比杨宪益夫妇的译本好。会后，我说在我的小书《编译曲直》里谈了《红楼梦》两个版本的长短得失，请他看后批评，但至今也没有回音。国人追捧霍克斯的版本，很有些名声在外的人，有些大腕还被认为有一言九鼎的威望。但是，我通过实践的对比，觉得这仍是一桩公案，大家都很盲目，很跟风，拾人牙慧者居多。对杨宪益夫妇的译本，如果不是个人鉴别能力有问题，就是一种

"鸡群少仙鹤，故里无圣贤"的心理在作祟，要么就是向西看齐的心理导致了病态。

然而，我们看见莎士比亚这样使用Things won are done，照霍克斯的译法，翻译成"事情完了就蛋了"，恐怕会贻笑大方吧。

朱译把这四个英文单词组成的英文句子，翻译为"无论什么东西，一到了人家手里，便一切都完了"，确实多了一点，但是确实是莎士比亚要表达的意思。我反复强调过，朱生豪是看懂并理解莎士比亚的，就指这方面。

梁译简单很多，对照原文看，好像很准确，但是"东西到手就算完"之于Things won are done，显然严重不足，things显然包括女人，这里至少应该翻译成"美人们一旦到手就万事大吉"，才能让读者感觉到莎士比亚究竟想说些什么。

04 Cry, Trojans, cry! Practise your eyes with tears! Troy must not be, nor goodly Ilion stand; Our firebrand brother, Paris, burns us all. Cry, Trojans, cry! a Helen and a woe: Cry, cry! Troy burns, or else let Helen go. / 痛哭吧，特洛伊人！痛哭吧！让你们的眼睛练习练习哭泣吧！特洛伊要化为一片平地，我们美好的伊利央宫要变成一堆瓦砾，我们那闯祸的兄弟帕里斯放了一把火，把我们一起烧成灰烬啦！痛哭吧，特洛伊人，痛哭吧！海伦是我们的祸根！痛哭吧，痛哭吧！特洛伊要烧起来啦，快把海伦放回去吧！

点评： 卡桑德拉是特洛伊的公主，能预卜吉凶，她的这番话是这个剧本的基调，尤其赫克托的惨死。这番呼叫不但要有前瞻性，还要像一个巫师的口气。Troy must not be, nor goodly Ilion stand肯定是夸大其词的写法，但也许是音步的需要，英语单词都很小，很平常，非母语读者很难体会出其中的大量信息。不过，这段话最显眼的是cry这个小词，用了六个，重复的力量可以体会到，卡桑德拉这个人的神神道道因此而活灵活现了。

《卡桑德拉大桥》这部电影，想必一些读者是看过的，悬疑片写出了深度：不同职业的碰撞，冷漠和热情的对比，都让人难忘。一车得了传染病的人，用火车密封起来，拉往欧洲某国，医生和相关人员发现闷罐车里的氧气治愈了传染病，再三要求指挥部改变指令而无果，这才明白某政府一开始就打算让火车在通过卡桑德拉大桥时车毁人亡，用这种可怕的方法消灭传染病人。车上的旅客自救，在火车就要开上卡桑德拉大桥的前几秒刹闸，避免了惨祸。因此看来，即便是一部通俗电影，也会跟莎士比亚的剧本发生点关系：卡桑德拉大桥是凶卜难料的标志。

朱译除了"特洛伊要化为一片平地，我们美好的伊利央官要变成一堆瓦砾"之于Troy must not be, nor goodly Ilion stand，尽管原文读起来没有"化为一片平地"以及"变成一堆瓦砾"这样程度的破坏的感觉，但显然照顾到了原文要表达的内容；这样的遣词造句是根据卡桑德拉这样一个预卜凶吉的祭司的口气翻译的。除了这一句，朱生豪基本上亦步亦趋地紧跟了原文，反复强调的cry，用"痛苦吧"译出，有力道，很生动。

05　Shall the elephant Ajax carry it thus? He beats me, and I rail at him: O worthy satisfaction! Would I were otherwise; that I could beat him, whilst he railed at me. / 阿贾克斯这头蠢象欺人太过；他居然动手打人，可是他会打我，我就会骂他，总算也出过气了。要是颠倒过来，他骂我的时候我也可以打他，那才痛快呢！

点评：莎士比亚身上的喜剧细胞，抖一下便会溅落一地，但是他必须通过人物之口说出来，一旦碰上这样一个人物，就会大显身手。瑟西特斯在剧中是一个"残废而好谩骂的希腊人"，这样的角色一般人会弃掉不用，而莎士比亚偏偏要好好利用，这就是莎士比亚不同凡响之处了。这样的废人，也只有嘴上的功夫可以显示他的存在了，最大程度的逞能只能是精神胜利法。

朱译没把worthy satisfaction译作"很值得的满意"，而译为"总算也出过气了"，可谓技高一筹；把otherwise充分利用，让句子一气呵成，尽显瑟西特斯有"好谩骂"的特点。

06 Light boats sail swift, though greater hulks draw deep. / 正是轻舟虽捷，怎及巨舶容深。

梁译：小船走得快，虽然大船吃水深一点。

点评： 这是莎士比亚的生活经历的总结，对生活利弊的取舍。可当语录挂在口头，让你人前人后扮演一个深沉人物。

朱译一如既往，当作警句翻译，不仅上口，而且容易记住。

梁译紧跟了原文字句，但是前后两句的内在联系没有了，读者会理解为：大船吃水深，当然没有小船走得快了。其实这句话的意思是：虽然大船吃水深，可小舟行起来快捷。

07 This is the monstruosity in love, lady, that the will is infinitive and the execution confined, that the desire is boundless and the act a slave to limit. / 姑娘，这就是恋爱的可怕的地方，意志是无限的，实行起来就有许多不可能；欲望是无穷的，行为却必须受制于种种的束缚。

点评： 简单而又富有哲理的英语，又是莎士比亚的经验之谈、人生体验，尤其后面两句，用对称的句子强调一种意思，既适合演员在舞台上说，也适合观众在舞台下听，又适合读者合上书细细品味。

朱译近乎完美，只是will这里似乎与汉语的"意愿"更近些。

08 And not a man, for being simply man, Hath any honour, but honour for those honours That are without him, as place, riches, favour, Prizes of accident as oft as merit: Which when they fall, as being slippery standers, The love that lean'd on them as slippery too, Do one pluck down another and together Die in the fall. / 在他们的俗眼中，只有富贵尊荣这一些不一定用才能去博得的身外浮华，才是值得敬重的；当这些不足恃的浮华化为乌有的时候，人们的敬意也就会烟消云散。

点评： 莎士比亚在探讨希腊人和特洛伊人十年打仗的价值，自然就要写到富贵尊荣这些世俗的衡量标准。人和荣誉是在一定环境里才捆绑在一起的。这段话的大概意思是：人，只单单的人，是不会有什么荣誉的，所谓荣誉只是那些身外之物，诸如地位、富贵、名誉、偶得的奖赏以及功绩，一旦下落，如同容易滑倒的站立者一样，就会一个接一个跌落，全部倾覆，化为乌有。

朱译几乎脱离原文，编写了一段文字，好像还和原意出入比较大。这样的译文在朱生豪的翻译中极为罕见，应该算作不合格的译文。

09 *Aeneas* Health to you, valiant sir During all question of the gentle truce; But when I meet you arm'd, as black defiance as heart can think or courage execute. / 在我们继续休战期间，勇敢的将军，我愿意祝您健康；可是当我们戎装相见的时候，我对您只有不共戴天的敌忾。

10 *Diomedes* The one and other Diomed embraces Our bloods are now in calm; and, so long, health! But when contention and occasion meet, By Jove, I'll play the hunter for thy life With all my force, pursuit and policy. / 迪奥米第斯对于您的友情和敌意，都是同样欣然接受。当我们现在心平气和的时候，请允许我和您还互祝健康；可是我们要是在战场上角逐起来，那么朱庇特在上，我要用我全身的力量和计谋，来取得你的生命。

点评：这是两个战场英雄的对话。希腊人和特洛伊人的围城战一打十年，十年的时间怎么度过，莎士比亚的好奇心是很强的。他在极力想象古人以打仗为职业是一种什么样的生活。《三国演义》写了很多战事，但是基本都是"大战三十个回合"这种大而化之的语言，具体到一伙人怎么和另一伙人短兵相接，是很难有细节描写的。莎士比亚也基本上采取了这样的路数。不过这段话里提到truce这个词儿，是莎士比亚的聪明之处。西方人直到第一次世界大战，truce（休战）还经常发生，敌对双方开始阶段还可以在一起共度圣诞节呢。无论问，还是回答，打仗与不打仗的时候，见了面应该怎样说话呢？共同之处是都是战士，都要有一往无前的士气。

朱译处理这样的对话，很注意客观的表达，很少有发挥的文字。

11 Both alike: He merits well to have her, that doth seek her, Not making any scruple of her soilure, With such a hell of pain and world of charge, And you as well to keep her, that defend her. Not palating the taste of her dishonor, With such a costly loss of wealth and friends: He, like a puling cuckold, would drink up The lees and dregs of a flat tamed piece; You, like a lecher, out of whorish loins Are pleased to breed out your inheritors: Both merits poised, each weighs nor less nor more; But he as he, the heavier for a whore. / 你们两人都差不多。一个不以她的失节为嫌，费了这么大的力气想要把她追寻回来，一个也不以添人唾余为耻，不惜牺牲了如许的资财将士，把她保留下来。他像一个懦弱的王八似的，甘心喝下人家残余的无味的糟粕；您像一个好色的登徒子似的，愿意从她淫荡的身体里生育您的后嗣。照这样比较起来，你们正是一个半斤，一个八两。

点评：特洛伊战争，起因是特洛伊王子帕里斯去希腊人那里把海伦诱来，占为己有。海伦本是米尼劳斯的妻子，被帕里斯抢走了，而海伦到了特洛伊人那里，过得也有滋有味。女人这样的行为，在古代不为男人理解，所以帕里斯就向好朋友迪奥米第斯提出一个饶有趣味的问题：他和米尼劳斯两个人谁更配得上美丽的海伦？很孩子气的问题，但却是人的一种普遍心理。当然，说到底，是莎士比亚有这种好奇心。

朱译在这样的事情上自然有看法，因此翻译得顺溜，用词也格外舍得，像"不以添人唾余为耻""一个懦弱的王八似的""像一个好色的登徒子似的""一个半斤，一个八两"等等，都让译文上色不少。

12 Tear my bright hair and scratch my praised cheeks, Crack my clear voice with sobs and break my heart with sounding Troilus. I will not go from Troy. / 我要扯下我的光亮的头发，抓破我的被人赞美的脸庞，哭哑我娇好的喉咙，用特洛伊罗斯的名字捶碎我的心。我不愿离开特洛伊一步。

点评：按照《特洛伊罗斯与克瑞西达》这个书名，克瑞西达应该是女主人公，其实她在剧中戏份不多，不过莎士比亚对她出手大方，每逢她出场，她的台词都很有个性，给人深刻印象。莎士比亚在这里没有直接描写克瑞西达的沉鱼落雁，而让克瑞西达自己哭喊出她的倾国倾城，文学味道极浓。

朱译分别用"扯下""抓破""哭哑""捶碎"四个极具女人歇斯底里特色的动词，让译文抓人。

13 *Achilles* From whence, fragment? / 从哪儿来的，你这七零八碎的东西？

14 *Thersites* Why, thou full dish of fool, from Troy. / 嘿，你这满盘的傻瓜，从特洛伊来的。

点评：莎士比亚写人物对话，只要场合需要，就会加倍发挥，让现场感活灵活现。阿基里斯是神话中被母亲在冥河里浸泡过的力士，刀枪不入。这样的人物碰见瑟西特斯这种只有舌头灵活的废物，怎么样开口打招呼呢？阿基里斯用fragment称呼他，亏得莎士比亚想得出来。瑟西特斯本来只有舌头管用，自然不会甘拜下风，用了full dish of fool，暗射阿基里斯浑身刀枪不入是傻瓜所为。阿基里斯的脚后跟很脆弱，是因为只有他的脚后跟没有在冥河里浸泡，所以被人识破后专门击破他的软肋，还是难免一死。看似简单的对话，其实有着莎士比亚的一番精心设计。

朱生豪是一个不怕挑战的大手笔，把fragment迻译成"七零八碎的东西"，把full dish of fool转换成"满盘的傻瓜"，真让我们这些脑子迟钝的人咋舌。

15 Hold you still, I say; Mine honour keeps the weather of my fate: Life every man holds dear; but the brave man Holds honour far more precious-dear than life. / 你们别闹。我的荣誉主宰着我的命运。生命是每一个人所重视的；可是高贵的人重视荣誉过于生命。

点评：赫克托是特洛伊王子，特洛伊人的脊梁骨，勇气过人。这番话是莎士比亚给他的宣言书，尤其honour keeps the weather of my fate一句，颇有顶天立地的气概，后面的honour far more precious-dear than life就是逻辑上的必然了。

朱译用"主宰"替换了honour keeps the weather，抓住了这句话的中心意思，简练到家，值得学习。或者，这句英语译作"听天由命"也成？

16　For the love of all the gods, Let's leave the hermit pity with our mothers, And when we have our armours buckled on The venom'd vengeance ride upon our swords, Spur them to ruthful work, rein them from ruth. / 看在一切天神的面上，让我们把恻隐之心留在我们母亲的地方；当我们披上甲胄的时候，让残酷的愤怒指挥着我们的剑锋，执行无情的杀戮。

点评：按照书名，特洛伊罗斯应该是书中的男主人公，但是戏份也不是很多，所以莎士比亚给他写台词不敢马虎，遣词造句都很险峻，无论他对克瑞西达的相思还是对战争的向往，都让他出口不逊，给人印象。

Hermit pity, armours buckled on, venom'd vengeance, rein them from ruth，在汉语译者看来都比较抽象，但是朱生豪译得很顺，让我们这些庸人难以判断他的用词是过了还是不足。

17　They are at it, hark! Proud Diomed, believe, I come to lose my arm, or win my sleeve. / 他们已经打起来了，听！骄傲的迪奥米第斯，相信我，我今天不是失去我的手臂，就要夺回我的衣袖。

点评：特洛伊罗斯的话。莎士比亚使用道具有点怪，《奥赛罗》里是一条手绢儿，这出戏里是一只衣袖。一条手绢儿想象得出来什么样子，可是一只袖子是什么样子就不容易想象了。但是，这是克瑞西达送给希腊人迪奥米第斯的袖子，却是他先前送给克瑞西达的。夺回他的袖子，就是挽回了他的荣誉。爱情和荣誉通过一只袖子联系在了一起，这就是莎士比亚。

英语平实，朱译也平实，但是平实中应有的决心，译文却是再清楚不过了。

18 Words, words, mere words, no matter from the heart; The effect doth operate another way. Go, wind, to wind, there turn and change together. My love with words, and errors still she feeds; But edifies another with her deeds. / 空话，空话，只有空话，没有一点真心；行为和言语背道而驰。去，你风一样轻浮，跟着风飘去，也化成一阵风吧。她用空话和罪恶搪塞我的爱情，却用行为去满足他人。

点评： 还是特洛伊罗斯的话，骂克瑞西达水性杨花，扑到希腊人的怀里了。莎士比亚把words重复了四次，倾诉他内心的愤怒，用了两个wind，表示他的无奈。用话搪塞他，用行为满足希腊人，一虚一实，说明克瑞西达彻底变心了。Go, wind, to wind, 让我想到gone with the wind这一英语短语：随风而逝，往事如过眼云烟。美国女作家玛格丽特·米切尔用这句短语给她的长篇小说取名，成为畅销经典；中国译者把它译作《飘》，作者和译者是否想到，这话与莎士比亚的戏剧有关系？

朱生豪感觉这话不能完全照字面译出，在两个wind中间添加了"去，你风一样轻浮，跟着风飘去"，难说是多加了东西还是正好是莎士比亚的意思，但是十分符合失去恋人的特洛伊罗斯的口气，却是无疑的。

19 Hold thy whore, Grecian! —now for thy whore, Trojan! —now the sleeve, now the sleeve! / 守住你那婊子，希腊人！为了那婊子的缘故，特洛伊人，出力吧！挑下那衣袖来，挑下那衣袖来！

点评： 废人瑟西特斯在起哄架秧子，没有立场，但为什么打起仗来，却说清楚了。这时莎士比亚的道具——袖子再次出现，由一个旁观者叫喊出来，对交代情节和取悦观众，都是很有效果的。Whore出现两次，分别针对希腊人和特洛伊人，说明瑟西特斯对水性杨花的女人的看

229

法，也是对参战双方的蔑视，因为他们在为一个婊子打仗。其实，莎士比亚是在写人的动物性：谁得到女性，谁就能生育后代。

照字面意思，朱译多出来"出力吧"和"挑下"两处，但是这段简单的台词，没有了这两处东西，读来是否还会这样生动呢？

20 *Hector* I am unarm'd; forego this vantage Creek. / 我现在已经解除武装；不要乘人不备，希腊人。

21 *Achilles* Strike, fellows, strike; this is the man I seek. / 动手，孩儿们，动手！这就是我们所要找的人。

点评：两个大力士的对话，一个说我解除了武装，不能这时候痛下杀手；另一个说快动手，此时杀死这个人正是时机。真正的战场上是不会有这样的场面的，这是莎士比亚重现的场面，看起来好像两个孩子在打仗，连所说的话都很孩子气。其实，莎士比亚在说明特洛伊人失败的原因，说明希腊人获胜的原因。特洛伊战争打了十年，最后破城是希腊人把勇士藏进木马肚子里，特洛伊人把木马拖进城里，希腊勇士乘夜打开马肚子，里应外合，攻克了特洛伊城，是智取。在《特洛伊罗斯与克瑞西达》一剧里，赫克托不听众人劝阻，非要上战场接受希腊人的挑战，阿基里斯避其锋芒，乘其不备将其乱刀砍死。台词不多，但是莎士比亚要说的内容，却是有零有整的，因此阅读莎士比亚是需要边读边思考的。

朱译把fellows译作"孩儿们"，好像孙大圣喊"徒儿们"，将与士的关系一下子突出了，很出彩。

小结：这部分证明莎士比亚对古希腊和古罗马人多么入迷！

我以为，写作历史题材，想象和破解古人究竟在过一种什么样的生活，是非常重要的切入点。现代人，一旦两国交战，国民，尤其知识层的人士，便拿出一副同仇敌忾的架势，自己不一定非要赴死，却用种种大帽子煽动和蛊惑别人去赴死，已经成为一种常态，令个体少有思考的余地。莎士比亚很幸运,现代意识形态还没有戕害到他,让他的想象力得到了充分的驰骋。因此,这个剧本不一定是观众非常耐看的演出戏,却是一部非常耐读的戏剧读本。莎士比亚的台词给读者留有很大的空间去想象,去填充,阅读所得的收获往往令人惊奇。

朱生豪跟着莎士比亚的想象翻译,译文的现场感非常好;虽然有个别地方的展转腾挪不是十分严谨,但主要人物的台词都翻译得十分到位。

有点奇怪的是,《特洛伊罗斯与克瑞西达》一剧,是朱生豪漏译比较多的,大大小小共有七十多处,有些漏译明显是译者无意中漏译了,而有些好像是译者不喜欢某段文字或者觉得多余,故意漏译了。虽然总体质量依然上乘,但是漏译现象却不得不正视。如我多次猜测的,也许是译者这个时期身体不适,精力不济,或者刚刚患了一次感冒,精力还没有完全恢复?喜剧《终成眷属》也有类似问题。

点评的第三条,关于《红楼梦》两个汉译英的译本的分析,是我的聚焦点,尽管点评的是汉译英而非英译汉,但翻译的原理是相通的。

第二出 《科利奥兰纳斯》

《科利奥兰纳斯》取材于古罗马希腊语作家普鲁塔克的《希腊罗马名人传》，又一次证明莎士比亚多么喜欢古希腊、古罗马的文化。在他的全部作品中，取材于古希腊、古罗马的剧本，足足占了一半以上。这是他用时代的眼光观照人类历史时，发现等级分明的奴隶社会和荒蛮的人性碰撞的火花，是最值得研究和琢磨的。人类从森林走上原野，从原野走进部落，从部落走进井田制，从井田制走进宗教法规和王权，似乎只是在寻找一种严厉得完美的制度，结结实实地把人类本身绑紧捆死；似乎全然没有想到寻找一个人性和种种清规戒律彼此谐和共存的理想社会。也许是莎士比亚在某个早上和某个夜晚，在读古书想现世时，突然想到了这个看似小实际大的问题，于是便像淘金工发现了金矿，拼命地挖掘起来。否则，凭你怎么想象丰富，你也很难想象出莎士比亚如此着迷于古典文化，并从中塑造出那么多可歌可泣的人物形象。

《科利奥兰纳斯》是莎士比亚最后一部罗马悲剧，大约成稿于一六〇八年。在公元前五世纪，塔昆王被推翻后，罗马变成一个贵族控制的共和国，一年一度的执政官选举，是一次瓜分权力的活动。在相当长的一个时期内，共和国内部的主要问题是贵族和平民之间的内部矛盾，以及统治邻邦人民的外部斗争。罗马共和国早期的外敌是居住在罗马南部和西南部的沃尔斯奇人，他们居住的城镇包括安堤姆和科里奥里。据古代历史学家记载，罗马和沃尔斯奇人交战时的最伟大的领袖是贵族凯易斯·马修斯·科利奥兰纳斯。他率领罗马军队征服了沃尔斯奇民族，俘虏了他们的战将，他因此获勋，赢得了科利奥兰纳斯这一古罗马著名姓氏。此后，他因曾独断专行地反对把玉米分配给挨饿的平民而受控，被迫逃离罗马，加入沃尔斯奇人，带领沃尔斯奇人的军队征讨罗马城。莎士比亚在这个悲剧中，向观众成功地展示了"一位英雄怎样依靠他从小吸收的善德与恶行去取得荣誉的桂冠，相反却放弃了更佳的市民橡树花冠，最后陷入可怕的罪恶之中，背叛自己的祖国，遭到了可耻的毁灭"。(海涅语)

《科利奥兰纳斯》是一出严肃的戏剧，风格老辣，以严谨的态度探讨了个性和民族尊严的矛盾。科利奥兰纳斯生性傲慢，脾气暴躁，自我中心，仍不愧为堂堂正正的斗士和熟知兵法的谋士，最终却完全落入一种他知道会毁掉他的微妙境地。也许正是有了他这样一个文学形象，评论家和学者才共称这出戏是融人性和政治于一炉的伟大作品。

梁实秋的译名是《考利欧雷诺斯》。

本剧选用了二十一个例子。

01　For the gods know I speak this in hunger for bread, not in thirst for revenge. / 天神知道我说这样的话，只是迫于没有面包的饥饿，不是因为渴于复仇。

点评： 市民甲在剧中是一个有头脑的百姓代表，尽管也是墙头草，但是在随风倒之前都有一番高见。这句话讲出了蚁族阶层的根本要求：避免饥饿。目前为止，古今中外，所有暴动的最大动力都来自饥饿，而不是因为信仰了什么真理和主义，这样的真相从来是莎士比亚揭示的大事。这句英语的两个介词in和for用得简明，匀称，极富表达力，hunger和thirst都是名词，是汉语"饥"和"渴"的对应词儿，是很讲究的莎士比亚式造句。

朱译没有任何发挥，只有"迫于"二字对"饥饿"的强调。汉语文化里，如同我在我的写作里多次阐明的，汉字"饿"的组成很有创造性，是"食""我"二字组成的；这个世界要是把"我"都吃了，它也就没有什么价值了。朱译里强调的东西，总是重中之重。

02　The senators of Rome are this good belly, And you the mutinous members. / 罗马的元老们就是这一个好肚子，你们就是那一群作乱的器官。

点评： 这是莎士比亚很著名的一个比喻：以肚子为中心，五官、头、心、手臂和腿，都在抱怨肚子把美味装在里面享用，却什么事情也不干。肚子说：没有我的消化和提供营养，你们都要完蛋。记得二十世纪八十年代，著名相声演员马季带领他的徒弟们说过这样一个相声，虽然那段相声不是以肚子为中心，但是以人体的器官为象征物，是没有错的。如果马季是阅读莎士比亚的剧本所得，他能成名成家就在情理之中了。如今的相声不像样子，每况愈下，是年青一代沉湎网络而不读书的必然结果。若果全国的相声演员组织起来，读上半年莎士比亚戏剧，中国的相声会很快复兴也未可知。

当然，莎士比亚探讨的是古罗马的政体：元老院究竟是吃货还是智囊团？

朱译一词不差地按英语句子译出，很好。

03　What would you have, you curs, That like nor peace or war? the one affrights you, The other makes you proud. / 你们究竟要什么，你们这些恶狗？你们既不喜欢和平，又不喜欢战争；战争会使你们害怕，和平又使你们妄自尊大。

点评：马修斯没有得到"科利奥兰纳斯"这个封号之前，就是马修斯，但脾气一样大，傲气一样冲天。他和平民的关系，是莎士比亚探讨领袖和群众的关系的具体写照。他看不起老百姓，但是不隐藏，不忌讳，始终是一副好汉做事好汉当的形象。

这是莎士比亚的伟大所在：他对领袖和百姓都了如指掌。他的英语造句看似平常，但表达的内容却极其丰富。

朱生豪想必对领袖和百姓都很有研究的，"恶狗"二字用得好猛。战争与和平的重复出现，让译文很到位。

04　Being moved, he will not spare to gird the gods. / 碰到他动怒的时候，天神也免不了挨他一顿骂。

点评：布鲁特斯是剧中的护民官，罗马政体的特色产物，与人民代表的性质差不多，其实代表的还只能是他自己。布鲁特斯对科利奥兰纳斯看得最清楚，这句话就是证明："他"连神都不放在眼里。莎士比亚在揭示古罗马人对神的态度上，是别的作家无法企及的。

朱译把 gird 所含的"嘲笑、嘲弄"译作挨骂，对突出人物个性很有用，又没有脱离原文的本意。

05 *Virgilia* But had he died in the business, madam; how then? / 婆婆，要是他战死了呢？

06 *Volummia* Then his good report should have been my son; / 那么他的不朽的名声就是我的儿子。

点评：这是婆婆和儿媳妇的对话。维吉莉娅是科利奥兰纳斯的妻子，是莎士比亚笔下最贤惠的媳妇之一，她所担心的，一直是丈夫的安危。沃伦尼娅是莎士比亚笔下最强悍的女性，好像也是独一无二的，让读者产生了有其母必有其子的感觉。中国的岳母的行为与她有一拼，但胸中点墨却不在一个水准上，例如她的"不朽的名声就是我的儿子"基本上就是天下所有强悍的母亲的心胸。即便做母亲的不十分强悍，母以子贵的心理也是十分强烈的，因此，在中国漫长的封建社会里，母亲对儿子的教育的力量，远远超出做父亲的。由此推论，子不教父之过的说法，其实是一种误解。

朱译的"不朽的名声"之于 good report，显然是汉译更能给人留下记忆。

07 By the elements, If e'er again I meet him beard to beard, He's mine, or I am his: / 天地为证，要是我再有机会当面看见他，不是我杀死他，就是他杀死我。

点评：奥菲迪厄斯是一枭雄，沃尔斯奇人的大将，膂力略逊科利奥兰纳斯一筹，但是脑力略胜后者一筹，让这出戏的两雄相争必有一伤演义得不仅雄壮，而且深入。这番话更像是从一头雄狮嘴里吼出来的，与动物世界里的两头雄狮霸占地盘十分相近。这也是莎士比亚的用意：人类距离兽类不过几寸而已。内容很饱满，但是用词，一如既往，很平实。

朱译把By the elements译作"天地为证"，可谓深入浅出，因为elements在这里是指西方古代哲学中土、水、风、火四大要素，一般译者很难想象到这样的表达的。He's mine, or I am his，汉语的意思是：他是我的，我是他的；如果按照这样的字面意思译出，那该有多么煞风景呢？"不是我杀死他，就是他杀死我"，这样的译文是真正的到位，令原文增色不少。

08　Brings a'victory in his pocket? / 他把胜利放进口袋里了吗？

点评： 是莎士比亚用了英语的习惯说法，还是他的独创？很形象，不知道NBA的著名篮球明星韦斯特布鲁克进球后双手往口袋里猛插，是否读到过莎士比亚这个句子，或者，受到了类似文化影响？

朱译完全按照英语字面意思译出，可能汉语里还不曾有类似表达吧？

09　Faith, there have been many great men that have flattered the people, who ne'er loved them; and there be many that they have loved, they know not wherefore; so that, if they know not why, they hate upon no better a ground: / 老实说一句，有许多大人物尽管嘴面上拼命讨好平民，心里却一点不喜欢他们，也有许多人欢喜了一个人，却不知道为什么要欢喜他。他们既然会莫名其妙地爱他，也就会莫名其妙地恨他。

点评： 平民乙的话。莎士比亚的社会观多么了不起呀！平民的心声他最了解，而古今中外的政治家无不如此，越主张政治挂帅的领袖，内心越龌龊，是政治智慧和文化涵养山穷水尽的极端表现。

朱译把"他们"和"他"两个代词在句子中的作用交代得很好。

10　Ingratitude is monstrous, and for the multitude to be ingrateful, were to make a monster of the multitude; of the which we being members, should bring ourselves to be monstrous members. / 忘恩负义是一种极大的罪

恶，忘恩负义的群众是一个可怕的妖魔；我们都是群众中间的一分子，都要变成这妖魔的身上的器官肢体了。

点评：平民丙的话。这出戏里，莎士比亚给群众人物安排了不少台词，相当一部分台词都相当有分量，这自然是因为莎士比亚在研究和解剖这个最广大的人群。台词的深度和广度足够大时，莎士比亚往往用散文的形式写作，可见莎士比亚对诗句的局限性是心知肚明的。从观念上讲，莎士比亚是一个很正统的作家。这段英语的词儿比较大，大多数都在三四个音节，用诗句写来表达的内容就必然受限制。就这段台词表达的概念来说，是很新颖的。但在英国文化中，忘恩负义的概念是经过多次讨论的，迟至二十世纪四十年代，"二战"英雄丘吉尔在大选中落选，有记者追问他英国群众是不是太忘恩负义了，而丘吉尔回答说：忘恩负义的民族是有希望的。这种对待群众的态度不同凡响，但毕竟有些过分潇洒了吧？忘恩负义毕竟是一种缺德的行为，一个极其负面的概念。

朱译的后半部分，是根据自己理解的意思编写的，汉译成立，但和原文似乎有些距离，因为其意思应该是：……大众要是忘恩负义了，那么就会让大众变成一个大怪物；我们要是成为其成员，那么我们自己指定会不折不扣地妖魔化。

11　This double worship, Where one part does disdain with cause, the other Insult without all reason, where gentry, title, wisdom, Cannot conclude but by the yea and no Of general ignorance, —It must omit Real necessities, and give way the while To unstable slightness: purpose so barrr'd, it follows, Nothing is done to purpose. / 这一种双重的崇拜，一部分因为确有原因而轻视着另一部分，那一部分却毫无理由地侮辱着这一部分；身份、名位和智慧不能决定可否，却必须取决于无知的大众的一句是非，这样的结果必致于忽略了实际的需要，让轻率的狂妄操纵着一切；正当的目的受到阻碍，一切事情都是无目的的胡作非为。

点评：科利奥兰纳斯不是一个全无头脑的武夫，他想说话算数。

他是一个高贵的人，要用高贵人的标准治理社会，实质上他是主张秩序的。

对还在封建泥淖里挣扎的中国人来说，这些观念新颖得不好理解，因此朱生豪翻译类似的文字，跟原文亦步亦趋，为的是更准确地传达莎士比亚的观念。但是毕竟是全新的表达，像give way the while To unstable slightness的意思应该是：让不稳定的轻率行为大行其道；Nothing is done to purpose的意思应该是：为达到目的无所作为。这两处的朱译似乎都不够准确。然而，这丝毫没有影响朱译的整体表达，也许这正是朱译的成熟之处。

12 Hence, rotten thing! Or I shall shake thy bones Out of thy garments. / 滚开，坏东西！否则我要把你的骨头一根根摇下来。

点评：科利奥兰纳斯的话：好一个莎士比亚！一句话就能让一个个性十足的人物站立起来。

朱译的"摇"字直接从原文shake拿来，生动。Out of thy garments在译文里没有交代，应该有"从你的衣服里"的意思。

13 Therefore lay hold of him; Bear him to the rock Tarpeian, and from thence Into destruction cast him. / 抓住他，把他押送到大悲崖上，推下山谷里去。

点评：大悲崖的原文是Tarpeian，是罗马人在一断崖处修建的行刑地，凡是叛国者都会被从此处投下悬崖处死。莎士比亚显然对古人这样处决囚犯感兴趣，专门让反对科利奥兰纳斯的护民官西希涅斯提及这个地方，让观众和读者看到人心的冷酷和硬度。

朱生豪把Tarpeian译为"大悲崖"，是通过谐音而挑选的汉字，把《红楼梦》的味道都带出来几分，系一种高级翻译智商所为，可取！不过，如果译文最后有了"摔死"两个字，照应destruction，整个句子就更完美了。

14 Now the red pestilence strike all trades in Rome, And occupations perish! / 愿赤色的瘟疫降临在罗马各色人民的身上，使百工商贾同归于尽！

点评： 这话出自科利奥兰纳斯的母亲之口，可谓有其母必有其子哦！关于母亲对孩子的影响，莎士比亚在一些剧本里都有很好的阐述。这句话可以让一个做母亲的角色立时有了立体感。

朱译里的"各色人民"和"百工商贾"都是值得学习的细腻之处，这样的复数往往为很多译家所忽略。

15 I have heard it said, the fittest time to corrupt a man's wife is when she's fallen out with her husband. / 人家说，诱奸有夫之妇，最好趁她和丈夫反目的时候下手。

点评： 罗马平民说的话。两千年前的男女关系和莎士比亚时代的男女关系以及当代的男女关系就没有发生一点变化吗？这不能说是莎士比亚的经历吧，只能说是莎士比亚的观察。这个莎士比亚老有趣了！

朱译无可挑剔，我们只能感叹：这个朱生豪呀，年纪轻轻如此老到！

16 And power unto itself most commendable, Hath not a tomb so evident as a chair To extol what it hath done. One fire drives out one fire; one nail, one nail; Rights by rights falter, strengths by strengths do fail. / 权力的本身虽可称道，可是当它高踞宝座的时候，已经伏下它的葬身的基础了。一个火焰驱走另一个火焰，一枚钉打掉另一枚钉；权力因权力而转移，强力被强力所屈服。

点评： 莎士比亚的社会观高于其他作家，说出来自然高屋建瓴。他一辈子没有掌过权，但权力的本质却让他准确地下了定义。这话从枭雄奥菲迪厄斯嘴里说出来，读者大体可以估计到同样是枭雄的科利奥兰纳斯的结局了。想必，莎士比亚用诗句写出Hath not a tomb so evident as a chair To extol what it hath done这句英语是得意的，两样截然不同的东西，各归其位地放在一起，传达的内容不能不让人琢磨。

朱译把这句英语Hath not a tomb so evident as a chair To extol what it hath done，译作"已经伏下它的葬身的基础了"，想必不会很满意，但是确实一时也想不出更好的译法。

17　He that hath a will to die by himself fears it not from another: / 自己愿意死的人，不怕别人把他杀死。

点评：这是一个罗马老贵族说的话，两千年后美国著名作家海明威说：一个人是不会被别人打倒的，只能自己打倒自己。说这是文学传统也好，说这是西方文化的继承也罢，总之历史的流传是不能当四旧破掉的。这是箴言，可以记录在笔记本电脑或者大容量的手机里，时不时翻出来看看，说给别人听听。

朱译也是箴言，可以收入到任何一种中华文库里去。

18　My mother bows; As if Olympus to a molehill should In supplication nod: / 我的母亲向我鞠躬了，好像奥林匹斯山也会向一个土丘低头恳求一样。

点评：叱咤风云的科利奥兰纳斯可以无视整个罗马城的居民，但是在母亲跟前他只能百依百顺。母亲和儿子的关系，是这出戏里一个重要的聚焦点，为此，莎士比亚的比喻是一般写家想象不出的；这句话的想象力和文学性都是莎士比亚级别的。

19　There is differency between a grub and a butterfly; yet your butterfly was a grub. This Marcius is grown from man to dragon: he has wings: he's more than a creeping thing. / 毛虫和蝴蝶是大不相同的，可是蝴蝶就是从毛虫变化而成。这马修斯已经从一个人变成一条龙了；他已经生了翅膀，不再是一个爬行东西了。

点评：按说，龙在西方的文化里不是一个十分正面的形象，但是莎士比亚分别在三四处用了龙这个形象，似乎都是正面的，褒扬的。这番话好像是在说莎士比亚本人。他走背字时，一定有人说过他是一条毛毛虫，但是他最终不仅蜕变成一只上下飞舞的蝴蝶，还修炼成了一条腾云

240

驾雾的龙。

朱译以简练为特色，但是有时候却会利用一些量词让译文显得张弛有度，例如这里可以译作"从人变成龙"，朱生豪却译作"从一个人变成一条龙了"。高质量的译文，是很在乎小处的。

中国人现在特别喜欢说，原本一只虫，如今一条龙。不知这种表达是不是从莎士比亚那里引发出来的？

20 All swearing, if The Roman ladies bring not comfort home, They'll give him death by inches. / 大家发誓说，要是那几位罗马妇女不把好消息带回来，就要把他寸寸碟死。

点评： 科利奥兰纳斯利用敌对力量，兵临罗马城下，任凭什么人来劝说，都没有作用。最后，他母亲出面劝说，他服从了。"几位罗马妇女"是指他母亲和媳妇，"他"是一个护民官，因为赶走了科利奥兰纳斯，老百姓不干了，要拿他治罪。这里涉及了权力和武力的关系以及各种关系的利益。莎士比亚笔下的文字需要细读才更有味道。

朱译的"寸寸碟死"相对英文give him death by inches，要力量有力量，要文化底蕴有文化底蕴，特别值得当今的译者们学习。

梁译：如果那几位罗马的夫人不能带回好消息，他们要用酷刑慢慢地把他处死。这样的译文虽然有人深以为然，但是和朱译是有质量上的高低之分的。后一句里的"用酷刑"原文里显然没有，"慢慢地"又绝不等于by inches。

21 At a few drops of women's rheum, which are As cheap as lies, he sold the blood and labour Of our great action; therefore shall he die, And I'll renew me in his fail. / 单单几滴像谎话一样不值钱的女人的眼泪，就会使他出卖了我们在这次伟大的行动中所抛掷的血汗和劳力。他非死不可，他的没落才是我出头的机会。

点评： 枭雄的话应该是什么样子？就是这个样子！很难想象文弱的莎士比亚能够写出这样霸气的话。

朱译特别善于使用"单单"这类汉字，加强人物的口气。"他非死不可"之于therefore shall he die，译文的力量大于原文，可取。

小结： 个体和群众的对立，这出戏写透了。群众的力量势不可挡，是在他们成为乌合之众的时候，如同铺天盖地的蝗虫，所过之处都会变成一片荒凉之地。这个时候，一个英雄站出来阻挡，哪怕顶天立地，也只能是飞蛾扑火。然而，人世间百人百性，总有人敢于站出来做飞蛾。莎士比亚笔下的科利奥兰纳斯就是这样一个敢逆潮流而动的天地英雄。他想出人头地，加冕为王，但一点也不想讨好群众；他懂得利用群体，但不懂得分化群体；他珍惜自己的贵族身份，不屑与蚁民为伍；他敢于对抗权力，但不能违拗母亲的意志……这样一个极端矛盾的人物，注定是悲剧性的。

莎士比亚把这样一个罗马古人塑造得有血有肉，个性分明，故事情节在这出戏中并不特别引人入胜，基本上是靠人物的台词吸引观众和读者。除了主角科利奥兰纳斯的台词，两位护民官和沃伦尼娅的台词也很有特色，是这出戏的精髓所在。

这样一位戏剧人物，中国戏剧舞台上不曾有过，因此朱生豪翻译得很用心，好像生怕漏掉什么，漏译的地方不足十二三处，虽然有两三处比较大，却像是看错了行所导致的。

第三出 《泰特斯·安德洛尼克斯》

一般说来，在集权制社会里，喜剧比悲剧更为统治者所容，因为喜剧更具娱乐性，而悲剧更具揭露性。悲剧往往从历史故事中而少从现实中寻找素材，也是情理之中的。伊丽莎白时代的悲剧都是写历史题材，便是一个很好的例证。

莎士比亚的《泰特斯·安德洛尼克斯》的故事以虚构为主，精神和风格多受罗马诗人奥维德《变形记》的影响，剧中那些令人触目惊心的场景，则来自罗马戏剧家西尼卡的创作。但剧本中的故事和结构是莎士比亚的独创。

这是一个复仇套复仇的故事。

塔摩拉是哥特人的女王，在罗马和哥特人的战争中做了罗马人的俘房。罗马大将泰特斯为祭奠战死的将士，当着塔摩拉的面把她的儿子阿拉勃斯用战刀肢解后，用"烈火烧成了一堆焦炭"。塔摩拉决心复仇。经过不懈努力，她做了罗马的新皇帝萨塔尼纳斯的皇后，复仇计划得以实施：她的另外两个儿子奇伦和迪米特卢斯把泰特斯的女儿拉薇妮娅强奸后，残酷地将她的舌头割了，两只手剁了。后来，泰特斯本人开始想方设法报复塔摩拉和塔摩拉的丈夫萨塔尼纳斯。塔摩拉的摩尔人情夫阿伦对泰特斯施展欺骗手段，让他相信只有砍掉一只手，才能挽救他儿子的生命。在精神和肉体的双重打击下，泰特斯得了疯病，但他仍然伙同他的兄弟马库斯和他最后一个活着的儿子卢修斯，演出了一系列触目惊心的复仇行动：他割断了塔摩拉两个儿子的喉咙，把他们的肉包进馅饼里烤熟，让塔摩拉吃；而后他亲手把拉薇妮娅刺死，不让她再受耻辱；最后他把塔摩拉刺死。紧接着，萨塔尼纳斯把泰特斯杀死，而萨塔尼纳斯又被泰特斯的儿子、即将即位的皇帝卢修斯杀死。

这个剧情几乎是一连串的杀人行动组成的。这样残暴血腥的故事，莎士比亚为什么会选来写成戏剧给英国人看？莎士比亚当然不是在猎奇。公元前的罗马人比莎士比亚时代的人要野蛮得多，他们为了复仇，把杀人当作天经地义的行为看待。但莎士比亚要让他的同时代的人，通过他的戏剧看明白，野蛮人也是人，人杀人是多么残酷、多么可怖的行径！他的同时代的人仍在不断制造战争，而战争就意味着人与人的合法杀戮。从这个意义上讲，莎士比亚在借古讽今，在肯定人的价值，树立人的尊严，体现了他的人文主义思想的一个部分。

《泰特斯·安德洛尼克斯》在它的时代获得了很大的成功；它的台词滔滔善辩，场面情绪激烈，颇合当时的风尚。剧中描述的人类的苦难和人性丑恶的一面令人难忘。该剧在当代的演出中，仍因它能在观众中唤起怜悯和恐怖而受到欢迎。

梁实秋的译名是《泰特斯·安庄尼克斯》，"庄"好像没相对的英语发音。

本剧选用了二十一个例子。

01 Long live Lord Titus, my beloved brother, Gracious triumpher in the eyes of Rome! / 泰特斯将军，我的亲爱的兄长，罗马眼中仁慈的胜利者，愿你长生！

点评：泰特斯是罗马大将，在和哥特人的战争中屡立战功，而马库斯是他的亲兄弟，罗马的护民官。这两种官职都是莎士比亚非常重视的，在他的古希腊和古罗马的戏剧里，多次写到这两种不同的人物。戏是给人看的，这两个人物也是给人看的。观众看到古代的官员，自然会联想到今天的官员。这两个角色在戏中的表演，都很有看头。

02 With voices and applause of every sort, Patricians and plebians, we create Lord Saturinus Rome's great emperor, And say "Long live our Emperor Saturnine!" / 在全国人民不分贵贱一致的推戴拥护之下，我们宣布以萨塔尼纳斯为罗马伟大的皇帝；萨塔尼纳斯吾皇万岁！

点评：莎士比亚的时代，女王的地位是全国中心，他在借古喻今吧。

朱生豪深厚的汉语文化，当然知道中国两千年来的专制社会，皇帝是都想长命百岁的，因此将long live翻译成"万岁"，便如探囊取物了。

03　Believe me, queen, your swarth Cimmerian Doth make your honour of his body's hue, Spotted, detested, and abominable. / 相信我，娘娘，您那黑奴已经使您的名誉变了颜色，像他身体一样污秽可憎了。

点评：swarth Cimmerian是"恶毒的西米安人"，娘娘的情夫，指剧中的黑人阿伦，堪称莎士比亚笔下第二号坏人，第一个应该是《奥赛罗》一剧中的伊阿古。伊阿古是摩尔人，阿伦是西米安人，都是黑人。由此可以看出，肤色白净的白人，对别的肤色的人怀有偏见，是有历史的。英语里的fair，专门用来形容白皮肤，就是很好的说明。莎士比亚对人类的种种行迹都感兴趣。

朱译把swarth Cimmerian译作"黑奴"，是为汉语读者阅读方便起见。这样的省略在朱译中有一定比例，但不算多，不少情况是照原文译出并加了注释的。Swarth的词义不仅指皮肤黑，更指品质坏，所以这里还是加个注释为好。"污秽可憎"之于Spotted, detested, and abominable三个英文单词，合并在四个汉字里，还是省略过多了些吧。

04　*Chiron* An if she do, I would I were an eunuch, Drag hence her husband to some secret hole, And make his dead trunk pillow to our lust. / 要是让她这样清清白白死去，我宁愿我是一个太监。把她的丈夫拖到一个僻静的洞里，让他的尸体作为我们纵欲的枕垫吧。

05　*Tamora* But when ye have the honey ye desire, Let no this wasp outlive, us both to sting. / 可是当你们采到了你们所需要的蜜汁以后不要放这黄蜂活命；她的刺会伤害我们的。

点评：两句十分恶毒的对话，莎士比亚竟然可以写得如此具有文学性。这是母子之间的对话，做母亲的纵容儿子作恶杀人，看似少有，其实是人类经常会发生的事情。塔摩拉是莎士比亚笔下最狠毒的复仇女人

245

形象，复仇的理由似乎可以理解，但是复仇的手段却让人毛骨悚然。

朱译字字句句都和原文照应，尤其"纵欲的枕垫"，大家手笔。

06 Why, foolish Lucius, dost thou not perceive That Rome is but a wilderness of tigers? Tigers must prey, and Rome affords no prey But me and mine. / 嘿，愚笨的卢修斯，你不看见罗马只是一大片猛虎出没的荒野吗？猛虎一定要饱腹的，罗马除了我和我们一家的人以外，再没有别的猎物可以充塞馋吻了。

点评：泰特斯本来被人拥戴为罗马的皇帝，但是他维护传统，拥戴了一个坏皇帝，他的不幸就接二连三了。莎士比亚总是把剧中的环境铺垫得合情合理，通过人物之口渲染给观众和读者。

"饱腹"和"充塞馋吻"是朱译的闪光点，让全句出彩，却是原文里看似没有的。朱生豪的翻译之所以高出一般，从看似没有的文字里，发掘出其实存在的内容，是他的一大手段，别人很难企及。

07 O, how this villany Doth fat me with the very thoughts of it! Let fools do good, and fair men call for grace, Aaron will have his soul black like his face. / 啊！我一想到这一场恶计，就觉得浑身通泰。让傻瓜们去行善，让小白脸们去向神明献媚吧，阿伦宁愿让他的灵魂黑得像他的脸庞一样。

点评：恶人阿伦的话。多么到位的表达，好像莎士比亚做过这样的坏人！fat和fair men这样的英语运用，足见莎士比亚的语言天赋。

朱译的"通泰"和"小白脸们"，让原文生色。

08 Ah, that this sight should make so deep a wound, And yet detested life not shrink thereat! That ever death should let life bear his name, Where life hath no more interest but to breathe! / 唉，这样的惨状能够使人心魄摧裂，可憎恶的生命却还是守住这皮囊不肯脱离；生活已经失去了意义，却还要在这世上吞吐着这一口气，做一个活受罪的死鬼。

点评： 卢修斯是泰特斯二十一个儿子中最后留下来的唯一，经历了血淋淋的教训的他，思想就一定会高出一般。这段台词，我以为，是莎士比亚最好的台词之一。用中国的俗语说，这番话就是"好死不如赖活着"，但是莎士比亚的表达就别有洞天，让我们看到不幸的人们的悲苦和生命的贬值。

朱生豪显然特别喜欢这样的表达，在译文中利用他高超的几处变通，让译文带上了警世的浓烈味道。

09 Come, brother, take a head; And in this hand the other will I bear. Lavinia, thou shall be employ'd: these arms! Bear thou my hand, sweet wench, between thy teeth. / 来，兄弟，你拿着一颗头；我用这一只手托住那一颗头。拉薇妮娅，你也要帮我们做些事情，把我的手衔在你的嘴里，好孩子。

点评： 泰特斯在布置任务：这是一幅令观众和读者肝颤的画面。泰特斯的两个儿子被塔摩拉处决，留给泰特斯两个头颅。泰特斯上了阿伦的当，让人砍去了自己的一只手。拉薇妮娅这时没了舌头，没有了两只手。因此，两颗头和一只手对这三个人来说，要拿回家去，似乎成了难以完成的任务，于是出现了这样的画面：泰特斯的弟弟马库斯是一个全活人，两只手捧着一颗头；泰特斯用一只手托着一颗头；拉薇妮娅只好用牙齿叼上父亲被人算计掉的那只手。莎士比亚不是画家，但是这样的画面，却是众多的画师设计不出来的。这不是莎士比亚嗜血，而是莎士比亚对古人对待生命的态度非常好奇，对古人的承受悲痛的能力充满敬意。这样的场面，现代人看来，差不多都会崩溃的。人类越走向现代文明，人就会越脆弱，好像是规律。

朱生豪翻译这样的血腥场面，怀着敬畏，紧扣原文，少有发挥。不过，原文里的these arms没有翻译出来，有些遗憾。这是做父亲的在悲叹女儿失去了双臂，只能用牙齿提供帮助了。

10 Thou map of woe, that thus dost talk in signs! / 你这苦恼的化身，你在用

247

符号向我们说话吧!

点评：整句话没有一个生僻的词儿，但表达的悲痛的内容却一言难尽。Map这个词儿用得极好；thou map of woe，你是一幅痛苦的地图，把拉薇妮娅的非人可以忍受的巨大痛苦全方位展示出来了。Signs这个词儿也用得极好；thus dost talk in signs，只能如此这般地比画着表示想说的话。后来，拉薇妮娅说出残害她的歹徒，是用牙齿咬住一根棍子，在沙地上画出字符的! 好好一个姑娘，成了一个不能说不能做的废物，生不如死，对观众和读者的冲击力可想而知。

莎士比亚皇家剧团的演出版本，有一幅拉薇妮娅演出剧照，嘴部和两条秃臂，用殷红的丝带代表从伤口涌出的血液，丝丝缕缕缠满全身，形象之恐怖，创痛之巨大，真真的令人震撼。

爱尔兰当代著名作家塞巴斯蒂安·巴里的布克奖提名小说《漫漫长路》，描写了类似的一个画面：在英国军队和德国军队进行拉锯战的比利时战区，一个排的英国士兵走进德国士兵刚刚扫荡过的村子，他们发现全村人都没了，连鸡狗都横死街头，十分恐怖。这时，他们发现只有一个女人还活着，被捆绑在一个轭具上，她的额头被德国士兵用匕首刻下了"德意志"。她的舌头被割掉了，扔在一旁的草地上像"一个婴儿的嘴"。她的黑裙子被撩起来，露出来红红的屁股。显然，这个比利时女人被德国士兵轮奸了。英国士兵决定把这个比利时女人救走，由两个士兵扶着她，其他士兵在前面开路。但是他们遭到了德国军队的袭击，一个排的士兵都死了，只有他们三个跑出危险地带，钻进了一个战壕。那个士兵认定都是因为营救这个女人，他的同伴们才都被敌人打死，于是狠狠地打了这个可怜的女人一拳，接着撩起她的裙子，把她强奸了。戕害她的人和救助她的人，在性事问题上，都是这个被欺凌被侮辱的女人不共戴天的敌人，而两种敌人的借口都那么冠冕堂皇!

巴里写战争的恐怖和残酷，或许就受了莎士比亚描写战争之残酷的影响也未可知。

朱译把map译为"化身"，把signs译作"符号"，说明朱生豪多么想原汁原味地传达莎士比亚的深层表达。

11　*Marcus* Alas, my lord, I have but kill'd a fly. / 唉，哥哥，我不过打死了一只苍蝇。

12　*Titus* But how, if that fly had a father and mother? How would he hang his slender gilded wings, And buzz lamenting doings in the air! Poor harmless fly, That, with his pretty buzzing melody, Came here to make us merry! and thou hast kill'd him. / 可是假如那苍蝇也有父亲母亲呢？可怜的善良的苍蝇！他飞到这儿来，用他可爱的嗡嗡的吟诵娱乐我们，你却把他打死了！

13　*Marcus* Pardon me, sir, it was a black ill-favour'd fly, Like to the empress' Moor; therefore I kill'd him. / 恕我，哥哥；那是一头黑色的丑恶的苍蝇，有点像皇后身边的摩尔人，所以我才打死他。

14　*Titus* O,O,O, Then pardon me for reprehending thee, For thou hast done a charitable deed. / 哦，哦，哦！那么请你原谅我，我错怪你了，因为你做的是一件好事。

点评： 老哥俩之间的对话，兄弟是清醒的正常的好人，而哥哥的精神因为深受刺激，已经处于疯癫状态。这时候，作为哥哥的泰特斯的仁慈之心反而毕露无遗，连对一只苍蝇也怀有恻隐之心。但是，当弟弟告诉他打死的苍蝇就像皇后身边的黑奴，哥哥立马表示自己错怪弟弟了。对话看似随意，用词显然简单，但是所透露出来的内容却十分丰富，且是层层深入，把罗马古人对有色人种的偏见挖掘出来。莎士比亚笔下这样的对话，小处开始，大处结束，是特别耐读的。

朱译精准到位，可惜How would he hang his slender gilded wings, And buzz lamenting doings in the air! 在译文中找不到对应的译文，似乎漏掉了。

15　Peace, tawny slave, half me and half thy dam! Did not thy hue bewray whose brat thou art, Had nature lent thee but thy mother's look, Villain, thou mightst have been an emperor: But where the bull and cow are both milk-white, They never do beget a coal-black calf. Peace, villain, peace! / 别哭，小黑奴，一半是我，一半是你的娘娘！倘不是你的皮肤的颜色泄露了你的出身的秘密，要是造化让你生得和你母亲一个模样，小东西，谁说你不会有一天做了皇帝？可是公牛母牛倘然都是白的，决不会生下一头黑炭似的小牛来。别哭，小东西，别哭！

点评： 莎士比亚笔下的坏人，都是脑子非常好使的家伙，这让他们生性复杂，行为诡异，把常人欺骗得晕头转向。坏到家的阿伦很有艳福，和皇后塔摩拉如鱼得水，结果塔摩拉生下了一个黑婴儿。阿伦说给黑婴儿听的这番话，逻辑性极强，野腔野调中透露出来的却是真谛。莎士比亚写坏人，堪称天下第一。

朱译生动，用词贴切，极其口语化，少见的好译文。

16 *First Goth* What, canst thou say all this and never blush? / 什么！你好意思讲这些话，一点不觉得羞愧吗？
    Aaron Ay like a black dog, as the saying is. / 嗯，就像人家说的，黑狗不会脸红。

点评： 对话，看来平常，却很耐琢磨。

朱译上句译得欠缺一点，应该译为"一点不觉得脸红吗"。后一句翻译得既有头脑又具文采。原文的意思是：本来就是黑狗嘛。朱生豪翻译成"黑狗不会脸红"，照顾到了上文里的"脸红"，上下文贯通，让译文成了警句。从语境里挖掘莎士比亚的表达，是朱译的最大功劳。

17 Tut, I have done a thousand dreadful things As willingly as one would kill a fly, And nothing grieves me heartily indeed But that I cannot do ten thousand more. / 嘿！我曾经干下一千种可怕的事情，就像一个人打死一只苍蝇一般不当作一回事儿；最使我恼恨的，就是我不能再做一万件这样的恶事。

点评： 让人脊梁骨发麻的诅咒！令人过目难忘的台词！

朱译为了加强语气，似乎多出来"不当作一回事儿"六七个字，其实是莎士比亚的本意。

18 What boots it thee to call thyself a sun? / 你自称为太阳，有什么用处吗？

点评：要把人不当回事儿，再没有这句话让人泄气了。为了问得有力量，朱译把一句简短的英语分作两句汉语，可见朱生豪翻译的灵活性，是紧贴莎士比亚的原意的。

19 Can the son's eye behold his father bleed? There's meed fo meed, death for a deadly deed! / 做儿子的忍心看他的父亲流血吗？冤冤相报，有命抵命！

点评：泰特斯唯一的儿子卢修斯最后做了皇帝，而皇帝的话就要有皇帝的决断。

朱译的"冤冤相报，有命抵命"之于There's meed fo meed, death for a deadly deed，堪称定译。

20 *Lucius* Set him breast-deep in earth, and famish him; There let him stand, and rave, and cry for food: If any one relieves or pities him, For the offence he dies. This is our doom: Some stay to see him fasten'd in the earth. / 把他齐胸埋在泥土里，让他活活饿死；尽他站在那儿叫骂哭喊，都不准给他一点食物；谁要是怜悯救济他，谁就会受死刑的处分。这是我们的判决，剩几个人在这儿替他掘下泥坑，栽他进去。

21 *Aaron* O, why should wrath be mute, and fury dumb? I am no baby, I, that with base prayers I should repent the evils I have done: Ten thousand worse than ever yet I did Would I perform, if I might have my will: If one good deed in all my life I did I do repent it from my very soul. / 啊！为什么把怒气藏在胸头，隐忍不发呢？我不是小孩子，你们以为我会用卑怯的祷告忏悔我所做的恶事吗？要是我能够随心所欲，我要做

251

一万件比我曾经做过的更恶的恶事；要是在我一生中，我曾经做过一件善事，我要从心底里深深忏悔。

点评：正人君子和罪大恶极者对话，很难占据上风，奇怪吗？一个恶人信了恶，同样会坚定不移，视死如归。

英语fasten'd in the earth写得极好，大意是牢牢埋在土里；I, that with base prayers I should repent the evils I have done也写得很好，大意是我应该用邪门歪道的祷告忏悔我所干下的种种罪过。朱生豪显然不满意这样的译文，添加了"替他掘下泥坑"，然后用了一个"栽"字，文字的力量立时彰显。第二个句子腾挪成反问句，使得两句对话生动起来，再一次告诉我们，朱译的加与减、放与收、腾与挪，都是在真正理解原文的基础上进行的，自有朱生豪的原则和弹性，只有朱生豪做得来，任何随意的肤浅的评论，都只会让自己尴尬，甚至下不了台。

小结：诗歌、散文、小说甚至以写真为己任的报告文学，写人性残忍的篇章，都在莎士比亚这出戏的恐怖场景跟前望尘莫及。与其说这是虚构的力量，不如说是莎士比亚想象古人互相消灭肉体表现出来的彻底的残忍和酷烈。从认识人性之冰冷的角度看，《泰特斯·安德洛尼克斯》是最好的悲剧之一，我因此特别喜欢，但每次阅读又像经受一次酷刑。

《泰特斯·安德洛尼克斯》是英国皇家莎士比亚剧团的保留剧目，好像不可理解，其实很好理解。诸位看客可看过现在风靡全球的综合格斗吗？目前已经成为世界体育项目收视率最高的节目，发展之迅速，令人匪夷所思。年轻人特别喜欢收看的体育节目，我那胆小如豆的儿子竟然也不例外。一次，他说是美国的冠亚军赛，非拉着我一起看。两雄斗勇，使狠，置对方死地而后快，不计手段，纵容狠招，让人看得血脉偾张，心跳加速。我看见一方把另一方置于一种被动位置，紧紧锁住，腾出一只铁一般的拳头，抡起来往被动方的头上砸去，一下又一下，一下又一下，像一个大锤打在铁砧上的烧红的铁块上，那个场景实在让人迷惑：人的脑袋竟然这般耐砸吗？

人类进化到今日，文明程度似乎提高了许多，然而现实表明人性中的某些东西，不会因为文明的进程和物质的丰富，有丝毫的改变，否则，我们很难想象进入二十一世纪以来，恐怖主义在全世界制造爆炸，一次伤害几十成百的性命，竟然心安理得，究竟是为什么？

尽管恐怖场景一个接一个，但这出戏主要依靠有条不紊的叙述抓人眼球，朱生豪翻译这样的文体，是手到擒来的。译文用词平稳，紧随原文，亮点多多，是朱生豪比较好的悲剧译本。

这出戏是莎士比亚的悲剧中篇幅比较短的，漏译有十四五处，基本属于平均数。

第四出 《罗密欧与朱丽叶》

莎士比亚在剧本的开场诗里写道："故事发生在维罗纳名城，有两家门第相当的巨族，累世的宿怨激起了新争，鲜血把市民的白手污渎。是命运注定这两家仇敌，生下了一双不幸的恋人，他们的悲惨凄凉的陨灭，和解了他们交恶的尊亲。这一段生生死死的恋爱，还有那两家父母的嫌隙，把一对多情的儿女杀害，演成了今天这一本戏剧。"这段提纲挈领的速写，把剧中的情节交代得非常清楚。莎士比亚把他对爱情、友谊、封建家族的世仇和社会道德的全新理解，全部注入了罗密欧、朱丽叶、默库蒂奥、蒙特古和卡普莱特等人物身上，使得这些人物有血有肉，深深带着时代的烙印，成为世界文学史中不朽的形象。

《罗密欧与朱丽叶》虽是一出悲剧，但青年男女主人公的爱情本身却不可悲。他们不仅彼此相爱，而且大胆追求他们的爱情，不惜以命拼争。他们的爱情力量使他们敢于面对家族的仇恨，敢于向生活中的阻碍挑战。他们为了追求新的生活模式，不怕做赎罪的羔羊，因而他们的死亡虽是生命的终结，却在道德上取得了胜利，终于使两个敌对的家族言归于好。许多学者和评论家从这个意义上称这出戏是乐观主义的悲剧，也就是人们惯说的悲喜剧。

或许是这个剧本一直受人欢迎，以致我们长久以来忽略了一些很有趣的因素。首先，朱丽叶在剧中是个十三岁女孩，按照现代观念，她还是个少女，应该属于早恋。当然，古人没有那么多娱乐方式和场所，恋爱这种天生具有的娱乐，就提前凸显了。罗密欧大一点，却也大不到哪里，充其量十六七岁？这样两个"问题少年"产生热恋，不管不顾是很自然的，轻贱生命也是很自然的。其二，这个写恋爱的剧本中，关于性的双关语也许是莎士比亚所有剧本中最多的。

本剧选择了三十个范例，算最多的；不过弃用的更多，因为可评析的好例子实在是多。

01 *Sampson* Gregory, o' my word, we'll not carry coals. / 格雷格里，咱们可真的不是让人家当苦力一样欺侮的。

Gregory No, for then we should be colliers. / 对了，咱们不是可以随便给人欺侮的。

点评：这是两个仆人在对话，谈论的话题一定有内在联系。从字面上看，carry coals（运煤、卸煤之意）在译文里没有反映。第二句的字面意思前半部分没有问题，后半部分的意思是：那时我们就在做苦力了。但是，两句译文中都有"欺侮"两个字，却没有相对的英语，那就只能从他们所干的事情上来判断了。很可能，在莎士比亚的时代，装煤与卸煤应该说都不是一种好行当，是苦力才干的。

译者想到了这层意思，索性以自己的理解为依托，彻底放开翻译了。不过，这样的翻译，以今天的标准看来，是不严谨的，不提倡的，至少应该加上一个解释性的注释。

02 I strike quickly, being moved. / 我一动性子，我的剑是不认人的。

点评：strike quickly翻译成"剑是不认人的"，有想法却未必严谨，毕竟原文里没有"剑"之意，得完全靠上下文来决定是否可行。如果翻译成"我一动性子，就手起刀落"，也许比较容易让人认可？可是也还是提到了"刀"不是？所以，朱生豪在译文加减时，不是随意的，是经过斟酌的。

03 …its known I am a pretty piece of flesh. / 我是有名的一身横肉呢。

点评：a pretty piece of flesh译为"横肉"有些不对等；pretty更多的时候含有"俏"的意思，少有"横"的含义。深究起来，是因为这个短语是荤话，暗指男生殖器，是西方学者研究的著名成果。有了这层含义，再品味a pretty piece of flesh，这个英语短语的妙处就生动多了。这样文雅的荤话，能为当时的英国观众欢迎，可见莎士比亚时代的观众看戏

255

水平也够可以的了。

因为这个隐含意思,把这个英语短语翻译成"横肉",显然有些强横的味道,如果译文丝毫反映不出原文的意思,那自然也不是好译文。译者从上下文里领会含义,译作"横肉"也算用心用意了。不过,如若把"横肉"译为"竖肉",尽管是生造词,和这个短语所指的物件,倒是接近了不少呢。

04 Gregory, remember thy swashing blow. / 别忘了你的杀手锏。

点评: swashing blow不一定和"杀手锏"对等,但是谐了大家都知道的"杀手锏"俗称,使得整个句子都生动起来,大好。

05 Old Montague is come, and flourishing his blade in spite of me. / 蒙特古老东西来啦,他挥舞着他的剑,明明在跟我寻事。

点评: Old Montague没有翻译成"老蒙特古",而是"蒙特古老东西",灵活而用心,既体现出讲话人的好恶,又交代出剧中气氛的逐步恶化。In spite of me 真的相当于汉语"明明在跟我寻事"吗?也许意思不是百分之百的对等,但是"明明在跟我寻事",却是再有想法不过的译文,值得我们学习,因为我们是肯定不敢这样翻译的,或者没有这种翻译能力。

06 …hear the sentence of your moved prince. / 静听你们震怒的君王的判决。

点评: "震怒"与"君王"照应,大好。

07 What sadness lengthens Romeo's hours? / 什么悲哀使罗密欧的时间过得这样长?

点评: 这是字字句句都能对上的译文,却不是生搬硬套。

08 I'll pay that doctrine, or else die in debt. / 我一定要证明我的意见不

错，否则死了也不瞑目。

点评：or else die in debt字面意思约等于"要不会负债而死"，而这样的译文若用了便只有似是而非的感觉了。

09　But in that crystal scales let there be weigh'd Your lady's love against some other maid That I will show you shining at this feast, And she shall scant show well that now shows best, / 可是在你那水晶的天平里，要是把你的恋人跟另外一个我可以在这宴会里指点给你看的美貌的姑娘同时较量起来，那么她现在虽然仪态万方，那时候就要自惭形秽了。

点评："要是把你的恋人跟另外一个我可以在这宴会里指点给你看的美貌的姑娘同时较量起来"这样的长句，在朱译里不常见，却是朱译忠实原文最有说服力的证明。一些文人学者以为朱译是不忠实的译文，这个译句可以证明他们是大错特错的。

10　I can tell her age unto an hour. / 我把她的生辰八字记得清清楚楚的。

点评："生辰八字"在西方文化里是没有的，用在这里却再好不过。

11　She was too good for me. / 我命里不该有这样一个孩子。

点评：too这个词后面加上形容词，翻译过程中需要特别用心。这里翻译成"命里不该有"，是真正的高手所为，极好。

12　…women grow by men. / 我们女人嫁了男人就富有了。

点评：这样的译文，讲给莎士比亚听，他也会深为折服的。

13　It fits, when such a villain is a guest: I'll not endure him. / 这样一个贼子也来做我们的宾客，我怎么不生气？我不能容他在这儿放肆。

点评：中国没有几个译者会把villain翻译成"贼子"，甚至它在这里应该怎样发音，都恐怕一头雾水。它在这里念ze而非zei，京剧里写到坏

257

人，经常用这样的称呼，比如《望江亭》里的谭记儿，对那个杨恶少，张口闭口都称之为"贼子"，既解恨又智慧。朱译里这样的用词很多，足见译者对中国戏剧的熟稔和了解。这里要强调指出的是，如同这样的小词翻译需要讲究，朱译里大量辞令和诗句，都是为了更精准地把莎士比亚的写作移植到汉语文化里来。

14 *Capulet* He shall be endured: What, Goodman boy! I say, he shall: go to; Am I the master here, or you? Go to. You 'll not endure him! God shall mend my soul! You'll make a mutiny among my guests! You will set cock-a-hoop! You'll be the man! / 不容也得容；哼，目无尊长的孩子！我偏要容他。嘿！谁是这里的主人？是你还是我？嘿！你容不得他！什么话！你要当着这些客人的面前吵闹吗？你不服气！你要充好汉！

Tybalt Why, uncle, 'tis a shame. / 伯父，咱们不能忍受这样的耻辱。

点评： 字面意思，he shall be endured似乎不是"不容也得容"，God shall mend my soul也不是"什么话"之意，然而这番话一气呵成，口气说一不二，盛气凌人，字字都有教训人的味道，这就很难得了。译者不只是把原文的意思翻译出来，还要让人物跃然舞台或者纸上，就和作者的用意相通了。

接话的人是小辈，不跟长辈顶一句不甘心，顶一句又不能没有分寸，把'tis a shame译作"咱们不能忍受这样的耻辱"，很有想法，要比译作"那是耻辱"好得多。"咱们不能忍受"确实是多出来的东西，但是从一个小辈人的口中说出来，既迁就了长辈，也表达了自己的观点，很有身份感。

不过，这样的翻译风格，必须有深厚的母语做底蕴，必须有深厚的英语做底蕴，缺一不可，但这两者都是朱生豪的强项。

15 Turn back, dull earth, and find thy centre out. / 缩回去吧，无情的土地，让我回到这世界的中心。

258

点评：这句译文不是很容易读懂，因为译文的表达比较含糊其词。这句话出自罗密欧，他正处于失恋状态，对自身很不满意，dull earth这里当指他的肉身，因此这里的译文读来听来似乎都过得去，其实是有问题的。Turn back译作"现形吧"，dull earth译作"俗物"或者"臭皮囊"，find thy centre out译作"从哪来回哪去吧"，似乎更能表现罗密欧失恋的心情。

16　He is wise; ／ 他是个乖巧的家伙。

　　点评：wise很少有译作"乖巧"的，更少敢加"家伙"这样的名词的。

17　I am no pilot; ／ 我不会操舟驾舵。

　　点评：pilot不只是"操舟驾舵"之意，但确实和这类活动有关，译文显得高明了不少。

18　O, swear not by the moon, the inconstant moon, that monthly changes in her circled orb, lest that thy love prove likewise variable. ／ 啊！不要指着月亮起誓，它是变化无常的，每个月亮都有盈亏圆缺；你要是指着它起誓，也许你的爱情也会像它一样无常。

　　点评：很多人崇拜莎士比亚，拿莎士比亚点缀自己的门面，其实不知道莎士比亚的写作究竟高明在哪里。这样的文字，就是典型的莎士比亚的写作，把日常生活中人们往往忽略的自然现象，流露在他的笔端，顿时流光溢彩。这段译文，应该数lest这个词翻译得最好，尽管译者只是重复了一句话。

19　Wisely and slow; they stumble that run fast. ／ 凡事三思而行；跑得太快是会滑跌的。

　　点评：wisely and slow，从字面上看，只有行为，没有思考，其实内里是既有思考，又有行为，因此"凡事三思而行"这样的译文是再传神不过的。

20 I saw no man use you at his pleasure; / 我没有看见什么人欺侮你。

点评：use you at his pleasure译作"欺侮你"，是我们应该死记硬背的译文，因为你就是憋破脑壳儿也想不出这样的译文。

21 Therefore love moderately; long love doth so; too swift arrives as tardy as too slow. / 不太热烈的爱情才会维持久远，太快和太慢，结果都不会圆满。

点评：这类内容在莎士比亚的笔下屡见不鲜，多是他的人生经验之谈，很珍贵的。前两句译文是整合起来的，当下的翻译似乎不提倡。后一句是一个整句子，译文却一分为二，以传达准确的意思为重。

22 Where are the vile beginners of this fray? / 这一场争吵的肇祸的罪魁在什么地方？

点评：vile译作"肇祸"，beginners译作"罪魁"，都是顶好的翻译。

23 All this is comfort; wherefore weep I then? / 这明明是喜讯，我为什么要哭泣？

点评：comfort译作"喜讯"，配合后文的"哭泣"，可取。

24 What simpleness is this! / 瞧你多么不听话！

点评：simpleness可以译作"没脑子"，但这是劳伦斯神父责怪罗密欧的话，因为罗密欧这时很冲动，不动脑子，原文是说他脑子简单，神父有修养，不忍心直接责怪，便以长者身份这样婉转地说。

朱译把这句简单的话，传达出曲里拐弯的内涵，真是用心之人所为。

25 There on the ground, with his own tears made drunk. / 在那边地上哭得如醉如痴的就是他。

点评：原文写得极为精彩，是让观众如痴如醉的台词。除了莎士比亚，别的作家极少能写出这样的句子，因为这是极富想象力的文字。

朱译极为传神，是他敢作敢为的结果，而敢作敢为又贴准原文，是译者汉语英文都高人一筹的结果。

26 Unseemly woman in a seeming man! Or ill-beseeming beast in seeming both! / 你这须眉的贱妇，你这人头的畜类！

梁译：样子像男人的丑陋的女人；或是又像男人又像女人的丑陋的畜类！

点评：莎士比亚的写作，对英语贡献很大，敢于在诗句中重复用词，便是之一。Seem这个在英语里更多地用来表达不确定意思的小词，在这两个英文句子里出现了四次，表达的意思其实不复杂，但翻译起来却极为不易。

朱译不在原文用词上纠结，干脆利落地表达意思，译文接近警句。

梁译乍看起来极力贴近原文，但效果极差，无论是单个的词儿，比如seem不同的形式，还是整体句子，译文拖沓到不堪容忍，但是意思一点不明快，甚至似是而非了。

27 Things have fall'n out, sir, so unluckily, that we have had no time to move our daughter; / 伯爵，舍间因为遭逢变故，我们还没有时间去开导小女。

点评：fall'n our与so unluckily整合为"遭逢变故"，用在人物对话中，这种整合无可挑剔。"舍间"这样文雅的用词，今人怕是望尘莫及了。

28 I would the fool were married to her grave! / 我希望这傻丫头还是死了干净！

点评：这句英文的意思大概是"但愿这傻子嫁给坟墓好了！"，现在的译家十个有十个也是这样做翻译的。有了朱译"我希望这傻丫头还是死了干净！"，我们不仅应该感到无地自容，更应该潜心琢磨前人是怎么样做翻译的。

261

29　A peevish self-will'd harlotry it is. / 真是个怪僻不听话的浪蹄子!

点评：harlotry译作"浪蹄子"，读者以为如何？

30　…confusion's cure lives not in these confusions. / 你们这样乱哭乱叫是无济于事的。

点评：confusion前后用了两次，相隔四五个小单词，每次使用都用s结尾，堪称莎士比亚反复用词的好句子，好表达，很有哲理，汉语中也有类似表达，因此这英语可以译作"乱哭乱叫到头来只能是乱哭乱叫"，但是不如朱译"你们这样乱哭乱叫是无济于事的"更能让读者清楚明白。

小结：《罗密欧与朱丽叶》是莎士比亚创作的顶峰之一，这从莎士比亚的遣词造句便可以看出来。莎士比亚看来也很喜欢用意大利的这个素材，利用他国少男少女早熟的爱情，写一写自己的看法。他没有想到，他只是小试牛刀，一部经典戏剧就诞生了，成了全世界理解俊男靓女美好爱情的符号。

剧本中精彩的句子多不胜数，朱译对这样的写作，同样投入了自己最好的脑力，因此我在校补中毫不费力地选出来七八十个例子，但是因为篇幅，也因为害怕拖沓了让读者厌恶，只能忍痛割舍了一半多，虽然可惜，却也欣慰。

总之，看这出戏，读者和观众还是多想想会更有味道。我选择例子，多少也有这样的考虑。令我感到不解的是，朱生豪显然很喜欢的一出戏，漏译现象多达四十多处；当然，仔细看来，属于看错眼或者看跳行的地方比较多，译者的翻译态度是十分认真的。

第五出 《雅典的泰门》

泰门是一位富有和善良的贵族，对朋友、阿谀奉承者和食客一贯慷慨大方，一掷千金，结果有一天他发现自己成了穷光蛋。在困境中他向昔日的朋友告借，发现他们都在躲避他，抛弃他。在最后一次宴会上，他把餐桌上的盘碟全装了清水，一怒之下，把水泼向那些酒肉朋友，表示他与忘恩负义的他们一刀两断。然后，他诅咒着雅典城，躲进森林的洞穴里，独居孤处。在挖菜根充饥时，他挖到了金子，抛弃他的那些朋友、阿谀奉承者和食客们，又纷纷来讨他的好。雅典城的官员也来请他回雅典城。他由此悟透人生，但终因精神受损，带着对人类的恨走进了坟墓。

这个故事在莎士比亚的《雅典的泰门》问世之前，在英国已是家喻户晓的故事。莎士比亚又往他剧本里增加了什么内容，使它成为永载史册的文学名著，却是大有研究的。对中国读者来说，第四幕第三场里有一段话是非常熟悉的："金子！黄黄的、发光的、宝贵的金子！……这东西，只这一点点儿，就可以使黑的变成白的，丑的变成美的，错的变成对的，卑贱变成尊贵，老人变成少年，懦夫变成勇士……"这是因为马克思在评述这段话时写过另一段话："金钱使忠实变为不忠实、爱变为恨、美德变为恶行、恶行变为美德、奴仆变为主人、主人变为奴仆、愚蠢变为聪明、聪明变为愚蠢。"

马克思从莎士比亚的作品中发现了他想说的话，只能说明莎士比亚作品的丰富，两位文化巨人对某一真理的认同。人类自从组成了自己的社会，外来的最具破坏力、变革力和建设力的东西，笔者认为有三样：战争、权力和金钱。人类诅咒战争、讽刺权力的名言，绝不比指责金钱的话少。但这三样东西没有因此从人类社会中消失。这不仅说明它们有存在的合理性，也说明它们具有恶和善的两面性。人之所以称为人，就是人通过思维，能区别恶和善，能抑恶扬善。这是人类生存的希望，也是莎士比亚在《雅典的泰门》一剧中警示世人的主要内涵。

《雅典的泰门》一剧前后两部分对照鲜明，人物性格均具有前后截然不同的变化。全剧的语言刻薄而辛辣，痛斥和讽刺交织在一起，颇具特色。泰门这个人物疾恶如仇，易受攻击，演员表演时可塑性强，因此成为英美一些扮演者争相尝试的角色。

本剧选用了十七个例子。

01　*Poet*　I have not seen you long: how goes the world? / 好久不见了。世界变得怎样啦？

02　*Painter*　It wears, sir, as it grow. / 先生，它变得一天不如一天了。

点评：《雅典的泰门》的帷幕是由诗人和画家拉开的。两个酸文人见面打招呼，问好后，诗人随口问起如今的世道怎样，可画家回答得却不像是随口而答，因为他说世界在走下坡路。看似不经意的对话，却是这出戏的基调，预告主人公泰门的人生悲剧。

朱译用口语译出，人物对话自然流畅，"一天不如一天"很有中国味道，但是与莎士比亚的表达还有一定距离，因为原句是说：世道就那样子吧。译者忽略了这点，似乎没有精益求精，却是两种文化造成的差异。

03　*Timon*　I take no heed of thee; thou'rt an Athenian, therefore welcome: I myself would have no power; prithee, let my meat make thee silent. / 我不管你说什么；你是一个雅典人，所以我欢迎你。我自己没有力量封住你的嘴，请你让我的肉食使你静默吧。

04　*Apemantus*　I scorn thy meat; 'twould choke me, for I should ne'er flatter thee. / 我不要吃你的肉食；它会噎住我的喉咙，因为我永远不会谄媚你。

点评： 泰门和剧中哲学家埃皮曼斯特的对话。这个怪调满口的哲学家，是剧中唯一清醒的角色。泰门这时还是世俗世界里的世俗之人，想用美味占住埃皮曼斯特的嘴，不让他怪调多多。莎士比亚笔下的正常和非正常，表现得很细腻，是读者往往会忽略的。

朱译给power一词增添了"封住你的嘴"的宾语，不是凭空添加内容，而是与对话的下一句"肉食使你静默"前后呼应。"不要吃你的肉食"之于I scorn thy meat，似乎不如原文表达精细，因为哲学家无论怎么高谈阔论，饭还是一定要吃的。他们只是嘴上说看不上这样那样的饭菜，但绝不敢拒绝饭菜。Choke me译为"噎住我的喉咙"，多了"我的喉咙"，看来也是照顾了后文的，因为吃饭和说话都发生在喉部，这里噎住了，好话坏话都说不出来了。

05　Immortal gods, I crave no pelf;
　　I pray for no man but myself;
　　Grant I may never prove so fond,
　　To trust man on his oath or bond;
　　Or a harlot, for her weeping;
　　Or a dog, that seems a-sleeping;
　　Or a keeper with my freedom;
　　Or my friends, if I should need 'em.
　　Amen. So fall to 't:
　　Rich men sin, and I eat root. /
　　永生的神，我不要财宝，
　　我也不愿为别人祈祷；
　　保佑我不要做个呆子，
　　相信人们空口的盟誓；
　　也不要相信娼妓的泪；
　　也不要相信狗的假寐；
　　也不要相信我的狱吏，

也不信我的患难知己。

阿门，也就这样混混；

富人有罪，我嚼菜根。

点评： 这是怪哲学家埃皮曼斯特的诗歌，基本上用八个音节写就，上下句押韵，是剧中人物登场后的自我介绍，作者显然是要让读者对这个哲学家有个深刻印象，因此莎士比亚从第五句开始，一连用了四个or；这是莎士比亚强调的主要手段：越小的词儿，他越要大用。

朱生豪对中国戏剧的了解，在他的译文里随处可见。如今以京剧为代表的大戏种，人物登场用诗句或韵文道白，依然是主要形式。遇到这样的情况，朱生豪从来不省略，只要两种语言有吻合点，他就一定会用中国诗句的形式译出。用中国诗句，比如三言、四言、五言、七言、十言等形式，翻译莎士比亚的诗句，朱生豪尝试最多，取得的成果最好，尽管后来很多译家用各种形式尝试翻译莎士比亚的诗句，有的所谓专家学者甚至不知深浅地宣称自己用诗歌形式翻译莎士比亚的作品，但是最好的情况也不过是进行了一些尝试，失败是普遍的结果，而只有朱生豪的尝试留下了成果。

这首译诗是一个很好的证明，朱译用了八言和莎诗的八个音节照应，同样上下句押韵；更可喜的是原文的内容，基本上都反映在译文里了，非常了得。

顺便要特别强调的是，莎士比亚的十四行诗第六十六首，用小词大强调的特色更为明显。

06 I love and honour him, But must not break my back to heal his finger; /

我虽然很看重他的为人，可是不能为了医治他的手指而割破我自己的背。

点评： 这是莎士比亚的一种思考，借剧中一位元老之口说出，更显重要。后半句是莎士比亚所要特别强调的，那就是人与人之间，帮助和被帮助究竟应该是一种什么样的关系，是用受伤和丧命的危险去救助，还是眼看无救治的可能而理智地放弃？我们说莎士比亚伟大，他的思考都是正常而理智的，是一个很重要的方面。

I love and honour him的大概意思是：我喜爱并尊重他。朱生豪把这样的意思变通，译成"看重他的为人"，可谓真正的翻译。Break译为"割破"，也是用了心的，因为医治的只是一根小小的指头；如果译作"摔断"也可以，但是会联想到是医生在治病，不是出了什么事故，还是朱译好。

07 Religion groans at it. / 世道如斯，鬼神有知，亦当痛苦。

点评：这是剧中一个陌生人说的话，但是莎士比亚从来不放过任何小角色的台词。没有一点宗教背景，这句原文并不容易理解。这句话的大意是：宗教也要对这世道呻吟的。什么意思？

朱译用了十二个字，而原文只有四个单词；原文有浓重的宗教含义，朱生豪用了"鬼神"这样泛指，可乎？

梁译用了十一个汉字：有良心的人也要为之叹息。可是，这句原文无论如何不单指"人"的元素，因此这样的翻译总难免有似是而非的嫌疑。

08 You must consider that a prodigal course Is like the sun's; but not, like his, recoverable. I fear 'tis deepest winter in Lord Timon's purse; That is, one may reach deep enough, and yet Find little. / 你该知道一个浪子所走的路程是跟太阳一般的，可是他并不像太阳一样周而复始。我怕在泰门大爷的钱囊里，已经是岁晚寒深的暮冬时候了，你尽管一直把手伸到底里恐怕还是一无所得。

点评：一个仆人的话。莎士比亚的比喻，是他的剧本的文学性远远高于同行作家的一个重要因素。这段台词从一开始就拿大自然做比喻，是莎士比亚天人合一思想的一个例证。

朱译的"岁晚寒深的暮冬"比"最深的冬天"，好了不知道多少倍！

09 Who can speak broader than he that has no house to put his head in? / 连一所可以钻进头去的屋子都没有的人，当然会见了高楼大厦而痛骂的。

267

点评： 还是一个仆人的话。这句话堪称箴言，而且也只有莎士比亚这样的胸怀和头脑才能想出来的好句子好表达。"钻进头去的屋子"，实在是说得妙。

朱译的"见了高楼大厦"看起来是从broader这个词发挥出来的，其实是从house引申出来的，因此我们没有理由说他发挥得没有道理。

10 O my lords as you great, be pitifully good: Who cannot condemn rashness in cold blood? To kill, I grant, is sin's extremest gust; But in defence, by mercy, 'tis most just, To be in anger is impiety; But who is man that is angry? / 啊，各位大人！你们身膺重望，应该仁爱为怀。谁不知道残酷的暴行是罪不容赦的？我承认，杀人者处极刑；可是为了自卫而杀人，却是正当的行为。负气使性，虽然为正人君子所不齿，然而人非木石，谁没有一时的气愤呢？

点评： 这样的话，是莎士比亚为古希腊的陪审官设计的，曲里拐弯，里里外外都是道理。我们知道，欧洲的文艺复兴是一切向古希腊人看齐，因此让古希腊人说出的话来有模有样，是莎士比亚时代作家的重要使命，而担当这一使命最合格的就是莎士比亚了。这样有层次、有智慧、有思考、有说服力的台词，我很难在别的作家的剧本里窥见。一句话：先懂道理，再讲道理。

朱译一气呵成，读来悦目。"身膺重望""仁爱为怀"言简意赅，好翻译；而"负气使性，虽然为正人君子所不齿，然而人非木石，谁没有一时的气愤呢"之于To be in anger is impiety; But who is man that is angry, 的确翻译出一些原文里所没有的东西，但是我们谁又能说莎士比亚不想表达这样的意思呢？

11 *Second Lord* The swallow follows not summer more willing than we your lordship. / 燕子跟随夏天也不及我们跟随您一样踊跃。

12 *Timon* Nor more willingly leaves winter; such summer-birds are men. /

你们离开我也比燕子离开冬天还快;人就是这种趋炎避冷的鸟儿。

点评: 这是两句对话,贴着人的本性写来,精妙至极,而"人就是这种趋炎避冷的鸟儿"堪称箴言,铺垫好,结论更好。

朱译跟原文亦步亦趋,只有"人就是这种趋炎避冷的鸟儿",按照字面意思应该是"这种夏天的鸟儿就是世人",朱生豪对它稍加发挥,便成了汉语中的箴言,我们没有权利说译者的译文不合格。

13. Burn, house! Sink, Athens! henceforth hated be Of Timon man and all humanity! / 屋子,烧起来呀!雅典,陆沉了吧!从此以后,泰门将要痛恨一切的人类了!

    点评: 泰门这时已经由雅典城以往的贵人,沦落为荒原洞穴的一个野人,之前围着他阿谀奉承的狐朋狗友,没有一个人来看他,他因此顿悟人世,变成了一个愤世嫉俗仇恨人类的人。泰门说出这样的诅咒,内心的憎恨之深,可见一斑。只是他如何落入这样的境况来得很突兀,戏剧通过分开幕次和场次容易做到,而人物的性格过渡则难免裂缝,因此后来的戏剧评论家认为这个剧本写得不成功,像是前后两本戏拼接在一起了。我以为,这是剧本作为读本后发现的不足,而作为当时演出的戏剧,就是换了幕次和场次本来就是大不相同或截然不同的戏份了。

    朱译前半句译得到位,后半句用"一切的人类"代替man and all humanity,欠缺了点什么,因为all humanity更接近汉语"人的所有行为";另,这半句话的语法好像也迷惑人,主谓宾怎么摆都有些学问。

14. What is here? Gold? Yellow, glittering, precious gold? No, gods, I am no idle votarist: roots, you clear heavens! Thus much of this will make black white, foul fair, Wrong right, base noble, old young, coward valiant. / 咦,这是什么?金子?黄黄的,发光的,宝贵的金子!不,天神们啊,我不是一个游手好闲的信徒;我只要你们给我一些树根!这东西,只这一点点儿,就可以使黑的变成白的,丑的变成美的,错的变成对的,卑贱变成尊贵,老人变成少年,懦夫变成勇士。

点评： 莎士比亚的这段台词，其实是在给金子点赞，即便有讥讽的成分，也丝毫没有痛斥的用意。金子是一种客观的存在，在金子面前发生混乱的是人类的心。金钱激发的是人的原始动力，我们的俗语：鸟为食亡人为财死。莎士比亚总能透过现象看到本质，他的伟大就在于此。

这句英语，从 thus 之后，褒义词和贬义词并列，简练到不能再简练，表达的内容却丰富得不能再丰富。

朱译无可挑剔，顺畅、简练、有力。

15 Thou art the cap of all the fools alive. / 你是世上天字第一号的大傻瓜。

点评： 这句英语的意思是：你是所有活着的傻瓜的帽子。

朱译显然是意译，但是怎么想出来这样的译法，倒是真的值得我们研究。

梁译"你是现存的所有的傻瓜当中之最杰出的一个"，也只能说是意译，却不能给人深刻的印象；尤其用"最杰出的"来形容"傻瓜"，多用了四个汉字，读来还是难免别扭。

16 The sun's a thief, and with his great attraction Robs the vast sea: the moon's an arrant thief, And her pale fire she snatches from the sun: The sea's a thief, whose liquid surge resolves The moon into salt tears: the earth's a thief, That feeds and breeds by a composture stolen From general excrement: each thing's a thief: The laws, your curb and whip, in their rough power Have uncheck'd theft. / 太阳是个贼，用他的伟大的吸力偷窃海上的潮水；月亮是个无耻的贼，她的惨白光辉是从太阳那儿偷来的；海是个贼，他的汹涌的潮汐把月亮溶化做咸味的眼泪；地是个贼，他偷了万物粪便做成肥料，使自己肥沃；什么都是贼，那束缚你们鞭打你们的法律，也凭借它的野蛮的威力，实行不受约制的偷窃。

点评： 这是莎士比亚先进的宇宙观的最好阐释。他的时代，我们想象，太阳和月亮和大海和地球的关系，也就刚刚理顺吧。我相信，绝大多数英国人还抱着地心说为基础的宗教过日子，而莎士比亚就能写出这样漂亮的台词，这真是对英国人进行的行之有效的科普活动。

泰门讲出这样的台词，是对他的憎恨的进一步诠释，把他的憎恨写到了极致，但全部是文学语言，文学色彩，分明是愤世嫉俗，因为其文学性，我们得到的却是老庄似的高谈。

朱译的"贼"是这段台词的眼，有了这只眼，所有的文字都活泼泼地闪动起来；另，每样主词所使用的形容词也挑选得极好，如"惨白光辉""汹涌的潮汐""咸味的眼泪"等，让译文活了。

17 Graves only be men's works and death their gain! / 坟墓是人一世辛勤的成绩。

点评： 这句话是莎士比亚的人生观的反映，是给世人的警言。它的大概意思是：坟墓是人劳作的结果，死亡是人的收获。

朱译为汉语的箴言文库增添了一句更精彩的，尽管和原文有些出入。

小结： 这出戏算莎士比亚悲剧中的标准篇幅，漏译的地方有二十五六处，稍微多了一点，而且主要是第四幕漏译的几处，还真不少，看样子朱生豪不是特别喜欢这个剧本，像是在某一段时间里赶译出来的。

第六出 《尤利乌斯·恺撒》

此剧是莎士比亚继《泰特斯·安德洛尼克斯》和长诗《卢克丽丝受辱记》之后，再次离开英国历史，在罗马历史中寻找题材。恺撒被认为是世界历史上最伟大的统治者，因而他被布鲁特斯谋杀一事，亦被认为是后者最可耻的罪行之一。但人们也承认，恺撒犯有错误，布鲁特斯也非一无是处。一些遗失的剧本早已写过恺撒此人，很可能对莎士比亚产生了影响；但是他主要广泛地使用了托马斯·诺思的翻译版本《希腊罗马名人传记》，原作者是希腊历史学家普鲁塔克。

本剧的主要情节是，罗马热爱自由的人们对恺撒的独裁统治渐渐不满，密谋发难，主要领导人物有卡修斯和凯斯卡。他们为成就这番大事，千方百计拉拢布鲁特斯，而布鲁特斯则是出于对共和国的责任，不大情愿地参与了谋杀。反叛者们在元老院突然袭击恺撒，将他乱剑砍死。恺撒的好友安东尼在恺撒的葬礼上慷慨陈词，煽动起人民对谋反者的怒火。恺撒的养子、安东尼和莱皮德斯三个人联合起来，讨伐布鲁特斯和卡修斯。最后，卡修斯和布鲁特斯在腓利比战役中被打败，双双自刎身亡。

莎士比亚写到了恺撒的死、导致恺撒死亡的种种事件，以及公开和私下的种种动机。对开本的剧名为《尤利乌斯·恺撒的悲剧》，而恺撒在剧情发展不到一半时就死了。布鲁特斯、卡修斯和安东尼反倒在剧中活得更长久，而布鲁特斯这一悲剧英雄更具莎士比亚的特色；历史事实根据剧情发展和需要安排，介于虚实之间，使该剧既有历史感，又有可看性。莎士比亚通过挖掘独裁和自由这一在历史上既矛盾又依存的现象，反映了人类从野蛮走向文明的艰难和反复。莎士比亚让恺撒早早在剧中死去，一方面表明作者对独裁统治的厌恶；另一方面，作者花大量笔墨写恺撒死后导致的种种事件以及谋反者的悲剧结局，又表明作者认识到独裁统治在历史上的合理性，读后令人深思。

莎士比亚写《尤利乌斯·恺撒》时，正值他用散文诗写作得心应手之际，但本剧中使用了许多韵文诗。这一明显的文字特色和这个写罗马人生活的背景可谓相得益彰。安东尼在恺撒葬礼上的滔滔雄辩，与布鲁特斯和卡修斯的激烈争论，都和莎士比亚所使用的韵文诗和精美修辞有很大的关系，读之令人赏心悦目。

《尤利乌斯·恺撒》是莎士比亚剧本中上演的保留剧目之一，尤其在近当代的舞台和影视圈里，许多男演员都把扮演恺撒、安东尼和布鲁特斯，当作演员生涯里的一种挑战。

梁实秋的译本名为《朱利乌斯·西撒》，"西撒"的发音更接近原文的发音，不过恺撒的英文全名是Gaius Jupius Caesan，"恺"字也算是有来头吧。

本剧选用了十七个例子，最后两个例子是长段落，比较两种译文的优劣。

01 A very pleasing night to honest man. / 对于居心正直的人，这是一个可爱的晚上。

点评： "居心正直"之于honest，值得提倡，与整出戏里正义与非正义的探索氛围十分吻合。Pleasing译为"可爱"也不一般，因pleasing是个熟词，熟词生译，是避免译文平庸的一种好方法。

02 So every bondman in his own hand bears The power to cancel his captivity. / 每一个被束缚的奴隶都可以凭着自己的手挣脱他的锁链。

梁译：每一个奴隶的手里都操着解除奴役的力量。

点评： 这样的遣词造句，是莎士比亚的思考精髓，富有哲理，具有名言警示的作用，可以当作语录引用。朱译把Bondman拆解开翻译，把bond译为"被束缚的"，后面的"锁链"就有了交代，有想法，但不如照字面意思翻译，省心而不会引发质疑。

后一种是梁实秋的译文，把bondman直接翻译成奴隶，下面贴近字面意思就顺利多了。个别词儿，比如"操着"，如果再琢磨一番，不如"握有"更好些。

03　I know he would not be a wolf, But that he sees the Romans are but sheep: He were no lion, were not Romans hinds. / 我知道他只是因为看见罗马人都是绵羊，所以才会做一头狼；罗马人倘不是一群鹿，他就不会成为一头狮子。

点评：《尤利乌斯·恺撒》之所以是莎士比亚最好的剧本之一，基本上是因为这出戏内涵丰沛，顺应了文艺复兴以来的许多现代人的思考。

朱译处理这类句子，尽量和作者产生共鸣，往往把原文的意思梳理顺畅后再把译文一气呵成。这个译句把后面的句子译作条件，强调"做一头狼"的原因，和后面的句子连贯起来了。

04　O, he sits high in all the people's hearts: And that which would appear offence in us, His countenance, like richest alchemy, Will change to virtue and to worthiness. / 啊，他是众望所归的人；在我们似乎是罪恶的事情，有了他，就像丰富的化学反应，便可以变成正大光明的一举。

点评："众望所归的人"之于sits high in all the people's hearts，尽管把行为动词移植成了状态动词"是"，似乎随意，但却是为了照顾后面的"他"，可取。Virtue and worthiness译作"正大光明"，出手很不一般。这是作者在理解原文的基础上的更大作为。

05　But 'tis a common proof, That lowliness is young ambition's ladder, Whereto the climber-upward turns his face; But when he once attains the upmost round, He then unto the ladder turns his back, Looks in the clouds, scorning the base degrees By which he did ascend. So Caesar may. / 可是微贱往往是少年的野心的阶梯，凭着它一步步爬上了高处；当他一旦登上了最高的一级之后，他便不再回顾那梯子，他的

274

眼光仰望着云霄，瞧不起他从前所恃为凭藉的低下的阶级。恺撒何尝不会这样？

点评：莎士比亚是在说恺撒还是说自己？

原文里有的，译文都有了，大好。

06　Caesar shall forth: the things that threaten'd me Ne'er look'd but my back; when they shall see The face of Caesar, they are vanished. / 恺撒一定要去。恐吓我的东西只敢在我背后装腔作势；它们一看见恺撒的脸，就会销声匿迹。

点评：好写作，好译文，珠联璧合。

07　*Caesar* What can be avoided Whose end is purposed by the mighty gods? Yet Carsar shall go forth; for these predictions Are to the world in general as to Caesar. / 如果是天意注定的事，难道是人力所能逃避的吗？恺撒一定要去；因为这些预兆不是给恺撒一个人看，是给所有的世人看的。

梁译：如果是天神要实现的事，如何可以避免？西撒还是要出去；因为这些预兆是对全世界的人，不是对西撒一个人显示的。

Calpurnia When beggars die, there are no comets seen; The heavens themselves blaze forth the death of princes. / 乞丐死了的时候，天上不会有彗星出现；君王们的殒陨才会上感天象。

梁译：乞丐死的时候，不会有彗星见；君王驾崩，才由上天亲自来宣告。

Caesar Cowards die many times before their deaths; The valiant never taste of death but once. Of all the wonders that I yet have heard, It seems to me most strange that men should fear; Will come when it will come. / 懦夫在未死以前，就已经死过多次；勇士一生只死一次。在我所听到的一切怪事之中，人们的贪生怕死是一件最奇怪的事情，因为死本来是一个人免不了的结局，它要来的时候谁也不能叫它不来。

275

梁译：懦夫在死以前早已死过好多次；勇敢的人只尝试一次死亡。我所听到的这一切怪事，我觉得最可惊异的乃是大家这样害怕；因为死是必然的结局，要来的时候就一定会来。

点评：莎士比亚所以四百年来盛名不衰，自然是因为他的写作涉猎广泛，眼界开阔，观点明了。莎士比亚时代的人，对天象的认识还极其有限，与古人的观念差别不大，因此莎士比亚在他的写作中大胆地利用天象写人物命运。恺撒是英雄，按照常人的观念，英雄的命运掌握在老天爷手中。这个句子反其意而用之，写恺撒偏偏不相信这点，把自己视为世人之一。这是恺撒的话，彰显了他的性格，突出了英雄毕竟不同于常人。

这是恺撒和妻子的对话，卡尔珀尼娅说了两句话，观点很明确，那就是君王就是君王，和一般人不一样；在人世不一样，在天上也不一样。这些观念代表了世人的看法。恺撒的话从天象说到人的生死观，再次强调人的生命是一样的，只是因为人对生命的看法不一样，才有了不一样的结局。恺撒的两段话是有层次的，中间正好夹杂了卡尔珀尼娅的话，相比之下，恺撒的话超出常人的心胸很多。

朱译把恺撒确定为主语后，所有内容都围绕他交代，使得恺撒的话十分清晰，很有气度：他越是强调自己和常人无异，结果却是他越不同于常人。

梁译的"天神要实现"相对end is purposed，译文不到位，因这句英语是"既定目标"之意。另外，"还是要去"相对于shall go forth，"对全世界的人"和"对西撒一个人显示"相对于to the world in general as to Caesar，处理得都不够好，译文遣词造句的力量不够，表达的意思有些模糊，至少算不上文从字顺的汉语。比如"彗星见""只尝试一次死亡""最可惊异的乃是大家这样害怕"等，都算不上文从字顺的好汉语。

一种译文的好与差，都是比较而言，读者需要认真诵读几遍，才能有感觉，才能培养自己的鉴赏能力。

08 And you are come in very happy time, To bear my greeting to the senators And tell them that I will not come today; Cannot, is false, and that I dare no, falser; I will no come today; tell them so, Decious. / 你来得正好，请你替我去向元老们致意，对他们说我今天不来了；不是不能来，更不是不敢来，我只是不高兴来；就对他们这么说吧，德西厄斯。

梁译：你来得正是时候，请代我向元老们致意，告诉他们我今天不去了；不能来，是假的；不敢来，更是假的，是我不愿意今天来。就这样告诉他们，地舍斯。

点评：再地道不过的英语。也许为了音步，也许就是那个时代的英语特征，一些地方用词简练到不能再简练。我读到这样的文字时，每每纳闷儿莎士比亚时代的观众文盲遍地，竟然能听懂这样简练的台词。Cannot, is false, and that I dare no, falser; I will no come today; 这样的英语，省去的句子成分委实不少，仅凭耳朵听来，怎么都理解不了作者所要做出的重大表达。译者这时候也和听众一样，不管听懂了没有，翻译出来的文字呈献给读者看，却必须是清楚明白的。

朱译译作"不是不能来，更不是不敢来，我只是不高兴来"简直堪称神来之笔，全然不理睬作者强调了两次falser，仅靠汉语的字词腾挪，就让恺撒的整个精神世界跃然纸上。

梁译似乎更照顾原文的字面意思，但是"不能来，是假的；不敢来，更是假的；是我不愿意今天来"，反复诵读的结果，不仅感觉不到说话人的个性，反倒越来越软塌塌的。

因此，翻译不仅仅是从模子里往外磕砖，首先要把泥巴和好，泥巴的质量好了，磕出来的砖才有模有样。

09 As fire drives out fire, so pity pity— / 正像一阵大火把小火吞没一样，更大的怜悯使我们放弃了小小的不忍之心。

梁译：恰似大火吞食小火，于是为了忧国忧民也就顾不得小仁小义。

点评：这类台词都是莎士比亚的警世恒言。人活在世，都有一颗心。关键是活出一颗什么样的心。

朱译把so pity pity译出"更大的怜悯使我们放弃了小小的不忍之心"，确实多出了不少字数，不过它是从前一句"大火把小火吞没"顺下来的，不是没有根据的乱来，对传达作者的本意，没有损害。若果按照字面意思，译为：如同火能扑灭火，怜悯之心能催生怜悯之心，那么，这句话的意思似乎可说可不说。由此看来，朱译还是高出一筹的。

梁译沿袭了朱译的大火与小火之分，只是后半句成了没有根据的译文，不仅"忧国忧民"和"小仁小义"对不上号，前后句子的照应也十分牵强了。

10　It shall advantage more than do us wrong. / 这样不但对我们没有妨害，而且更可以博得舆论对我们的同情。

梁译：这对于我们是利多于弊的。

点评：除非上下文有足够的语境支持，朱译这句译文增加的东西确实过多了。

梁译这个译句简单明了，是难得的好译文。

11　O, Pardon me, thou bleeding piece of earth That I am meek and gentle with these butchers! Thou art the ruins of the noblest man That ever lived in the tide of times. / 啊！你这一块流血的泥土，有史以来一个最高贵的英雄的遗体，恕我跟这些屠夫曲意周旋。

梁译：啊！饶恕我，你这一堆淌血的泥土，我竟对这些凶手柔弱温和；你是有史以来最高贵的人物的遗骸。

点评：朱译完全根据原文要传达的内容，把后面两个完整的英文句子整合成"有史以来一个最高贵的英雄的遗体"一句话，很简短，应该是为了和"你这一块流血的泥土"照应，强调的作用十分明显，meek and gentle译作"曲意周旋"就顺理成章了。这应该是莎士比亚的意思，因为莎士比亚在伦敦打零工时，一定没少和大人物"曲意周旋"。写作需要人生经历，翻译同样需要人生经历。

梁译基本没有打乱句序，但是"你是有史以来最高贵的人物的遗骸"显然参考了朱译，因为按照梁译风格，这里仍然应该译为两个句子，即：你是最高贵之人的遗体，那些有史以来的英雄豪杰的遗体。"柔弱温和"之于meek and gentle，字面意思似乎不差，但是用在这里则显得软塌塌的，文字没有力量。

12 But yesterday the word of Caesar might Have stood against the world; now lies he there, And none so poor to do him reverence. / 就在昨天，恺撒的一句话可以抵御整个世界，现在他躺在那儿，没有一个卑贱的人向他致敬。

梁译：就在昨天，西撒的一句话可以抵抗住全世界；现在他躺在那里，无论多么卑贱的人也不肯向他致敬了。

点评：这是安东尼在剧中著名讲演的句子。人死如灯灭，莎士比亚通过恺撒这样叱咤风云的罗马英雄的死亡，又一次阐明了这个道理。"没有一个卑贱的人向他致敬"之于and none so poor to do him reverence，没有翻译干净，so poor在这里强调得更深，大概意思是说：没有一个人穷得只有向他致敬的份儿了。很令人伤感的一种景象。

梁译这句话加强了原句的意思，但"无论多么卑贱"还是没有翻译到位。

13 This is a slight unmeritable man, Meet to be sent on errands; is it fit, The three-fold world divided, he should stand One of the three to share it? / 这是一个不足齿数的庸奴，只好替别人供奔走之劳；像他这样的人，也配跟我们鼎足三分，在这世界上称雄道霸吗？

梁译：这是一个庸庸碌碌的人，只合派出去跑跑腿；三分天下，他占其中之一，他配么？

点评：自从人类有了思维，人分三六九等的观念，一直左右着人们的言谈话语。这句话不长，但给人的印象很深：无论在哪个层次上，人看不起人都是常态。朱译显然要强调这点，因此unmeritable man译作"庸奴"；he should stand译作"像他这样的人"，is it fit译作"也配"，让"在

279

这世界上称雄道霸"成了非有不可的成分，最终让整个句子令人难忘。

梁译总体按照了原句的次序，把is it fit放在了句尾，没有力量；"只合派出去跑跑腿"之于be sent on errands，有点文不文白不白，显然和后面"三分天下"的译文不和谐，不统一。

14　A friendly eye could never see such faults. / 一个朋友的眼睛决不会注意到这种错误。

梁译：一只友善的眼睛永远看不见这样的毛病。

点评：朱译"一个朋友的眼睛"和梁译的"一只友善的眼睛"之于a friendly eye，哪句话更中莎士比亚的意呢？

15　The deep of night is crept upon our talk, And nature must obey necessity; Which we will niggard with a little rest. / 我们贪着谈话，不知不觉夜已经深了。疲乏了的精神，必须休息片刻。

梁译：我们的只顾谈话，不知不觉已到了深夜，身体渐感不支，必须小睡片刻。

点评：这句英语十分地道，富于表达，介词使用很到位。这样的英语句子是很难翻译到位的，因此十之有九要利用译者的权利，把原文变通一下。这是朱译的强项，整句话译得很漂亮。

梁译一定参考了朱译，但译文改造得并不高明。

16　*Brutus*　Be patient till the last.

Romans, countrymen, and lovers! hear me for my cause, and be silent, that you may hear: believe me for mine honour, and have respect to mine honour, that you may believe: censure me in your wisdom, and awake your senses, that you may the better judge. If there be any in this assembly, any dear friend of Caesar to him I say, that Brutu's love was no less than his. If then that friend demand why Brutus rose against Caesar, this is my answer: Not that I loved Caesar less, but that I loved Rome more. Had you rather Caesar were living and die all slaves, than that Caesar were dead, to live all free men? As Caesar loved me, I weep for him; as he was fortunate, I rejoice at it; as he was valiant, I honour him; but, as he was ambitious, I slew him. There is tears for his love; joy for his fortune; honour for his valour; and death for his ambition. Who is here so base that would be a bondman? If any, speak; for him have I offended. Who is here so rude that would not be a Roman? If any, speak; for him have I offended. Who is here so vile that will not love his country? If any, speak; for him have I offended. If any, speak; for him have I offended. I pause for a reply. / 布鲁特斯请耐心听我讲完。各位罗马人，各位亲爱的同胞们！请你们静静地听我解释。为了我的名誉，请你们相信我，尊重我的名誉，这样你们就会相信我的话。用你们的智慧批评我，唤起你们的理智，给我一个公正的评断。要是在今天在场的群众中间，有什么人是恺撒的好朋友，我要对他说，布鲁特斯也是和他同样地爱着恺撒。要是那位朋友问我为什么布鲁特斯要起来反对恺撒，这就是我的回答：并不是我不爱恺撒，可是我更爱罗马。你们宁愿让恺撒活在世上，大家做奴隶而死呢，还是让恺撒死去，大家做自由人而生？因为恺撒爱我，所以我为他流泪；因为他是幸运的，所以我为他欣慰；因为他是勇敢的，所以我尊敬他；因为他有野心，所以我杀死他，我用眼泪报答他的友谊，用喜悦庆祝他的幸运，用尊敬崇扬他的勇敢，用死亡惩戒他的野心。这儿有谁愿意自甘卑贱，做一个奴隶？要是有这样的人，请说出来；因为我已经得罪他了。这儿有谁愿意自居化外，不愿做一个罗马人？要是有这样的人，请说出来；因为我已经得罪他了。这儿有谁愿意自处下流，不爱他的国家？要是有这样的人，请说出来；因为我已经得罪他了。我等待着答复。

梁译：请耐心听我说完。罗马人民，同胞们，朋友们！请听我讲一讲我的道理。请勿吵闹，以便能听到我的话。请为了我的荣誉而信任我，请重视我的荣誉以便对我能加以信任。运用你们的智慧来裁判我，提高你们的警觉以便作较佳的裁判。如果在这集会当中，有谁是西撒的好朋友，我要对他讲，布鲁特斯对他的友谊并不比他少些。如果那位朋友要问，为什么布鲁特斯起来反抗西撒，我的回答是：并非是我爱西撒少些，而是我爱罗马更多些。你们宁愿西撒活着，大家做奴隶死，而不愿西撒死，大家做自由人活着么？西撒爱我，我为他哭；他幸运，我为他欢欣；他勇敢，我尊崇他；但是，他野心勃勃，我杀了他。为了他的友爱，有热泪；为了他的幸运，有喜悦，为了他的勇敢，有尊崇；为了他的野心，只有死。谁是那样的低贱而甘愿为奴？如果有，请说话；因为我开罪的是他。谁是这样的野蛮而不愿为罗马人？如果有，请说话；因为我开罪的是他。谁是这样的卑鄙而不爱他的国家？如果有，请说话；因为我开罪的是他。我暂停，等候你们的回答。

17 *Antony* Friends, Romans, countrymen, lend me your ears; I came to bury Caesar, not to praise him. The evil that men do lives after them; The good is oft interred with their bones; So let it be with Caesar. The noble Brutus Hath told you Caesar was ambitious: If it were so, it was a grievous fault, And grievously hath Caesar answer'd it. Here, under leave of Brutus and the rest — For Brutus is an honourable man; So are they all, all honourable men — Come I to speak in Caesar's funeral. He was my friend, faithful and just to me: But Brutus says he was ambitious; And Brutus is an honourable man. He hath brought many captives home to Rome, Whose ransoms did the general coffers fill: Did this in Caesar seem ambitious? When that the poor have cried, Caesar hath wept: Ambition should be made of sterner stuff: Yet Brutus says he was ambitious: And Brutus is an honourable man. You all did see that on the Lupercal I thrice presented him a kingly crown, Which he did thrice refuse: was this ambitious? Yet Brutus says he was ambitious; And, sure, he is an honourable man. I speak not to disprove what Brutus spoke, But here I am to speak what I do know. You all did love him once, not without cause: What cause withholds you then, to mourn for him? O judgement! thou art fled to brutish beasts, And men have lost their reason. Bear with me; My heart is in the coffin there with Caesar, And I must pause till it come back to me. / 各位朋友，各位罗马人，各位同胞，请你们听我说：我是来埋葬恺撒，不是来赞美他。人们做了恶事，死后免不了遭人唾骂，可是他们所做的善事，往往随着他们的尸骨一齐入土；让恺撒也这样吧。尊贵的布鲁特斯已经对你们说过，恺撒是有野心的；要是真有这样的事，那诚然是一个重大的过失，恺撒也为了它付出残酷的代价了。现在我得到布鲁特斯和他的同志们的允许——因为布鲁特斯是一个正人君子，他们也都是正人君子——到这儿来在恺撒的丧礼中说几句话。他是我的朋友，他对我是那么忠诚公正；然而布鲁特斯却说他是有野心的，而布鲁特斯是一个正人君子。他曾经带许多俘虏回到罗马来，他们的赎金都充实了公家的财库，这可以说是野心者的行径吗？穷苦的人哀哭的时候，恺撒曾经为他们流泪；野心者是不应该这样仁慈的。然而布鲁特斯却说他是有野心的，而布鲁特斯是一个正人君子。你们大家看见在卢柏克节的那天，我三次献给他一顶王冠，他三次拒绝了；这难道是野心吗？然而布鲁特斯却说他是有野心的，而布鲁特斯的确确是一个正人君子。我不是要推翻布鲁特斯所说的话，我所说的只是我自己所知道的事实。你们过去都曾爱过他，那并不是没有理由的；那么什么理由阻止你们现在哀悼他呢？唉，理性啊！你已经遁入了野兽的心中，人们已经失去辨别是非的能力了。原谅我；我的心现在是跟恺撒一起在他的棺木之内，我必须停顿片刻，等它回到我自己的胸腔里。

梁译：朋友们，罗马公民，同胞们，请听我言；我是来埋葬西撒的，不是来称赞他的。人之为恶，在死后不能被人遗忘，人之为善，则常随骸骨被埋在地下；所以西撒有什么好处也不必提了。高贵的布鲁特斯已经告诉你们西撒野心勃勃；果真如此，那是严重的错误，西撒已经严重的付了代价。今天，在布鲁特斯及其他诸位准

283

许之下，——因为布鲁特斯是一位尊贵的人，所以他们也当然都是尊贵的人，——我来到此地在西撒的葬礼中演说。他是我的朋友，对我忠实而公正；但是布鲁特斯说他野心勃勃，而布鲁特斯是个尊贵的人。他曾带许多俘虏到罗马来，其赎款充实了我们的国库；在这一点上西撒可像是野心勃勃么？穷苦的人哭的时候，西撒为之流泪，野心应该是较硬些的东西做成的；但是布鲁特斯说他是野心勃勃；而布鲁特斯是个尊贵的人。你们全都看过在"卢帕克斯节"那一天我们三次献给他一顶王冠，他三次拒绝接受；这是野心么？但是布鲁特斯说他野心勃勃，而当然他是一个尊贵的人。我不是要说布鲁特斯所说的不对，我只是来此说我所知道的事。你们全都曾经爱戴过他，不是毫无理由的；那么，有什么理由令你们不为他悲伤呢？啊，判断力哟！你已经奔到畜牲群里去了，人类已经失却他们的理性。请原谅我；我的心是在那棺材里陪着西撒呢，我必须停下来，等它回来。

点评： 不做翻译优劣的点评（留给读者评判），却不能不说几句本剧中的大段台词。在英美等国，它们经常被选进学校课本里，留给老师和学生阅读和领悟。这些台词里的层次、雄辩、因果关系以及排比句式的重复；例如"而布鲁特斯是一个正人君子"这句话，重复了三遍，一遍比一遍更加深入地撞击听众的心灵。我们当代读者由此不仅会联想到美国著名反种族主义名士马丁·路德·金《我有一个梦》里的"我有一个梦"的重复。这就是范文的影响力。

莎士比亚的了不起，在于他分明站在恺撒这边，却写得相当客观，让剧中每个重要人物，哪怕是阴谋家，都充分发表看法，充分表演。布鲁特斯本是恺撒的朋友，却为了罗马的民主谋杀恺撒，他的讲演是一种调子。安东尼是恺撒的朋友，维护恺撒，他的讲演是另一种调子。这样的调子，写出来不容易，朱生豪翻译出来也不容易。

两种译文选择了两大段，是为了读者和译家能够深入细致地了解翻译的优劣，逐字逐句地多读几遍，译文精彩不精彩的地方，都可以参照一下原文，自己评鉴一下哪种译文高些，哪种译文低些，为什么高了些，为什么低了些，提高自己对译文的鉴赏力。

小结： 刺杀恺撒的代价是以命抵命，这分明是莎士比亚的主张，却写得那么潜在、隐性和自然而然。后来的写家就不像莎士比亚那么从容不迫了。我们知道，《尤利乌斯·恺撒》已经多次被改变成了电影，多数导演都谴责了刺杀恺撒的人。记得有一部电影的导演，还在影片最后的字幕里交代说：据一些好事者的深入研究，刺杀恺撒的人，无一不死于非命，而且有些死得非常惨烈；恺撒的命就是比一般人金贵，谁敢谋害这条命，谁就必须用生命相抵。

前面提及了梁译"西撒"按照发音翻译，可取，不过，关于人名地名的译名问题，尤其人名，地区之间的区别很大；这中间没有谁是谁非的问题，只是有没有统一的工具书帮助统一的问题。大陆这方面的工具书足够用了，所以即便是体育界的新人在电视转播节目，他们所讲的译名也有一定之规。就梁译的译名看，有些人名恐怕是需要改变一下的，例如乔叟，译为"巢塞"，特洛伊译为"脱爱"等，实在是别扭之极。

感觉得出来，朱生豪是喜欢这出戏的；不管当初他因为喜欢而赶译了没有，因为喜欢而有没有急于完成译作，他的《尤利乌斯·恺撒》的译文质量都保证了均匀、通畅，尤其几处讲演，翻译得很有层次，很有激情，读来一气呵成，堪称朱生豪最好的译本之一。

漏译现象虽然有十五六处，但是都算不上重大漏译，基本上是误看和漏看造成的。

这出戏的点评部分，与梁实秋先生的译文比较的评论比较多，自然是以朱译为主，以梁译为参考，让读者参与甄别，在阅读时有所选择。

第五部

朱生豪和莎士比亚珠联璧合

校补者按：本部分包括七个剧本，分别是：《麦克白》《哈姆雷特》《李尔王》《奥赛罗》《安东尼与克莉奥佩特拉》《辛白林》和《泰尔亲王佩里克利斯》。剧目排列顺序，依然遵循一六二三年的对开本，基本上是依照了莎士比亚写作剧本的年代。莎士比亚的五大悲剧选本，这七个剧本的前四种加上《罗密欧与朱丽叶》一剧，就是了。一般的评论家认为这是莎士比亚创作的巅峰期，是成熟期。好像也只能这样下结论，客观存在嘛。

这样的客观存在肯定也影响了朱生豪，他的爱子朱尚刚在《诗侣莎魂》中写道："到一年后的一九四四年初，父亲继《罗密欧与朱丽叶》以后，已经按照原来的计划译完了莎士比亚的四大悲剧《汉姆莱脱》《李尔王》《奥赛罗》和《麦克佩斯》以及《恺撒遇弑记》《女王殉爱记》等三本罗马史剧，还有杂剧《爱的徒劳》和《维洛纳二士》。"另据朱生豪的知音爱妻宋清如回忆："喜剧部分多数是早就译成的，如《仲夏夜之梦》等等，译笔是可爱的幼稚、轻快，而在悲剧部分以及史剧一部，则是后期的产物，就可发现，译者的文笔益进于熟练、流利，所谓炉火纯青的境地。《罗密欧与朱丽叶》《汉姆莱脱》《女王殉爱记》《恺撒遇弑记》等等，都是他更为得意的作品。"

这两段引文中提及的《汉姆莱脱》《麦克佩斯》《恺撒遇弑记》和《女王殉爱记》，即经过校订而基本固定下的《哈姆雷特》《麦克白》《尤利乌斯·恺撒》和《安东尼与克莉奥佩特拉》。

莎士比亚的写作历程，何尝不是如此？喜剧，是写日常生活的事件的，一地鸡毛，鸡吵鹅斗，搬弄是非，对啦，更有卿卿我我；历史剧，要写历史事件，一朝君子一朝臣，你死我活，江山轮流坐；悲剧，微量喜剧元素，一定历史剧的元素，个人性格和环境造成的命运沉浮以及不可逆转的赴死。剧种不同，表达的内容便大相径庭，使用的语言自然各不相同，作家不得不调整笔法，不得不表达多样化，不得不把笔尖深入再深入。

然而，译者就是译者，译者是有据可依的创作，穿着红舞鞋跳舞，必须遵守作者定下的规则。朱生豪翻译莎士比亚的戏剧，最后能历练到"译者的文笔益进于熟练、流利，所谓炉火纯青的境地"，他英年早逝的一生仿佛就是为了翻译莎士比亚而存在。我们只能说：这就是世界文坛的文学事件，是"朱莎合璧"，是汉语读者的福气。

第一出 《麦克白》

《麦克白》的大概情节是这样的：麦克白将军和班柯将军平息叛乱后胜利归还，路上碰见了命运三女神。她们预言说，麦克白会成为考特爵士，而后成为一国之君；班柯虽做不了国王，但能左右国王的产生。不久，国王果真册封麦克白为考特爵士。有了这样的应验，麦克白便相信了三个女巫的预言，在麦克白夫人的蛊惑下，邓肯国王造访麦克白的城堡时，麦克白把邓肯国王杀害了。邓肯国王的儿子马尔科姆和多纳尔本幸免于难。麦克白虽如愿以偿，登上王位，但始终被邓肯国王的幽灵纠缠着。邓肯的两个儿子为了复仇，在英格兰招兵买马，首先袭击麦克白的城堡，杀死了麦克白夫人及其子女，最后又把麦克白杀死。马尔科姆最终登上了王位。

这个剧本是献给詹姆斯国王的，莎士比亚自然就不能让王位落于他人之手，因此不管历史事实如何，莎士比亚只能让麦克白落得谋反不轨、下场可悲的结果；而邓肯国王的宝座虽历经反复，最终王位还得落在王族后裔的手中。莎士比亚的剧团受了詹姆斯王的庇护，他因此而产生讨好迎奉和由衷感激的复杂心情，是不难理解的。另一方面，莎士比亚在他自己的剧本中，基本上奉行一条传统思想，即君是君臣是臣，王位应归王族所有。这反映了莎士比亚十分注重秩序的观念，有积极和可取的一面。

从史实上看，莎士比亚所采用的事件，基本上是拉斐尔·霍林舍德关于邓肯和麦克白统治时期的素材，有个别场次的文字都有相似之处。但是，这个剧本的基本结构却是莎士比亚自己创作的。三女巫是他的精彩之笔，麦克白这个人物的复杂性远比霍林舍德塑造的武士国王丰富得多。更有麦克白夫人这个形象，完全不同于历史上的麦克白夫人。

《麦克白》既有观赏性，又内涵丰富，早已被看作研究犯罪哲学和犯罪心理的经典之作。麦克白的自我专注、恐惧、发怒和绝望，和麦克白夫人钢铁般的意志、煽动犯罪的力量以及深藏内心的人情味，无论对读者还是演员，都具有永久的魅力，是永久的挑战。

在莎士比亚的故乡艾汶河畔斯特拉福德镇上，莎士比亚铜像的四周有四尊他戏剧里的著名人物形象，麦克白夫人就是其中之一。

这里提供了两种译文，另一种是梁实秋的译文。尽管两种译文都会有点评，但是比较的话语更多一些。译文这种产品，也有货比三家的必要；有时候，往往会出现不比不知道、一比吓一跳的情况。

梁实秋的译名是《马克白》。

本剧选用了十五个例子。

01 Lesser than Macbeth, and greater. / 比麦克白低微，可是你的地位在他之上。

梁译：比马克白小些，可又大些。

点评：朱译是根据本剧里所发生的事实，把greater一个词儿翻译成"可是你的地位在他之上"这样一个短句子的。可以说，这是朱译的主要特点，但是这样的增减并不容易，不仅需要充分理解原文，还需要坚实的汉语功底。一句话，中英文都需要相当的修养才能胜任这样的活儿。

梁译用字简练，整句话才等于朱译的后半个句子的字数。这是剧中女巫的话，跳大神的话，过于简练了反倒不像这样的角色说出来的话；这类话应该说得啰唆点，唠叨点。因此，译文简短是可取的，但是一定要以把话说明白为宗旨。实际上，"比马克白小些，可又大些"，是前后内容矛盾的译文，基本上是越琢磨越糊涂那种。

02 New honours come upon him, Like our strange garments, cleave not to their mould But with the aid of use. / 新的尊荣加在他的身上，就像我们穿上新衣服一样，在没有穿惯以前，总觉得有些不大合身材似的。

梁译：新的荣衔加在他的身上，竟像是我们穿一件新衣服一般，若非习惯之后，便觉得不很服帖。

点评： 莎士比亚的思考所得，读来总有收获。尊荣、官衔、荣誉，这些人类名利场上的宠儿，刚刚到手时，都难免扭捏作态，可它们又是那么容易习以为常。英语表达非常到位，用词简约，但内容深刻。

朱译层层递进，自然明了。能让读者感觉到，什么东西都会失去新鲜感，最后导致懈怠。这些台词是麦克白说的，当时他只是被封了考特爵士，还有"不大合身材似的"感觉。后来习惯了，觉得名利是好东西，越高贵越要得，得陇望蜀就成了第二本性，以致杀伐之心都不觉得罪恶了。

梁译的"荣衔"似有生造之嫌。"若非习惯之后，便觉得不很服帖"之于cleave not to their mould / But with the aid of use，乍读忠实原文，其实远离了原文。

03 Come what come may, Time and the hour runs trough the roughest day. / 无论事情怎样发生，最难堪的日子也是会过去的。

梁译：要发生什么就发生什么。最多事的日子总会慢慢地度过。

点评： 莎士比亚的经验之谈，富有哲理，给人慰藉。莎士比亚的婚姻以及初到伦敦做临时工，都会有难堪难挨的日子。

朱译文从字顺，首尾照应，好译文。

梁译的"要发生什么就发生什么"之于come what come may，差了点什么，而"慢慢"二字有多余之嫌。

04 Thy letters have transported me beyond This ignorant present, and I feel now The future in the instant. / 你的信使我飞越蒙昧的现在，我已经感觉到未来的搏动了。

梁译：你的来信已经超离了这茫然的现在，我觉得将来已经到了。

点评： "蒙昧的现在"和"未来的搏动"，在朱生豪的时代应该是很前卫的遣词造句，因为当代人如果能用这样的译句来翻译，都应算作颇有现代节奏。

梁译"超离了"好像忠实了transported…beyond，却没有发现漏译了me，让译句出了舛错。"将来已经到了"之于the future in the instant，在隐性的时态上出了错，因为in the instant显然是"很快会……"之意，而不是完成了的状态。

05 Give me your hand: Conduct me to mine host. / 把你的手给我；领我去见我的居停主人。

梁译：把你的手给我，引我去见主人。

点评： 当代的译者，再没有人能把"居停主人"恰当地用在译文中了。因为这个文雅的称呼，"我的"二字一点也不显多余。梁译很简练，简练到省去了mine，似乎没有必要。

06 But in these cases We still have judgement here: that we but teach Bloody instructions, which, being taught, return To plague the inventor: this even-handed justice Commends the ingredients of our poison'd chalice To our own lips. / 可是在这种事情上，我们可以看见冥冥中的裁判：我们进行餐肉饮血的教导，教唆杀人的人，结果反而自己被人所杀；把毒药投入酒杯的人，结果也会自己饮鸩而死，这就是一丝不爽的报应。

点评： 这是麦克白说的一段话，是他谋杀了国王后的思想活动，让麦克白这个人物一下子丰满起来。他有君临天下的想法，这种想法逐步膨胀，巫师们的蛊惑是一个原因，他的夫人推波助澜是另一个原因，甚至是更大的原因；而根本原因是生命都有往食物链顶端奋进的本能。可他感觉自己被迫走到了这一步，心里不干净，这段话是生动的描述。可能看错了行，朱生豪漏译了一些东西，给校订者留下了犯错误的机会。人民文学出版社的版本，把漏译的内容翻译出了如下文字：

……我们往往逃不脱现世的裁判；我们树立下血的榜样，教会别人杀人……

在方平先生主持的《莎士比亚全集》里，译文如下：

292

但是，这种事，往往难逃现世的报应，我们自个儿立下了血的榜样，教会了人，别人就拿同样的手段，来对付那首先作恶的人，天网恢恢，使我们在自己亲手下毒的酒杯里尝到毒酒的残渣。

可以肯定，人民文学出版社的版本是方平先生校订时添上去的，而方平先生自己翻译这个剧本时又添加一些东西，弄成了这个样子，远离莎士比亚的文字三千。

如果不对照原文看，你很难想象校订者方平先生会校订出这样的译文，其中"我们树立下血的榜样，教会别人杀人，结果反而自己被人所杀"这十几个字，原文里根本没有。这样的校订，还不如略译的好。

最后，我们来参照一下梁译：所以我们只是教导人杀人，教会了之后，创始者反要遭殃；昭彰的公理会把我们下毒的酒杯的残沥送到我们自己的唇上。

这是老老实实的翻译，哪怕译文的有些地方缺乏火候。

07　What's done is done. / 事情干了就算了。

梁译：干了就算了。

点评： 朱译有"事情"二字，梁译没有"事情"。有了好还是没有的好？最好多读几遍，感觉有了，评判便客观了。

08　Things had begun make strong themselves by ill. / 以不义开始的事情，必须用罪恶使它强固。

梁译：恶事既已开端，就要恶狠地干下去。

点评： things没有"不义的事情"之意，也没有"恶事"之意，朱译是根据上下文增加的，无可厚非。

梁译中"要恶狠地干下去"之于make strong themselves，显然很不严谨，出入太大，近乎黑白错了。

09　Sweet remembrancer! / 亲爱的，不是你提起，我几乎忘了！

梁译：好一个提醒我的爱人！

293

点评： 如今有几个译者能把一句强调的短语，翻译成一句话并点了两个逗号？这类句子，在朱译中占一定比例，发挥有些过，但是很出彩。

梁译同样是从这句英语里解读出来，加了"我的爱人"，从上文发挥而来，本来很温馨，但与结尾的感叹号显然不协调。

10 Please't your highness To grace us with your royal company. / 请陛下上坐，让我们叨陪末席。

梁译：请陛下赏光就座吧。

点评： 朱译分两句话译出，用了十二个汉字；第二句话把原文里"我们"这个宾语换成了主语，好像与原文有出入，但是"叨陪末席"四个字凸显了your royal company包含的内容，这样的转换是翻译的高级手段，非一般译者能做到。

梁译用了八字汉字，简练有了，但是漏译也有了。"我们"在这里并非可有可无，且是十分重要的，因为没有"我们"，陛下是无法高高在上的。"就座"也是原文里所没有的，和朱译里的"末席"虽然同样指座位，但在不同的语境里，它们的意思大不一样。

11 I am in blood Stepp'd in so far that, should I wade no more, Returning were as tedious as go o'ver. / 我已经两足深陷于血泊之中，要是不再涉血前进，那么回头的路也是同样是使人厌倦的。

梁译：我踏在血里已到了这个地步，若不更向前踏下去，向后转和向前进将是一样的苦恼。

点评： 朱译的"涉血前进"用得非常好，前后都照应上了；"回头的路"更胜一筹，回头路意味着还得向前走，不往前行，也就没有回头路可言。这样的翻译不仅翻译了字面意思，把字里行间的东西都一一拉出来，无缝地接上了。

梁译抠出了字面意思，用词却不够好，"更"这里若用"再"要好得多；"向后转和向前进"不如"往回走和接着走"更接近原意，更口语化。

294

12 My strange and self-abuse Is the initiate fear that wants hard use; We are yet but young in deed. / 我的疑鬼疑神，出乖露丑，都是因为未经历练，心怀恐惧的缘故；我们在行事上太缺少经验了。

梁译：初遭杀人未曾惯 ／ 吓得竟被自己骗。干这事我们不过是初试罢了。

点评： 此番话为麦克白所说，经验之谈，富有哲理，因为杀人的事情毕竟攸关性命，弑君更是有违天道。读着这样的文字，我们只能感叹，莎士比亚怎么会有这样的体会，形诸文字，恰如其分地用在了麦克白身上。

朱译这句话的用词十分凌厉、胆大，让读者感觉到译者的英文理解何等不同一般，汉语造诣何等高人一筹。

梁译用了一句七言诗，很新颖，只可惜有望文生义之嫌，距离原文多少远了一些。后一句虽然是白话，但同样距离原文远了。这句话的意思是"我们在行动上嫩了些"，而"干这事"和"初试"都是实实在在的行为动词。

13 I would not have such a heart in my bosom for the dignity of the whole body. / 我不愿为了身体上的尊荣，而让我的腔子里装着这样一颗心。

梁译：纵然为了全身都享受这尊荣，我也不愿胸里藏着这样的一颗心。

点评： 这还是麦克白的话，和前面两段话都很一致，很好地刻画了一个始终在谴责自己的矛盾人物。这是后悔话，略带忏悔之意。

朱译用"身体上"和"腔子里"两种体积悬殊的肉体组织，强调麦克白内心的矛盾之大。

梁译用了一个句型翻译这句话，算得上简练到位，而且句子显得硬朗，这在他的译文里并不多见。

朱译和梁译的译文如此接近，连用汉字数量都只有一字之差，在我比较这两种译文的过程里，好像这是唯一一次。毫无疑问，这是后者参

295

考前者译文的结果。据我所知，梁实秋对朱生豪的翻译成果是相当尊重的；尊重一定来自梁实秋对朱生豪译文的阅读。这里要特别说明的是，很多译者都对参考别人的译文讳莫如深，一旦谈起也是贬低别人抬高自己，实在是愚蠢行为，因为翻译活动不在乎参考了别人的译文，而在于比别人的译文高出一点。

14 She should have died hereafter; There would have been a time for such a word. To-morrow, and to-morrow, and to-morrow, Creeps in this petty pace from day to day To the last syllable of recorded time. And all our yesterdays have lighted fools The way to dusty death. Out, out brief candle! Life's but a walking shadow, a poor player That struts and frets his hour upon the stage And then is heard no more: it is a tale Told by an idiot, full of sound and fury, Signifying nothing. / 她应该迟一点再死；现在不是应该让我听见这一个消息的时候。明天，明天，再一个明天，一天接着一天地蹑步前进，直到最后一秒钟的时间；我们所有的昨天，不过替傻子们照亮了到死亡的土壤中去的路。熄灭了吧，熄灭了吧，短促的烛光！人生不过是一个行走的影子，一个在舞台上指手画脚的拙劣的伶人，登场了片刻，就在无声无息中悄然退下；它是一个愚人所讲的故事，充满着喧哗和骚动，找不到一点意义。

点评：这是麦克白听见麦克白夫人死去的独白，从此让人对麦克白夫人的歹毒心理一下子产生了不一样的感觉，大大地打了一个折扣。如果一个女人是在如此把人生悟透的情况下，在丈夫背后不遗余力地蛊惑、煽风、点火，她真的是一个非同寻常的女人。"我们所有的昨天，不过替傻子们照亮了到死亡的土壤中去的路""人生不过是一个行走的影子"等，已经成了无数次被人引用的名言，让很多人以为这样的话出自哪个哲学家之口或者圣贤的笔下。

我对美国著名作家福克纳的名著《喧嚣和骚动》这一书名大为欣赏，读到了莎士比亚的"喧哗和骚动"，却有文学传统"原来如此"的感叹了！

如此的朱译，好像译者这时拿起了作者的笔，挥挥洒洒写下了这些汉语。

15 Fear not till Birnam wood Do come to Dunsinane. / 不要害怕，除非勃南森林会到邓西嫩来。

点评：这是女巫的预言，真可谓神神道道，不着边际。谁有魔力，能够让一片广袤的森林挪个地方？

莎士比亚能。他让征讨麦克白的将士，身上武装了绿色树枝，浩浩荡荡的队伍向邓西嫩开拔，形成了广袤的森林缓缓移动的场面。巫师唯心的预言，让莎士比亚唯物地完成了！

朱生豪绝大多数的译文，都是这样紧扣莎士比亚原意的，绝不像一些译者、文人学者甚至专门研究莎士比亚的专家认为的，朱译对不上原文，是发挥并转文式的。道理很简单：只有紧扣原文，翻译才最省心省力，最容易接近莎士比亚写作的真谛，译文因此最经得起时间的考验。

小结：这出戏是莎士比亚悲剧中篇幅最短的，却是写人性最深入的悲剧之一。有人问我读莎士比亚的戏剧，从哪部开始为好。我说：《麦克白》。为什么不是《哈姆雷特》？太长，怕你半途而废。这是实话。现如今，先别说读书已经是贵族的享受，即便是喜欢看书的，也首先会去看小说，其次散文，然后诗歌，再往后也许是戏剧？不是读者的问题，是戏剧本身阅读起来就有问题：首先要记住剧中人物，还要理顺人物关系，还要弄清人物的身份……好不容易开始了，读了十几页或者几十页后，一切又都乱套了，你还得从头再理一遍。所以，你先找一个短一点的剧本来读，怎么都方便。但是，阅读莎士比亚，我建议，哪段台词长，你先读哪段，是一个不错的方式。第一遍读下来没感觉，那就再读一遍，再读一遍，总比去读一个剧本省时省心得多。我之所以建议读者读莎士比亚的台词，也因为朱生豪的译文有魅力。

这出戏的聚焦点是第六个例子，用了三个译本的译文予以点评，只是要告诉读者：不是新译本就更好，在朱生豪的译本面前，新译本也许更糟糕。

　　漏译的地方，大小二十处，都有可能是看漏或者看错了行。

第二出 《哈姆雷特》

如同该剧在版权局的登记名字所表明的，它的确是一个丹麦王子复仇的故事。这个故事最早出现于十二世纪的丹麦史里，直到一六〇八年才有了英译本。这时的故事情节仍是这样单一：丹麦国王被其亲兄弟谋杀，亲兄弟又娶了他的皇后做皇后，丹麦王子因此决心为父复仇。莎士比亚不仅把这个单一的故事复杂化、戏剧化，更主要的是他塑造了哈姆雷特这个表面装疯卖傻、实质头脑清楚、一心报仇又犹豫不决的王子形象。这样，莎士比亚笔下的《哈姆雷特》不再是个简单的复仇故事，而是一出内涵丰富、揭示人性的戏剧经典。剧本中的戏中之戏是莎士比亚的不朽之笔。戏中的大量台词，尤其哈姆雷特的独白，滔滔不绝，文采激扬，汪洋恣肆，一泻千里，令演员在舞台上讲来一气呵成，观众在台下听来回肠荡气。

《哈姆雷特》是一出大悲剧。剧中不管哈姆雷特误杀岳父、奥菲莉娅因郁闷而发疯，还是哈姆雷特与大舅哥相煎、篡位者克劳迪亚斯被诛、王后格特鲁德误喝毒酒而亡，每条生命的扭曲和消亡，都让作者赋予了全新的意义。作者首先强调的是人的生命来世一趟纯属偶然因而显得格外珍贵。人应该珍惜生命，应该自自然然，坦坦荡荡，痛痛快快。生命，偶然而来，自然而去，但是在这个"脱了轨的世界"里，人为了生命之外的东西费尽心机，曲意奉迎，钩心斗角，杀机四伏，因而不可避免地扭曲人性，而扭曲了的人性又不可避免地会扼杀生命。

自从《哈姆雷特》问世，它就把英国舞台和世界舞台搅得轰轰烈烈，常演不衰。有了电影，哈姆雷特是银幕上的大明星；有了电视，哈姆雷特又成为屏幕上的常青树。哈姆雷特这一文学形象对西方文化产生了深刻的影响，其光炬之烈有时往往会使其创造者——莎士比亚，目瞪口呆。

本剧选用了十九个例子，是从众多例子中精选的。

01 What art thou that usurp'st this time of night, Together with that fair and warlike form In which the majesty of buried Denmark Did sometimes march? by heaven I charge thee, speak! / 你是什么鬼物，胆敢僭窃丹麦先王神武的雄姿，在这样深夜时分出现？凭着上天的名义，我命令你说话！

梁译：你是什么东西，敢擅自在这昏夜出现，并且妄穿丹麦先王曾经穿过的威武堂皇的军装？我命令你说，说！

点评：这是霍拉肖责问幽灵的话，口气听来很不客气，实质上是夜间撞见了鬼影，心虚，在给自己壮胆儿。有高人认为霍拉肖是剧中最可爱的人，因为哈姆雷特在所有人中只信任他一个。哈姆雷特在所有人面前装疯卖傻，只有在霍拉肖跟前，会放下一切生活的重负，向他倾诉心曲。如果没有霍拉肖，哈姆雷特真的会发疯。在新国王篡位成功大权独揽时，哈姆雷特的同学朋友纷纷向新国王表忠心之际，霍拉肖坚守良心，仍然和哈姆雷特保持纯真的友谊，是莎士比亚在这个"四百年来世界第一剧"中小心呵护重点培养的人物。

朱译把语境定位在帝王将相一级，"僭窃""神武""雄姿"等词运用在了译笔下，译文自然会熠熠生辉了。

梁译基本上忠实了原文，参考了朱译的痕迹很容易看出来。这没有什么不对，唯一希望能高出一截儿。可惜"敢擅自""妄穿"等词儿总在拉梁译的后腿，让读者感觉不利落、不和谐。

02 Frailty, thy name is woman! / 脆弱啊，你的名字就是女人！

梁译：脆弱，你名字就叫作女人！

点评：这句话是历代文人墨客最喜欢引用的话。即使在妇女能顶半边天的今天，仍有人引用这句话来调侃。莎士比亚的时代，女人也不一定就是脆弱的代名词。但是，论体格和力量，妇女确实要比男子脆弱。莎士比亚的不凡之处，在于他总能抓住两种东西的不同之处，说给世人听。

朱译紧贴原文，无可挑剔。

梁译无视be这个英语中占有重要席位的系动词，用了"叫作"，有了行为动词的影子。

03　But, howsoever thou pursuest this act, Taint not thy mind, nor let thy soul contrive Against thy mother aught; leave her to heaven And to those thorns that in her bosom lodge, To prick and sting her. / 可是无论你怎样进行复仇，你的行事必须光明磊落，更不可对你的母亲有什么不利的图谋，让她去受上天的裁判，和她自己内心中的荆棘的刺戳吧。

梁译：但是，不管你怎样进行这事，不可坏了你的心术，也不可存心侵犯你母亲；她自有天谴，自有良心的榛棘去刺她蜇她。

点评：这是剧中鬼魂说的话，比活着的人说话还通情达理。夫妻一场，为夫的即便死了，未亡人背叛了他，他还是念着她的好处，叮嘱儿子对母亲手下留情，网开一面。对儿子呢，要他光明磊落，把他母亲的罪孽交给上苍评判，交给他母亲的良心审批。这番话是说给儿子听的，其实也是说给自己听的。老哈姆雷特是一代明君，不能只让世人评判，一旦有机会开口说话，自己也要给自己树碑立传。莎士比亚的台词，从哪样的人物口中说出，便有哪个人物的性格，这段台词是一个很好的例子。

朱译把pursuest this act译作"进行复仇"，似乎和原文有点出入，但是和全剧中哈姆雷特的复仇行动吻合，自然也是莎士比亚的意思。Taint not thy mind，基本意思是"别给你的心里弄上污点"，译作"光明磊落"，大好。Not let thy soul contrive against thy mother aught，或许译作"……事后算账"更好些，其余译文无可挑剔，尤其"荆棘的刺戳"几个字，用得极为有力量。

梁译紧扣字面意思，无可厚非，只是总有些地方不尽如人意，如"坏了你的心术""存心侵犯你母亲""自有天谴""刺她蜇她"等等，不是偏离了原文，就是译文调配得不顺溜。

04 And therefore as a stranger give it welcome. / 那么你还是用见怪不怪的态度对待它吧。

梁译：所以把这事当作生客欢迎，不必盘问了。

点评：朱译和梁译是如此不同，让一个并不复杂的英文句子费解起来。这个句子的本意是"因此作为陌生人欢迎它呢"，还是"因此把它当作生人欢迎"？

朱译这个句子一看就懂，但是否把原文意译到位了，我真的没有把握，谨希望各位高明的读者，提出自己的看法，算作阅读拙著的一个课后作业题，如何？

梁译前半句作为一种译法，可以通过，但是后半句是从哪里拓展出来的呢？这也作为课后作业题留给高明的读者吧。

05 The time is out of joint: O cursed spite, That ever I was born to set it right! / 这是一个颠倒混乱的时代，唉，倒霉的我却要负起重整乾坤的责任！

梁译：这时代是全盘错乱；——啊可恨的冤孽，我生不辰，竟要我来纠正！

点评：这是哈姆雷特的话，一听就像出自帝王之口。The time is out of joint，莎士比亚的名句，越来越多地被人引用了，从而看出来这个世界距离人类设想的理想社会越来越远了。这句英语按照现代的社会的走向，可以译作"脱节的时代"或者"脱轨的时代"。

朱译的第一句译文，清楚明白，跟紧了原文，但是后半句是否合并得有些大而化之，是值得商榷的。不过，"重整乾坤"四个字用得有力，让哈姆雷特这个遭逢多事之秋的王子形象生动起来。

梁译的第一句认真说来是不恰当的，"全盘错乱"之于out of joint，谈不上直译也谈不上意译，只因"全盘"二字用得太差，毫无出处。后半句译得马马虎虎，却让一个破折号败了兴头，因为这里实在毫无必要用一个破折号，更何况梁先生在他翻译的莎士比亚全集的前言里，开宗明义般地写了五条翻译准则，其中一条就是尊重原文的标点符号。

06 More matter, with less art. / 多谈些实际，少弄些玄虚。

梁译：多些事实，少些卖弄。

点评：很难想象，这样一句高屋建瓴的话，出自剧中那个水性杨花的王后之口。英文像是高中级别，翻译出来却令专家学者都头疼的。挑选这个翻译例子，主要是为了比较译文。

朱译悟透原文，译得无可挑剔。

梁译毫无疑问是参考了朱译的，根据不仅是朱译在前，梁译在后，而且因为这样的句子不好翻译，而朱译是无可挑剔的，全文照录不厚道，变通就是可取之道了，因此有了"玄虚"和"卖弄"的相撞事故，而一旦变为"卖弄"和"玄虚"，就是不折不扣的搭顺风车了。

不比不知道，一比吓一跳。朱译中的"多谈些"和"少弄些"，是没有主语的对话，台词翻译得像一副对联，很对称。梁译中的"多些"和"少些"，人物对话的特点没有了，只像叙述和交代的口气了。再想一想，是否就是把朱译的"谈"和"弄"抽掉后的再利用呢？

07 Ay, sir; to be honest, as this world goes, is to be one man picked out of ten thousand. / 嗯，先生；在这世上，一万个人中间只不过有一个老实人。

梁译：对了，先生；像这样的世界，诚实的人，一万人里顶多挑出一个来。

点评：哈姆雷特的话。哈姆雷特一直在装疯，有趣的是他所有的话都句句在理，是正常人说不出来的。更有趣的是，如果哈姆雷特的时代一万个人中间只有一个老实人，我们的时代在政治谎言和商业广告的驱动下，一百万个人中间怕是连一个老实人都没有了。我们说莎士比亚这个人很厉害，有人说他是仅次于上帝的人，就在于他写出来的话，是随着人类的发展而发展的，从不落伍。

朱译和梁译都紧跟了原文，只是朱译总会高出梁译一截子，因为梁译中像"诚实的人"和"顶多"这样的变动和添加，很少能给他的译文添彩，往往都是适得其反。

08 What a piece of work is a man! how noble in reason! How infinite in faculty! in form and moving how express and admirable! in action how like an angel! in apprehension how like a god! the beauty of the world! the paragon of animals! / 人类是一件多么了不得的杰作！多么高贵的理性！多么广大的能力！多么优美的仪表！多么文雅的举动！在行为上多么像一个天使！在智慧上多么像一个天神！宇宙的精华！万物的灵长！

梁译：人是何等巧妙的一件天工！理性何等的高贵！智能何等的广大！仪容举止是何等的匀称可爱！行动是多么像天使！悟性是多么像神明！真是世界之美，万物之灵！

点评：出自哈姆雷特，疯话还是雄辩？只能去问问莎士比亚了：喂，老兄，这些话是怎么想出来的？文艺复兴的春风只吹到你的脑海里去了吗？还是你看见了达·芬奇的《蒙娜丽莎》或者米开朗琪罗的《大卫》？莎士比亚的回答恐怕很令人失望：嗯，你还没有读到我怎么辱骂人的话吧？不管怎样，这样的台词，只有莎士比亚写得出来，这是不争的事实。这些精妙的话，翻译出精妙的所在，自然是很难的。不少专家学者和翻译《哈姆雷特》的人，都批评过朱译，都跃跃欲试地想超越朱译，但是我通过比较，没有一个能超过朱译。他们的理由是朱译意译成分多，因此他们能靠紧扣原文来超过朱译。从紧扣原文的角度看，没有哪个译者能超过梁译，所以我只能拿梁译来比较。梁译在紧扣原文上，确实是下了功夫的，像"世界之美"之于the beauty of the world等，可整篇译文就是与莎士比亚要说的话有距离，而且不少地方的距离还很远。

这段话是我们很熟的莎士比亚台词，因为熟，我们比较起来就会容易些。读者只需把两种译文认真读上一遍，你就一定会有不比不知道一比吓一跳的感受。

09 *Polonius* We are oft to blame in this, — 'Tis too much proved—that with devotion's visage And pious action we do sugar o'er The devil himself. / 人们往往用至诚的外表和虔诚的行为，掩饰一颗魔鬼般的内心，这

样的例子是太多了。

King (Aside) O, 'tis too true! How smart a lash that speech doth give my conscience! The harlot's cheek, beautied with plastering art, Is not more ugly to the thing that helps it Than is my deed to my most painted word: O heavy burthen! /（旁白）啊，这句话是太真实了！它在我的良心上抽了多么重的一鞭！涂脂抹粉的娼妇的脸颊，还不及掩藏在虚伪的言辞后面的我的行为更丑恶。难堪的重负啊！

点评：在剧中，波洛涅斯是国王的臣子。臣子私下感叹人心不古，国王却把这番话往自己头上对号，很有意思的一个场景。波洛涅斯只是感叹两面三刀的人太多了，却想不到一国之君就是其中之一。想一想，一个国家的君主的言行还不如一张"娼妇的脸颊"，全体臣民还不得不对他三呼万岁，这是怎样的一个国家啊！莎士比亚真的很深刻！

朱译的"魔鬼般的内心"之于the devil himself，"至诚的外表"之于devotion's visage，以及"虔诚的行为"之于pious action，都是一种融会贯通的翻译，值得学习。当然，若把devil himself再琢磨一下，翻译成"魔鬼般的本我"，也许更能说明一个人的人性与兽性的并存状况，但是确实不是汉语的习惯表达。

10 To be, or not to be, that is the question. / 生存还是毁灭，这是一个值得考虑的问题。

梁译：死后还是存在，还是不存在——这是问题。

点评：这句话一定是全世界的人都会引用的，也是全世界的人都在套用的。原文to be，而不是to live or to survive，让人感到不同一般。我的一个在哲学上很有造诣的朋友，说to be首先是一个哲学概念，是亚里士多德提出来的，大概等于汉语的"求是"；也就是说，亚里士多德在用这个再简单不过的词儿，探讨这个很容易脱轨的世界，是还是不是，这确实是一个很大的问题。如果世人都用"是"对号，我们社会一定透明如水晶，清澈如泉水，反之亦然。

那么，莎士比亚用这个词写作，是否脑子里有这样的哲学概念，或者他的时代在探讨这个概念，他便巧妙地用在哈姆雷特的口中？

朱译的这句子，因为原文本身知名度太高，许多专家学者和译者都有看法或者都尝试翻译，大概结论是：是活，还是不活，这是问题。就是说，朱译的"毁灭"和"值得考虑"，是有问题的。其实，这句简单的句子如何翻译，很可以体现一个译家的翻译风格。毫无疑问，朱译在一些地方，喜欢增减一些内容，来强调译者理解原文后所要强调的东西，例如内容的轻重、行文的节奏、语境的要求等，这正是朱译的特点所在。关键是朱译在营造自己的翻译风格时，从来都在围绕作者真正要表达的内容、用意和重心，而且朱译的意译和发挥性内容，从来都紧扣了原文。在这个译句中，朱译用了"生存"移译to be，是两个字，不是单字，后面的not to be，朱译不喜欢"不生存"这样的遣词造句，不愿意破坏译文节奏，更愿意用"毁灭"来对应"存在"，这无可厚非。这个句子引发的是一大段独白，滔滔不绝，问天问地，气势如虹。此前，朱译增加"值得考虑"四个字，增加了听众和读者对后文的注意和重视，是可取的。朱译的特点，除了文从字顺，文采四溢，血气方刚，才情并重，诗意充塞字里行间，更是最难得的。很多自称是莎士比亚诗译的版本，恰恰只有分行的散文的分量，轻贱得不伦不类，这是很可悲的。

梁译在众多尝试中，是把这个著名的句子翻译得最个别的例子。首先是形式上就有问题，"死后还是存在"绝不等于to be；其次是破折号毫无必要。在梁译的注释里，我了解到梁译所以这样，是根据一个很有名的注释本翻译出来的。这更不对，西方学者爱怎么理解怎么理解，对于一个认真的译者，顶多只有参考的意译，绝不能照着注释版本来翻译莎士比亚的写作。这个例子所以要多说几句，是因为当今的文人学者，特别喜欢拿西方的文人学者的研究成果炫耀自己的学问，这是极其糟糕的行为。岂不知，如我在别处说过的，能成为莎士比亚的人太少，能拿莎士比亚混口饭吃的人太多。

11　The cease of majesty Dies not alone; but, like a gulf, doth draw What's near it with it; it is a massy wheel, Fix'd on the summit of the highest mount, To whose huge spokes ten thousand lesser things Are mortised and adjoin'd; which, when it falls, Each small annexment, petty consequence, Attends the boisterous ruin. Never alone Did the king sigh, but with a general groan. / 君主的薨逝不仅是个人的死亡，它像一个漩涡一样，凡是在它近旁的东西，都要被它卷去同归于尽；又像一个矗立在最高山峰上的巨轮，它的轮辐上连附着无数的小物件，当巨轮轰然崩裂的时候，那些小物件也跟着它一起粉碎。国王的一声叹息，总是随着全国的呻吟。

点评：这番话是罗森克兰茨讲的，审时度势，富于哲理，形象逼真，如雷贯耳。那么，罗森克兰茨是谁呢？是哈姆雷特的同窗、朋友，改朝换代后权衡利弊，立即归顺到新国王的翼下，奉命监视哈姆雷特，一路陪伴哈姆雷特离开丹麦前往英格兰，最终被警觉而智慧的哈姆雷特甩掉，成了新国王的冤鬼；一同丧命的还有他的同伙吉尔登斯特恩。他们都是"被它卷去同归于尽""小物件也跟着它一起粉碎"的牺牲品。悲哉不悲哉，这是一个值得考虑的问题。英国作家汤姆·斯巴帕于二十世纪八十年代末写了一出全新的戏，取名《罗森克兰茨与吉尔登斯特恩死了》，九十年代初斯巴帕根据自己的剧本导演一部电影，取得成功。斯巴帕感叹说："一点莎士比亚的东西，一点我的东西，再多一点什么东西的话，只能少一点我的东西，多一点莎士比亚。"于是，就成功了。

朱译这个译句中的"薨逝""漩涡""同归于尽""矗立""轰然崩裂"以及"一起粉碎"等遣词造句，都是在充分理解原文的基础上，强调并表达译者自己的所想，使得译文下笔千钧，如瀑布下泄，自成一景的同时，恰如其分地融合在全剧之中。

至于"国王的一声叹息，总是随着全国的呻吟"之于Did the king sigh, but with a general groan，更能称得上莎士比亚写作的精华，朱译的精华，尤其把a general groan译作"全国的呻吟"，简直都会让莎士比亚拊掌称是。

莎士比亚之后的所有专制社会，都在证明莎士比亚这句话的不朽。

12 My words fly up, my thoughts remain below: Words without thoughts never to heaven go. / 我的言语高高飞起，我的思想滞留地下：没有思想的言语永远不会上升天界。

梁译：我的话飞上去了，我的心思还在下边：没有真心的空话永远上不了天。

点评：有点奇怪，这话竟出自篡位的克劳迪亚斯之口。不过，如果他因为谋杀兄长而登王位，还想到天堂去的话，这话倒也只能出自他的口。犯下滔天罪行的人，尤其想称王称霸的人，总是把话说得满满的。

朱译遇上这样令人佩服得五体投地的语句，格外来精神，格外能激发出才情和表达欲。"高高飞起"之于fly up似乎多了"高高"二字，其实是照应了up这个介词，因为up这样的介词，向上的高度是无限的；"滞留地下"之于remain below，好像"地下"不应该出现，其实是在给"我"确定方位，又回应前文的"高高飞起"。"上升天界"之于heaven go，可谓定译。

梁译紧扣了字面意思，也算不错的翻译，但是"真心"二字是一大败笔，让整个句子变味；这也说明梁译在很多情况下是很难紧扣字面意思的，在用词的选择上随意性很大。

"没有思想的言语永远不会上升天界"，早已是世人引用莎士比亚语录最多的一种。

13 I am glad of it: a knavish speech sleeps in a foolish ear. / 那很好，一句下流的话睡在一个傻瓜的耳朵里。

梁译：我很喜欢，蠢人听不懂刻薄的话。

点评：哈姆雷特的话，倒是真有点疯疯癫癫的味道。

朱译的前半句有些随意，可以再推敲一下，至少I这个主语不能全然不顾。如果翻译成"我看这很好"，就要占理得多。后半句仅看字面意思，没有什么不理解的东西，尤其哈姆雷特在装疯，对人出言不逊是正常的；不过细究起来，这样的话也不是一听就懂的。如果哈姆雷特是把两个不喜欢的人放在一起嘲讽挖苦，这话足够俏皮。反则亦然。那样的话，"一句下流的话"不如"一个坏蛋说的话"更有道理。

梁译的前半句挺好，紧扣了字面意思，后半句完全是意译，走得过远，和原文的意思连皮毛都沾不上了。翻译，不管是意译还是直译，甚至是编写式的翻译，严格遵循原文里的主语、谓语、宾语，是至关重要的。完全不顾原文里的造句秩序，译文一定有问题。

14 Yet must not we put the strong law on him: He's loved of the distracted multitude, Who like not in their judgement, but their eyes; And where 'tis so, the offender's scourge is weigh'd, But never the offence. / 可是我们又不能把严刑峻法加在他的身上，他是为糊涂的群众所喜爱的，他们喜欢一个人，只凭眼睛，不凭理智，我要是处罚了他，他们只看见我的刑罚苛酷，却不想到他犯的是什么重罪。

点评： 新国王克劳迪亚斯对哈姆雷特不敢加害，害怕的不是哈姆雷特本人，而是拥戴哈姆雷特的众人。新国王加害老国王心狠手辣，在一个稚嫩的王子面前却顾虑重重，还能想到群众不过是些糊涂的墙头草，哪股风来向哪点头，这个克劳迪亚斯也非等闲之辈。这番话很能看出来新国王的心机。这是莎士比亚了不起的地方，笔下的人物说出的话，一定和他的身份相符。

朱译处理这样的台词，最见功夫，像where 'tis so，究竟指代前面的什么，确定起来并不容易。从"我们又不能把严刑峻法加在他的身上"分化出"我要是处罚了他"，这种处理方法需要对原文的真正理解。"他们只看见我的刑罚苛酷，却不想到他犯的是什么重罪"之于the offender's scourge is weigh'd, But never the offence，从字面意思上看，挖掘出来的意思多了一些，但是考虑到is weigh'd是一种被动式，挖掘出主动式里的内在主语，是说得通的。当然，能尽量体现原文中offender和offence的关系和利用，那就更完美了。

朱译这类译文占全部译文的十分之二三，不少专家学者据此批评朱译不忠实原文，发挥出的东西过多，但实际上批评对的例子并不多，原因是他们自己望文生义的时候居多，深入考量的能力不足，尤其英语语法不精。

15 Not where he eats, but where he is eaten: a certain convocation of politic worms are e'en at him. Your worm is your only emperor for diet: we fat all creatures else to fat us, and we fat ourselves for maggots: your fat king and your lean beggar is but variable service, two dishes, but to one table; that's the end. / 不是在他吃饭的地方，是在人家吃他的地方，有一群精明的蛆虫正在他身上大吃特吃哩。蛆虫是全世界最大的饕餮家；我们喂肥了各种的牲畜给自己受用，再喂肥了自己去给蛆虫受用。胖胖的国王跟瘦瘦的乞丐是一个桌子上两道不同的菜，不过是这么一回事儿。

点评：哈姆雷特的话，近乎疯话，却接近了真理，也接近了他复仇的目标。权术如同食物链，谁也不敢说谁能把谁一口吞下。即便两败俱伤，成为僵尸，蛆虫还在那里等着呢。疯话怎么写，什么就算疯话，这番话可以作为样本。

上句谈到朱译在处理被动式句子时找出主动一方的办法，这个句子更容易看清这一特色：he is eaten是再简单不过的被动式，朱译却喜欢用"人家吃他的地方"来处理，译句读起来顺溜得多。Politic worms译作"精明的蛆虫"，不如直接翻译成"政治蛆虫"，Your worm is your only emperor for diet译为"蛆虫是全世界最大的饕餮家"，强调的力量有了，但是不如按字面意思译为"你的蛆虫就是你唯一饕餮的皇帝"，因为这话是说给国王听的，下文也出现了fat king，显然作者是有意把这些词儿往一起攒的。

16 This is the imposthume of much wealth and peace That inward breaks, and shows no cause without Why the man dies. / 这完全是因为国家太富足升平了，晏安的积毒蕴蓄于内，虽然已经到了溃烂的程度，外表上却还一点看不出将死的征象来。

点评：还是哈姆雷特的话，极其符合一个满腹经纶的王子的治国之论。

朱译把inward breaks挖掘到"晏安的积毒蕴蓄于内，虽然已经到了溃烂的程度"，不同寻常，意译多了很多，却不乏道理。Why the man dies

用"将死的征象"一带而过，同样出人意料。这些译文，如果由着外行或者二把刀或者望文生义者拿来批评，也不能说完全没有道理，只是道理无法服人，没有深入下去。

17 *First Clown* What is he that builds stronger than either the mason, the shipwright, or the carpenter? / 什么人造的东西比泥水匠，船匠，或是木匠建造的更坚固？

Second Clown The gallows-maker; for that frame outlives a thousand tenants. / 造绞架的人，因为一千个寄寓在这屋子里的人都已经先后死去，它还是站在那儿动都不动。

点评：两个小丑的对话。莎士比亚塑造小丑，得心应手，主要手段还是让他们说出来的话既俏皮诙谐，又富有思想。因为小丑的身份就是小丑，不需要高深的知识做点缀，所以原文一般不难，一看就懂。这番对话更像一则谜语，一个人讲出来，一个人来破解。

朱译在翻译这类句子时，像一个乖乖好学生，严格按照字面意思译出，工工整整，像完成一份作业，恭恭敬敬地交给了老师。

18 Never believe it; I am more an antique Roman than a Dane: Here's yet some liquor left. / 千万别相信那一套，我虽然是一个丹麦人，可是我更像古罗马人；这儿还留剩着一些毒药。

点评：霍拉肖的话，他在剧中是一个寡言的人，但是话一出口，就重若千钧。霍拉肖是剧中唯一让哈姆雷特信任的人，是哈姆雷特唯一可以讲实话的人，是哈姆雷特唯一可以不装疯卖傻的人。霍拉肖要饮鸩而死，和哈姆雷特一起去见上帝，可见他对哈姆雷特的赤胆忠心。

朱译不但字字紧扣原文，而且字斟句酌，译得滴水不漏。

19 But I do prophesy the election lights On Fortinbras; he has my dying voice; So tell him, with the occurrents, more and less, Which have solicited. The rest is silence. / 可是我可以预言福丁布拉斯将被拥戴为

王，他已经得到我这临死之人的同意；你可以把这儿所发生的一切事实告诉他。此外唯余沉默。

梁译：不过我可以预言选举的时候人民一定拥戴福丁布拉斯；我临死也投他一票，把这事儿告诉他，以及这事的前因后果，无论巨细，全告诉他，——没有别的可说了。

点评：还是哈姆雷特的话。这是一个敢于担当的王子，临死之前还有交代，而交代的话，就是说给霍拉肖听的。什么叫肝胆相照？哈姆雷特和霍拉肖的友谊也。有见识的评论家，把霍拉肖认作剧中唯一一个义人，很有道理。

朱译深入理解原文，译文层层递进，很有章法。一个王子死了，而国家不可一日无君，"被拥戴为王"用得极其到位，而把more or less, which have soliceted集中为"被拥戴为王"，让一个临死之人的话简练再简练，可谓用意隽永。"此外唯余沉默"是这段译文的纲，纲举目张。

梁译这段译文，看似忠实原文，其实很不忠实，例如"选举的时候""人民一定拥戴""临死也投他一票""这事的前因后果"等，都不是原文里应该翻译出来的，或增或减，或多或略，毫无原则。"——没有别的可说了"大败笔，破折号纯属多余，只会让人想到梁译特别青睐这个标点符号；这样的译文倒是真让人"没有别的可说了"。

小结：二十世纪即将过去时，喜欢造势的西方媒体，通过多种渠道，把莎士比亚推举为世界文坛"千年第一人"。《哈姆雷特》是莎士比亚的代表作，我在此郑重地推举它为"千年第一剧"。

朱译的用功程度，译文里都感觉得出来。回忆朱生豪的人，共同的一句话是他"极少说话"，莎士比亚说出这么多他喜欢的话，他不知有多么感激，把这些话翻译好是他的义务。所以，有志于文学修养的人，务必看一看朱生豪翻译的《哈姆雷特》。

《哈姆雷特》是莎士比亚所有剧本中最长的一部，比《麦克白》长出三分之一，漏译不足三十处，大部分像是看漏或者看错行所造成。只有两处漏译比较大，一处漏译了一百五十多个汉字的篇幅，一处对话有七八行之多，似乎有主动略去之嫌。

这出戏对比朱译和梁译的例子不少，从而看出梁译的主要问题是译文质量不均衡，出彩的译文实在是少而又少。

第三出 《李尔王》

　　莎士比亚的多数剧本在他的时代没有正式出版物，这是研究莎士比亚作品的专家学者感到的一大遗憾。少数剧本有早期版本，那就是"莎学"中通常称之为"四开本"的。"四开本"因不是正式出版物，相对于"对开本"来说缺乏一定权威性；可它是一个事实，而事实本身就具有一定价值，于是就有了版本之争。版本之争似乎是一件无聊的事，可也是没办法的事，因为能当莎士比亚甚至能真正理解莎士比亚的人太少了，能靠莎士比亚谋个专家学者的人太多了。

　　《李尔王》很幸运，既有一六〇八年出版的四开本，自然也有一六二三年出版的对开本。问题是两个版本有差异，《李尔王》便往往会成为版本争论中的一个焦点。认准四开本的便选收四开本，认准对开本的便选收对开本。中译本一般说来以对开本为准，即使有差异也只是个别句子和段落。英国学者肯定一六〇八年的四开本，是二十世纪七八十年代的事，而中译本依据的是较早的对开本。

　　《李尔王》的中心故事是：李尔王把自己的江山一分为三，因为小女儿科迪丽娅说实话，大生其气，把她应得的一份分给了两个大女儿戈纳里尔和里根。戈纳里尔和里根分得江山后嫌弃李尔王，李尔王落得无家可归的下场，最后被他的小女儿收留。这首先是一个道德故事。埃蒙德·斯宾塞的《仙后》里也写了这个故事。一六〇五年出版过一个剧本，名为《李厄王和他的三个女儿的史记》，作者不详。这个剧本对莎士比亚写《李尔王》影响极大；他笔下的许多人物，如李尔王忠心耿耿的仆人肯特，还有戈纳里尔的丈夫奥本尼，戈纳里尔的管家奥斯瓦德；又如剧中的那场著名的暴风雨，李尔王向小女儿科迪丽娅忏悔的一跪，以及许多台词。当然，更多更丰富的内容仍是莎士比亚创造出来的：首先是李尔王的发疯和剧尾一系列震撼人心的灾祸；其次是葛罗斯特和他的两个儿子埃德蒙和埃德加之间发生的是是非非，对丰富和加强《李尔王》都是十分重要的。

《李尔王》的悲剧结局最初并不容易为观众所接受。英国剧作家内厄姆·泰特(1652—1715)的改编本把莎士比亚的《李尔王》的悲剧结局变为喜剧结局，因而大受观众欢迎，从一六八一年一直上演到一八四三年，超过一个半世纪！随着人们对莎士比亚原著的深入理解和对大悲剧的承受力的增强，《李尔王》才在剧院越来越受人欢迎，现在已被公认为探讨人性最深刻的艺术经典之作。

本剧选用了十六个例子。

01　But I have, sir, a son by order of law, some year elder than this, who yet is no dearer in my account: though this knave came something saucily into the world before he was sent for, yet was his mother fair; there was good sport at his making, and the whoreson must be acknowledged. Do you know this noble gentleman, Edmund? / 我还有一个合法的儿子，年纪比他大一岁，然而我还是喜欢他。这畜生虽然不等我的召唤，就自己莽莽撞撞来到这世上，可是他的母亲是个迷人的东西，我们在制造他的时候，曾经有过一场销魂的游戏，这孽种我不能不承认他。埃德蒙，你认识这位贵人吗？

梁译：但是我有一个嫡出的儿子，比这一个差不多还大一岁，可是我并不偏爱他，这家伙谁也没有要他来，他鲁莽地来到了世上，可是他的母亲很美；生他之前，我很享受了一番，所以这私生子一定要予以承认的。你认识这位先生么，埃德蒙？

点评：这是葛罗斯特的台词，葛罗斯特是贵族，贵族们的生活似乎历来比较随意，因此说起话来难免信口开河，不知避讳什么。对人说起自己年轻时候的荒唐生活，颇有几分津津乐道。埃德蒙是他的私生子，不合法，却深得他的偏爱，对合法的儿子反倒不喜欢。这样的看法是反传统的，不知道他剧中被挖掉了双眼，是不是莎士比亚批判他有眼无珠。不过，葛罗斯特大事上不糊涂，始终忠于李尔王，让读者看到人性的复杂。

朱译抓住了葛罗斯特的身份和性格，原文几处地方另有主语，译文却把"我"贯穿全句，突出了"我"之我行我素的一面；"不等我的召唤""他的母亲是个迷人的东西""有过一场销魂的游戏"等，都因为和原文有些非原则性的出入，让这段译文读来格外生动，闻声如闻其人。至于"这畜生"之于knave，"莽莽撞撞"之于saucily，"孽种"之于whoreson，则用词胆大细心，紧跟原文而不拘泥于原文，让观众和读者感觉到葛罗斯特偏爱埃德蒙，又因为他是私生子而心有不甘，心理活动活灵活现地呈现出来。或听或读这样的台词，你很难想象这些不是莎士比亚要说的话，不是莎士比亚苦心经营的词句。

梁译毫无疑问，与原文对照起来，确实更抠字面的意思，译句中的主语更换了几次。但是，无论听来还是读来，这样的译文就是乏力，不见生动，没有才气，这实在是令人扼腕。不过，细究起来，有些词用得还是欠周到，比如"嫡出的儿子"，应该是封建家庭伦理上的说法，指明媒正娶的夫人的孩子，而且后文明确说埃德蒙是妓女生的儿子（whoreson），不仅不合法，和嫡出或者庶出毫无关系，因为即便庶出，也是妾的孩子；"他的母亲很美"，而"他的母亲"是个妓女，妓女哪有几个称得上"美"的，"骚""妖""浪"者为多；"生他之前"之于at his making，一个是过去时态的表达，一个显然是进行时态，两者移译出入很大。这些既需要深入理解，又需要缜密推敲的地方，都在严峻地考验译者的综合能力；翻译这差事，是综合性很强的智力活动，不是面前出现了一块绊脚石，捋一捋袖子也许就能清除得了的。

02 Peace, Kent! Come not between the dragon and his wrath. / 闭嘴，肯特！不要来批怒龙的逆鳞。

梁译：你不用开口，坎特！不用到怒龙和他恼恨的对象之间来排解。

点评：这是李尔王的话，the dragon and his wrath看似客观指向，其实是指李尔王自己，意思是说一条龙正在发怒。在整出戏里，李尔王的脑子都不正常，年老体衰，昏聩，怒气冲冲，介于发疯与半发疯状态。

莎士比亚这里用了dragon这个传说中的形象，而dragon在西方的文化中，是一个作恶多于行善的象征。说不清莎士比亚是不是在批评李尔王任性而专断地把江山分封给两个心地不善的女儿，是在作恶，超出了遗产留给后人的正常行径。有趣的是，莎士比亚这里借用了龙这个符号，和中国历代把帝王归属于龙的观念吻合了。

朱译充分利用了这个吻合，把wrath译作"逆鳞"，把wrath的本意"发怒"和龙合起来，译作"怒龙"，实在是苦心经营译文的表现。"闭嘴"一词，用在此时此刻的李尔王口中，李尔王的蛮横和霸道就清晰可见了。

梁译"你不用开口"译得软瘫瘫，后面一句话更是问题多多，"恼恨的对象"和"来排解"纯属画蛇添足般的翻译，很不可取。

03 A credulous father, and a brother noble, Whose nature is so far from doing harms, That he suspects none; on whose foolish honesty My practices ride easy! I see the business. Let me, if not by birth, have lands by wit: All with me's meet that I can fashion fit. / 一个轻信的父亲，一个忠厚的哥哥，他自己从不会算计别人，所以也不疑心别人算计他；对付他们这样老实的傻瓜，我的奸计是绰绰有余的。饶你出身高贵，斗不过我足智多谋，夺到了这一份家私，我的志愿方酬。

梁译：一个轻信人言的父亲，一个正直的哥哥，他的天性是不欺人的，所以也不怀疑别人欺他；如此的诚实可爱，我的计划可以坦然进行了。我有了办法了。产业不得继承，我用计巧来赚；事事机缘凑巧，我必稳操胜算。

点评：埃德蒙这个诡计多端的形象，只用这番台词，便跃然纸上了。加之这些台词是心理活动，埃德蒙的阴险毒辣就由表及里了。

朱译大部分按字面意思译来，到了I see the business，好像精神不够集中，漏译了；接着Let me, if not by birth, have lands by wit, 似乎全力以赴过头了，"饶你出身高贵，斗不过我足智多谋"意译的成分多了些，又一时难以收住，索性信马由缰，译出了"夺到了这一份家私，我的志愿方酬",和原文的意思有了出入。但是这对塑造埃德蒙这个人物没有副作用,观众和读者反倒会以为莎士比亚琢磨人的心思到家了。

梁译大部分没有出问题,到了"如此的诚实可爱,我的计划可以坦然进行了",问题开始多起来,怕再对付下去疑问更多,索性用四句六言来对付。梁译本来以抠原文的字句为特色,这下恐怕有言行不一致之嫌了。另,"诚实可爱,我的计划"这样的遣词造句,是脱离开原文意思很远的翻译,不应该提倡。

两种译文仔细比较一下,看看怎么就是顺着作者的意思翻译,怎么就是偏离了原文,这是我选出这个例子的初衷。

04 Idle old man, That still would manage those authorities That he hath given away! / 这个老废物已经放弃了他的权力,还想管这个那个!

梁译:好蠢的老头子,他还要行使他已经放弃的权威!

点评: "老废物"之于idle old man,"已经放弃了他的权力"之于given away,"还想"之于still,"管这个管那个"之于manage those authorities,等等,都是在充分理解原文的基础上,大胆而准确地腾挪汉字的精彩表达,很值得学习。

梁译的"好蠢的老头子"之于idle old man,不够好,因为idle这里显然是说"没事找事"的意思。"老头子"三个字口气不够,原文有厌恶的成分;后半句紧扣了原文,但是authorities是复数形式,应指智能性质的东西,不是"权威"之意。

05 Detested kite! / 枭獍不如的东西!

梁译:你这可恶的鸢鹰!

点评: 如今的文人学者有几个还知道"枭獍"这个词儿?不知道这词儿,这句译文的高明之处就难以领略了。"枭獍"之于kite,沾一点边儿,因为kite可指鹰类,而"獍"不管认识否,是带了反犬旁的,与动物有关系了。可是,獍这种传说中的凶兽,以对父母大逆不道而闻名,"枭獍不如的东西"这话是在谴责一个对父母不孝的人,便和detested沾了边儿。

朱译显然是根据语境翻译出了这句让人刮目的话。

梁译对照字面意思，十分忠实，只是没有"忤逆不孝"这层意思。

毫无疑问，不管读者倾向哪种译文，"枭獍"是百分之百的汉语化的。在我长期做外文编辑的工作中，对这种很纯的汉语化表达，反对的人很不少。比如，翻译一对夫妻"破镜重圆"，翻译一个文人"江郎才尽"，翻译一个金发碧眼的淑女"美若西施"，翻译一个多情男子"宝玉再世"……这些汉语化的表达，确实是个问题，因为有时候没有顾忌到上下文的语境，这样的遣词造句，确实容易引起非议。但是，"枭獍"这样的翻译，应该是没有任何问题的，值得肯定。虽然是再地道不过的汉语表达，但是这是扩大表达的一种好方法，能够防止译文的呆板。而且，更重要的是，如果没有深厚的国粹文化底蕴，这样的译文是想不出来的。

06 If your diligence be not speedy, I shall be there afore you. / 要是你在路上偷懒耽搁时间，也许我会比你先到的。

梁译：如其你不赶快，我会要比你先到那里了。

点评：If your diligence be not speedy，说不准莎士比亚是不是为了凑够十个音节而苦思冥想出来的句子，总的说来它还是很英语化的：分明是在写赶路，行走的行为动词却不见踪影，只有speedy这个词儿，还和时间有关系。

朱译吃准了原文，同样不用行走之类词汇，diligence因为后面的not，本来是"勤快""勤奋""刻苦"等意，用了它的反义词"偷懒"，真是出人意料。

梁译的"你不赶快"之于这句英语，显然相差很多，算是偷懒很多的翻译。

07 Fathers that wear rags

　　Do make their children blind;

But fathers that bear bags

　　Shall see their children kind.

Fortune, that arrant whore,

Ne'er turns the key to the poor.

老父衣百结,

　儿女不相识;

老父满囊金,

　儿女尽孝心。

命运如娼妓,

　贫贱遭遗弃。

点评：这首英文小调，写得活泼、生动、形象，甚至可以说朗诵起来很上口；内容富有哲理，讽刺现实，鞭笞人心世俗化，可以作为自己在某种场合朗诵的诗歌记下来。

在朱译中，存在着大量地道的汉语诗歌，都是译者十分珍贵的心血。朱生豪自称，他先后研读了莎士比亚全集十多遍，何尝没有把莎士比亚的戏剧翻译成诗歌体的心胸？他最后决定以散文形式译出莎士比亚全集，是他认识到，如果试图把莎士比亚的写作比较彻底地呈现给广大的汉语听众和读者，只能是散文的形式。这是迫不得已的取舍，因此每当有可能用地道的中国诗歌形式翻译莎士比亚，他是不会轻易放弃的。这首诗只是朱译几百首散布在三十一个剧本中的一点水珠，作用只是折射一点朱生豪的才气和认真。这首译诗的尾韵基本上说得过去，倘若把"尽孝心"译为"尽心意"，就是一韵到底了。

整首翻译诗歌，"满囊金"之于bear bags和"贫贱遭遗弃"之于Ne've turns the key to the poor，多少有些对不上，其他四个译句都精彩得令人叫绝。更有甚者，译者用了五言，遵循了古诗歌的结构，翻译诗歌好像在写作诗歌了。

08　Allow not nature more than nature needs, Man's life's as cheap as beast's.

／人生除了天然的需要以外，要是没有其他的享受，那和畜类的生活有什么分别。

梁译：如其你不准人在需要之外再多享受一点，人的生命是和畜类的一般贱了。

点评：两句朗朗上口的戏剧诗句，重复了nature和as，舞台效果和莎士比亚写作的特点，都是感受得到的。这类句子不仅有对人性的观察和了解，更是莎士比亚的人生体验。

朱译把两个句子混合起来，译成了三个句子，意思明了，主要强调了人类和畜类的不同。只是"要是没有其他的享受"之于allow not nature more，不够严谨；"有什么分别"之于as cheap as beast's，也不到位。

梁译"如其你不准人在需要之外再多享受一点"不是翻译，是模拟式写作，似是而非，因为"如其你不准人"这些内容都是原文里所没有的，而nature这个英文词没有一点照应。后半句倒是紧贴了原文的，只是"贱"过分简练，不够口语化。

按照现时翻译的风气，这个句子可能这样翻译：本性所需之外不再允许他求，人的生命便和动物一样不值钱了。这样翻译严格紧扣了原文，但是译句无论是听还是念，都索然无味了。

09 As I stood here below, methought his eyes Were two full moons; he had a thousand noses, Horns whelk'd and waved like the enridged sea, It was some fiend; therefore, thou happy father, Think that the clearest gods, who make them honours Of men's impossibilities, have preserved thee. / 我站在下面望着他，仿佛看见他的眼睛像两轮满月；他有一千个鼻子，满头都像波浪一样高低不平的角；一定是个什么恶魔。所以，你幸运的老人家，你应该想着是无所不能的神明在暗中默佑你，否则绝不会有这样的奇事。

梁译：我站在这底下，却以为他的眼睛像是两个满月；他有一千只鼻子，两只角弯得像是波浪；必是个什么怪物；所以，你这幸运的老者，你要知道，明鉴的天神善能做出人类所不能做到的事，这回拯救了你。

点评： 莎士比亚的写作，就是像这样充满浪漫色彩的曼妙的句子，充塞在他一个个流传不衰的剧本里的。这是葛罗斯特的大儿子埃德加的一番话，给父亲描述一幕景致，用词之诡谲，读者很难想象他是一个被父亲虐待过的忠厚的年轻人。这幕景象，其实是埃德加根据父亲悲惨的样子想象出来的，尤其"仿佛看见他的眼睛像两轮满月"，其实是在安慰葛罗斯特被挖掉的两眼。

这样长的描述，朱译和梁译区别不大的段落，是不多见的，也是难得的。尽管这样，仔细读来，认真比较，还是觉得出高下之分。有时不免让人奇怪，翻译的根据是一样的，译文怎么就产生了区别呢？

我因此提出过翻译智商高下的问题，但是这个翻译例子，又让我觉得汉语的遣词造句是否精当，同样决定着译文的高下。

10 Behold yond simpering dame, Whose face between her forks presages snow; That minces virtue, and does shake the head To hear of pleasure's name; The fitchew, nor the soiled horse, goes to't With a more riotous appetite. Down from the waist they are Centaurs, Though women all above; But to the girdle do the gods inherit, Beneath is all the fiends; There's hell, there's darkness, there's the sulphurous pit, Burning, scalding, stench, consumption; fie, fie, fie! pah, pah! / 瞧那个脸上堆着假笑的妇人，她装出一副冷若冰霜的神气，做作得那么端庄贞静，一听见人家谈起调情的话儿就要摇头；其实她自己干起那回事来，比臭猫和臊马还要浪得多哩。她们上半身虽然是女人，下半身却是淫荡的妖怪；腰带以上是属于天神的，腰带以下全是属于魔鬼的：那儿是地狱，那儿是黑暗，那儿是硫黄坑，吐着融融的烈焰，发出熏人的恶臭，把一切烧成了灰。呸！呸！呸！呸！呸！

点评： 这段话是莎士比亚辱骂女人最令人叫绝的话，不只是深度不同寻常，与事实十分吻合更显莎士比亚的不同常人。每逢读到这句话，我总是想到莎士比亚的婚姻，想到他一辈子娶了一个比自己大八岁的女人，后来他到伦敦混事，不论挣扎与成功，他都与妻子聚少离多，想象不到他一年回几次家，一辈子回过多少次家。

朱译一气呵成，莎士比亚的丝毫用意用心，译文都没有放过。仔细读来，哪样用词用字不是让读者目瞪口呆？

11 Were all the letters suns, I could no see one. / 即使每一个字都是一个太阳，我也瞧不见。

梁译：这些字纵然都是太阳，我也看不见。

点评：莎士比亚的比喻，总是出人意料，又都在事实之中。葛罗斯特的两只眼被挖掉了，之前，他有两只明亮的眼睛，世间的一切尽收眼底。没有眼睛的人，永远生活在无底的黑暗中，而黑暗到什么程度，文人墨客都尝试写出来，但是把一个字比作一个太阳，来写瞎子看不见，话出自葛罗斯特，却是莎士比亚专有了。这样的夸张写法，却与事实相距很近，因为看书都需要光明，莎士比亚的时代还没有电灯，太阳是最亮的光源。在阳光下看书识字，与抬头看太阳，只是低头和抬头的区别，但由莎士比亚写来，就成了多少个光年的距离了。

朱译把原文里的复数，分解成单数，不同凡响。

梁译按复数翻译，但给人的亮度却不见得高了多少。

12 You ever-gentle gods, take my breath from me; Let not my worser spirit tempt me again To die before you please! / 永远仁慈的神明，请俯听我的祷告：不要再让我的罪恶的灵魂引诱我在你们没有要我死以前结束我自己的生命！

梁译：慈悲的天神，你令我死吧：别令我又被私心所诱而在你准许以前觅死！

点评：朱译把后面的句子翻译得很长，把原文里的意思抠得干干净净，这在朱译里其实并不少见，这从另一个侧面反映出朱译是最贴近莎士比亚的写作的。当然，这样的理解和实践，有时候是否准确，那是另一回事，与译者的翻译态度不相关了。

梁译恰恰相反，把这个句子翻译得很短，竟然比朱译少了十八个字。

323

这在我选取的两种译法的比较例子中，几乎是唯一的。

问题出来了："请俯听我的祷告"和"你令我死吧"之于take my breath from me，哪种译文符合原文的意思？留给专家学者来评判吧。不过，梁译的"私心"之于worser spirit以及"你"之于gods，却是大有问题的。

13 Sir, by your patience, I hold you but a subject of this war, Not as a brother. / 伯爵，说一句不怕你见怪的话，你不过是一个随征的将领，我并没有把你当作一个同等地位的人。

梁译：先生，对不住，我把你只当作是战时的一名部下，并非平等的人。

点评： 朱译从by your patience里看见了"不怕你见怪"，深得莎士比亚写作的真谛，因此能把后面的译文照顾得点水不漏。"随征"之于this war，"同等地位的人"之于as a brother，均属一般译者无法企及却可以认真学习的。比较之下，梁译的"战时"和"平等的人"，就黯淡无光了。

14 The gods are just, and of our pleasant vices Make instruments to plague us: The dark and vicious place where thee he got Cost him his eyes. / 公正的天神使我们的风流罪过成为惩罚我们的工具：他在黑暗淫邪的地方生下了你，结果使他丧失了他的眼睛。

梁译：天神是公正的，以我们的色欲的罪恶作为惩罚我们的工具：他和人私通而生了你，结果他的眼睛付了代价。

点评： 葛罗斯特的眼睛被挖掉，如果没有埃德加这些台词来解释，还真的不好确定。这说明莎士比亚是一个很传统的人，在两性关系和人类伦理上，是十分尊重正统的。如果一些总是在莎士比亚身上找麻烦的专家学者，读懂了这句话，就不会总是纠缠莎士比亚有多少个情妇、多少个私生子、是否同性恋者等无聊的问题了。所以我总说，懂得莎士比亚的人太少，靠莎士比亚混吃混喝的人太多了。

朱译的第一句话翻译得有问题，过于强调某些罪孽的因素，导致了理解问题。

梁译紧扣了原文，可惜总是美中不足，原文里the dark and vicious全然没有交代，可惜。

15 I pant for life: some good I mean to do, Despite of mine own nature. Quickly send, Be brief in it, to the castle; for my writ Is on the life of Lear and Cordelia; Nay, send in time. / 我快要断气了，倒还想做一件违反我的本性的好事。赶快差人到城堡去，因为我已经下令把李尔和科迪丽娅处死了。不要多说废话，迟一点就来不及啦。

梁译：我现在是最后的喘息着：我虽然秉性凶残，我还想做一件善事。快派人，要急速，到城里去；因为我已下令把李尔和考地利亚处死。火速派人去。

点评：埃德蒙在整出戏里都是一个十恶不赦的人，但是在即将离开人世之前，还是有忏悔的表现，可谓人之将死其言也善。这些内容，是构成莎士比亚之所以伟大的一个重要方面。人是复杂的，人性是复杂的，人性和兽性的较量是一辈子的事儿，莎士比亚的写作，一直在告知世人这些事实。

朱译和梁译都贴近了原文，但是朱译不急不缓，字句到位，总让梁译显得短缺了什么东西，像"我现在是最后的喘息着"之于I pant for life，难说译文不准确，又难说译文是忠实原文的，真是很奇怪呢。

16 Break, heart; I prithee, break! / 碎吧，心啊！我愿你碎吧！

梁译：碎吧，我的心；我请你碎吧。

点评：英国著名诗人艾尔弗雷德·丁尼生写过一首诗，名字就是Break Break Break，内容写诗人哀悼自己的好友。我见过这首诗的三个译本，诗的名字三种译法。一种是《冲击，冲击，冲击》，一种是《哗啦，哗啦，哗啦》，一种是《破碎了，破碎了，破碎了》。我在我的小书《译事余墨》里，专门分析了三首译诗的长与短，肯定了第三种译法。没想到多年之后，在《李尔王》里读到了这个英文词使用的历史渊源。我在《安东尼与克莉奥佩特拉》一剧中，更为详尽地点评了这三首译诗。

肯特在《李尔王》一剧中，是一个忠心耿耿的老贵族，始终跟随在李尔王的身边，不管李尔王落魄到何种程度。李尔王朝一步步走向毁灭，剧中人物一个个走向死亡，肯特始终是见证人。他哀叹"碎吧，心啊！我愿你碎吧"，是在为整出悲剧呼唤，还是为自己不堪承受重负而心碎，恐怕各人有各人的看法。但是，肯特心碎的理由，是充足的，不碎反倒不符合这一人物的内心活动。

朱译和梁译都用"碎"字来移译break，都用"心"来理解原文，译得简练，有力；到位。唯有一点遗憾是梁译多了"我的"，不只是因为原文里没有，还是因为画蛇添足之嫌。这种多余往往会影响到译诗的诗意，而朱译却可让读者窥见译者的诗人气质。

小结：《李尔王》是我很喜欢的剧本，主要是作者让人看见了女人对物质的纵深贪婪，可以不顾廉耻和孝道，不顾会给自己儿女留下什么后果。其实，这出戏是很有中国元素的，越剧的《五女拜寿》就是根据莎士比亚的《李尔王》改编出来的，但突出的主要是孝道问题。莎士比亚挖掘的是人性问题，而人性又和所有制紧密联系在一起：如果李尔王不把王国分送给两个女儿，悲剧就不会发生。

朱生豪翻译名剧自然更不会松懈，莎士比亚写到的深度，译文都传达出来了。漏译现象三十处，比我设想的平均数高了一些，好在大的漏译是没有的，都可能因为看错和看漏而造成。

朱译和梁译放在一起点评，是本出戏的看点之一。

第四出 《奥赛罗》

意大利作家辛西奥(1504—1573)仿照薄伽丘的《十日谈》写了一本书，名叫《故事百则》。莎士比亚的《奥赛罗》和《一报还一报》两剧中的故事，都是从《故事百则》里来的。他同时代的剧作家博蒙特、弗莱彻和谢利，都从《故事百则》里提取过素材。从这点可以看出莎士比亚时代创作戏剧的一大特点，即以改编各种故事为时髦。但是，改编前的故事单薄而简单，其中的人物也只有几个，改编后的剧本不仅有画龙点睛之功，而且成为一部全新的作品。不喜欢莎士比亚的人曾攻击说，莎士比亚没有创作，只有改编。这话显然站不住脚。首先是使用古典素材在当时的整个欧洲——主要是意大利和英国——是文坛和画坛的一股强大的风暴，所以才有后人所谓文艺复兴。其次是作家和画家们在原有的素材上注入了自己的新思想，创造了自己的新人物，这便是后人所谓人文主义。如果在中国寻找这样的文学现象，那就是吴承恩的《西游记》、罗贯中的《三国演义》、施耐庵的《水浒传》和冯梦龙的"三言"，等等。

《奥赛罗》主要情节是摩尔人奥赛罗冲破各种阻力，和苔丝德梦娜结为夫妻，后来听信谗言，掐死了清白的苔丝德梦娜。真相大白后，他为了悔罪而自刎身亡。这出家庭悲剧深刻地揭示了人性的弱点，带出了社会矛盾的胶着。奥赛罗杀害苔丝德蒙娜，是他认为她破坏了生活原则，而他自刎又是出于正义的惩罚，以生命来担当。莎士比亚为丰富这出悲剧，创造了许多新的人物，如年轻的求婚者罗德里戈，苔丝德蒙娜的父亲布拉班齐奥等；加进了非常重要的军事背景——土耳其和威尼斯的战争。剧中描写最成功的人物之一是伊阿古这个奸佞小人，是莎士比亚揭露和鞭打人性丑陋一面的大手笔。

《奥赛罗》的上演，在莎士比亚时代是非常成功的。一六四二年清教徒执政，禁止了一切公众戏剧演出——莎士比亚躲过了这样的时代是多么幸运！一六六〇年剧院重新开放后，《奥赛罗》是首批上演剧目。此后，它成了英国及英国以外的戏剧舞台上最受观众欢迎的保留剧目，也是电影电视改编最多的莎剧之一。

本剧选用了十九个例子。

01　We cannot all be masters, nor all masters Cannot be truly follow'd. / 我们不能每个人都是主人，每个人也不都是忠心的仆人。

点评： 伊阿古几乎是这出戏里的主人公，称之为第二号人物，一点不过分。这个人物是莎士比亚对世界文坛的伟大贡献。一些词典里把这个人的名字译为"埃古"，不知根据是什么，不过按照其发音，"伊阿古"是最接近的。哪三个汉字更能符合这个世界文坛第一号奸人，颇费踌躇。我在时代文艺出版社版的《莎士比亚全集》里，按照字典用了"埃古"，但是看来听来都有一种古朴味道，和这个奸人严重不符。梁实秋译本用了"伊阿高"，好像褒义重了点，方平译本用了"伊阿哥"，便更是不恰当了。

古今中外的奸人有着惊人的相像之处，中国漫长的封建社会出产的奸人远远高于好人，所以我们对这种人一点也不陌生。这种人智商很高，对人性洞悉之深，往往超过好人的眼光。这段话是他出场后不久说的，很有哲理，告诉观众别小看了这个人。

朱译紧跟原文，后半句变通得很好；如果译作"所有的主人也不是你可以一心不二地跟定的"，不仅啰唆，也不明了。

02　I think this tale would win my daughter too, Good Brabantio, Take up this mangled matter at the best: Men do their broken weapons rather use Than their bare hands. / 像这样的故事，我想我的女儿听了也会着迷的。布拉班齐奥，木已成舟，不必懊恼了。刀剑虽破，比起手无寸铁来，总是略胜一筹。

点评： 在中世纪欧洲，公爵往往是一个小国的国王，因此说话的口气每每一言九鼎。奥赛罗和布拉班齐奥的女儿私订终身，作为贵族的布拉班齐奥十分生气，不答应这桩婚事，公爵离不开奥赛罗这样的武将，愿意成全这桩婚事，便有了这样的劝导：把家常事和刀剑放在一起说，无奈是明摆着的。莎士比亚的台词总有别人不及之处。

朱译的"木已成舟"不是原文的意思，但可能是莎士比亚想表达的。Weapons译作"刀剑"而不是"武器"是朱生豪最常使用的腾挪手法，显然较"武器虽破"这样的表达要生动得多，因为后文有"手无寸铁"对应着。

03 She that was ever fair and never proud,
　　Had tongue at will and yet was never loud,
　　Never lack'd gold and yet went never gay,
　　Fled from her wish and yet said 'Now I may,'
　　She that being anger'd, her revenge being nigh,
　　Bade her wrong stay and her displeasure fly,
　　She that in wisdom never was so frail
　　To change the cod's head for the salmon's tail,
　　She that could think and ne'er disclose her mind,
　　See suitors following and not look behind,
　　She was a wight, if ever such wight were,— /
　　美貌无比从不以貌为傲，
　　能言善对从不高声喧闹。
　　家剩万贯从不洋洋得意，
　　嘴说行却不做意愿奴隶。
　　受了冤枉本该以牙还牙，
　　平息气恼惯以善待人家。
　　明白晓事从不水性杨花，
　　恪尽本分从不言尔顾他。
　　心明似镜从不做张做致，

329

殷勤上门从不门缝觑视。

良家女子但求如此一位——

点评： 伊阿古是个十恶不赦的奸人，但这个奸人有智慧，有才气，特别善于逢场作戏。有趣的是，在汉语文化里，我们总不肯把智慧和才气这样的褒义词用在奸人身上，只说他们奸诈、狡猾、邪门歪道、心底龌龊……莎士比亚不这样说，只是让他们表演，让他们显摆，让他们为所欲为；莎士比亚好像在说，我就是在写这么一个人，他就这个样子，他的智慧和才气也许你我他都有，他的奸诈、狡猾和险恶也许你我他都有，区别仅仅在于我们要发扬优点，改正和摈弃缺点，而这个人所作所为正好相反。可以说，伊阿古是莎士比亚笔下最敢为所欲为的一个反面角色，是任何正面角色的言行都难以企及的。

奇怪的是，伊阿古一直是观众和读者喜欢了解的莎剧角色。

这首诗，是伊阿古和苔丝德蒙娜在一起交流的结果。情况很复杂：伊阿古已经决意陷害苔丝德蒙娜，可是苔丝德蒙娜是奥赛罗的新婚妻子，而奥赛罗是伊阿古的顶头上司，正因为这个顶头上司没有让伊阿古做副帅，他便展开了一系列恶行。更可怕的是，他表面上的正人君子把他暗中的奸佞小人遮挡得严严实实，谁都认为他是正人君子，直到这本戏即将结束，他露出了真面目，给别人造成了不可避免的悲剧。他赞美苔丝德蒙娜的这首诗，把苔丝德蒙娜奉承得晕头转向，表面上不爱听，实际上听了还想听。

Never是这首诗的诗眼，十一行诗句，其中六行都用了never，其中还有隐性的一两个，让这首诗拥有了否定之肯定的特色，格外有力。不像我在《雅典的泰门》里分析的那首用八个音节写成的诗，这首是十个音节，是莎士比亚最拿手的，因此他的绝大部分诗歌和戏剧的句子，都是用十个音节的诗句创作的，其表达力基本上达到了散文句子的表达厚度和宽度。莎士比亚对英语的应用和拓展，仅以这首诗为例，就让人顶礼膜拜了。

朱生豪用散文体翻译莎士比亚的诗句，完全是为了充分表达句子的内容不得已而为之。他何尝不想用汉语的诗歌体翻译英语的诗歌体？但是，如果以伤害原文为前提来成就所谓诗歌体译文，朱生豪是绝对不同意的。但是，他又多么想在两种语言的条件基本等同时，翻译出一些诗歌体译文，让读者享受一下？这首诗的汉译，我想，应该是他满意的诗歌体译文了。原文的内容基本上得到了反映，每行十个汉字，上下句押韵，读来听来都有相当的汉语古诗的味道了。如果有学者想比较和研究中国译者用十个汉字取代英语的十个音节翻译英语诗歌的状况，朱生豪的这首译诗，可以作为一个当之无愧的典例。

由此，我想在这里顺带说几句汉语译者翻译莎士比亚诗歌的现实。以我看到的译本情况，能做到朱生豪这首译诗的六七成水准的，都属凤毛麟角，基本上是为了凑十个汉字和不同的押韵而凑合的译作，大部分译句都不堪卒读，不仅难见莎士比亚原作的面目，就是译作本身的面貌都很狰狞，没有自己的守则。

就这首朱译而言，他用的是四言两言四言，是一个诗句，只有第四句节奏不同，用了三言三言四言的节奏。非常值得大加赞扬的是，朱生豪把never这个英文词儿，天才般地应用在译诗里，七个"从不"用在译句里天衣无缝，真的令我们当今的译者给予崇高的敬礼。

04 *Cassio* Reputation, reputation, reputation! O, I have lost my reputation! I have lost the immortal part of myself, and what remains is bestial. / 名誉，名誉，名誉！我的名誉已经一败涂地了！我已经失去我的生命中不死的一部分，留下来的也就跟畜生没有分别了。

05 *Iago* Reputation is an idle and most false imposition; oft got without merit, and lost without deserving: you have lost no reputation at all, unless you repute yourself such a loser. / 名誉是一件无聊的骗人的东西；得到它的人未必有什么功德，失去它的人也未必有什么过失。你的名誉仍旧是好端端的，除非你自以为它已经扫地了。

点评： 主仆之间的对话。凯西奥是副帅，伊阿古就是因为奥赛罗提拔了凯西奥而冷落他，便记恨在心，将一系列恶行付诸实施。伊阿古歹毒之心早已下定，而凯西奥还蒙在鼓里，因为自己被奥赛罗解职，感叹自己的不幸，而伊阿古还像没事人一样在安慰他。莎士比亚总能创造一种让观众和读者感到毛骨悚然的情景。

　　莎士比亚用重复的手法，让不同人物对"名誉"说出不同的看法，人物性格因此十分醒目。unless you repute yourself such a loser这句英语构建得非同一般，褒义词和贬义词混搭，效果极好。

　　朱译的"得到它的人"和"失去它的人"腾挪得高超，"除非你自以为它已经扫地了"相对unless you repute yourself such a loser，堪称定译。

06　O God, that men should put an enemy in their mouths to steal away their brains! That we should, with joy, pleasance, revel and applause, transform ourselves into beasts! / 上帝啊！人们居然会把一个仇敌放进了自己的嘴里，让它偷去他们的头脑，在欢天喜地之中，把我们自己变成了畜生！

　　点评： 这是典型的莎士比亚句子，有喜剧色彩，更有思考，寓教于乐。

　　朱译把with joy, pleasance, revel and applause四个英文单词，用"欢天喜地"四个汉字代替，多了还是少了？但是，无论如何，不能说朱生豪这样的展转腾挪不是严谨的翻译态度。

07　Though other things grow fair against the sun, Yet fruits that blossom first will first be ripe: / 虽然在太阳光底下，各种草木都欣欣向荣，可是最先开花的果子总是最先成熟。

　　点评： 奸人说出这样阳光的话，用来表达奸人的内心世界，我们会觉得毛骨悚然。

　　朱译把things译为"各种草木"，看似简单，却是当今译者做不到的。

08 *Clown* Are these, I pray you, wind-instruments? / 请问这些都是管乐器吗？

09 *First Musician* Ay, marry, are they, sir. / 正是，大哥。

10 *Clown* O, thereby hangs a tail. / 啊，原来如此，怪不得拖了一条尾巴。

11 *First Musician* Whereby hangs a tale, sir? / 先生，你说什么拖了一个喇叭？

12 *Clown* Marry, sir, by many a wind-instrument that I know. / 嗯，先生，我知道吹奏的东西都是这样子的。

点评： 五句对话，小丑在其中，莎士比亚一定会让对话具备喜剧色彩。这段对话的聚焦点是tail以及其发音引出的tale，与这两个词儿碰撞出喜剧效果的是instruments这个英文词儿。古今中外，只要是说唱性质的，都会拿性事逗开心；这是一种迎合人性的逗乐，无论态度开放还是保守，都不会无动于衷，至多装出一副假道学的样儿。莎士比亚利用性事写台词，得心应手，如今已是专家学者们乐此不疲地研究和钻研的一大领域了。

朱译略去了两句对话，没有在tail引发的内容上多费精力，不知道是否因他珍惜自己的时间，略去不译；这样的纰漏，还有人关注，是好事。

二〇一二年是著名的翻译家朱生豪一百周年诞辰，十月底在嘉兴召开的"纪念朱生豪一百周年诞辰学术研讨会"上，笔者欣喜地看到一个年轻的大学老师举了方平先生这段话的译文，很有意思：

她对此评论道：

在方译中，第一个双关语wind instruments跟曹译的处理方法相同。而他的第二组双关语处理得非常巧妙。"尾巴"和"琵琶"正是在原作的基础上的一次精彩的再创作。很显然，这个翻译从词义上来讲，似乎并不忠实原文。然而，从双关语在文中的功能来看，这个翻译还是可以接受的。莎士比亚的意图只不过是用这组双关语逗大家开心罢了。换句话说，莎士比亚用这两个词，就是为了取得双关语的效果，因此，双关语的翻译只要能产生同样的效果，也未尝不可稍做调整。方平对于tail和tale的翻译正是遵循了这一原则。

真的可以把tail和tale翻译成"尾巴"和"琵琶"吗？

仅仅为了对话押韵，就可以把tale译作"琵琶"？不妨来推敲一番：再往上细读，请教这些玩意儿都是吹的吗？可这里的instrument只是指管乐器，是否吹它们，那是人的动作。就算你非要把"吹"这个动词译出来，那么英语wind instrument是管乐器，而stringed instrument是弦乐器；管乐器是吹的，而弦乐器是拉或者弹拨的，这是常识。因为管乐是吹的，小丑便从"吹"这个特点上做文章，打趣说乐器上hangs a tail. 毫无疑问，这样的"插科打诨"，按乡俗的风气，是要归到"荤"上面的，与性有关系。英语tail这个词儿，首解是"尾巴"，转义即"垂悬物"；也当屁股讲，是从"末端"这个层面上引申的，观众往这方面联想，莎士比亚会偷着乐；不过他的着力点是屁股正对着的前方，即男性生殖器；英语tail与tale发音一样，而tale的主要意思是"故事""传说"和"瞎话"等，因此，thereby hangs a tale 是英语里的俗语，即"这里头有来由"之意。于是，两个发音相同、拼写不同、意思更不同的词在这里就联系起来了。

这里，tail与其说是指"尾巴"，不如说是指"嘴儿"，就是管乐吹奏用的"嘴儿"。中国乡村用的唢呐，由于需要一支唢呐吹出高中低音，往往在唢呐嘴儿周围挂几个小苇鼻儿。西方的管乐，不少乐器的嘴儿是向外弯出去一小截儿的，像壶嘴儿；不知莎士比亚时代的管乐器的吹嘴儿的形状究竟怎样，但一定与男性生殖器的形象比较吻合。Hang在这里作"悬挂""悬垂"之意，有实的一面，亦有虚的一面，更多的是意会。

不妨这样试译：

小丑　劳驾，请问这些都是管乐器吗？

乐师甲　嗯，没错儿，正是，老兄。

小丑　哦，怪不得垂了嘴儿呢。

乐师甲　老兄，垂不垂嘴儿有什么说法吗？

小丑　噫嘻，我知道很多用嘴吹的玩意儿垂了嘴儿都大有来由呢。

如果译者感觉某个句子腾挪得不放心，可以加上注释，比如"怪不得垂了嘴儿"这句；或者索性发挥一点，利用中国深厚的文化，向本土化更深入一步，把"含玉吹箫"这样的写性的"雅词"开发一下，也许能翻译得更形象生动一点。

小丑　劳驾，请问这些都是吹奏的洞箫吗？

乐师甲　嗯，没错儿，正是，老兄。

小丑　啊，这就对了，洞箫配玉嘴儿呢。

乐师甲　老兄，干吗非要配个玉嘴儿呢？

小丑　嗨嗨，老兄，我知道含玉吹箫的大有人在呢。

13　Othello No,not much moved: I do not think but Desdemona's honest./ 不，并不怎么动怒。我想苔丝德蒙娜是贞洁的。

14　Iago Long live she so! and long live you to think so! / 但愿她永远如此！但愿您永远这样想！

点评：莎士比亚把英语的句型都用遍了。我上大学的时候喊领袖万岁到歇斯底里的程度，尚在学习语言阶段，我就异想天开地想弄懂"万岁"和"万寿无疆"的英语。老师是一位非常好的老师，她回答我说：不着急，你会弄懂的。其实我一直没有弄懂，直到读到莎士比亚这句话。

朱生豪没有赶上"文化大革命"，两个"永远"之于long live,清清楚楚的译文。

15　'Tis not a year or two shows us a man: They are all but stomachs, and we all but food; They eat us hungerly, and when they are full, They belch us. / 好的男人一两年里头也难得碰见一个。男人是一张胃，我们是一块肉；他们贪馋地把我们吞下去，吃饱了就把我们呕吐出来。

点评：艾米莉娅是剧中最可爱的女性人物，忠诚到感人。这样的人说出来的话，一定有特点。莎士比亚对待可爱的女性形象，是很爱惜的，把好台词赠送给她们，是莎士比亚怜香惜玉的表现。

朱生豪一样有怜香惜玉的情怀，译文为证。

16 I would have him nine years a-killing. A fine woman! a fair woman! a sweet woman! / 我要用九年的时间慢慢儿地磨死他。一个高雅的女人！一个美貌的女人！一个温柔的女人！

点评：伊阿古把证据——一条特殊的手绢儿，拿给奥赛罗，奥赛罗一下子妒火中烧不能自拔，憎恨凯西奥和苔丝德蒙娜到了无以复加的地步，莎士比亚给他写了这样的台词，再简单不过，再深刻不过。只是，莎士比亚为什么用了"九"这个时间？

朱生豪照原文用了三个感叹号，这是他的译文中比较少见的表达，因为他往往会省略使用这样的标点符号。

17 Why, the wrong is but a wrong i' the world; and having the world for your labour, 'tis a wrong in your own world, and you might quickly make it right. / 世间的是非本来没有定准；您因为干了一件错事而得到整个的世界，在您的自己的世界里，您还不能把是非颠倒过来吗？

点评：还是艾米莉娅的话，说得多么好，多么忍让，多么坚强。

朱译显然发挥了一些内容，但是and having the world for your labour, 'tis a wrong in your own world两句好像没有交代清楚。

18 Villany, villany, villainy! I think upon't, I think; I smell't: O villainy!—I thought so then: —I'll kill myself for grief: — O villainy, villainy! / 诡计！诡计！诡计！我现在想起来了；啊，诡计！那时候我就有些怀

疑,我要伤心死了!诡计!诡计!诡计!

点评: 又是艾米莉娅的话。一腔后悔无法倾诉,台词越简单越有力量。莎士比亚这种时候,重复用一个词儿,是好的表达。

朱译和原文亦步亦趋,译文堪称原文的复印。

19. O thou Othello, that wert once so good, Fall'n in the practice of a damned slave What shall be said to thee? / 啊,奥赛罗!你本来是一个很好的汉子,却会中一个万恶的奸人的诡计,我们应该对你怎么说呢?

点评: 洛多维科的话,他在剧中是很次要的角色,这番话却说得不次要。这是莎士比亚给一个英雄武夫的评价。武夫基本上属于四肢发达头脑简单的体力劳动者,因此也可以说这是莎士比亚的一个观点。

朱译的"你本来是一个很好的汉子"之于that wert once so good,是把隐性的主语推到明处的一种腾挪,这在朱生豪的翻译过程中是一种主要手段,对理顺译文很有用,是可以提倡的。

小结: 莎士比亚描写一个黑小子谋杀一个有地位的白人女子,可能是世界文坛第一桩种族谋杀案,在舞台公开上演给观众看。

莎士比亚四百年前就关注种族问题,多么超前啊!

《奥赛罗》一直是莎士比亚广受观众和读者欢迎的优秀悲剧,一直是保留上演剧目之一;其中很多台词非常精彩,选取点评的例子很容易,但是这里不得不舍去一些很好的例子,因为其中正好有两个我在一次莎士比亚研讨会上的论文中发现的例子,我觉得必须说一说,便借此大好机会用比较长的篇幅谈论翻译界的问题。这不仅是这出戏点评的重点,也是通过具体例子充分肯定朱生豪翻译的莎士比亚版本的举措:经过实践和时间的检验,朱生豪的译文是无人可及的,后来翻译莎士比亚剧本的译者,难以望其项背,根本不在一个水平上。

本出戏漏译现象二十三四处,比平均概率略高一些。

第五出 《安东尼与克莉奥佩特拉》

　　希腊语作家普鲁塔克（46?—120?）著有一本《希腊罗马名人传》，记载神话人物罗马皇帝的生平，共有五十篇。托马斯·诺斯于一五七九年把《希腊罗马名人传》翻译成了英文。莎士比亚的《尤利乌斯·恺撒》和《安东尼与克莉奥佩特拉》均取材于这本著名的传记。这个剧本开始的时间是公元前四十年，距尤利乌斯·恺撒去世约两年，而剧中的事件是在十年之间发生的。在普鲁塔克人物传记的基础上，莎士比亚创造了许多新的人物，如安东尼的亲密同伴多米铁斯·伊诺巴勃斯和克丽奥帕特拉的两个女仆——查米安和伊拉丝。

　　剧本的故事情节这样展开：驻扎亚历山德里亚的斗士和亲王马克·安东尼被埃及王后克丽奥帕特拉的艳貌所迷。他的前妻富尔维娅亡故和政局的变化，使他离开了克丽奥帕特拉，返回了罗马。他和奥克泰维斯·恺撒关系微妙，便娶了恺撒的妹妹奥克泰维娅为妻，把这种疏远关系拉近了，而他的婚事引起了克丽奥帕特拉的强烈妒忌。但是这种通过联姻的政治和解是短命的，安东尼离开奥克泰维娅，重返埃及。在阿克兴战役中，埃及军团败北，安东尼率军撤退，被恺撒追至亚历山大港。安东尼率军奋战，终被打败。他误听克丽奥帕特拉死亡的消息后，扑在他的战刀上自戕。他被抬到克丽奥帕特拉的避难地，死在她的怀里。克丽奥帕特拉归附恺撒，但决意不为他的胜利捧场，让两条毒蛇结束了自己的生命。

　　《安东尼与克莉奥佩特拉》一剧用词华丽，剧情布局有弛有张，有声有色，是莎士比亚浪漫历史剧创作时期有代表性的作品之一。剧中的几个主要人物对演员的表演才能历来是一种考验。女主人公克丽奥帕特拉身为埃及王后，将女人的各种极端行为——虚荣、刻薄、轻浮以至面对死亡、拥抱死亡的自我毁灭——集于一身，成为世界文学史中性格塑造最复杂、人性揭示最深刻的女性形象之一，对众多著名的女演员更是一种严峻的挑战。

梁实秋的译名是《安东尼与克利欧佩特拉》。

本剧选用了十九个例子。

01　*Iras* Go, you bedfellow, you cannot soothsay. / 去，你这浪蹄子，你又不会算命。

02　*Charmian* Nay, if an oily palm be not a fruitful prognostication, I cannot scratch mine ear. / 哎哟，要是一只滑腻的手掌不是多子的征兆，那么我连自己的耳朵也不会搔了。

点评：两个侍女的对话应该说些什么？莎士比亚认为不是家长里短，应是女性的闺蜜倾诉。一个说bedfellow（同床者、床伴之意），另一个马上接上scratch mine ear（近乎咬耳朵、耳语之意），年轻女子的春心和臆想，都在里面了。这样生动的对话，是别的作家难以企及的。

朱译的"浪蹄子"之于bedfellow以及"多子"之于fruitful prognostication，同样是一般译者难以企及的。

03　There is my hand. A sister I bequeath you, whom no brother Did ever love so dearly：let her live To join our kingdoms and our hearts; and never Fly off our loves again! / 这儿是我的手。我给了你一个妹妹，没有一个兄长爱他的妹妹像我爱她一样；让她联系我们的王国和我们的心，永远不要彼此离贰！

点评：套用《红楼梦》里"这个丫头不是那个丫头"的话说：这个恺撒不是那个恺撒，但罗马的每个恺撒都值得写一写。萧伯纳的一个著名剧本名叫《恺撒与克丽奥帕特拉》，那个恺撒就是人们最熟悉的尤里乌斯·恺撒，在罗马帝国的政治舞台上颇有精彩演出，最后被刺身亡，莎士比亚的著名剧本《尤里乌斯·恺撒》就写他遇刺的前后背景。在那个剧本中，马克·安东尼是恺撒的喊冤人和复仇者。在这个剧本中，马克·安东尼这位曾经德高望重的政治家和军事家，却让恺撒的后人奥克泰维斯·恺撒牵着鼻子走，并且终于成为恺撒后人的败将。本剧虽然以安东尼和克丽奥帕特拉的爱情为线索，但是各种政治因素和力量交代得同样清楚。

这位奥克泰维斯·恺撒也是典型的政治动物，在自己羽翼未满时，把自己的亲妹妹送给安东尼做妻子，结成联盟。看起来，通过联姻建立政治同盟，古今中外都是一样的。他的话说得露骨，却是一理，莎士比亚的理。

朱译的"永远不要彼此离贰"，很生动地为这桩联姻加了注释。

04 Royal wench! She made great Caesar lay his sword to bed: He plough'd her, and she cropp'd. / 了不得的女人！怪不得我们从前那位恺撒为了她要无心军旅，安留在她的床边：他耕耘，她便发出苗儿。

点评： 一位阿格里帕的将军说的话，糙了点，但不乏幽默和真相。男人耕耘女人，女人便长出苗儿，这样的比拟，是莎士比亚的拿手好戏。

朱译的"我们从前那位恺撒为了她要"，利用字里行间的缝隙交代了"这个恺撒不是那个恺撒"，省略了注释，这在朱译里比较多见。"无心军旅，安留在她的床边"之于sword to bed，虽然传神，却是发挥多了些，不过对下一句却是绝好的铺垫："他耕耘，她便发出苗儿"，这句话能和原文零距离接上。这也是朱译的特色之一。

05 Come hither, sir. Though it be honest, it is never good To bring bad news: give to a gracious message An host of tongues: but let ill tidings tell Themselves when they be felt. / 过来，先生。把坏消息告诉人家，即使诚实不虚，总不是一件好事，悦耳的喜讯不妨极口渲染，不幸的噩耗还是缄口不言，让那身受的人自己感受为好。

点评： 女王一开口，让听者耳目一新，感受到了女王的任性不可触碰。不过，喜欢听好听的，却也是人类共同的弱点。莎士比亚总是能把个体和集体轻易地联系起来。

  朱译的"缄口不言"可以去掉，不过朱生豪这里是为了和前面的"极口渲染"照应，取得句子诗意般优美的均衡，可取。

06 *Menas* All men's faces are true, whatsome'er their hands are. / 人们的手尽管不老实，他们脸总是老实的。

07 *Enobarbus* But there is never a fair woman has a true face. / 可是没有一个美貌的女人有一张老实的脸。

  点评：两位军人的对话。莎士比亚的体会还是他的观察？看到这样的表达，每个观众或者读者都应该发出笑声。美貌女人的脸也许是老实的，但是看见美貌女人的男人，也许就不老实了。

  朱译的"人们"似乎应该译作"男人"。

08 *Menas* These three world-sharers, these competitors, Are in thy vessel: let me cut the cable; And, when we are put off, fall to their throats: All there is thine. / 这三个统治天下、鼎峙称雄的人物，现在都在你的船上；让我割断缆绳，把船开到海心，砍下他们的头颅，那么一切都是你的了。

09 *Pompey* Ah, this thou shouldst have done, And not have spoken on't! In me 'tis villany; In thee 't had been good service. / 唉！这件事你应该自己去干，不该先来告诉我。我干了这事，人家要说我不顾信义；你去干了，却是为主尽忠。

  点评：莫那斯是左将，有良策献给主将，而且是那么大奸大谋，一竿子插到底，可谓兵不厌诈的典型。主将的回答却高出一筹，让人感到主将就是主将。这样的对话，只能是莎士比亚写出来的。

  朱译把world-sharers一个复合词，译成了"统治天下、鼎峙称雄"八个汉字两重意思，敢作敢为。

341

10 If I lose mine honour, I lose myself: / 要是我失去了我的荣誉，就是失去了我自己。

点评： 安东尼的话。爱面子，古今中外均如此。莎士比亚懂得这个。朱译可以和原文对等交换。

11 Celerity is never more admired Than by the negligent. / 因循观望的人，最善于惊叹他人的敏捷。

点评： 克丽奥帕特拉能说出这样的话，恺撒和安东尼这样叱咤风云的人物跪拜在她的石榴裙下，是不应该感到惊奇的。当然，这是莎士比亚塑造这位女王的苦心。

朱译把the negligent译作"因循观望的人"，对英语的理解，值得我们学习。

12 You did know How much you were my conqueror; and that My sword, made weak by my affection, would Obey it on all cause. / 你知道你已经多么彻头彻尾地征服了我，我的剑是绝对服从我的爱情指挥的。

点评： 又是安东尼的话，无异于一个军人情种的宣言。

朱译娓娓道来。

13 Women are not In their best fortunes strong: but want will perjure The ne'er-touch'd vestal: / 女人在最幸福的环境里，也往往抵抗不了外界的诱惑；一到了困穷无告的时候，一尘不染的贞女也会失足堕落。

点评： 恺撒的话。这句英语表达了好几层意思：女人在荣华富贵时也不强壮，但是缺吃少穿则会让一尘不染的贞女把假话说尽。这个小恺撒能说出这样的话，最终成为胜利者，就有理由了。

朱译这里是编译，虽然这样的编译没有脱离原文的表达，却也是越少越好，而实际上朱译中，这样的编译的确不多。好在这样的说法会给汉语文化带来丰富。

14 Peace! Not Caesar's valour o'erthrown Antony, But Antony's hath triumphed on itself. / 静些！不是恺撒的勇敢推倒了安东尼，是安东尼战胜了他自己。

点评： 如同两头雄狮称霸一方，其中一个不是死就是逃走，这是兽类的行为。人类在占领地盘问题上，其实和兽类没有区别；区别在于人类有语言，必然会向同类发表一番言论，给自己一个说法。一代枭雄安东尼行将消亡，让他说些什么话，才符合他的身份？莎士比亚胸有成竹，让安东尼告别世界的言论成为名言。比起古人，现代人的表达是苍白的，美国著名作家海明威说过：一个人是打不倒的，除非你自己倒下。两相比较，谁能说这不是文学传统演变的结果？

遇到这样的真情表白，朱生豪的译笔表现得非常规矩，句子不乱，次序不乱，连标点都照样移植过来。

15 Noblest of men, woo't die? Has thou no care of me? Shall I abide In this dull world, which in thy absence is No better than a sty? / 最高贵的人，你死了吗？你把我抛弃不顾了吗？这寂寞的世上没有了你，就像个猪圈一样，叫我怎么活下去呢？

点评： 农村有一种古风，女人给男人送行，会哭天抹泪，嘴里念念叨叨的，有兴趣的人偶尔听见某个女人说了些有趣的哭话，事后会说出来，成为大伙儿的笑柄。像"你把我抛弃不顾了吗？"这话，到了农妇嘴里，就变成了"早死呀，你把我扔下不管了，叫我怎么活啊！"，不比不知道，一比吓一跳。同样是女人，同样在哀悼，克丽奥帕特拉这段哭喊词儿就高出不知多少，尤其"这寂寞的世上没有了你，就像个猪圈一样"一句，一下子把自己抬高到了女王的位置。

朱译的"叫我怎么活下去呢？"把中西文化结合起来，一点痕迹都没有了。

16 O Antony! I have follow'd thee to this; but we do lance Diseases in our bodies: I must perforce Have shown to thee such a declining day, Or look on thine; we could not stall together In the whole world: but yet let me lament, With tears as sovereign as the blood of hearts, That thou, my brother, my competitor In top of all design, my mate in empire, Friend and companion in the front of war, The arm of mine own body, and the heart Where mine his thoughts did kindle, —that our stars, Unreconciliable, should divide Our equalness to this. / 安东尼啊！我已经追随你到了这样一个结局：我们的血脉里都注射着致命的毒液，今天倘不是我看见你的没落，就得让你看见我的死亡，在这整个世界之上，我们是无法并立的。可是让我用真诚的血泪哀悼你，你，我的兄弟，我的一切事业的竞争者，我的帝国的分治者，战阵上的朋友和同志，我的身体的股肱，激发我的思想的心灵，我要向你发出由衷的哀悼，因为我们那不可调和的命运，引导我们到了这样分裂的路上。

点评：这是我读到的最有文学价值和人文精神的文字，真的让人心中涌动之余，随之陷入沉思：一山不容二虎是兽性，知道为生命哀悼是人性。利益相争时你死我活，见了分晓时就得认命。美国南北战争的结果是美国向前走了一大步，而这场战争的著名佳话是南方总司令李将军，见败局已定，及早地缴械议和，挽救了无数青年人的生命。因此，李将军之墓，如今成了后人凭吊最多的去处。读过恺撒的这段告别，谁能说这不是西方文化精髓的传统呢？

朱生豪翻译这样的文字，一样充满激情，不仅文从字顺，而且字里行间闪烁着灵动和激情。

17 If your master Would have a queen his beggar, you must tell him, That majesty, to keep decorum, must No less beg than a kingdom: / 你家主人倘然想要有一个女王向他乞讨布施，你必须告诉他，女王是有女王的身份的，她要是向人乞讨，至少也得乞讨一个王国。

点评：根据莎士比亚这个剧本改编的电影《埃及艳后》，曾经轰动一时，但是我对这部电影的名字，总感觉有点什么遗憾。一个女王如果只配得上一个"艳"字，她能有多大魅力，让罗马的两位枭雄——恺撒和安东尼——跪拜？这番话才是一种让人衷心服膺的解释。

朱译多少增加了一些文字，译文不仅通顺异常，而且和女王的口气十分吻合。

18 Husband, I come: Now to that name my courage prove my title! I am fire and air; my other elements I give to baser life. / 我的夫，我来了。但愿我的勇气为我证明我可以做你的妻子而无愧！我是火，我是风，我身上其余的元素，让它们随着污浊的皮囊同归于腐朽吧。

点评：读到这样的哀悼，谁不愿意和这样的女人夫妻一场？朱译读来似乎高出原文不少，尽管"同归于腐朽"有增添之嫌。

19 "O, break! O, break! / 啊，我的心碎了，啊，我的心碎了！"

点评：安东尼战死，克里奥帕特拉要随安东尼去，"曾访求无数易死的秘方"，请人送来两条毒蛇，决意让毒蛇来结束她浪漫而饱满的生命。死前，她要两个贴身侍女伊拉丝和查米安给她穿戴起来，平静地说："我的夫，我来了。"然后她对两位侍女说："再会，善良的查米安、伊拉丝，永别了！"伊拉丝听了这话当场倒地毙命。查米安则在一旁祈求上苍垂泪，眼见着克里奥帕特拉从篮子里取出毒蛇，放在胸上让毒蛇像"我的婴孩在我的胸前吮吸乳汁"……这位忠心耿耿的侍女查米安终于崩溃，呼喊道：

啊，我的心碎了，啊，我的心碎了！

在另一个剧本中，莎翁用过同样的表达，语词重复的力量颇具冲击力。倘若克丽奥帕特拉听说安东尼已死发出这样的哀叹，似乎顺理成章，但这里它却出自一个女仆之口，剧情的推波助澜，人物台词的层层交代，让这种叹息成为特定场合里不可代替的台词。

关于break这个词儿，我在小书《译事余墨》里早已探讨过的：英国桂冠诗人艾尔弗雷德·丁尼生（Alfred Tennyson, 1809—1892）写过一首诗歌，取名Break, Break, Break，成为英语诗歌中最有名的篇什。这首诗分四阕写成，没有生僻的用词，多少熟悉一点英语诗歌的基本规则、句序和词序的用法，都很容易念诵并记住。但是要真正读懂并领会它，却不仅要读懂丁尼生的诗，还需要追寻诗人用词的渊源。

这是丁尼生为悼念好友阿瑟·海拉姆所作。起因是海拉姆与丁尼生是剑桥同窗同学，后又与丁尼生的妹妹订了婚。友谊加亲情，关系不同一般。偏偏海拉姆二十二岁时猝死于奥地利的维也纳城，与远隔千里之外的朋友亲人的联系俄顷崩断。丁尼生写这首诗是在九年之后，久酿而发，自然会有它的不同一般之处。

作为一首好诗，必会有些情思的自由驰骋和寄托。本诗以浩瀚无际的大海作为情感涌动的象征，让本是好友的"渔家小孩"和大海发生关系，以小窥见大，以大映衬小，让人感受到诗人胸中久酿的哀思与一泻难收的情绪。Break这个字在诗中出现六次，通过这个含有破坏性含义的动词的多次重复，把诗人要表达的哀悼之情宣泄得销魂蚀骨。

但是，译者读了这样一首诗，对诗的涵义和遣词造句，诵读并理解之后形诸笔端，又会翻译出什么样的译文呢？

因为首尾两阕包括了六个break，中间两阕没有使用，这里只选取首尾两阕的三种译文来比较一下。

首先是原文：

Break, Break, Break

Break, Break, Break,
　On thy cold gray stones, O sea!
And I would that my tongue could utter
　The thoughts that arise in me.
……
Break, Break, Break,
　At the foot of thy crags, O sea!
But the tender grace of a day that is dead
　Will never come back to me.

英诗每一句都是主谓宾结构，因此这句英语倘若用散文形式，可以写成：O, sea break and break and beak on thy cold gray stones! / 啊，大海你一次次撞碎在自己的冰冷的灰色礁岩上。一般用法，如果sea当the sea使用，属于不可数名词，那么break后面应该有单数形式——s；如果当文学性seas的复数使用，或许定冠词和动词形式都可以变通使用？还有一个合适的解释是诗人省略了the waves，这样语法上就都讲得通了。总之这是一个应该深入探讨的疑点。

分别看看三位译者如何表达。译家飞白的译文为：

冲激，冲激，冲激，
　　大海呀，冲激灰而冷的岩石！
我但愿我的舌端能说出
　　我内心涌起的情思。
　　……
冲激，冲激，冲激，
　　大海呀，在岩石脚下崩裂！
可是温柔美好的日子死了，
　　与我已从此永诀。

老学者贺祥麟的译文为：
破碎了，破碎了，破碎了，
　　在你冰冷的灰色石头上，大海啊！
我真愿自己舌头能诉说出
　　我内心涌起的各种思绪。
　　……
破碎了，破碎了，破碎了
　　在你的峭壁危岩下，大海啊！
但那一去不再来的美好时刻
　　却从此离我而去。

译家何杰功的译文为：

347

哗啦，哗啦，哗啦，
　　　　哦，大海，向苍冷的岩石冲撞；
　　但愿我的舌头能够表达
　　　　涌现在我心头的纷繁思想。
　　　　……
　　哗啦，哗啦，哗啦，
　　　　哦，大海，你在崖下轰响！
　　但是那柔情美好的岁月已经死亡，
　　　　再也不能返回我的身旁。

纵观三篇译文的同与不同，我们看到每位译者在传达诗中的meaning和information的同时，极力捕捉原文中的message，努力让它从笔端流出。Break 一词，无疑是这首诗的亮点与纲，因此三位译者使用了三种各不相同的译法。

飞白版的译文用了一个生造的词"冲激"来翻译break，谐了"冲击"这个词的音，也部分用了"冲击"这个词的意，但是"冲激"又确实不是"冲击"，因"激"有一种遇阻力上扬的势头。"冲激"似与第一节里"涌起的情思"比较吻合，但与最后一节的"从此永诀"却有不够贴切之嫌，不知是否为了保证译文的尾韵。

"破碎了"相对Break，是贺祥麟版诗文的主旋律，倒是与他的整体诗文十分和谐。用"破碎了"写友人作古，写"欢笑"的过去，写"消逝的手"和"冥寂的音容"，写"美好时刻""离我而去"，都能传达出一种message，甚至连译文的句型和原文都比较吻合。

"哗啦"相对break是何功杰版译诗的主调，他的译文充分用不平静的海与大陆架冲撞后产生的响声，暗示诗人的内心不平静，也不失为一种表达；问题是第二句里有了"冲撞"，如果不是从break译出，那么break这个诗中最重要的词，便成了一个象声词，而不是动词，似乎不够妥当。

著名诗人、翻译家绿原先生谈到诗歌翻译之难时说："这是因为，每首诗所依附的语言本身,都各有其独特的美感,是不可能由另一种语言简单传递的。"

那么,诗人丁尼生为什么会使用break这个词儿,又到底要诉说什么呢?

如上所述,读到了莎士比亚剧本中break,再体会丁尼生诗中的break,会有一种恍然大悟的感觉;朱生豪理解莎士比亚最透彻,他用"心碎"来表达break,准确,传神。那么,毫无疑问,诗人丁尼生一定在莎士比亚的剧本里读到过这样有力、深刻而揪心的表达,我们看见的是英国文学的深厚传承。

因此可以说:中国的译者做翻译,需要了解英国文学的传统,需要阅读莎士比亚的作品,否则我们不仅翻译不出来英文诗歌的真味,还有出力不讨好的可能。从英语传统的角度看,飞白和何功杰二位先生对break的理解是有些错位的,因此译文中一些动词都是多加的,例如"冲""崩裂""冲撞"和"死亡"等,不准确也不达意;不过,有人说翻译诗歌可以使用"存心的误译"来表达自己希望翻译出来的意思。如果这种主张成立,飞白和何功杰二位先生的译文也算成立,却终不如贺祥麟先生的译文理直气壮。

小结:《安东尼与克莉奥佩特拉》是我最喜欢的莎剧之一。把一个女中豪杰的爱情,写到这样以命相殉的地步,也只有莎士比亚了。先把美貌和性事放在一边,女人的智慧实在是难能可贵的。克丽奥帕特拉作为女人的毛病固然很多,但是她有智慧,脑子好使,最终会弥补自己的一切不足。

剧中大量的台词,都很有内涵,值得反复阅读和琢磨。朱生豪把原文的内涵淋漓尽致地翻译出来,让中国读者享受到了阅读莎士比亚的愉快,真的应该感谢他。电影《埃及艳后》的视觉效果的确非凡,但和朱生豪的译本比较起来,一个漂在水上,一个深深地扎根于地里。

漏译现象十七八处,尚在平均概率之下。这是朱生豪当之无愧的好译本之一。

第六出 《辛白林》

这是莎士比亚的最后一部悲剧；但有的学者认为该剧的矛盾和冲突在剧终已经和解，应把它算作悲喜剧。

《辛白林》的取材和背景比较特别。辛白林是传说中的一位英格兰国王，于公元前后统治过英格兰。但辛白林这个人没有什么正式记载，莎士比亚只是从霍林舍德的《英格兰记事》以及别的史记中采摘素材，来塑造和丰满这个人物的。另一部分素材来自意大利著名作家薄伽丘的作品。

辛白林的女儿伊默琴私下和波斯默斯·利奥那特斯相爱，以身相许，但伊默琴的后母想让儿子克洛坦和伊默琴结婚，便把伊默琴的婚事告诉辛白林，辛白林一怒之下，把波斯默斯驱赶出境。在诡计和圈套中，波斯默斯误以为伊默琴背叛了他，密授仆人毕萨尼奥杀死伊默琴。毕萨尼奥不忍心杀掉伊默琴，让她女扮男装，到森林里逃生。在英格兰和罗马的战争中，辛白林被俘，解救他的众将中，除了幼年被绿林好汉贝拉律斯偷去的两个儿子，还有被他流放的波斯默斯。后来毕萨尼奥把真相告诉大家，一切误解和冲突得以澄清与和解。

这个剧本的故事是莎士比亚所有的剧本中最为复杂的，一波三折，但剧本要表达的内容则没太大新意；作者主要想通过鞭挞恶人，宣传善有善终的思想。女主人公伊默琴是作者精心描绘的理想女性，在伊丽莎白女王时代很受观众的欢迎，在维多利亚女王时代又颇受读者的喜爱，从中不难看出世人对善和美的追求是不受时间限制的，也说明莎士比亚笔下的文学形象具有永久的魅力。

《辛白林》一剧的台词滔滔善辩，险峻奇谲，一向是评论家们评论的焦点。剧中误以为已死的伊默琴和那具无名尸并放的场景，因美与丑的对比强烈，成为莎士比亚的绝笔。伊默琴从昏迷中醒来所说的那些台词，是所有扮演者取得成功的最刺激的挑战。

梁实秋的译名是《辛伯林》。

本剧选收了二十个例子。

01 Thither write, my queen, And with mine eyes I'll drink the words you send, Though ink be made of gall. / 你可以写到那边去，我的女王，我将要用我的眼睛喝下你所写的每一个字，即使那墨水是用最苦的胆汁做成的。

点评：波斯默斯和伊默琴不经伊默琴的父亲同意，私下结了婚，让国王辛白林动怒，在王后的撺掇下，国王把波斯默斯放逐了。这是波斯默斯走前说的话。"我将要用我的眼睛喝下你所写的每一个字"是他表白深深的爱心。眼睛怎么喝下墨水写的字？这便是莎士比亚的文学语言，熟悉这样的表达，是深入认识和学习莎士比亚戏剧作品的途径。

朱译在翻译这样的独特表达时，绝少会变通：Drink就是"喝"的意思，他就直译出来，把句子理顺，为丰富汉语做贡献。所以，我一再强调，朱生豪的译文是最接近莎士比亚的表达的。

02 Thou took'st a beggar; wouldst have made my throne A seat for baseness. / 你选中了一个叫花子；你要让卑贱之人占据我的王座。

点评：辛白林的话。中外戏剧都有相通的内容。中国有一出戏叫《大登殿》，其中的王宝钏用彩球打中了穷小子薛平贵，结果做父亲的不认这门亲事，把王宝钏赶出家门，让她住了十八年寒窑。辛白林担心的更多：害怕一个地位低下的女婿将来坐了他的龙庭。我说莎士比亚是一个非常了不起的筛选家，就是因为他选择古人留下来的文学素材，总能发现别人发现不了的。《辛白林》一剧，情节连接得非常紧密，这桩婚姻是起点也是终点。

朱译把my throne译作"王座"而非"宝座"，很有中国特色，因为中国想做王的人太多了。

03 I have enough: To the trunk again, and shut the spring of it. / 够了，回到箱子里去，把弹簧关上了。

点评：埃契摩很不着调，藏进箱子是为了夜里去伊默琴的闺室里窥探。中国有一出戏叫《柜中缘》，写男女之情，箱子是一个重要的道具。莎士比亚的箱子则是一个计谋，类似特洛伊木马，里面藏的人是要有一番作为的。从箱子里钻出来的埃契摩是一个是非之人，因为打赌来离间伊默琴和波斯默斯的爱情，让戏剧情节复杂起来。尽管箱子的作用各不相同，但是箱子在剧中做道具却是相通的，因为箱子是一个能隐藏秘密的独立空间。我想，这也是观众感兴趣的看点。

朱生豪翻译这些客观性叙述，译文从来是内在的东西和字面意思兼顾的。

04 Winning will put any man into courage. / 胜利可以使每一个人勇气百倍。

点评：克洛坦是剧中一个反派人物，王后再醮带过来的，所谓（今人、中国人）拖油瓶，和王后合谋，一心想把伊默琴娶到手。目的达不到时心态彻底变坏，自己算计别人时反把性命搭上。这样的情节在莎士比亚的剧中是唯一的，为情节而情节，显得离奇荒诞，却有吸引观众的要素。这样一个人物好像说不出这样有哲理的话，但是给自己打气的作用是有的。

这句话的字面意思是：谁赢了都会勇气倍增。朱译把原意强调了很多，读来像警句。

05 'Tis gold Which buys admittance; oft it doth; and 'tis gold Which makes the true man kill'd and saves the thief; / 有了钱才可以到处通行，事情往往是这样的。钱可以害好人含冤而死，也可以让盗贼逍遥法外。

点评：还是克洛坦的话。关于金钱，莎士比亚在《雅典的泰门》里有集中的描写，别的剧本里关于金钱的说法，都是回声。

朱译很老实，其实oft it doth之于"事情往往是这样的"，是不到位的，it在这里是指钱，可译为"钱无所不能"甚至"有钱能使鬼推磨"。

06 To Dorothy my woman hie thee presently —／你快给我到我的侍女陶乐雪那儿去——

点评：这句英语好像是把单词堆起来的，不像伊默琴这样有修养的淑女说的话，实际上莎士比亚也是这样的用意：着急说话，所以句子后面用了破折号。

Dorothy现在通译"多萝西"，中国现在很多学英语的女生也用这个英文名字。朱译的"陶乐雪"比较突兀，这句译文也是少有的绕口。

07 Let there be no honour Where there is beauty; truth, where semblance; love, Where there's another man:／让贞操不要和美貌并存，真理不要和虚饰同在；有了第二个男人插足，爱情就该抽身退避。

点评：波斯默斯见到了埃契摩从伊默琴的卧室窃来的手镯，醋意大发，出口成章，是莎士比亚写爱情的力量的另一种技巧。

朱译充满诗意。

08 Britain is A world by itself; and we will nothing pay For wearing our own noses.／英国是一个独立的世界，我们顶着自己的鼻子，用不到出钱买别人的恩典。

点评：克洛坦要变质，话说得不同凡响。这句英语本身很顺畅，也没有生僻的词，但是表达的意思却不大好理解，比如For wearing our own noses. 其实，这话是有来源的。

朱译遇上这样的句子，从来都是亦步亦趋地紧跟原文的。

查了查梁译，是这样的：不列颠本身是一个自给自足的世界，我们顶天立地地活着，无须付款给人家。原文有这样的意思吗？一丝一毫都没有。可译者为什么这样翻译？显然是理解不了For wearing our own noses这句英语造成的。谁都有鼻子，干吗偏偏英国人要"顶着自己的鼻子"？一次，我跟一位教授参加一次《莎士比亚全集》发布会，我们说

353

起哪个莎士比亚译本优秀,教授说:他喜欢朱译,但是他的一些同事和学生说梁译好,我不知道怎么说服他们。我想了想,说:那是他们都没有读懂莎士比亚。

09 As I said, there is no moe such Caesars: other of them may have crook'd noses, but to owe such straight arms, none. / 我说过的,你们也不会再有那样的一位恺撒;也许别的恺撒也有弯曲的鼻子,可是谁也不会再有那样挺直的手臂了。

点评: 还是克洛坦的话。读了这段话,上面关于鼻子的话,就有根源了。显然,上面那番话是因为恺撒长了一个大弯钩鼻子引发的。什么都是莎士比亚创作的材料,因此翻译莎士比亚的作品,就必须注意上下语境和全部故事以及各色人物的对话。

朱译紧跟原文,只在Caesars这个复数形式上面施展手段,让译文更紧凑有力。

回头想想梁译,谁都能看出来译文错到姥姥家去了。译文出错是难免的,但是这里关键是梁译没有注意上下文的语境,属于翻译智商的问题。有教授说梁译最靠近莎士比亚,其实也是他自己没有读懂莎士比亚,才借别人来掩饰自己。

10 I'the world's volume Our Britain seems as of it, but no in't; / 在世界的大卷册中,我们的英国似乎附属于它,却并不是它本身的一部分;

点评: 这句英语的两个介词,in和of,是关键。这两个词理解对了,莎士比亚在说什么,我们就清楚了。

朱译的"似乎附属于它"极恰当,联想到了英国是一个海岛,没有和陆地连在一起。

梁译是:世界是一部大书,我们的不列颠只是属于它的一页,但是不在书卷里面。译文的毛病是很容易混淆读者的判断力:一张书页不在一本书的里面,能在哪里呢? 一页文字不在书里,那就是一张废纸。

11　*Pisanio* O, my all-worthy lord! / 啊，我的大贤大德的殿下！

12　*Cloten* All-worthy villain! / 大奸大恶的狗才！

点评：主仆之间的对话，形容词都是all-worthy，因为修饰的名字不一样，更要紧的是说话的人的地位不同，传达出的意思就截然不同，这是英语里面常有的现象。莎士比亚调动文字的能力，这两个例子很能证明一下。另外，克洛坦这个人物越来越坏，说话的口气就越来越恶劣。

朱译很注意这样的变化，在译文里尽量有所体现，是其高质量的重要因素之一；既有字数上的对称，又有正反两种意思的对称，让对话有了诗意。

梁译是：啊！我的最可敬的大人。／最可恶的小人。译文虽然也注意了对称，但是文字的质量没了，而且all这个英文词儿是全方位的意思，不是"最"的含义。这样细微之处，在好译文里都是要有体现的。

13　Plenty and peace breeds cowards; hardness ever of hardiness is mother. / 升平富足的盛世徒然养成一批懦夫，困苦永远是坚强之母。

点评：伊默琴被历代评论家认定是莎士比亚笔下最贤惠的女子，她的话必会高出一般女性。当然，这话是莎士比亚让她说的，智慧还在莎士比亚这厢。不信的话，你仔细看看这句英文写得多么智慧，乍看像文字游戏，读下来却受益匪浅。

朱译就是地道的汉语箴言。

14　The sweat of industry would dry and die, But for the end it works to. / 劳力的汗只是为了它所期望的目的而干涸。

点评：贝拉律斯是被放逐的贵族，说话不同一般。一句诗文，十个音节，后半句七个音节，另外三个由下一句凑齐，从此不难看出这样的诗句是很有自由度的。如果按照原文的音节翻译，意思大约是：劳作的汗水会干燥，但是为了辛苦劳作有所收获。

朱译把两句结合起来，译成了警句，不失为一种译法。

梁译是：若不是为了努力争取的目标，谁也不肯流那辛勤的汗。这不是翻译，是编译，却还是不尽如人意。问题是不需要把人的因素扯出来，多了"谁也不肯"，反而让译句不简练，不明白了。

15 The breach of custom Is breach of all. / 破坏习惯就是破坏一切。

点评：伊默琴是淑女，话讲得自有道理。莎士比亚利用breach这个单词的重复，表达纵深的意思。

朱生豪说：我懂，看我的。我也把"破坏"这个汉语词儿来重复一下。

梁译：习惯一破，全盘皆乱。这译文怎么样？不比不知道，一比吓一跳吧？翻译成了一句顺口溜，却什么都没有说到位。

16 The time is troublesome. / 这真是多事之秋。

点评：辛白林是个平庸的国王，不仅让狠心的王后指使得溜溜转，而且还下得了狠心。这句话乍看是审时度势，其实是无奈的感叹。

朱译很精练，似乎不适合辛白林这样的庸君讲出来。

17 Wherein I am false I am honest; not true, to be true. / 我的欺诈正是我的忠诚，为了尽忠的缘故，我才撒下漫天的大谎。

点评：说话的比萨尼奥是一个义仆，没有按照主子的吩咐做，却是为了纠正主子的罪孽。英语很有特点，尤其后半句，小词传达了大义。

朱译应该更上一层楼，似乎翻译累了，说：就这样吧。如果精神好，译文一定不是这个样子，因为not true, to be true对朱生豪来说，一定还有精彩的应对。

18 By medicine life may be prolong'd, yet death Will seize the doctor too. / 医药虽然可以延长生命，毕竟医生也是不免一死。

点评：这是全剧中国王辛白林说得最明白的一句话，因为王后死了，他似乎一下子摆脱了魔怔。这出戏的结尾像一个俄罗斯魔盒，雾霾一层接一层拨开，人们随之也越来越清醒了。莎士比亚的台词就有这种魔法。

朱译喜欢把宾语部分掉过来做主语，不知是习惯还是朱生豪喜欢先把主语抓住。这句话后半句本可以译作"死神也不放过医生"，也许"医药"和"医生"做主语更清晰吧。

19 She confess'd she never loved you, only Affected greatness got by you, not you: Married your royalty, was wife to your place; Abhorr'd your person. / 她供认她从来没有爱过您，她爱的是您的富贵尊荣，不是您；她嫁给您的王冠，是您的王座的妻子，可是她厌恶您的本人。

点评： 这个王后比起白雪公主的后娘，心肠歹毒的程度有过之而无不及，但是莎士比亚给了她一个忏悔的机会，让她把一腔歹毒都倾倒出来再死。这是西方文学的一种教化作用，那就是邪一定不能压正。王后的话听来很恶毒，但是现实却告诉我们，人类的婚姻基本上是按这个路子一路走来的。毕竟，人首先要活得好，才能保证婚姻稳定。只是，凡事走了极端，就能当典型写进文学了。

朱译几乎是全部按照原文的字面与字面下的意思翻译，两种语言基本零距离接触。所以，我们可以说，朱生豪通过翻译莎士比亚的作品，给汉语带来了丰富的词汇和异样的表达，贡献是很大的。

20 Mine eyes Were not in fault, for she was beautiful; Mine ears, that heard her flattery; not my heart, That thought her like her seeming; it had been vicious To have mistrusted her: / 我的眼睛并没有错误，因为她是美貌的；我的耳朵也没有错，因为她的谄媚话是婉转动听的；我更不责怪我的心，它以为她的灵魂和外表同样可爱，对她怀疑也是一种罪过。

点评： 平庸只有平庸的一套，如果不是莎士比亚，谁也不能给这样一个庸君写出这样一番振振有词的台词，读起来别有一番趣味：分明是这个庸君和蛇蝎心肠的女人生活得如鱼得水，对她言听计从，爱色爱奉承，却把自己洗刷得干干净净，责任统统推给自己身上的五官！这个耍赖的庸君别有一种变异的专横呢。

朱生豪稍做展转与腾挪，比如"婉转动听"和"我更不责怪"，便取得了朱译特有的通顺和质量。

小结：莎士比亚的戏剧，故事性很强，这个剧本是一个很好的证明。纵观莎士比亚的所有剧本，我感觉，莎士比亚从欧洲范围的文学遗产里选取写作素材，故事性是一个重要的因素。一般说来，世人喜欢文学，多数人也是冲着作品中的故事和情节来的。现代小说为了拓展表达范围，例如潜意识和内心世界，冲淡甚至摈弃了故事性，折腾了整整一个二十世纪，结果把大量读者吓走，小说写作面临着穷途末路的危险。很多当初看起来不可一世的文学家，例如乔伊斯和普鲁斯特，现在只为文学专业人士所津津乐道，普通读者都躲得远远的，说不清是否可取。

伊默琴这个淑女倒是当今男人向往的，可惜她是莎士比亚笔下的虚构人物，梦中花，水中月，当今哪个所谓女强人会认真看她几眼？

朱生豪的翻译十分老到，展转腾挪的手段，能不用尽量不用，紧扣原文的译文越来越多，给人老而弥坚的感觉。

漏译之处只有六七个，基本上都是看错眼看漏眼的结果，可以忽略不计，因此这出戏是朱生豪的好译本之一。

第七出 《泰尔亲王佩里克利斯》

这是莎士比亚的浪漫悲剧之一。

泰尔亲王因为对希腊国王安蒂奥克斯的乱伦有所察觉，生命受到威胁，只得乘船逃出泰尔。船只在彭塔波里斯遇难，仅他一人生存，并在当地与西蒙尼迪斯国王的女儿泰莎结婚。不久，他听说安蒂奥克斯王已死，国民要拥戴他为王，便携泰莎一起前往泰尔。途中遇风暴，泰莎因过度紧张而早产一女；泰莎昏死后被误以为死，被置放一木箱中漂入海中。木箱在一岛搁置后，泰莎被一医生拯救，泰莎以为丈夫被淹死，在黛安娜庙中做了修女。佩里克利斯携婴儿玛丽娜到达塔苏斯，把幼女留给克利昂及其妻狄奥妮莎。玛丽娜后来被卖到米提林妓院，因其纯洁、虔诚、能言善辩而感动众人，没有沦落为风尘女。后来心如死灰的佩里克利斯来米提林巡视，十分惊喜地发现了玛丽娜，并根据梦中指示，在黛安娜庙中找到泰莎，全家终于团聚。克利昂及其妻狄奥妮莎因虐待玛丽娜而被定死罪，用火烧死。

这一剧本因其背景复杂纷繁、情节曲折感人，历来被观众和读者看好。剧本中对父女乱伦的批判、对恶行的揭露和惩罚、对善行的褒扬，都有独到之处。本剧的历史背景是古希腊，社会的人与人之间的关系和家庭的人与人之间的关系，既有说不清道不明的混沌一面，又有正在逐步理清和理顺的一面。它因此便蕴含了特殊的隐义、内容和寓意。

同其他浪漫悲剧相比，《泰尔亲王佩里克利斯》的上演情况较一般，尤其在近当代莎士比亚的戏剧的演出中；但其中一些场景写得很美，令人陶醉。另外，每幕前的致辞均用诗写成，不仅提纲挈领地介绍了情节发展，诗本身也写得很有特色。更值得一提的是，朱生豪将诗用七字汉语译成，既照顾了原文七个音节，又体现了中文诗句的韵味，很有特点，值得借鉴。

梁实秋的译名是《波里克利斯》。

本剧选择了二十二个例子。

01	I am no viper, yet I feed	我虽非蛇而有毒，
	On mother's flesh which did me breed.	饮我母血食母肉；
	I sought a husband, in which labour	深闺待觅同心侣，
	I found that kindness in a father:	慈父恩情胜夫婿。
	He's father, son, and husband mild;	夫即子兮子即父，
	I mother, wife, and yet his child.	为母为妻又为女；
	How they may be, and yet in two,	一而二兮二而一；
	As you will live, resolve it you.	请君试解其中意。

点评：泰尔亲王佩里克利斯去向希腊国王安蒂奥克斯的千金求亲，但是首先要破解这个谜。是个谜，语言就要有迷惑性，令猜谜的人作难。这个谜语不一定是莎士比亚写的，但是一定按照他要创作的剧本修改过，起到了点铁成金的效果。其实，就莎士比亚的所有剧本的创作情况看，都是经过莎士比亚点铁成金才得以不朽的。这是创作，更是一种文学批评。

英文写得纠结，需要精读和破解，方能彻底弄清内容和谜语所在。

朱生豪很喜欢这样的挑战，每句英语都在彻底理解的基础上重新编译，每句七言，上下句押韵，一首很有谜语特色的译诗，尤其"夫即子兮子即父"和"为母为妻又为女"两句，很地道的谜语用语。

我们不妨找来梁译的这一谜语版本，比较一下：

我不是一条蛇，

我吃妈的肉，好让她生我；

我想要个丈夫，东找西找，

这份恩情在父亲身上找到了。

父亲，女婿，丈夫，他一人担任，

我是母亲，妻子，又是他的孩子的身份。

他们只是两个人，这是怎么搞的，

你要是想活命，你就解答这谜语。

译文看似忠实原文，其实有些译句很不清晰，比如第一二句，不如译作"我不是毒蛇，可我／吃母亲生养我的肉"；"身份"不必添加；yet in two译为"他们只是两个人"，不妥。更要紧的是，这哪像一则谜语？无论形式还是语言，都远离了谜语的特色。

02　Kings are earth's gods: in vice their law's their will; And if Jove stray, who dares say Jove doth ill? / 君王们是地上的神明，他们的意志便是他们的法律，他们的作恶是无人可以制止的。

点评： 佩里克利斯的话，说得很智慧，但智慧的结果却要他的命。莎士比亚剖析君王的本质，是世界文坛别的作家所望尘莫及的。他不止批评，更有理智、深入和认真的描述。

朱译把两个Jove都化解了，但另一些情况下他会悉数译出，视上下文而定，视内容的需要而定，无可厚非。

03　Till Pericles be dead, My heart can lend no succour to my head. / 佩里克利斯一天不死，我的心一天安定不下来。

点评： 国王安蒂奥克斯的话。他真的是害怕佩里克利斯吗？其实是害怕他的臣民知道他的乱伦。莎士比亚是一个尊重秩序的人，写人心的不安，原因都与王者破坏人类建立起来的秩序有关。后一句英语写得独到、地道，heart和head的关系是这样的吗？

点评： 朱译炉火纯青，两个"一天"加得令人肃然起敬。

04　How dare the plants look up to heaven, from whence They have their nourishment? / 草木是靠着上天的雨露滋长的，但是它们也敢仰望穹苍。

点评： 赫里堪纳斯是一个大忠臣，这句台词足以见证他胸中的方圆。朱译，无可挑剔。

361

05 One sorrow never comes but brings an heir, That may succeed as his inheritor. / 福无双至，祸不单行。

点评：莎士比亚的思考，但是让哪个剧中人物说出，却是大有讲究的。克利昂这个人物晚节不保，结果可悲，这话是预告。

朱译如此译出，常常让我想到：如果让我们做汉译英"福无双至，祸不单行"，能不能想到这样地道的英语表达呢？

06 Welcome is peace, if he on peace consist; If wars, we are unable to resist. / 要是他的来意是和平，那当然是欢迎的；要是他的来意是战争，那我们也没有力量抵抗他。

点评：克利昂是塔苏斯的总督，而塔苏斯这时正闹饥荒。眼见佩里克利斯乘船到来，不知是福是祸，就说了这样一句跟废话差不多的领袖话。莎士比亚让他这样讲话，就赋予了他这样的性格，因为最后他经不住老婆的劝说，把佩里克利斯让他抚养的女儿送到了妓院，成了一个恶人。不过这话还是相当有哲理的。

朱译软软的，很符合一个无能官员的话。只是不知道朱生豪是怎么理解if he on peace consist这句英语的，要我理解，因为找不到句子里的谓语，无法从语法上来看懂句子所包含的意思，只能从字面上猜测；皇家莎士比亚剧团《莎士比亚全集》的解释是：on peace consist, is disposed towards peace，汉译的意思是倾向于和平。所以，认真解读朱生豪的译文，我不禁想到他惊人的理解力和他对英语的精通程度，因为那时候他能参考到的英语注释本是极其有限的。

07 Which welcome we'll accept; feast here awhile, Until our stars that frown lend us a smile. / 敢不领情。我们就在这儿小作盘桓，等候我们的命运回嗔作喜。

点评：佩里克利斯虽然是亲王，贵胄子嗣，但是命运多舛，好像上天在考验他的意志。他能逢凶化吉，绝地逢生，主要依靠他的智慧。智慧的人讲智慧的话，这是莎士比亚写作的特色。

典型的朱译：言简意赅，表达到位，符合人物身份。"敢不领情""小作盘桓""回嗔作喜"只能出自朱生豪的笔下。

08 *Third Fisherman* Master, I marvel how the fishes live in the sea. / 老大，我不知道那些鱼在海里是怎么过活的。

09 *First Fisherman* Why, as men do a-land; the great ones eat up the little ones; I can compare out rich misers to nothing so fitly as to a whale; a'plays and tumbles, driving the poor fry before him, and at last devours them all at a mouthful: such whales have I heard on o'the land, who never leave gaping till they've swallowed the whole parish, church, steeple, bells and all. / 嘿，它们也正像人们在陆地上一样；大的捡着小的吃，我们那些有钱的吝啬鬼活像鲸鱼，游来游去，翻几个筋斗，把那些可怜的小鱼赶得走投无路，到后来就把它们一口吞下。在陆地上我也听到过这一类的鲸鱼，他们非把整个的教区、礼拜堂、尖塔、钟楼和一切全部都吞下，是决不肯闭上了嘴的。

点评：莎士比亚的社会观多么了不得！"大鱼吃小鱼"，人类历来如此，这是人性，任何社会都是一样的。

朱译紧贴原文的字句，字面意思和内涵都翻译得滴水不漏，真好！

10 No, friend, cannot you beg? Here's them in our country of Greece gets more with begging than we can do with working. / 啊，朋友，你不会向人乞讨吗？在我们希腊国里靠讨饭过活的人，着实比我们这些做工的人舒服得多哩。

点评：还是一个渔夫的话，当然，这是莎士比亚对两千年前古希腊人的社会的推测；因为莎士比亚总是根据人性来透视这个社会，他的所见因此便总是高明得多。

朱生豪遇到这样描述真实内容的英语，从来不会马虎，从来是有一译一的。

11 Then honour be but a goal to my will, This day I'll rise, or else add ill to ill. / 这一去啊，我倘不能平步青云，怕从此困顿终身。

点评： 佩里克利斯的话，亲王在命运面前一样无奈。整句没有一个大一点的英文单词，但表达的内容却很大，好英语。莎士比亚运用小词的能力，这个句子是最好的体现。

朱译的用词却不小，表达出来的意思自然也不小。"这一去啊"之于Then honour be but a goal to my will, 好像未尽全意，应该译作"我这是拿名誉赌明天"，才和后面的话平衡。

12 Time's the king of men, He's both their parent, and he is their grave, And gives them what he will, not what they crave. / 时间是世人的君王，他是他们的父母，也是他们的坟墓；他所给予世人的，只凭着自己的意志，而不是按照他们的要求。

点评： 还是佩里克利斯的话，却是莎士比亚的思考，莎士比亚的语言，我们这些平常人，只能全盘接受。能领会这样的箴言，我们的日子会过得顺风顺水。

朱生豪的宇宙观不容小觑，对时间的理解高于一般，译文平实却见厚重。只是"只凭着自己的意志"一句，似乎应该是"倾其所有"。

13 To wisdom he's a fool that will not yield. / 只有愚人才会拒绝智慧的良言。

点评： 莎士比亚的箴言可以从任何一个角色的口中冒出来，我们读者稍不留意就会错肩而过。

朱译为了精练，这样的箴言总会再三斟酌，反复腾挪；如果照字面意思译出，这话可为：不向智慧屈服的人是傻瓜。不过这话怎么看都算不上箴言了。

14 *Bawd* Such a maidenhead were no cheap thing, if men were as they have been. Get this done as I command you. / 倘然男人们的脾气没有改变，

这样一个闺女是可以赚一注大钱的，照我吩咐你的办去吧。

15 *Boult* Performance shall follow. / 得令。

点评：两句对话。鸨妇的话，听来很恶毒，很冷酷，但是却贴着人性。人类发展史上，妓院是一个古老的门店，跟饭店、酒店甚至厕所一样古老。鸨妇是女性，对男性知根知底，说话理直气壮。搭话的龟奴是一个男人，做人肉生意，属于败类。莎士比亚历来视这类人为人渣，但是莎士比亚从来不惮探索这中间的问题。

朱译把三个不算很小的英文单词Performance shall follow译作"得令"，让龟奴的形象跃然纸上。有趣的是，就是这样一个人渣，最后也被纯洁、善良、善言的玛丽娜说服，可见莎士比亚笔下的人物性格的复杂。

16 *Cleon* Thou art like the harpy, Which to betray, dost, with thine angel's face, Seize with thing eagle's talons. / 你是个妖精，用你天使一般的脸孔欺骗世人，却用你的鹰隼一般的利爪杀害无辜。

17 *Dionyza* You are like one that superstitiously Doth swear to the gods that winter kills the flies: But yet I know you'll do as I advise. / 你才是个迂腐的傻瓜。可是我知道你会照我的话做的。

点评：这是夫妇两个要把只有十四岁的玛丽娜送往妓院之前的对话，克利昂的话听起来很激愤，对老婆很厌恶，颇有些正义感。狄奥妮莎的话听起来倒是比较心平气静，听不出她是一个蛇蝎般歹毒的女人。可是，最后玛丽娜还是被送进了妓院，夫妻之间微妙的关系就在这番对话里。莎士比亚写作台词的不凡之处，往往会让我们忽略。

朱译的"杀害无辜"从原文里看不出来，只是从一个歹毒女人的性格出发增添的，有合理的一面；不过"迂腐的傻瓜"省略了太多的东西是肯定的，好在这样的省略在朱译里并不多见。

18 An if she were a thornier piece of ground than she is, she shall be ploughed. / 即使她是一块长满荆棘的荒地，我也要垦她一垦。

点评： 龟奴说的流氓话，也带着一股令人发指的冷酷。

朱译的"我也要垦她一垦"，字面意思是"她将被开垦一番"，朱生豪置换一下主语，龟奴的嘴脸便暴露得更充分。

19 *Helicanus* And you, sir, to outlive the age I am, And die as I would do. / 大人，愿你的寿命超过我现在的年龄；愿你富贵令终，泽及后人。

20 *Lysimachus* You wish me well. / 您真是善颂善祷。

点评： 两句对话，出自两个有些社会地位人之口；没有一个大词，好似国人见面说吃了吃了。

朱译却句句到位，俨然两个有见识的人的寒暄。"富贵令终，泽及后人"之于 and die as I would do，是一般译者不敢译也译不出的；即便与原文有出入，也让它们留在朱译版本里为佳。

21 She's a gallant lady. / 她是一位倜傥的女郎。

点评： 英文词儿 gallant，一般不会用在一个女性身上，这里足见莎士比亚写到他钟爱的玛丽娜终于脱离苦海时的心情。莎士比亚尽管用词绚丽夺目，但是他使用每一个词儿都是斟酌再三的，这点是他高于绝大多数作家的要害。

朱生豪用了"倜傥"对等 gallant，可见他和莎士比亚的相通。

22 My heart Leaps to be gone into mother's bosom. / 我的心在跳着要到我的母亲的怀里去。

点评： 圣洁的玛丽娜终于要回到正常的人世间了，莎士比亚让她说什么好呢？

朱译把 leap 译作"跳着要到"，让一颗心活泼泼地滚动起来了，看来译者也被感动了。

小结：这个剧本的每一幕以及每一场戏前，都有一首很长的诗，都是用七个音节写就，朱生豪不畏困难，全部用七言译出，成绩斐然，构成了这出戏的最显著特色，从中我们可以看出，朱生豪是有足够的能力用汉语诗歌的特有形式翻译莎士比亚的，但是他选择用散文翻译莎士比亚的戏剧，说明他认定莎士比亚的戏剧诗句，实质上是散文的特质。许多后来的译家，批评朱生豪用散文翻译莎士比亚的戏剧，没有传达出莎士比亚的原汁原味，说这种话的人既不懂莎士比亚又不懂朱生豪，更不懂翻译是怎么回事。

朱生豪很清楚他在翻译戏剧，想方设法从中国戏剧中寻求元素，来和莎士比亚的戏剧的元素配合，这点是朱生豪的独特贡献，是所有别的译家都没有注意到、努力过，也难企及的。比如，这个剧本的背景交代，是一个名叫高厄的老人上场，对观众讲述。梁译把高厄译作高厄，人文版把高厄译作老人，而朱生豪把高厄译作副末，不，把所有上场交代剧情背景的角色，都译作副末。什么叫副末？一种戏剧用语也。

朱译，如他的知音爱妻所说，这时候他"文笔益进于熟练、流利，所谓炉火纯青的境地"。我的感觉是他翻译得驾轻就熟了，所以腾出大量时间推敲剧中大量的诗歌译文。漏译的地方有十三四处，都是小的疏漏，看错或者看漏都是可能的，这个剧本也算得上朱生豪的好译本了。

第六部
结束语——把 leek 译作 leek

英语里有句谚语：call a spade a spade，翻译成汉语是"把铲子叫作铲子"，转义大概等于"是啥叫啥，直言不讳"。这句话说出口，大概就是让人们尊重事实，尊重真相，不要拐弯抹角，混淆视听。这话是从写作层面上说的，其实对翻译来说，尽管是把一种文字转换成另一种文字，要求的态度是一样的。翻译的依托是原文，每一个词，每一个短语，每一个句子，能把原意用相应的汉语表达出来，是绝不主张用转义的汉语来表达的。毫无疑问，如同我在拙著《译事余墨》里主张的，译者首先要做的是把meaning（意思）表达出来，哪怕表达得笨一点，拗一点。其实，这正是中国近百年来的现代翻译活动总结出来的经验和规律。然而，即使是二十一世纪的今天，在翻译实践中，要做到这点，并不容易。即便是一些名声在外的译者，有些翻译文字也是大有问题、值得商榷的。英语中有一个很简单的词儿——leek，遵循"把铲子叫成铲子"的原则，把它翻译成一个名副其实的名词，在梁实秋先生和方平先生的译文中，就成了一件似是而非的事儿。

先从第一个例子说起。特别要说明一下的是，第一种译文是梁实秋先生的，第二种译文是方平先生的：

Ely This would drink deep. / 这一口喝得好大。/ 这岂不是叫人吃掉了一块肉？

　　Canterbury 'Twould drink the cup and all. / 会把杯子都喝下去哩。/ 吃掉一块肉！——连骨头都叫人啃啦。

参考译文：这可会让人家吞饮不止的。/ 连杯子带酒统统吞掉了。

这是《亨利五世》第一幕第一场开篇两位主教的对话。英国历史上这个时期，教会的势力很大，不仅管束人们的思想，国家的财产也攫取了很多。国王要打仗，要教会支持，便有了两位主教这样私下的议论。句子不难，生僻词没有，只是因为剧中人物对话的需求，简练了一些。如今像样的高中生，查一查字典，多少想一想，这两句对话应该能翻译出来，而且不会弄错的，可这两种翻译都做得不好。前一种是梁实秋先生的译文，后一种是方平先生的译文。梁实秋把deep翻译成"好大"，还是差点意思；第二句里的all，在译文里没有相应的字词，应该把杯子里的饮料算上，才有"通吃"的意思。不过，这样的翻译还能看见原文的影子，算是及格了。再看方平先生的译文。流质就是流质，肉就是肉；杯子就是杯子，骨头就是骨头，无论形态还是质量，都是两种截然不同的东西。原文根本没有难到非得变通才能翻译的程度，凭什么要生造内容来翻译呢？更有甚者，即便是生造，还造得大有问题。第一句改变了标点符号，句号变成了问号，毫无必要。第二句的本意是连酒带杯子都吞下肚子了，译者非要翻译成啃骨头，可啃骨头还是吃骨头上面的肉，应该把骨头囫囵吞掉才符合"通吃"的本意。

熟悉欧洲的人都知道，欧洲人饮酒有传统，酿酒、酒窖、酒庄园、啤酒节等，是日常生活的一部分，具有很深的文化背景。两位主教讲财政问题，但用的是日常生活用语。莎士比亚明白这点，写进了剧本里，说明莎士比亚对生活和社会的了解，用形象的人物和生动的语言来表现，是他的过人之处。译者想在翻译中求变，那至少应该在"喝"的范畴里琢磨，不应该转向"吃"的范围。

第二个例子，可以进一步说明译者的翻译智商在翻译实践中有多么重要。

Pistol Tell him, I'll knock his leek about his pate upon Saint Davy's Day. / 告诉他，到圣大卫节那一天我要拔掉他头上戴的那根韭菜来打他的头。/ 去对他说，到圣大卫节那天，我就要动他头上的韭菜。

King Henry Do not you wear your dagger in your cap that day, lest he knock that about yours. / 到了那一天你可别在你的帽子上佩戴短刀，否则他会把短刀取来打你的头。/ 那一天你可别把刀子插在自己的帽子上，否则，只怕他会到你的头上来动刀子。

参考译文：你转告他，在圣大卫节那天，我定要把他头上的韭葱打掉！/ 到那天你可别把短剑插在帽子上，当心他会把你的短刀也打掉的。

在《亨利五世》里，莎士比亚拿leek做文章，第一次出现在第四幕第一场两个人物对话之中。比斯托尔是一个粗人，如同他的名字在英语里是的意思"手枪"，脾气火暴，一触即发。他原是莎士比亚笔下著名的福斯塔夫的铁哥们儿。亨利五世年轻时放荡不羁，和福斯塔夫打得火热，一个浪子的形象。如今做了国王，人一阔脸就变，一国之君的身份，已经不屑和社会上的粗人来往，但是深谙他们的习性。剧中写一个名叫弗吕林的威尔士人，作战勇敢，为人爽快，坚守传统，在威尔士人的圣大卫节里，在帽子上插了leek。比斯托尔有些霸道，偏偏看不惯弗吕林头上的leek，就拿leek找碴，说他闻见leek的味道就恶心。他不知道leek在威尔士人眼中是神圣的物件，而国王亨利知道，所以警告他别干傻事：你敢动人家头上戴的leek，他就敢动你头上的短刀。意思是威尔士人为了捍卫头上的leek，是什么危险都不顾的。这里写下层士兵的生活，凸显亨利王上通下达的能力。莎士比亚写英国历史，英国的各个民族都要写，让各个民族的观众都爱看。由此不难看出，莎剧是要细读的，很多细节都耐琢磨，必不可少。

再看译文。第一种仍是梁实秋先生的。仔细对照，梁译里"我要拔掉他头上戴的那根韭菜来打他的头"，是梁实秋编写的，而不是翻译过来的，怎么看字面意思都没有这么多内容。看了梁译关于这条的注释，才清楚梁先生把英国学者的注释翻译进译文了。这似乎没有必要。我们读懂了原文，把原文的意思翻译出来就好了，外国学者对莎剧有什么见解，只能供我们参考，不能成为我们翻译的根据。这是原则问题。这句话就是字面要表达的意思，没有梁译多出来的那么多意思。

第二句的后半截严格说来是翻译错了。这里就是把短刀打掉的意思。第二种是方平先生的译文，两个句子中的"动"字都用得不好。韭菜怎么个"动"法？刀子"动"到什么程度，都翻译得不严谨。

这一情节，第四幕只是提及，到了第五幕里才做彻底交代。

于是，在第五幕第一场里，leek多次出现，尤其不足半页的英文里，出现了十几次，最密集的分别是：the smell of leek, this leek, mock a leek, eat a leek, my leek, by this leek, leek to swear by, leeks is good. 有的是词组，有的是短语，有的是动宾结构，只有一个是完整的句子。从这些简单的词组中，我们大概能猜出leek是一种食物，有味道，能吃，能当东西说事，唯一的一个句子像是作总结："leeks是好东西"或者"是好吃的"。读者如果细心一点，会发现这么多次提及leek，全部是单数，只有唯一的完整句子里用了复数；有趣的是，leeks后面用了is这个单数形式，而没有用are，这应该是写弗吕林这人是粗人，没有文化，对英语中的单复数的语法现象缺乏教育和训练，日常生活中不会使用；要么是莎士比亚时代的人，语法概念还不严格。

梁实秋的译文是：韭菜味、吃下这韭菜、嘲弄韭菜、吃下韭菜、凭韭菜发誓、韭菜再加上一点酱汁、看到韭菜、韭菜是很好……大体上和原文是照应得上的，有趣的是原文中的单复数现象，译文几乎没有反映，只有"这韭菜"特指了一下，还是没有反映出"这韭菜"代表单数还是复数。不过，梁译在上面提到的那两句对话里，使用了"这根韭菜"，也足以说明他对leek的理解。

方平的译文是：把这几根韭菜……韭菜你不爱吃、把韭菜吃下去、取消韭菜、把韭菜一口吃掉、把这韭菜吃一些下去、韭菜赌咒、给韭菜加上点儿酱油、那么多韭菜、看到韭菜时、韭菜是很好的呀……译文啰唆得厉害，不过大体上反映出了原文的意思，严谨谈不上。然而，读者稍微细心地看看译文，便会发现译文里多次出现了复数形式，例如"几根韭菜""一些韭菜""那么多韭菜"等显性的，还有"把韭菜一口吃掉"和"给韭菜加上点儿酱油"等隐性的。如前所述，原文里的leek绝大多数都用了单数，只有一次用了复数。

问题来了：作者这样使用leek，说明leek是一个可数名词。那么，译者有权利把原文的单数变成复数，或者想用单数就用单数，想用复数就用复数吗？

当然不行，至少在这里绝不可以。实际上，英文中的单复数问题，反映在译文中，有时候完全能反映出译者对原文的内容到底吃透了没有，理解到了什么程度。这样简单的文字，为什么两位很有翻译资历的译者，都会出现问题呢？其实这是翻译中很多译者都会碰上的一个平常而又棘手的问题，那就是对外国的某种东西没有弄清楚，缺乏具象认识，导致了译文的糊里糊涂。那么leek到底是一种什么植物？相当于译者自己国家的什么植物？有对等的还是没有对等的？或者根本就是一种"洋货"？

既然两位译者都用了"韭菜"，韭菜又是我们再熟悉不过的，我们不妨先来澄清一下韭菜在这里出现合适不合适。

《现代汉语词典》里这样解释韭菜：多年生草本植物，叶子细长而扁，花白色。是普通蔬菜。

问题又来了："叶子细长而扁"的韭菜，"那根"韭菜怎么往帽子上插？或者，究竟要多少韭菜才合适往威尔士人的帽子上插？"我"怎么来"动他头上的韭菜"？带着这样的疑问再看下面的译文，你就知道译文混乱到了什么程度，尤其第二种译法：一会儿几根韭菜，一会儿一些韭菜，一会儿那么多韭菜——到底那个威尔士人往帽子上插了一根韭菜还是几根韭菜还是很多韭菜？毫无疑问，这种混乱首先是因为译者对韭菜的理解引起来的，还涉及不到leek。抑或译者感觉到，一根韭菜无法插到帽子上，或者即便设法插在帽子上了，也不容易引起别人的注意，所以就用复数来加强？

但愿如此，实际并非如此。

我在小书《译事余墨》里用很大篇幅谈到文字翻译的四个步骤，有专家学者认为这就是翻译的四个理论。不管怎么归纳，译者能做到image这步的，据我所了解的情况，属凤毛麟角。以此例为证，译者无论如何必须把leek的image弄清楚，否则就很难做到精益求精。达不到这样的翻译步骤，还需从译者的综合翻译能力来衡量。

译者应该能明显地注意到译作韭菜在这里是根本不通的，必须想方设法弄清楚莎翁笔下的leek到底是一种什么植物。leek在这里成了关键词，弄不清楚它，翻译应该是做不下去了。这是翻译过程的症结所在：为了弄清楚一个词，折腾几个小时甚至几天，都是常态。要不，翻译前辈严复怎么能说"一名之立，旬月踟蹰"呢？

那么，leek究竟是一种什么植物呢？

《牛津高阶英汉双解词典》里这样解释leek: a vegetable like a long onion with many layers of wide flat leaves that are white at the bottom and green at the top. Leeks are eaten cooked. The leek is a nation symbol of Wales. 这段英文很清晰，翻译过来是：一种蔬菜，像长洋葱，页层宽而扁，底部呈白色，顶部呈绿色。烹调而食。威尔士民族的象征。

如果在原文词典里查到了这样的解释，但是实在不知道把leek译成一个什么名字更合适，不得已翻译成了"威尔士葱"，或者直接音译为"藜科葱"，似乎也是及格的。

几乎所有的英汉词典，都把leek翻译成了"韭葱"，取了国人习以为常的两种蔬菜各一个字，组成了一个新词儿，译得比较有智慧。个别词典有解释为"青蒜"的；梁实秋的《远东英汉大词典》解释为"韭"，这就找到梁译里"韭菜"的根据了。但是"韭"的成分，只是和leek叶子的"扁"相吻合，而"宽"是不在一个量级上的。Leek里"葱"的成分是偏多的，如果不切开看，外表看来就是山东大葱的模样。

在英国生活了一年半，我把leek开发出一种地道的中国吃法：把一根又长又大的leek切成几段，每段顺长从中间一切为二，再一切为二，再一切为二……简而言之，根据leek的粗细而定多少个"一切为二"，直到切出来的条子如同韭菜叶子"细长而扁"。

这里暂停一下我的操作，想象这样像韭菜叶子的leek，能否插在威尔士人的帽子上？或者，即便插上去了一根或者几根或者许多，那会是歪七倒八的什么样乱象？所以，这里的leek只能是单数，不会是复数。

然后接着加工我的leek：像切韭菜做馅儿一样把leek丝切碎，一大盆leek碎瞬间呈现在眼前。把事先腌制好的牛碎肉与之拌匀，一盘leek牛肉馅儿就备好了。只要你做面食的水平说得过去，用leek包饺子吃，是又快又卫生又美味的一种。

这当儿，你就很容易区别leek和韭菜了：韭菜天生就是一片片又细又扁的绿色叶子，而leek需要一番精心加工，才能呈现韭菜一样的细长叶片。Leek和葱的区别也有了：葱的叶子越往心儿越厚，而leek页层直达核心时也是又扁又匀的，那是它的特质。

所以，把leek翻译成"韭葱"，是值得肯定的。

小文写到这里，我又忽然想到，外国有韭菜吗？就我所能查到的关于韭菜的英文解释，一种是fragrant-flowed onion（开花的香葱），一种是Chinese-chive（中国细香葱）显然，外国没有栽培韭菜的传统。韭菜是中国的传统蔬菜。因此，给leek按上一个中国传统蔬菜的名字，是很危险的。这种危险在翻译实践中一样存在。

但是，我在此仍有一个迷惑：为什么方平先生和梁实秋先生都用了"韭菜"来代替leek呢？直到方平先生主编的新版《莎士比亚全集》里，leek依然翻译成了"韭菜"，因此我怀疑，从版本的先后次序来看，这是方平先生参考了梁实秋的《莎士比亚全集》而引发的不良结果——一错再错。

其实，莎士比亚在句子中已经给出了leek的样子："到那天你可别把短剑插在帽子上。"这就是说，一段leek的样子，和一把短剑的样子很相似。

在本文尾声时，我顺便强调一句的是，在方平先生主持的诗译本《莎士比亚全集》的前言里，指出"降格以求的散文译本""通晓流畅，是付出了代价的"。这话说得实在是不符合事实，因为无论朱生豪的译本还是梁实秋的译本，严格上说来都不是纯散文译本，其中有大量的诗句译文，尤其朱译本，相当数量的诗译的质量是后来的所谓诗译本都望尘莫及的，根本没有"付出代价"一说，"散文译本"也根本没有"降格以求"；倒是后来的所有所谓诗译本莎剧，在增减莎剧原文时毫无原则可循，那代价可是相当可观的。

2016/8/15
张家湾太玉园夏宫定稿

2017/2/2
八里庄北里冬宫修订

2021/5/5
太玉园独居公寓定稿